最食人间烟火色

Falling Before Fireworks

王晓翠 耀景 ◎ 著

中国广播影视出版社

图书在版编目（CIP）数据

最食人间烟火色 / 王晓翠，耀景著. -- 北京：中
国广播影视出版社，2025. 1. -- ISBN 978-7-5043-9261-
9

Ⅰ. Ⅰ247.5

中国国家版本馆CIP数据核字第2024SV1252号

最食人间烟火色

王晓翠　耀　景　著

责任编辑：王　萱　彭　蕙
责任校对：张　哲

出版发行　中国广播影视出版社
电　　话　010-86093580　010-86093583
社　　址　北京市西城区真武庙二条 9 号
邮　　编　100045
网　　址　www.crtp.com.cn
电子邮箱　crtp8@sina.com

经　　销　全国各地新华书店
印　　刷　武汉市籍缘印刷厂

开　　本　710毫米×1000毫米　1/16
字　　数　321（千）字
印　　张　19
版　　次　2025年1月第1版　　2025年1月第1次印刷

书　　号　ISBN 978-7-5043-9261-9
定　　价　88.00元

目 录
Contents

第一章 冬至将至

【前言——金缮，讲的不是修复何物，而是为谁修缮。】

冬至，黄昏。

古色古香的璟园里，集中了浙皖赣闽建筑精华的古民居群落，在昏黄的傍晚，仿若世外桃源。

屋顶升起袅袅炊烟，东南角明招寺的佛钟，以及不远处学堂里身着孔学学服的孩子的读书声，令此处的寒风少了几分凛冽，远处隐隐约约传来稚嫩的诵读声……

"一九二九不出手，三九四九冰上走，五九六九沿河看柳，七九河开，八九雁来，九九加一九，耕牛遍地走……"

在孩童们整齐而又稚嫩的朗读声中，高跟鞋敲击青石台阶的声音显得格外急促。

脚踩"恨天高"的司清，画着精致的妆容，港式复古的黑发红唇造型，穿着不合时节的红色礼服，礼服外只裹着一条黑色的围巾，大步流星地往院里走。她冷着一张脸，眼中充斥着一触即发的怒火，印着奢侈品 LOGO 的手包中电话不断地响着，司清置若罔闻，却更见烦躁。

下一秒，高跟鞋陷进青石子路的夹缝里，一个趔趄，原本的都市丽人有些狼狈地摔在地上。司清愤怒至极，直接将高跟鞋脱下，拎着鞋子赤脚起身。

直至上了台阶，在一处院子前站定，她径自抬手推门，只是不知是因为冷，还是愤怒，推门的手竟有些颤抖。

随着厚重的院门推开，透过渐渐扩大的缝隙，院中之景渐渐呈现在眼前。

一进品字形的南方院落，天井的角落种了一棵刚开花的梅树，梅树下放置着一只充满野趣湖景景观的水缸。左右两侧的长廊下，放着一些石臼种着的盆栽野花，正对门的廊下，红泥小火炉上温着一口砂锅，炉边的躺椅上，靠着一名年轻清隽的男子，正低眉饮着碗中的米酒蛋汤。

直至院门发出"咯吱"的声响，惊动了廊下的景琛。他闻声望向门外的司清，清冷的目光在看到她的模样时，闪过惊诧之色。

刚跨过石槛的司清双脚已经冻得发紫，她眼中是说不出的愤怒和憋屈，拎着高跟鞋和手包的手指已经因为用力而颤抖。

两人望着彼此，一个平静没有波澜，另一个是肉眼可见的一点就炸，谁也没先开口，有片刻的安静，又同时开口。

"你是不是也存心看我笑话？！我……"

"下雪了。"

司清的愤怒被这句话赫然打断，有些怔怔地抬头。

这是南方少见的大雪，洋洋洒洒地飘落，一片雪花不偏不倚地落在她的眼角，转瞬融化成水滴。司清轻轻眨了眨眼，随即用手抹了一把，吸了吸鼻子。她再次望向这个充满了生活气息的院落，以及那个长廊下惬意又温暖的男人，心中的怒火与焦躁彻底消散，慢慢变成了一丝不甘与叛逆。

"进来吧。"景琛的声音平静淡漠，他起身将长椅上的毯子挂到扶手上，沉默地拿起碗，从一旁的炉子上盛起热气蒸腾的甜汤。

司清已经冻得几乎失去了知觉，眼睛被铺满羊羔绒的躺椅吸引，她甚至能感觉到羊羔绒被旁边炉子蒸烤得暖乎乎的。于是下意识地在景琛让出的长椅上坐下，裹上了一旁还有融融暖意的毯子。她的目光怔怔地掠过这个布置雅致的院子，望着落下的雪，渐渐松弛了下来，眼中是满满的向往。

这时，一碗热气氤氲的甜汤放在司清面前，里边是桂圆蜜枣，还卧着两个鸡蛋。

司清失神地看着眼前的鸡蛋甜汤，猛地一震，带着些水意的眸光直对景琛："你怎么知道今天我生日？"

这把景琛问得一愣，他刚拿起一个精致的木盒，就这么迟疑在原地。

"一九二九不出手，三九四九冰上走，五九六九沿河看柳……"远处稚嫩的声音再次传来，应景地铺在这个寒冷的日子里。

"我——"

司清打断景琛，似是有些了然地接过木盒。"我在银行的工资一年 26 万，名下一辆 30 万的车，外环一套 90 平方米的房，每月 1 万多的贷款。"司清盯着景琛干净的手指，抬头时眼神变得坚定，"如果你愿意，我们结婚吧。以后我负责柴米油盐，你继续赏雪喝茶。"

大雪铺满了院子，世间一隅里，在这个廊下，两人四目相对。

院外，石缸内的水，因片片雪花泛起层层涟漪。

关于这场求婚，还得从七天前说起。

黑色的长发绾在银行专用的头花里，胸前的工作铭牌上，写着南城商业银行，客户经理 —— 司清。

她的同事们与她一样，身穿清一色银行制服排排坐，紧张地埋头点钞，单指单张、单指多张、多指多张、扇面式点钞。技能满点，反正眼花缭乱的。

讲台上放着一个只剩下一分钟的计时器，多功能室里此刻只有"唰唰唰"的点钞声……超时是要扣钱的。

坐在第一排的位置上，司清随意抓起一把散落不知数目的练功券，用"刀削式"飞快地数出 100 张，右手紧接着抽出一张白色捆钞带，眨眼间便将 100 张捆好，看到自己的右手边已经堆了 12 捆扎好的练功券，这才松了口气，抬头看向讲台，计时器显示还有 24 秒……

城市里车水马龙，高楼大厦鳞次栉比。西装笔挺的都市白领们行色匆匆，每个都在低头看手机，或是喝着咖啡吃两口速食早餐。

时针指向九点，营业厅大门拉开的瞬间，大堂经理池中煜脸上换上标准的微笑，站在门口边。

验钞机"咔"地齐齐停止，柜员们原本面无表情的脸上漾起职业的笑，起身迎接进门的客户。

身为客户经理的司清虽然不用时刻坐班，但此时踩着高跟鞋脚步急促，她一只手拎着包和车钥匙，另一只手拿着肯德基的外卖早餐，胳膊下还夹着一份文件，低头回复着微信。走到大堂经理工作台前，才抬头收起手机，敲了敲桌面，胸前别着职工铭牌的池中煜下意识地开口。

"请问要办理什么业务？"在看到来人时，池中煜脸上的笑僵了一瞬，连站姿都笔挺了许多，"师父。"

"新城地产的年礼，都发过去了吗？"

池中煜立刻点头："一共 5 份，早上已经在派送了。"

司清闻言皱眉，打开手机微信，是新城地产 6 个人的职位名单，只见是财务部、市场部的五位总监级别的名单，最下边的是一名总经理助理。

"5 份？我发你的是 6 个人。"司清把手机里的表格递到池中煜面前。

池中煜不由一愣："我……我没看到周助理，我现在就去补一份？"

司清看着手机上的那串名单，眉头微蹙，摇头："算了，来不及。"

她立刻给周助理打了电话，脸上扬起令人舒适的笑容，一边往外走一边说："喂，周助，什么时候有空约个饭，上个月的任务多亏了您才完成！是这样，我以您的名义给陈总他们送了点新年礼物……您的那份，当然要当面给才能显示我的诚意。"

池中煜看着司清离开的背影，大大松了口气。

一位拿着打印资料经过的中年女柜员陈丽璇看到这一幕，视线又落在司清的车钥匙上，忍不住打趣池中煜："没出息，你师父也就比你早入行三年，人都混成客户经理了。看到她刚买的新车没？能下这血本，我看升职的消息八成是真的了。"

池中煜敷衍地应了一句："她有本事呗。"

"你要是能从你师父那儿学到一点儿皮毛，现在也不至于还跟我一样坐柜台。"

"我可学不来她的精明。"池中煜讪讪地摸摸鼻子。

相比忙碌的银行，景区里则是似乎静止了时间的美好。

窗前日光下，是一张长长的工作台，上边放置着各种金缮修复需要的工具：手术刀、胶带、牛角片、生漆、高筋面粉等。随后，一片20厘米左右的镜片水平放在桌子上，挤上生漆，透过镜片映出了主人清冷的眼睛，骨节分明的手将生漆和高筋面粉混合，涂抹在碎片的断面上。

他将三瓣破碎的瓷片拼凑在一起，拼成一件白玉青釉红梅碗，用胶带粘好。软萌的猫咪乖巧地趴在桌角，它的主人偶尔抬头看到猫咪，唇角微微翘起，多了一分柔意。

角落里的手机不时亮起，但手机的主人背影没有一丝变化，依旧沉静地坐在工作台前。

景区外，司清一个利落地甩尾停车，风风火火地下车，大步朝门口走去。看着面前这座古色古香、白墙黑瓦的院子，最终她缓步停在挂着"璟园"牌匾的门口，拿着合同核对联系地址：江澧湾村。

司清疑惑："这是村？"

她迟疑地朝门口走去，就被门口的保安拦下："工作证出示一下。"

司清立刻从包里翻出一张印有照片的工作证，上边写着：南城商业银行，信贷部，客户经理，司清。

保安皱了皱眉说:"银行的不管用,不是园里的工作人员,统一去那边买票,80块钱一张。"

保安指着另一边,就见不远处还有一个出入口,写着售票两个字。

司清讶然:"这里是景区?"

保安骄傲地比了个4,道:"4A级的,这个月刚批的。"

司清若有所思地望向此处的古民居建筑,勾起一抹笑。买票进园,一路都是青石台阶与白墙黑瓦的古民居,她忍不住露出惊叹之色,一路不时拿着手机对着美景拍照。在经过璟语堂时,她眼前一亮,当即拿出手机,对着一栋收拾得格外整齐的古民居院落拍视频。

她一边拍摄,一边对着镜头道:"周助,得麻烦你帮我评估一下,城郊景区里这样的院子,大概能抵多少钱?独栋带院子,湖景中式合院,大小我一会儿测量了发你。"发给微信名为新城地产周助的人后,就习惯性地打开AR测量App,开始量这房子的大小。

她蹲下往后退,举着手机测量屋子的高度,手机App的镜头里,选中的测量目标突然定格在院门口出现的一双大长腿上。

司清一愣,刚抬头就对上了一双清冷的黑眸,简单的纯色毛衣和黑色裤子在他身上竟然与白墙黑瓦的布景显得尤为融洽,仿若他本就该生活在此地。

此时App就像老年机一样声音震天地提示测量长度:1.17米。

司清顺着提示将目光往下移,落在那双笔直的大长腿上,眼中是纯粹的惊叹。

"找谁?"景琛开口。

司清这才装作若无其事的模样起身,笑眯眯地朝对方问:"请问陈连之家是哪一幢?"

景琛眉头微皱,扫了眼司清收回的手机,淡淡地指了指对面一家小院子:"那一幢。"

顺着他指的方向,司清远远看到好像是茶坊,回头正欲向景琛道谢,他已经径自关上了院子的门。

感觉门上都隐隐写着生人勿进。

司清抬步朝陈连之家走。这边的院子摆设亲和很多,中心是个天井,周围整齐地摆着几张茶桌,她不动声色地往院子里扫了一圈,墙角背身站着一个戴着头巾,围着围裙,低头收拾桌子的中年女子,应该就是赵峰的妻子陈连之。

司清笑着敲了敲门："您好？"

陈连之听到声音回头，目光中有些警惕，她不动声色地打量着司清："有事吗？"

"请问，您这儿……"司清望着陈连之紧张的神情，到嘴边的话转了个弯，"卖茶叶吗？是我……一个朋友推荐的，我打算买些回去孝敬我爸。"

陈连之的脸色稍缓了缓，起身谨慎地看着司清："你朋友在我这儿买过茶叶？"

"不是，他也在这园子里。喏。"司清指着刚才璟语堂的方向，"就那家。"

闻言，陈连之终于松了口气，露出笑意："你是景琛的朋友啊，进来坐。"

司清笑着点点头。陈连之起身坐在功夫茶的煮茶座上煮茶，司清在店里来回踱步，看着各式各样的茶叶，以及一些精制的手工灯笼，似是随意问起："你们店里也卖灯笼吗？"

陈连之道："帮亲戚捎带着卖，你有喜欢的也可以看看。"

司清目光微闪，坐回到茶座，陈连之从矮桌上拿出一罐茶叶，开始煮茶，行云流水的一套煮茶动作，令她原先有几分苦意的脸上多了些许赏心悦目。

司清没话找话："这些房子仿得跟真的一样，比古镇有味道，来玩的游客应该不少吧？"

"不是仿的，是收了以前拆迁废弃的老木屋，再还原修建的。前两个月刚建好，所以知道的人还不多。对了，你要买什么茶？"

平时只喝咖啡，对茶完全是盲区的司清愣了一下，正好看到柜子上一个茶罐上写着大红袍，就毫不犹豫地回答："大红袍。之前在我朋友那儿喝过一次，就一直惦记着。"

闻言陈连之突然抬头打量着司清，垂眸将一小杯茶推到司清面前说："那你尝尝这大红袍，和你之前喝的是不是一样。"

司清接过陈连之递过来的茶水，小嘬一口，正欲开口，就见陈连之寡淡的脸上忽然出现了温和的笑意。她越过司清看向门口，声音亲切："还以为你今天去医院陪你爷爷了。"

司清回头看到了刚才在璟语堂外看到的景琛，有片刻的不自在，但很快就掩饰过去，目光在陈连之和景琛之间打转。

他手里拎着便当走进茶坊，视线淡漠地掠过司清，看向陈连之。只听他清冷地说道："临走才想起来，忘了来取药茶。"

"我这就去拿，你先坐。"陈连之招呼景琛在司清身侧坐下，末了一顿，道，"正好可以陪……你朋友喝会儿茶。"

景琛再度看向司清时，目光中带着些质疑，却没有开口。厅里只剩下他俩，司清丝毫没有心虚，镇定地笑着给景琛倒了一杯茶，推到他面前，又作势端起自己的茶喝了一口："多亏了你指路，我才喝到这么好的大红袍。"

景琛扫了眼茶盏，没有喝，听到司清的话，抬眸扫了眼司清，说："绿茶。"

司清脸色微变，笑意僵了一瞬，有些不可思议地望着景琛，但依旧端着姿态，皮笑肉不笑地握着茶杯："你说谁绿茶？"

景琛神情平静、语气平和，修长的手指敲了下杯沿说："这是龙井，龙井是绿茶。"

"是吗？原来是绿茶。"司清微愣，然后意味深长地轻轻笑了，"啧，聪明的女人。"再转头看景琛时，习惯性地理了理侧后方垂落的发丝，却没发现一根头发不经意间掉进了景琛拿着的杯子里，依然自信满怀道，"忘了自我介绍，我是南商行的客户经理司清。"

景琛眼神微变，目光落到了司清身上，似是在打量着什么。而她极其自然地拿出手机，打开微信二维码，二维码上的名字就是"司清"，下面的地址写着南城，业务满点地说："如果你需要办理贷款信用卡ETC，或者购买理财产品，都可以联系我。方便的话加下微信？"

景琛的目光从微信名，移到司清脸上，不知在打量着什么，半晌不咸不淡道："银行职员不是都要求挽发吗？"

司清习惯性地撩了下头发，笑着点头，心里却道：话不投机半句多。

景琛拂去杯沿那根有些分叉的长发，继续道："那就请敬业一点。"

任谁这会儿脸色都难看，司清看着眼前长得人模狗样，但说的话句句藏刀的男人，咬牙切齿回道："抱歉，我们打工人生活压力大，难免会脱发。"

"大红袍的确可以抗衰防秃……"他语气淡淡。

司清咬牙切齿地打断："这位先生，你骂谁秃呢？"

景琛被她的突然变脸弄得莫名其妙，不再说话。司清被这一出弄得心里窝火。

陈连之拿着药茶进门时，司清已经收敛起情绪，拿出包里的一份贷款合同，淡笑着起身说："陈女士，想必您已经猜到我的来意，那我就不拐弯抹角了。您丈夫赵峰以开设灯笼制造厂的名义，在我们银行贷的五十万元，已经逾期拖欠了四个月。原先负责这笔贷款的客户经理已经离职，目前由我负责催收。我一直联系不上您先生，才冒昧上门拜访。毕竟您既是他的妻子，也是贷款的担保人。"说完将那份贷款合同复印件，递到陈连之面前。

"这合同是他当初骗我签的，钱我一分都没碰过，全被他卷走了，你要讨债就找赵峰去。"陈连之脸色骤变。

景琛始终垂眸，神色淡漠地坐着。

司清："很抱歉，您在合同上签了字，就已经默认承担这笔债务的保证责任。"

"我……"陈连之张口想说什么，在瞥向一旁的景琛时又闭上了嘴，强笑着将茶包递给他。

景琛接过茶包说："谢谢陈姐，我先走了。"他拎着茶包往外走。司清的目光从景琛的背影重新转到陈连之身上。

"按银行规定，在债务人无法履行债务时，银行有权向担保人追讨。"

陈连之："我连份正经工作都没有，哪儿来的钱还你们？"

司清目光扫过茶馆："那我们只能向法院申请清收，拍卖您名下的这座院子。"

陈连之红着眼圈，忍不住瞪着神情冷漠的司清："你凭什么这么做？"

司清带着歉意道："非常抱歉，但这是合法程序。"

这时，走到门口的景琛停下脚步，回头望向司清，不疾不徐地道："不算合法。这是农村集体用地，一不能抵押，二不能拍卖。"

司清冷凝的目光立刻扫向景琛，再朝着架子上摆着的灯笼，挑眉："既然房子抵不了，那就考虑灯笼厂的设备，两年的折旧价，应该也够还利息了。"

景琛看向屋檐下挂着的灯笼，声音依旧清冷平稳："手工灯笼，哪来的机器？"

司清礼貌的笑意彻底消失，紧捏着手机，看向他的目光是满满的愤怒。而景琛神色未变，眼底一片冷漠。

沉沉的夜色笼罩了人间，一盏盏灯火成片亮起。

一室一厅的简单出租屋，茶几上放着几盒吃剩的外卖、刚拆的快递盒以及一堆乱七八糟的抗衰护肤品，沙发上堆着新买的各种衣服，电视上放着搞笑的综艺节目。

司清穿着家居服，戴着肩颈按摩仪，头上戴着生发头盔"葛优瘫"地躺在沙发上，一旁的简约穿着中古风的服装，低头刷着手机。

司清吐槽："龙井是绿茶。呸！我这辈子最烦绿茶和爱装的男人。"

简约正拿着手机不停地发朋友圈，图片里全是中古穿搭照片，正在编文案进行一连串的穿搭秒杀活动，笑道："人家只是在陈述客观事实。"

"可他还说我秃，而且还用这样的眼神，"她学着景琛的眼神说，"对我的发际线进行二次凌迟！"

简约终于从手机里抬起头，瞄了司清一眼："是你自己敏感吧？你画了那么厚的发际线粉，正常男人不可能看出来。还有啊，我以为你交这些智商税的时候，就已经接受这个现实了。说正经的，长得怎么样，帅不帅？"

"还行。"司清拿着黄金棒刮脸的手一顿，有些不自在地撇撇嘴，顿了顿，还是补上一句，"腿挺长的。"

简约眼睛一亮，将生发头盔戴到自己头上，两眼发光地看着司清："对你这种全年无休的人来说，四舍五入就能算是艳遇了！"

司清冷哼："你见过这种艳遇吗？"

简约的手机屏幕亮起，显示"老爹"来电，她臭着脸接起："老爸你别催了，我在司清家……限号……我都多大了，真不用接……"

司清看着简约打电话，脸上是羡慕却不敢多看的神情，又低头刷起手机。

简约开始不耐烦："知道了知道了，马上回来。"

司清拿起刚套了"发财暴富"字样的钥匙套的车钥匙，朝简约示意："走吧，我送你。"

"提了新车果然不一样。都敢掏老本付首付，升职的事妥了？"

"差不多吧。"司清顺手拎起垃圾、快递箱子往外走，"房贷加车贷，现在是难熬了点，但等调职令下来就够了。不过在那之前，我真的不能再剁手了，花呗都已经见底了。"

夜晚的都市，灯红酒绿，车水马龙。

喇叭声、引擎声、电话声、短视频等城市声音汇聚成电台调频的嗞嗞电流声，最后转化为清晰、治愈的电台DJ声："即使从未见过你，祝你早安、午安、晚安。南城FM97，交通之声。"

磁性的男声混着《夕阳之歌》的BGM穿透车载音响、耳机，蔓延到这城市的每个个体："'孤独'拆开了有什么？有盛夏傍晚的孩童和瓜果，有巷子口的小犬和蚊虫。他们是生活和琐碎，是人间烟火的缩影。当他们的热闹都与你无关，便成了孤独。夕阳过后，你的孤独怎么写？"

混杂着各地乘客的方言和电台声的大巴车缓缓驶进郊区的客运中心。景琛戴着耳机下了大巴找到自己的自行车，自行车的车头上挂着空荡荡的便当盒。他眼前是呼出的热气、昏黄的路灯、清新的空气，以及一路的山间风景。

各个角落孤独的人，努力地为自己亮起一盏盏灯火，显得世间可亲。

钟声唤醒了璟园的清晨，银装素裹，柿子高挂，鸟鸣萦绕。

"扑通"一声，一枚金黄的柿子从枝头落下。

后院的小木门被推开，景琛呵着冷气走进菜园，先捡起地上的几个柿子。

安静的院子里，此时蹿进来几只流浪狗。景琛清冷的脸上出现了些许柔软的神情。清晨雾气环绕，他穿着一件黑色羽绒服，骑上自行车穿行在小道上。

晨光熹微，几家屋顶已经升起袅袅炊烟。穿过河边一个静谧的巷子，便听到了热闹又热情的人声，景琛停下自行车，改步行推着走。

包子馄饨、粉干嗦粉、糯米团千层糕，在这个冬日的早晨，无一例外地全都冒着诱人的热气。有上学的孩子背着书包等在摊子前。赶集的人大多已经收获颇丰，各自坐在自己习惯的早餐摊子前。早市的尽头处，景琛停在一家早餐摊前，老板抬头扫了眼景琛，笑着开口道："你爷爷又馋我家豆腐脑儿了？等着，这就给你盛。"

"还要麻烦您再来屉小笼包。"

"好嘞。"老板拿起铁勺，一把舀起泛着热气的豆腐脑儿，熟练地撒上虾皮、紫菜、油条碎和葱花，再浇上一勺调料汁。一旁的老板娘打开蒸笼的盖子，刚看清小笼包，就迅速被热气模糊了视线，她利索地装好小笼包，和豆腐脑儿一起打包递给景琛："一共八块。"

城市里的外卖小哥也正忙碌地把早餐送往各个写字楼。

司清一边拿着抹布擦落地窗，一边划上划下地挑选着外卖。手机早餐页面，加了一份"豆腐脑儿 + 鲜虾馅儿蒸饺"套餐，合计二十八元，另加外卖费八元，正准备付款，池中煜拖着地挪到她身后。"师父，你点的这家巨难吃。"池中煜看向她的手机页面，给她"拔了草"，低头咬了一口自己的包子，更哀怨了，"干的不是人活儿，吃的也是猪食，这日子太没奔头儿了。"

司清没好气地继续付款："谁点外卖是为了好吃，能吃就差不多了。"

这时，大厅中央，晨会的主持人老于拍手示意集合："晨会了，同志们！安邦快到了。"

一群身着笔挺银行职业套装的银行人稀稀拉拉地放下手里的工作，走到大厅中央站成两排。同事老于站在为首中间的位置，作为今天的晨会主持。

老于："各位小伙伴早上好。"

银行同事齐声回答："好，很好，非常好！"

老于："请互相检查仪表。"

两侧的同事习惯又敷衍地彼此打量，象征性地理了下对方不平整的衣领，重新站回原来的位置："现在请行长讲话。"

一名四十岁上下的中年短发女子上前讲话，神色亲近却不失威严："我没什么要说的，只有一点，年底的任务大家心里有个数，ETC、网银跟信用卡，没完成的人抓紧时间。"

众人纷纷垂着头，努力当隐形人。就听行长道："另外，我要夸一下司清，这个季度的业绩，她已经全部超额完成，大家一起给她爱的表扬。"

行长欣慰地看着司清，众人跟着行长，开始用"二二四"的节奏惯例鼓掌。

整齐的掌声响起，司清顿时收到各种异样的目光，身侧蒋甜甜的嫉妒羡慕，对面艾丽的不屑，以及池中煜无所谓的敷衍，她照单全收，脸上是一贯的笑容。

早会过后，点的外卖也到了，看着与图片截然不符的早餐，吃了一口便兴致全无地重新封好。扔也不是，不扔也不是，干脆先放旁边。

这时行长走了进来，问她："司清，赵峰的贷款怎么样了？"

司清："这两天刚去过他家，经济情况不是很乐观。"

"能拿回多少是多少，千万别年底还有多笔不良贷款。"行长拍拍司清的肩膀，"我相信你有办法解决。"

"我会尽力。"

行长别有意味地笑笑："等这个烂摊子收拾完，年后我就得在总行才能见到你了。"说完含笑离开，司清脸上的笑都真挚了几分，正端着星巴克的艾丽和蒋甜甜正好进门，听到这话，看向司清的神色纷纷多了丝酸意。

蒋甜甜笑着看向司清："司清你要升到总行了？恭喜呀。"

艾丽阴阳怪气地叹气："像我们这种没背景、没金主，脸皮还不够厚的乖宝宝，羡慕不来啊！"

司清似笑非笑地扫了眼艾丽桌上的名牌包包和香水，也不客气地回道："是羡慕不来，我要是也有那么多富二代的朋友给我买这送那的，也不用厚着脸皮跟阿公阿婆们讨生活。"话落已经拎起旁边的包包去催款，露出刚才被袋子遮着的一个木制榫卯的江南小院微缩景观。

艾丽被反噎得说不出话，恨恨地拿着香水对着空气连喷了好几下。

景琛拿着粘好的白玉青釉红梅碗准备朝二进院走去，一阵"哒哒哒"急促的高跟鞋声从门外传来，回头望去，是正好经过他院子的司清。院子外的司清似有所感，脚步一顿，正欲大方地露出职业的微笑，景琛却淡淡地扫了她一眼，就转身继续朝工作室走去。司清不爽地嘟囔了句："什么态度。"傲娇地别过头，"啪嗒啪嗒"地踩着高跟鞋，就朝陈连之家去。景琛没在意她，只是低着头用指腹找平，检查裂缝的黏合情况。

司清噼里啪啦又快又重地敲击着键盘，坐在桌子前专心地处理着工作。陈连之满脸无奈地走到司清面前："司经理，你这样我没法做生意。"司清拿起咖啡喝了一口，指着桌上的一壶茶："您忙您的，就当我是普通的客人。您谅解下，我要是一直在行里待着，领导要以为我是偷懒不干活儿，我总得有点儿表示。对了，我先打个卡。"

说着拿出手机，故意点开视频，环绕一圈开始拍摄。忽然，镜头里一个刮胡刀一闪而过，她动作一停，又重新将视频转回刚才的方向，发现陈连之身后的架子上，是叶酸片的盒子。陈连之立刻挡在她的镜头前，也刚好挡住了拍摄的角度："你到底想干什么？真想逼死我吗？"

司清看着激动的陈连之，淡淡挑眉，目光不动声色地落在陈连之的肚子上。陈连之似是有所察觉，浑身紧绷，陡然在司清面前跪下，声泪俱下："算我求你了。你也是女人，你可怜可怜我，别揪着我一个女人为难了。我是真的不知道赵峰在哪儿！"

"你先起来。"司清忙去拉陈连之起来，但陈连之挣扎地推开。拉扯之间，陈连之故意往前一个趔趄，司清也不得已往后退了一步，却被陈连之推着撞到了身后的博古架，上头摆放着的一盏系着玉坠流苏的小灯笼"砰"地落地。一声脆响，灯笼上系着的玉坠碎成了两瓣。

司清一愣，连忙道歉，想捡起灯笼："抱歉，我可以赔……"

陈连之却先一步捡起那碎成两瓣的玉坠："你怎么赔？这是祖传的宝贝，值不了几十万，但抵个八九万是没问题的。"

"您是在跟我开玩笑？"司清看着陈连之手中的玉坠，气极反笑。

陈连之直接将玉坠塞到她的手心："不信的话你尽管可以拿去问。"

司清看着手中的玉坠，又看向此时外形依旧狼狈，却已经有了底气的陈连之，从容道："不妨直说，您希望我怎么弥补这份'损失'？"

"我知道就算你追回所有贷款，也拿不到半分钱。你找我只是为了工作，所以我们谁也别为难谁。我不让你赔钱，你也别逼我还贷，利息我会想办法继续交。不然，"陈连之指着头顶的监控，"别怪我拿着监控录像，找你的领导理赔去。"

司清握着玉坠，不由对陈连之有些刮目相看。走出茶馆，将两瓣碎玉凑到一起，却发现有一角始终无法凑齐，明显还有一小块空缺。哂笑一声："这瓷碰的，还真够简单粗暴。"她沉思片刻往外走，在经过璟语堂时，停下了脚步，回头望了一眼茶坊的方向。璟语堂正对着茶坊，所有动静都看得一清二楚，她又拿出手机，点开刚才的视频，暂停在剃须刀的画面上。她在璟语堂外的小道上换了几个角度，发现只有璟语堂才能看见茶坊，犹豫片刻后不再迟疑地朝璟语堂走去。

院子外，司清敲了敲门。

却半晌没有应答，司清又敲了敲门："您好？"

房间内，一个纸包被层层拆开，里边赫然是一包金粉，用于金缮中最重要的贴金步骤。景琛用笔尖蘸起金粉，由于鼻息微微变重，金粉就会随之散开，因此他的动作变得更加细致轻柔。他一手握着杯子，一手稳稳地拿着笔，对着灯光描金，笔尖沿着裂缝稳稳地落下。

司清看着敞开，却没有任何动静的院门，艰难地抬脚跨过高高的门槛，迈步进去。她走进院子，情不自禁地深吸一口气，顺着花香第一时间看向院子角落。映入眼帘的，是东南角开得如火如荼的腊梅，芳香扑鼻。腊梅树下，是一张长方形的木桌，两侧放着几张竹椅。桌子上还放着一本书——《金缮：惜物之心》。脚下是乱而有序、光滑的石子路，石子之间夹杂的是细小不知是什么品种的野花。司清一步步地朝院子尽头的堂屋走去，只见廊下的小火炉上，水壶的壶盖因为沸腾的水而嘟嘟作响。

透过花窗，可以看到灯光，以及一个一动不动似是趴着的身影。

"景先生？"

窗内的身影一动不动。司清忍不住皱眉，又看向那烧得火红的炭炉，神色一变，立刻捂住了口鼻快步上前，但她的高跟鞋在这石子路上，显得尤为吃力。景琛还在进行贴金粉的工序，听到窗外的高跟鞋声，他不由抬头，猝不及防间，花窗被人猛地从外推开。

冬日的晚霞与室内的灯光交织。司清的目光与窗内恰好抬眸的景琛不期然撞上，四目相对。金色的粉末被吹散在两人眼前，似一层滤镜。透过金粉，司清怔然望着景琛，耳边只听得到一旁小火炉上被沸水顶起的壶盖作响的频率，似与心跳共振般，扑通扑通地狂跳。

无意穿堂风，吹皱了司清"中年少女心"的同时，也吹散了景琛桌上的五克金粉。

第二章　冬至

日光下，被风吹起的金粉渐渐散落而下，落在景琛的手边和司清的额发上。花窗内外的人也陡地回神，景琛第一时间低头，着手准备将纸包上仅剩的金粉包好。司清解释道："看你一动不动的，我还以为你煤炭中毒昏过去了。"

还没包好的金粉因为司清的开口，再次被吹散。纸上的金粉已经所剩无几，只看到纸上明显的黑色字迹：86 元 /0.1g，合计 4300 元。

耐心告罄，景琛望着依旧挡在窗前的司清，眉眼间有着淡淡的不耐："还有事？"

这一问让司清有些哑然，她余光不动声色地看向门外陈连之的院子，再度转向景琛，已是有了主意，她一派熟络地指了指工作台上的杯子。"你这杯子补得不错，能不能麻烦你也替我看看这个，"司清露出掌心的扇坠，"只要不留明显痕迹就行。"

"不能。"说完就准备关窗，却被司清伸手挡住了窗户。

司清眉眼一弯："不会白辛苦您的，价格都好说。"

景琛皱眉，沉默地指向门口，用行动下了逐客令。

"景先生，你这么一而再地赶人，是对我有偏见？"

"这叫金缮，做不到你要的不留裂痕。"景琛无奈道。

"哦，你说这个啊，不重要，你随便修。"司清起初有些蒙，听懂后立刻改口风，紧接着拿出手机点开扫一扫，"多少钱？"

景琛凝视着司清无所谓的模样，拿起桌上包金粉的纸，上边清晰地写着：86 元 /0.1g，合计 4300 元。

"那就先补下刚才的材料费，"景琛指了指刚描金的杯子，"5g 金粉，我描金最多用掉 1g，剩下的全被吹走了。一共 4300 元，你我各担一半。"

"什么金粉……"司清皱眉，伸手理了下散落的头发，指尖碰到落在额发上的金粉，她看着指尖蘸着的金色粉末继续说，"你说这个金光闪闪的东西是黄金，还要 860 元一克？呵，最近南城黄金交易所的价格也才 380 元左右，你就算狮子大开口，也稍微关注下行情。"

景琛有些厌烦地示意门口的方向，道："不愿意的话，你可以离开了。"说完不再理会司清，径自拿起青釉碗，放到架子上。

司清看着这个清冷男人满满不屑的背影，冷笑着大步离开。走到门边时，又忍不住回头，只见景琛已经从屋里出来，正俯身拨着廊下小火炉上的炭火。不免嗤之以鼻："哎，你们村的邻里关系是不是挺好的？连碰瓷挑战法律的日子都挑同一个。"

景琛无动于衷，把"咕嘟咕嘟"沸腾的青瓷砂锅放到火炉上，一起端去了厨房。

被无视的司清，心里窝火偏偏奈何他不得，但当她看向陈连之的茶坊时，只能认命地停下脚步转身走回院子。

老天啊，打工人谁都得罪不起。

厨房里的景琛拿着碗筷以及一盘生菜出来时，就见司清不但没有离开，反而已经熟络地在桌前坐下了，且脸上又露出了她虚假又客套的笑容。

她手里拿着手机，笑着朝景琛挥了挥："景先生，不小心吹了您的金粉是我的错。这样吧，金粉的钱和这玉坠的修补费我一起付，麻烦您给我一个收款码。"

这让端着菜的景琛有些意外，他不咸不淡地回了一句："我不做挑战法律的事。"

司清咬咬牙，强笑道："对不起，刚才是我口误，您也知道我们金融行业的人，每天都和钱打交道，一分一厘都要精明算计，最是俗不可耐。"

景琛在石桌旁坐下，沉默地打开砂锅的盖子，只见砂锅内，是胡椒猪肚鸡，热腾腾的白色汤底无比诱人，他将刚拿出来的生菜放进砂锅中，道："司经理，您代表不了你们金融行业。"

一句话把司清噎得险些吐血，她还不得不继续好声好气地解释——

"是，我就一银行打工的。你看我这大老远地跑过来催债也不容易，都是为了生计，所以，能不能给打个折？"见景琛不说话，深吸一口气继续道，"或者我先付 500 元订金，你什么时候把玉坠修好了，我再付尾款。放心，我就在这儿待着，绝对不赖账。"说完把玉往景琛面前一放，然后拿过他扔在一旁的手机，正要让他解锁，却发现他的手机竟然没有密码。

司清顿了一下，立刻抓住这个机会，比手机的主人还要动作熟练地打开微信二维码，随后完成了扫一扫，添加好友等一系列动作。当景琛拿回手机时，手机微信提示，司清已经是他的好友，且给他转账 500 元。

"你慢慢修，我真的不急。"司清道。

景琛拿起玉坠，重新放回司清面前，淡淡开口："玉坠的裂口不齐，左边连接处还少了一小块。"伸手摸了下玉坠的裂面，已经有些圆润，又道，"裂面已经有些磨圆，破损时间应该在十年以上，要修复的话，必须……"

"等等！"司清打断他，一手放在桌子上，倾身凑近景琛，状似低头在看他指的裂面，字正腔圆地开口，"景先生，你刚才说，这玉坠的破损时间，大概有十年了，对吧？"

景琛一愣，抬眸就看到近在咫尺的司清，有些不自在地往后退了些许："嗯。"

司清两眼一眯："你确定？"

"确定，不过……"景琛忽地抬眸，骤然倾身靠近司清。她不由一僵，随后脸色微变，瞪着景琛。只见桌子下，两人的手交缠在一起，司清的手被景琛握住，她紧握的手机一点点被景琛抽出。

屏幕上竟是录音界面！

司清立刻起身想抢回手机，扑过去时却被景琛避开，录音也被迅速删除。

"你凭什么删我录音？"她愤怒地一把夺回手机，出口的瞬间反应过来，深呼了一口气，镇定道，"我承认擅自录音是我不对，但这是因为陈连之栽赃我碰坏了这块据说价值几十万的玉。我就是求个自保，并没打算真的报警。"

景琛看穿了司清的小心机，三言两语地点破："你当然不会报警，未经本人允许的录音不能作为证据。你只会拿去吓唬陈姐，顺便再利用所谓的邻里情面，软硬兼施地逼她说出她丈夫在哪儿。"

小算盘被一一戳破，司清气得胃疼，又无法反驳，于是恼羞成怒："没错，我是目的不单纯，那也比不过你的好邻居欠债不还，故意隐瞒丈夫行踪，还变本加厉地碰瓷威胁。"

"你们的纠纷我没兴趣掺和，别把我扯进来。至于这块玉，修不修补，你们自己决定。"景琛把玉放回她面前。

司清勾起一抹讥讽的笑："当然要修，而且你什么时候修好，我什么时候走。谁知道你们会不会狼狈为奸，再拿块假的栽赃我。估计这对你们这行来说，也不是什么难事。"

景琛的神色瞬间变得冷漠，声音冰冷："随你。"

司清看着依旧情绪平稳的景琛，闻着胡椒猪肚鸡的香味，忍不住别过头，目光眺望着陈连之的茶馆。她不时按按自己的胃，没好气地拿出手机点开外卖，却发现方圆百里没有一家外卖店。于是只能忍着饿，打开电脑干活。

饭后景琛打开工作室的灯，低头翻看着手中的扇坠，用相机将几个裂面一一拍下，他打量着玉坠的用料，正思索之际，却被院子里不时传来的微信提醒声、电话声所干扰，忍不住将窗户关上。

司清听到动静回头，扫了一眼紧闭的门窗，越发用力地敲打着键盘。忽而北风穿过院子，冻得她打了一个寒战，忍不住跺了跺脚，搓了搓僵硬的手，有些烦躁地起身看向陈连之的茶坊，却依旧没有什么动静，只能烦躁地来回在那踱步。

这时，被风吹落的腊梅落到了司清的头发上、电脑上以及手指间，令原本烦躁的司清忍不住一愣。她情不自禁地抬头，看着眼前的落花，第一反应便是拿起手机，对着这漫天纷飞的腊梅连连拍照，打量了四周，见大堂依旧门窗紧闭，便迅速开始准备自拍。司清摘下头花，用手抓了抓头发，让头发显得蓬松且繁密后，开始做作又矫情地自拍，但每一张都能挑出这里那里的不满，忍不住对自己吐槽了句："做作。"不过这照片拍定了，她抬头打量四周，看着那扇紧闭的门窗眼睛一亮。于是将手机架到那扇有着四格木格的窗户上，对好镜头后，给相机设置了延时拍摄，便迅速跑回到自己的位置上，装作不经意地45度抬头看着落花。

相机设置的倒数，3——2——

"砰——"闪光灯亮起的一刹那，窗户忽然被从内推开，手机落地。景琛望着司清矫情的坐姿目瞪口呆，只见鬓边落着一朵腊梅的她并未坐在石凳上，而是为了更好地入镜，扎着马步蹲在石桌前。司清僵硬地回头，瞪着窗户前的景琛，发自肺腑地问道："你老实说，你是不是故意的？"看着窗外地上的手机，景琛一时语塞。

廊下的灯一一亮起，与火炉的火光交相辉映，令夜色中的璟语堂多了几分温暖。司清坐在火炉边，身上裹着宽大的围巾，只是冷得牙齿打战的狼狈模样，令她气势大减，哆嗦着把碎了的膜撕开，摸着完好的屏松了口气。景琛拨着炉火，抬头看了司清一眼，提醒道："冷的话可以进屋。"闻言，司清看了眼茶坊方向，依旧没有任何动静。她一本正经地裹了裹围巾，又一本正经地开口："夜黑风高，孤男寡女，进屋算什么事儿！"

这时，火炉里"砰"的一声响，随后传出板栗和红薯甜糯的香味。景琛从火炉里夹出一包用锡纸包着的板栗，以及一个红薯。司清没有动作，但目光早已盯住了这两样在冬日里显得极为诱人的食物，并不动声色地清了清嗓子。不知道是不是明白了暗示，景琛将热气腾腾的红薯掰成两半，红薯金黄诱人，香味更是扑鼻而来，令她忍不住犯馋。只听景琛道："司经理。"司清立刻坐直，双手已经快过大脑地伸到了景琛面前，等着他将其中一半还泛着热气的红薯递到自己手里，然而景琛并没有如她所想的绅士动作。只听他继续道："夜黑风高，孤男寡女，出于安全考虑，我就不给你吃了。"司清翻了个白眼，直接伸手去拿，却被狠狠烫了下："嘶……"甩着被烫红的手指，再要去拿时，景琛竟然避开了她的手，直接拿着红薯进了厨房。司清看着景琛的背影，哭笑不得："怎么会有这么小气的男人！"

很快，景琛再次出来，却端着一个盘子放到她面前，盘子中间放着的是已经剥好的红薯和木勺。司清一顿，有些疑惑地看着景琛。只见他将火炉上的砂锅取下，盛了一碗香菇鸡肉青菜粥推到司清面前，色泽诱人，热气氤氲，令人食欲大振。

"吃完就走吧，我还有事要出门。"景琛淡淡说了句。

司清扫了眼手机屏幕上的时间，又看向茶坊方向，没有多说什么，而是安静地坐下吃红薯，红薯入口即化，也令司清浑身一暖。半饱后，目光就开始不时扫过景琛的手，骨节分明，修长白净，指甲修得十分整齐。她又借着喝粥，偷偷打量起这个男人的五官，以及喝茶的姿势。

景琛忽然抬眸，与她的视线对了个正着。司清心虚地没话找话："你喝的什么茶？闻起来挺香的。"

"龙井，"他抬眸看向司清，补了句，"我不喝大红袍。"

司清恍然失笑："原来，我之前在陈连之那儿，是因为大红袍露了马脚。"

两人不再说话，司清沉默地把粥喝完。"我先走了，明天见。"边说边拎起刚才收拾好的电脑包，匆匆离开。

景琛默默地望着司清的背影，走到她刚才一直没挪动过的位置上收拾碗筷，抬头看向茶坊的方向，对她的打算早已了然。

司清开着车，正在导航的手机上跳出"璟园保安"的来电。她接起电话，即使对方看不到，她的脸上也是和煦可亲的笑容："喂，陈叔……好，麻烦您继续帮我留意下，我马上回来。"车子在夜色中，掉头返回。

璟园的侧门被打开，陈连之偷偷摸摸地送赵峰出来，将一只黑色塑料袋塞到赵峰怀里。

陈连之扫了眼四周，压低声音道："这八万元是我跟爸妈借的。你在外头重新起步不是容易的事儿，先拿去应急。这几天银行的人一直盯着，你别回来了。"

赵峰故作愧疚："连之，找个时间我们赶紧把离婚手续办了，当然都是假离婚，免得追债的都找上你，让你活受罪。"

蓝白色的车子在两人面前一个帅气的急刹车，直接将门口停着的一辆电瓶车撞倒在地，大灯挑衅似的直射向赵峰和陈连之。

陈连之看到车内正解着安全带的司清，脸色大变，推了把赵峰："你快走！我拦着她。"

司清却已经下车，挡在了赵峰面前："不好意思赵先生，撞坏了您的车，修理费我会全额负责。"她故作欣喜地看向赵峰手里装着钱的袋子，"呀，这充利息的钱，原来您已经备齐了，要不我……"

陈连之突然扑上去，狠狠去推司清。不料，司清踉跄的同时，一只手反而抓住了塑料袋，陈连之见状立刻焦急地去拽她的手，赵峰也扯着自己手里的塑料袋，又害怕袋子被扯破。几个人抓猫又怕打碎玉瓶。

司清死拉着袋子不放，看到赵峰衣服上有口红的印迹，又看向陈连之寡淡的素颜，灵机一动，气场十足地看向陈连之，怒喝："陈连之，你是准备拿钱帮他养小三吗？我手机里就有他这几天跟其他女人鬼混的视频，还有他最近在酒店开房的记录，你敢看吗？"

陈连之一愣，下意识看向赵峰。

"你胡说什么？"赵峰心虚地呵斥了句，看向陈连之，"我……我跟那女的什么关系都没有！连之你相信我！"

陈连之不可置信地呆住，抓着司清的手慢慢松开。赵峰见状，目露凶光，突然拽过装钱的塑料袋，随即抬手狠狠地朝司清的脸打去。司清闭上眼，咬牙用力在塑料袋上抓出个洞。

电光石火间，刚从璟园出来的景琛立刻上前，一把擒住赵峰的手，一边将司清护到身后。与此同时，司清也将抠入塑料袋的手指狠狠一扯，塑料袋被撕扯成两半。

路灯下，漫天纸币飞舞。

景琛报了警，毕竟他也不了解其中的内情。

司清、赵峰还有陈连之三人排排坐地坐在民警面前，只有景琛淡定地端着个纸杯，在一旁喝水。八万元现金整整齐齐地叠放在桌子中间。

民警："这八万元交给谁，你们三个协商好了没有？"

司清拿出文件："我建议将这笔钱存进陈女士的电子账户，再按法律规定的债务清偿顺序，优先抵充已到期的债务。"

赵峰横眉："不行，这钱不是我老婆的，是她爸妈的，不能拿来还债。"

所有人都看向一直沉默的陈连之，她坐在那里面如死灰，衣服头发乱糟糟的也全然不在意，两眼放空地不知在想些什么。

赵峰着急地推了推她："连之，你说啊，这是你爸妈的钱，不能给银行……"

陈连之看着眼前的丈夫，突然泪水不停地往下掉，什么都没说，只是又哭又笑，充满了悲哀和讽刺。

景琛放下了手中的杯子，司清不免同情但心底又对她恨铁不成钢，在丈夫的手要碰到钱时，陈连之突然一把推开他，然后脱下自己的外套，把桌子上的钱全部包进外套里，在赵峰面露喜色时，她却将钱塞给司清："你不是要钱吗？拿去，这些都给你！"

司清一愣，回过神后没有一点儿犹豫，抱起钱就往外走。

"你疯了？！"赵峰说着要去拦司清，却被民警拦住。

而陈连之已经扑过去，对着赵峰又抓又打："我早就疯了！不然我不会拿着农药上门，以死相逼抢他们的棺材本！这一切，都是因为你！"

这话像是无箭之矢，倏地射中了司清，已经走到门口的她脚步微顿，继而大步出了门。怀里抱着这八万元，仿佛背后有人追着似的不敢停留，然而最终，她还是在车前停了下来，低头望着陈连之破旧的衣服，眼中充满挣扎，一咬牙打开车门，将衣服裹着的钱扔到后座，这一扔钱就全散出来了。

只见陈连之的口袋里单独飞出一张折着的百元纸币。纸币折了好几折，折痕十分明显，歪歪扭扭地写着几个字：连之，过年了，给自己买件新衣服。这是她的父母单独给女儿的体己钱。

司清望着纸钞内心震动，鼻头瞬间就酸了，低下头继续面无表情地收拾那几沓纸币。她将这些钱全部又包回陈连之的衣服里，转身往回走，迎面走来的是依旧不染一丝世俗，从容淡定的景琛。

他停步，皱眉看着司清："你……"

司清冷漠地打断："没错，我这人就是冷血无情，丝毫没有同情心。别说陈连之这样自己犯蠢的，比她更惨更无辜的客户，我也从来没心软过。银行不是做慈善的，我要像你一样同情心泛滥，早跟着客户一起跳楼了。"

景琛没有开口，只是沉默地听着，却见她狠狠吸了吸鼻子，艰难地将手里包着钱的衣服扔给景琛："这钱你还给陈连之，再麻烦你转告她，我这么做不是同情她，而是我瞧不起她。以她的心机手段，分明可以过得更好，而不是像现在这样给男人奔丧，还要父母掏钱！"

司清看到景琛探究的目光，知道自己在线演绎了什么叫刀子嘴那啥心，她别扭地冷哼，做出更加不近人情的模样："当然，最重要的是她这钱来路不正，我怕扯上官司。"

"都说完了？"司清皱眉看向景琛，却见他无奈地将几根碘酒棉签递到自己面前，才道，"民警给的，伤口需要消毒。"

抬起手，司清才发现手上被划了几道口子，后知后觉地"嘶"了一声，一把夺过碘酒棉签，将车门摔得震天响，以缓解要债失败的痛苦……

景琛摸着那张被好好放在最上边的写着字的纸币，不禁回头，看着那连车都开得比别人更风风火火的身影，眼里是些许温情的笑意。

司清自己都说了，银行不是搞慈善的。办公室内气氛紧绷，行长皱眉看着面前的司清，没好气地点着那份不良贷款责任认定报告说："行里多了这笔不良贷款，所有同事的年终奖都要因此打折扣，你说说你这事办得……"

司清抬起头，不紧不慢地开口："对不起行长，奖金的事我会在其他地方弥补回来。前两天我听新城的周助说，他们公司有笔大额备付金要延期到年后再支付，现在还在公账上趴着。"

行长闻言，目光一亮。

司清接着说："我们行新推出的理财产品周期 33 天，3.6% 的利息，正好很适合他们。我想找个时间跟他们公司的人碰一下买理财的事。"

"这是块抢手的肉骨头，不会只有我们行盯着。你尽力而为就行，升职的事你也别太担心，我还是会尽力替你争取。"行长语气缓和下来。

"谢谢行长，那我先出去了。"司清转身之际，脸上闪过疲惫地自嘲。

景琛坐在病床边的家属椅上，给景爷爷削着苹果，爷爷一边喝着面前刚热过的南瓜粥，一边"一指禅"地点着平板电脑。等景琛削完苹果，景爷爷还在玩，他皱眉，抬手要拿平板，却被爷爷灵活地避了过去，一边专心致志地寻找表情包，一边道："等会儿，群里有人说看到了另外半幅画。"

"你的夕阳相亲群？"景琛"无情"地拿过平板，"吃饭，下午我还有活儿。"

等他洗完餐具出来，就看到池中煜左右手都拎着各种补脑的保健品和核桃仁，站在床边有些手足无措。

景琛朝池中煜走去："来了？"

池中煜朝景琛指了指景爷爷，又指了指自己脑子，压低声音："景爷爷好像又犯病了，我刚叫他他又不认识我了，还说什么孙子走了。"

景琛脚步一顿："没事，每天一过中午就这样。"

病床上，景爷爷一改方才的慈祥，神情郁闷地看着盘里的苹果块，嘴里念叨着："画丢了，人也跑了，断了，都断了……"

景琛沉默地上前，将一块块切成各种榫、卯样式的苹果块拼凑在一起，搭成了一小座榫卯结构的小亭子。

这个有点江南风格的榫卯亭子唤起了景爷爷的记忆，他拉住景琛的手，笑着说："手艺还在，阿琛你也回来了，断不了了……"

景琛收起一旁的平板电脑，在看到微信栏时，眼神变得有些深沉，握着平板电脑的手明显一紧。

池中煜还以为他是担心爷爷的病，安慰他说："琛哥你别难过，咱爷爷一定能好起来的，你看他都这样了还记得你。"

景琛的视线停在微信页面上。除了置顶的景琛，以及正聊天中的"老古董聊古董群"，下边是一处显示空白记录的"景柽"的聊天栏。景琛回神合上了平板电脑的保护盖，目光扫过景爷爷脸上的笑意，淡淡道："不是我。"

酒店门前，摆着圣诞树，城市里洋溢着热闹欢乐的气息。圣诞树边，司清冻得不停地搓手，轻跺着高跟鞋，一身火红的合身裙子，脚上一双细跟高跟鞋，脸上是精致复古的港式妆容。这时一辆车停在了酒店门口，她已经冻僵的脸上立刻扬起热情的笑容，踩着高跟鞋往车子方向走去。接上周助，和他们打过招呼就被服务员领去预订好的包厢。包厢内金碧辉煌，司清笑意妍妍地为在座的两位客户满上红酒，又主动举杯："周助是老熟人，我就不跟他客气了。"

王总笑着打断："司经理这话可不对，难道我就不是您老熟人了？当初你还没升客户经理的时候，我们可没少打交道。"

"我这不是怕您贵人事忙，早把我这小人物给忘了嘛。既然王总您都这么说了，那我就厚着脸皮跟您认个熟人。这次还请您多帮忙。"司清一饮而尽。王总目光暧昧地打量着司清修长的脖子，锁骨，再渐渐往下……放下酒杯，就对上王总的目光，司清唇边的笑意僵了一瞬，便低头拿起醒酒器，装作没看见地再次给自己满上。

王总举起酒杯意味不明地看着司清："你这忙我理应是要帮的，只是……"喝了一口酒，歉意地又放下，"前两天江州商行的人刚找了我。那小姑娘也是个利索人，直接在酒桌上跟我拍桌子，她喝一杯红酒，我就买一百万的理财。我看人家姑娘不容易，就答应了。这会儿你这要求，怕是不太好办。"

周助闻言给司清使了个眼色，她立刻会意地起身举杯。"周哥过去真没跟我夸大，王总您果然又讲义气又讲诚意。这杯酒不为别的，就冲着您的人品，我也是佩服的。"司清眼波流转地捏着高脚杯，看王总露出满意的笑，才不疾不徐地开口，唇边伴着令人怜惜的苦笑，"所以我更不能让您为难了。人家喝红的，那我必须喝白的才算有诚意。至于是一百万一杯还是两百万一杯，就看我在您这儿值多少面子了。"

王总笑着按下手边的摇铃，另一只手拍了拍司清的胳膊："我就欣赏司经理这样的爽快人。"服务员进门后，王总咧着嘴道："把我存在这里的几瓶白酒都拿上来。"司清面上含笑，桌子底下的手早已经紧捏成拳。

相比这边恼人的应酬，璟园里却是远离俗世的宁静安稳。院子里牖窗的棂条断裂掉落在地，其他相连的榫卯结构也开始松垮。景琛正在修缮这如意纹的窗棂，选取材质相同已经锯好烘干的木条，在简单的抛光后，拿起刻刀开始复制破损的棂条部分。

陈婆坐在门口的石墩上，正捧着碗吃饭，她看着景琛的动作，有些感慨："以前你爷爷收那些破烂木头回来，村里人没少骂他败家。谁能想到哟，我们这群老不死的，现在能有个房子住多亏了你们爷俩。阿琛啊，你这园子修得真好。"

景琛手里雕花的动作又快又稳，不需要任何画线就迅速下刀，一枚枚如意花纹很快就完成了。"我只是把爷爷收回来的木头重新拼凑了一下。阿婆，这窗棂还缺些零碎，我回去找找，一会儿回来帮您安好。"景琛说道。

陈婆忙起身，拎起装着毛芋的草编筐递给景琛："哎不急，这毛芋你拿回去，给你爷爷炖汤。"

景琛盛情难却只好接过筐子："谢谢阿婆。"

他来到祠堂推开高旧沉重的木门，肉眼可见的木屑粉尘在阳光下飞舞。大堂正中央的桌子上，放着半卷画轴，用镇纸压着，依稀可见画卷的"题"，开头第一句，即：手艺，亦守艺。所谓匠人，所为精神；娴于一技，终此一生。

廊下的角落，堆满了各种木头零件，有似花窗的零碎，也有类似椅子的扶手。一张大桌子上，则铺满了各种图纸，图纸上画着的全是榫卯工艺的箱柜、椅子、花窗以及一些亭子。与之对应的是一旁放着的，用木头零件还原的一模一样的箱柜、椅子等家具，旁边还有一盏未拼凑完的半成品宫灯。

景琛看到那盏宫灯时，停下脚步，心里有了主意。他找到陈连之，看到了杂物间内满满一屋子的各种花灯的半成品。"订货商跑路后，这些半成品也没钱继续了。"陈连之脸色憔悴却有了精气神，顿了下又说，"赵峰本想当废品卖了，但收废品的都嫌占地方，不肯要。我实在没办法，才想着拿回来放茶馆里便宜卖，能多卖一只就多笔收入。"

景琛走进屋里拿起一盏灯笼转着看，若有所思地开口："新年园子里要办游园活动，会用上大批灯笼。到时还有游客，应该能卖掉一些。"

陈连之苦笑摇头："你刚才说的我其实都想过，村里也愿意帮我。可这半成品，就算摆出去，也没人愿意买。"

景琛垂眸："我来试试吧，到新年还有半个多月，应该来得及。"

陈连之眼睛一亮，立刻点头又内疚地苦笑道："这样，我也有脸去给司经理道个歉。"

而此时的司清脸色惨白地冲进洗手间一阵吐，准备离开时肚子疼得站不起来，她打开记录生理期的 App，不禁感叹：这"亲戚"来得真准。正逢一个女服务员从隔间出来，司清眼睛一亮："美女，能不能帮个忙？……"

璟语堂内，院子里堆着只有骨架的半成品灯笼，景琛用竹片将单调的灯笼骨架改造成一盏海棠形状的花灯，又用花草纸糊好。随后，拿起画笔，在灯笼上绘上热闹的仕女夜宴图。

司清脸色惨白，没有一丝血色，一手按在小腹上，强撑着笑着挥手送王总和周助的车离开。车子一消失在眼前，司清立刻踉跄着往湖边的栏杆处走去，忍不住一阵干呕。半晌后，紧绷着的背才稍稍放松，她熟练地从包里拿出一包漱口水和纸巾，擦完后才得体地抬起头，坐在冰冷的台阶上，望着斜晖洒在湖面上，湖面粼粼的波光刺得她眼泪横流，脸上却是麻木的神情。

　　旁边手机发出振动的声响，司清拿出手机，发现是一条南城商业银行发来的生日祝福短信：尊敬的司清女士，南商信用卡祝您生日快乐，幸福长久。感谢您一直以来对我行的支持，本月您的南城信用卡积分交易可享受额外一倍积分。

　　短信列表里，一列未读的短信全是养身SPA会所、面包店、商场会员积分的生日祝福短信，司清迅速点开又退出地将一条条未读变成已读，自嘲："没一个活人记得。"

　　这时，手机收到了亲妈的微信，她眼睛一亮，笑着打开消息，下一刻脸上的笑意彻底冰封，屏幕上是几个微信名片的推荐。发来的信息让司清更觉冰冷：加他们微信，都是南城有车有房的本地人。要求别太高，你这个年纪，没资格挑三拣四了。

　　司清看着微信，直至屏幕自动熄灭，疲惫地仰起头，脸上满是苦笑，眼里是满满的失望与受伤。她捂着小腹，踉跄地起身，走到路边拦车。她靠在车窗上，望着马路两边的商铺橱窗里洋溢着的圣诞气息。

　　一家三口笑着从蛋糕店出来的一幕狠狠刺痛了司清。小时候自己背着书包，拎着一个劣质奶油的小蛋糕，给自己哼着《生日快乐歌》，回到家，刚要从脖子上拿出钥匙开门，就听到门里传来争吵声。

　　司妈妈："她在你学校上小学，你先带几年怎么就不行了！你这天天早出晚归的，我也没见工资比别人高。"

　　司爸爸努力压着声："你赚得倒是多，每天堵着别人的门卖保险，也不嫌丢人！还有你别忘了，我们离婚，女儿是判给你的！"

　　司妈妈："什么叫判给我了！是你不肯要，硬塞给我的！"

　　听到这些，司清垂下头，把钥匙收回到衣领里，像是习惯似的背起书包朝楼梯走去，她蹲在楼梯的台阶上，安静地从书包里拿出书本，在台阶上写作业。东西砸落在地的声音、司清母亲的哭泣声断断续续地传出。司清的书本上，溅起了泪花，她用袖子擦干眼泪，始终低着头。在楼道昏暗的光影里，在包着的书皮上，她歪歪扭扭地写了一句：仅代表全世界，祝Miss Si Happy birthday！小小年纪的她甚至连字还没学全。

　　这些声音在今天这个狼狈至极的生日里争先恐后地回荡在她脑海里。

　　司父："你妈不要你了，你要是再不懂事，爸爸也不管你了。"

　　司母："人家都能考满分，怎么你就只有九十七分？能力不够就多努力，别给我丢人！"

"怎么又要交钱？司清，你要体谅爸爸赚钱不容易，尤其现在妹妹还小，要不你这课就先不补了……"

直到手机来电惊醒了她，司清抹抹眼角接起电话："喂，甜甜。"

银行办公室内，蒋甜甜被艾丽等同事围着，有些为难地开口："司清，行长让我问你，存款的事怎么样了？"

司清："已经谈妥了，明天新城会来行里办手续。"

蒋甜甜朝其他同事比了个 OK 的手势："哦哦，那就好。"

"先挂了，我在去年会的路上，一会儿到了我再跟行长汇报。"司清把垂到眼帘的发丝往后撩去，准备挂电话时因为太冷手指还有点没缓过来，所以没挂断。在她再次准备按挂断键时，听到了电话另一边传来的议论声——

"还真有本事，去酒店才几个小时，就把钱给拉来了。"艾丽语气带着点暧昧，"这手段咱们这些乖宝宝可学不来。"

同事们此刻喝着下午茶，悄声八卦："有手段又怎么样，脸上就差写了俩字，可睡。哪个男的敢娶交际花。"

艾丽压低声音："行长器重她，不也是为了利用她拉存款？不然怎么会升职的事都定别人了，还不告诉她，哄着她先拉存款。"

车后座，司清紧紧握着手机，脸色惨白，眼里的屈辱、愤怒，以及隐隐厌世的情绪像是将要冲破地壳的岩火。前座的司机突然感觉周围气压一下子低了，她目光异样地透过后视镜打量着后座的客人。司清盯着手机，突然嗤笑一声。

蒋甜甜打断众人的闲言碎语："好了好了，她这样，大家的年终奖也能发得更多。"话落拿出手机，看到正在通话中，顿时倒吸一口冷气。

办公室里，几人你看我我看你不敢吱声，蒋甜甜也不敢挂断。手机另一头更加鸦雀无声。司清嘲讽："想要年终……"电话"啪"地被挂断，司清没说完的话堵在嗓眼里，上不去下不来。她猛地举起手机，准备狠狠掷出去时，电话再次振动。

这股火司清再也压抑不住，她接起冷冷地骂回去："去你们的年终奖，我顶着'姨妈'拼死拼活地喝，还要被你们嘲讽，当老娘是什么呢？还升职？谁爱升谁升，我不干了！滚！"

不料对方安静了片刻之后传来了极其平静的声音："我是景琛。"

司清一噎，看了眼屏幕上的陌生号码，越发的愤怒："我管你是谁？谁让你这个时候打我电话的？我跟你很熟吗？"

景琛："不熟，打扰了。"

下一秒，电话挂断。司清不可置信地看着再次被挂断的电话，毫不犹豫地拨了回去。

手机屏幕不停地亮起，熄灭，没有发出声响，也无人理会。

景琛已经去了厨房，手机被随手放在了大堂的桌子上，旁边是两只刚上完釉的灯笼。

司清一遍又一遍地发泄似的拨着景琛的号码，眼前因为醉酒已经有些发晕，却还是倔强地拨着电话，但始终没人接听。"你给我等着。"司清愤愤地说。

女司机犹豫地回头："姑娘，你没事吧？"

司清眼里冒着火光，从手机屏幕里抬起头，扒着前座的椅子带着酒气道："去璟园，就那个山沟里的破园子！"

"破园子"里的景琛打开蒸锅的盖子，锅里又白又软的年糕已经熟透，他用筷子戳了戳，随后夹了一块出来，修长白净的手指在年糕上撒上一层花生芝麻红糖粉。

昏黄的灯光下，景琛修长的身影投射在窗前，一贯清冷的神色也在此刻因为蒸腾的热气显得温暖并多了分人气。

黄昏。

袅袅炊烟中，司清冷着一张脸，眼中充斥着一触即发的怒火，气势汹汹地走进璟园，眼里是微醺的醉意与汹涌的怒气。

廊下，一张铺着厚毛毯的躺椅，边上是小案几，精致的火炉冒着热气，炭火烧得十足。景琛从厨房出来，将一个砂锅放在火炉上，便在躺椅上坐下。他慢条斯理地拿起案桌上的茶壶，给自己倒了一杯茶。青玉杯盏内，漂浮在茶水上的，是点点腊梅。他打开手机，点出天气预报，显示五点下雪，但此时已经五点半了。

这时，院子的门"砰"的一声被推开，景琛闻声望向天井处的司清，清冷的目光在看到她的模样时，泛起了诧异的涟漪。

司清不顾形象地拉起裙子，跨过高高的门槛，怒气冲冲地走进璟语堂，双脚已经冻得发紫，她眼中是说不出的愤怒和憋屈，拎着高跟鞋和手包的手指已经因为用力而颤抖。

"你是不是也存心看我笑话？！"

"下雪了。"景琛蓦地温柔开口。

司清的愤怒被这句话赫然打断，有些怔怔地抬头。这是南方少见的大雪，洋洋洒洒地飘落，一片雪花不偏不倚地落在她的眼角，转瞬融化成水滴。司清轻轻眨了眨眼，随即用手抹了一把，吸了吸鼻子。她再次望向这个充满了生活气息的院落，以及那个长廊下惬意又温暖的男人，心中的怒火与焦躁彻底消散，慢慢变成了一丝不甘与叛逆。

景琛起身，将长椅上的毯子挂到扶手上，声音带着暖意："先进来吧。"随后沉默地拿起一只碗，半弯着腰从一旁炉上温着的砂锅里盛着什么。

司清已经冻得几乎失去了知觉，下意识地在景琛让出的长椅上坐下，裹上了一旁还有融融暖意的毯子，忍不住长舒了一口气。

这时，一碗甜汤放在司清面前，里边是桂圆蜜枣，还卧着两个鸡蛋。景琛将一个精致的木盒递到她面前，难得神情带着些许柔软："给你打电话，是想给你这个。"司清捧着碗的双手猛地一颤，目光直视着此时廊下站着的景琛。

此时司清的办公桌上，她的文件被人意外碰掉在地上，露出了之前被压着的一个榫卯工艺的江南小院模型。这个小院子与璟语堂几乎一模一样，白墙黑瓦，红梅白雪，昏黄的灯光中，院子里是温暖的三个人，桌子上是一碗甜汤。这个木制榫卯的作品上，刻着两个简单的字：冬至。

司清望着此刻神情温柔的景琛，低喃："你怎么知道我今天生日？"

景琛有些意外地抬眸："我——"

她放下碗，陡然站起，笑着打断："如果你愿意的话，我们结婚吧。以后我负责柴米油盐，你继续赏雪喝茶。"

两人四目相对，风雪吹落院子里的腊梅，为这素色天地添上一抹颜色。

一切终于来到了交汇点。

第三章　假如爱有天意

　　景琛望着她认真的神色，犹豫片刻才开口："生日快乐。不过抱歉，你误会了。今天冬至，吃甜酒鸡蛋是这里的习俗。"

　　像是一时没听懂景琛的话，司清反应片刻后一把打开木盒，里边放着的是她之前委托景琛修补的玉坠。木盒内，之前那块破损的玉坠，如今已经修补完成，几乎看不出任何裂缝，原先缺口处补足了丝丝金缕。司清望着玉坠，恼羞成怒地瞪着神色清冷，仿佛不会为外界情绪所动的景琛，拉下披着的毯子，起身就往外走。她走了几步又突然转过身，醉醺醺地走了回来，距离景琛不过一步之遥。几乎是破罐子破摔地问："你对我，真的一点儿感觉都没有吗？"

　　景琛愣了一下，沉默。

　　"过生日嘛，总不能就我一个人憋屈！"说罢，她穿上高跟鞋，唇边是明媚的笑意，骄傲地转身，眼泪却不受控地滚落。

　　看着司清的背影，以及越下越大的雪，景琛皱眉回了屋。

　　走出璟语堂，原本骄傲紧绷的身姿渐渐松懈，司清有些无助地站在茫茫大雪中，看着各家灯火，却茫然不知去处。雪越下越大，她有些迟钝地拿出手机，打开网约车软件，却发现附近没有车辆，点开"微信"，下意识地打开简约的对话框，发了条消息：店里忙不忙？

　　简约回过来一张中古店里满满都是客人的照片，接着回道：忙疯了！！！晚上还有一波网红要到店里拍片，不到凌晨关不了门。司清又将对话框里还没打完的"不忙的话来璟园接下我……"一一删除，回了个表情包，就点进了微信通讯录。1800 多个联系人，但她一路滑到底，始终找不到一个可以来接她的人。握着手机，司清自嘲地笑了，然后动手逐个删除微信联系人，眼泪决堤般地落下。一时无法辨别落在屏幕上的是融化的雪花还是她的泪水。

　　屏幕沾了水，一时无法操作，司清冻得发紫的手也终于停下，她一点点环住浑身颤抖的自己，在台阶上坐下，额头抵着膝盖，无声落泪，只看得到肩头耸动。

当景琛撑着伞出来时，只看到衣衫单薄的身影蜷缩成一团，他脚下稍停。随后一条毛绒绒的毯子盖在了司清身上，她的背不自觉地往温暖处靠去，却依偎到了一双大长腿上。她泪眼蒙眬地抬头，发现头上多了把伞，身后多了个景琛。

景琛依旧淡淡的，只说："走吧，我送你回去。"

司清立刻擦干脸上的泪痕，冷着脸傲娇地抬头，却不知此时她妆容尽花，一身狼狈。她强装出气势起身，却因腿麻险些跌落回去。景琛及时伸手揽住了她的肩，司清的头埋进了他的怀中，伞下的两人浑身一僵，在她要推开时，景琛已先一步松开手。

司清还是嘴硬："不用你假好心，我自己有车。"

景琛似是疑惑地看着她："这里叫不到车，你……"

"我就不能有朋友来接吗？还是你也觉得我不配有朋友？"她忍着泪水，逼近景琛，"凭什么？就因为我年轻漂亮，升职比他们快，所以我对人笑，就是轻浮？！你们以为我喜欢笑，稀罕长眼纹吗？可我不笑，客户要投诉银行要扣钱啊！"

司清拼命想忍住眼泪不落下来，景琛静静地低头看着她，随后沉默地替她拉好下滑的毯子，默默地将伞递过去，道："我去借辆车。"说罢转身离开，偶一回头，只看到梅花树下，撑着伞的司清不停颤抖耸动的肩头。

夜晚璟园外的马路上，载着一男一女的摩托车在荒凉的小路上行驶，男人始终沉默不语，女人的话却是一路不断。司清戴着头盔，侧坐在摩托的后座，腿上盖着一件黑色大衣，她的手紧紧地抓着后座，碰也不碰景琛丝毫："你这头盔怎么回事，酸得都可以腌鱼了。"

说完实在忍不住打开头盔的玻璃透气，但被冷风一吹又冻得立刻拉下，也因此才注意到大衣的袖子上标着"璟园安保"四个字，不由翻了个白眼："哦，原来就连这小摩托，也是保安的。"

景琛依旧不说话，车子经过了减速地段，一个小加速，颠簸得司清终于闭了嘴，不小心往前倾时，伸手抓住了他的衣服。

司清的心跳乱了一拍，转瞬又有些懊恼，这些不经意的悸动都让司清感觉像是沙漠的长途旅人在开椰子，好不容易得到一点甜。

来到城区后，雪花渐渐消失，变成了小雨。摩托车忽然停下，司清环顾四周，发现是陌生的小镇。景琛回头，示意司清下车，说话的声音清冷平稳："这里有出租车。"

司清立刻跳下车，摘下头盔，和保安大衣一起还给了他，就头也不回地走到路边拦了辆出租车。

景琛将头盔和大衣整齐地放进摩托车的储物箱里，看了眼显示已经快没油了的油箱指标，拿出手机一查附近的加油站，竟有 5.8 公里。景琛正在想该怎么办，就听到路边的出租车朝他"嘀"了一声。

司机热情地打开了副驾座的门："帅哥！美女让你上车，我车里有油桶。"

车内，司清对上景琛的目光，傲娇地摇上了车窗。

空荡的走廊，瓷砖洁净明亮，映出那个孤单的身影。司清身上裹着那条毛绒绒的毯子，狼狈又疲惫地推开门。黑暗的屋内，突然亮起烛光，简约捧着蛋糕："Happy birthday！祝我们家女大佬无坚不摧，百毒不侵，狼心狗肺，逍遥快活……"

司清一脸茫然，简约瞪着她哭花的眼妆，满头问号："我的天，你干吗了？"

司清一口气吹灭了蜡烛，开始讲述她今天的遭遇……

这个雪夜倒霉的不止她一个。夜色中，景琛心急如焚地朝门口急得团团转的池中煜奔去。"怎么回事，爷爷怎么会不见的？"

池中煜着急地道歉："对不起琛哥，是我带景爷爷出来的。我就打了个电话，回头就找不到人了。"

景琛顾不得安抚池中煜，焦急地朝医院跑去，只留下一句："你去保安室看下监控，我先在医院里找找。"

拥挤的出租屋内灯光盏盏，桌子上枸杞茶配蛋糕，再加上一桌子的烧烤。简约正在重新点蜡烛，听到被拒猛地抬头："求婚？！还被秒拒了？！"

司清懊恼道："下午喝多了。"

"不是，我只是震惊，你身边竟然还有男人。"简约倒吸一口冷气，"不会是……池中煜那个傻子？！"

"我有那么饥不择食吗？"司清不自在地抿了抿唇。

简约了然："大长腿？没事没事，拜拜就拜拜，下一个更乖。来，重新许愿吹个蜡烛。"

司清双手合十地闭着眼，对着蛋糕许愿："今年我要赚很多很多钱，成为有钱有闲的富婆。"

"男人呢？"

司清咬咬牙道："有了钱还怕没男人吗？"说完再次一口气吹灭了蜡烛。

城市的万家灯火，让南方这个不供暖的城市看起来好像也不是很冷。房间里空调"呼呼"地吹着热风，司清一边吃着烤串，一边飞快地敲打着键盘。

简约欲言又止道："真下定决心不干了？你之前不是还说，现在辞职，是沉没成本，不划算吗？"

司清停下了敲击动作，准备发送邮件，她要发送的文件赫然就是辞职信。司清坚定道："成年人偶尔也需要任性一下。"随后果断地按下了鼠标，邮件显示发送中。看着发出去的邮件好像自己已经解放，松了口气，瘫在沙发上，刚摸起手机，就看到屏幕上显示一条短信，是银行房贷的提醒：您的贷款（还款账号尾号2979）将于2020年12月22日还款7788.29元，请在此日0时前存足还款额于尾号2979还款卡。如已还款请忽略此短信。【南商银行】

司清目光直直地盯着短信，不知在纠结着什么，随后一个鲤鱼打挺地坐了起来，发挥出了有史以来最快的速度，将显示已经发送的邮件撤回。

简约吓了一跳，忙凑过去看。直到屏幕上显示邮件已撤回，司清这才发现手指还紧张得微微颤抖。

简约指着屏幕问："怎么忽然又改变主意了？"

"算了下钱，我发现我没有任性的资格。"她生无可恋地指了指车钥匙，"车子首付花光了我所有积蓄，我现在每个月的收入，除去五险一金，税后1.6万元。每月开销，光房租就4000元，吃穿用最少也要2000元，房贷8000元，现在又多个车贷。每月结余不到100元。"

"你要是不买房，就不会这么紧张了。"

司清望着窗外的灯火："我再也不想搬家了……"

一句不想再搬家了，道出多少辛酸。简约沉默，再多的安慰之言也难以抚慰一颗颠沛的心。

半小时后，司清的车子停在一处工地前。工地漆黑一片，只有车前灯的一隅照明。

司清趴在方向盘上，喜悦地仰望着还没建成的楼房，一层层地数着：“7，8，9，10，11……怎么还差一层！当初我买那么高干吗？还多花了5万元！”说完又气又委屈地趴在方向盘上，方向盘发出刺耳的喇叭声，在这荒凉的工地显得尤为吓人。片刻后，司清终于抬起头，脸上的妆容有些花，眼睛也还有些红，开始自我安慰：“我再忍忍，马上就建到我这层了。”她摸出手机，点开收藏的各种继续奋斗的鸡汤语录。

黑暗的工地里，车里断断续续地传出司清渐渐哽咽的声音：“为了未来美一点，现在必须苦一点……低头不算认输，放弃才是懦夫！通往诗和远方的路上，需要情怀，更需要盘缠！镜子和钱包，可以回答生活中大部分为什么和凭什么……”

暗沉的夜色里，寒气带着南方特有的湿气层层浸透衣物，景琛被冻得双耳通红，惨白着脸，气喘吁吁地在黑暗中继续找人。不远处的草坪上，传来景爷爷的笑声：“不对不对，阿柽你转错了。”

小男孩早熟地叹口气：“我不叫阿柽。老爷爷，你脑袋生病了，该回去睡觉了。”

景琛慌忙朝声音处走去，看到景爷爷跟一个小男孩坐在台阶上说着什么。他看着景爷爷一动不动的身影，才缓缓出了口气。

“老爷爷再见。”小男孩拿着魔方起身离开。

景爷爷伸手要去拉小男孩，却被景琛阻止：“爷爷，回去了。”

景爷爷笑着回头道：“阿柽你回来了，你这些年在外边过得怎么样？怎么都不回家？”

景琛一瞬间情绪有些失控，眼角微红地打断景爷爷：“我不是他！爷爷，你看清楚，我是景琛。”

景爷爷带了点疑惑：“没错，是阿琛……”

景琛疲惫地低下头，苦笑。

从病房走出来，看到池中煜坐在椅子上，景琛上前揉了揉他的头发。池中煜低声道歉。

景琛安慰他：“休息了来家里吃饭，想点什么菜？”

池中煜眼睛一亮，立刻抬头：“醋鸡、酸菜鱼、糖醋藕，还有……”

“都没有。”看着池中煜垮了脸，景琛道，“只有红烧肉。”

　　池中煜立刻笑得咧出了一嘴大白牙，不停地点头："琛哥，你真的不生我气了？"

　　景琛："我没生你的气，之前只是担心爷爷。很晚了，你先回去吧。"

　　池中煜正准备离开，突然想起了什么："对了，我刚不是去接电话嘛，是那半卷画的消息，爷爷那个古董群群友的朋友给我发了那半卷画的照片。你看是不是景爷爷丢的那半卷？"池中煜点开图片，是半卷破旧的古画，景琛眼睛一亮。

　　颓了一晚上，第二天司清画着精致的御姐妆容，顶着一张生人勿扰的脸朝办公室走去。

　　办公室里蒋甜甜有些为难地看着艾丽："新年聚会不叫她，不好吧？"

　　艾丽对着镜子涂着口红道："这有什么，人家还不一定愿意跟我们玩呢。"说到这里她幸灾乐祸继续道，"原本板上钉钉的升职名额换成了别人，我要是她，都没脸再来……"

　　高跟鞋声打断了艾丽的话，就见司清化着精致的妆容，踩着七厘米的高跟鞋说道："所以亲爱的，你永远成不了我。"

　　司清擦着正红色口红，气场十足地拿着咖啡，拎着只新款包包，昂首挺胸地走进办公室，冷眼睥睨着蒋甜甜，笑着弯腰抹去艾丽擦到唇边的口红，凉凉道："换个色号，这款更显你脸黄了。"

　　蒋甜甜不敢出声，艾丽狠狠地拿纸巾擦去口红，瞪着司清脸上无懈可击的笑意，正要发怒，就见行长拿着一份资料进门，笑着拍了拍司清的肩膀："昨天辛苦你了，中午跟我去总行开会，正好介绍你跟北城分行的人认识。"

　　"谢谢行长，都是我应该做的。"

　　艾丽看着行长离开，不忿地冷哼一声，重重地敲击着键盘。

　　这时，司清的手机响起，看到屏幕上显示的"爸爸"的视频，她愣了一下，没有马上接起，而是拿起手机往外走。

　　天台上，她皱着眉，没好气地对着视频里的父亲解释："绝对是骗子，我们家祖上三代贫农，哪来的古董画！这就是专门针对你们中老年人设的骗局，下一步就是以扣税、手续费的名头，让你打钱过去。"

　　视频里，老旧的木头沙发上，司爸爸宝贝似的拿起一张用作包书皮的破画，画上还用铅笔写着极大的几个字：西洲实验小学，三（7）班，司清。司爸爸小心翼翼又拼命地想将画上的褶子都抹平了："也不是没这个可能。这样，我把画寄给你，刚好对方也在南城。你就把交易位置约在你们行的营业厅，最好在你们安保送钱箱的时候。真要碰上什么诈骗的，也方便就地解决，还能让你立一功。"

司清不由失笑："那你约好时间，让他到我们银行对面的咖啡厅见，一会儿我把地址发你。"

"哎，你阿姨和你妹妹回来了，要不要跟她们说……"

司清神情一僵立马说道："不用了。"匆匆挂断电话，站在天台上，望着车水马龙，缓缓呼了口气。

与此车水马龙形成鲜明对比的青砖石地上此时放着各色颜料，景琛正拿着画笔，在宫灯上画着富有中国风却并不老式的画，有神态可掬的仕女图，还有可爱的猫狗图。这时，景琛扔在走廊椅子上的手机亮起，是一条名为"题跋卖主"发来的信息，发过来的是一个定位，以及一条信息：明天中午 12:30，新城大厦一楼星巴克。手机屏幕几次亮起又熄灭，景琛丝毫没有注意到，依旧埋头画着画。

风吹过这个庭院，带起一阵树叶簌簌的声音，远处偶有犬吠、鹅叫……

次日，景琛前去赴约。

嘈杂的大堂内穿着精致的上班族光鲜亮丽，行色匆匆。景琛一身简单的装扮，显得与周围的精英白领有些格格不入，他环顾四周，朝收银台排队处走去。

司清拿着小票刚转身，就看到了熟悉的脸，不禁一愣，然后直接装不认识地从他身边走过。却不料，被景琛突然握住了手腕。

司清一惊，立刻挣扎甩开："你干吗？"

景琛的目光却盯着司清手中的画回答道："买画。"

桌子中央放着那半卷画。司清看着景琛一脸得意地问："这画对你很重要？"

景琛："对。"

司清若有所思地点头，随即收回画，挑衅地看向眉头紧皱的景琛："哦，那我不卖了。"

景琛略沉思道："是价格不满意还是因为冬至那天的事？"

"你猜？"司清挑眉问道。

景琛的手指轻轻敲着桌面，目光清浅地落在司清的脸上，问："你喜欢我？"

司清一噎，有些恼羞成怒地瞪向景琛："少自作多情，那天是酒后冲动。"

景琛："那就是价格的问题了。这半卷画的重要性，只是对我们家而言，不会再有其他人出这个价。你可以好好考虑，我也接受适当加价。"

合着他在这儿做排除法呢！司清声音凉凉："适当加价？景先生，你是不是忘了一件事，现在，我才是开价方。"

景琛平静地目视司清，问道："你想要什么？"景琛依旧是不温不火的模样，淡定的样子却令司清越发窝火。

司清挑衅道："这画我准备当嫁妆，你说我要什么？"

看着景琛皱眉纠结的模样，她满意地端着咖啡起身，却不料景琛忽然开口："我会考虑。"

司清不可思议地回头，看到的是这个冷峻的男人一脸认真的模样。

屋外下着雨，屋檐下垂挂着的雨铃叮当作响。

池中煜坐在厨房的门槛上，就着碗里的红烧肉和汤汁飞速吃饭，边吃边说："我们银行的人？那就好办了。不是我夸海口，行里没一个人不买我的账的。你说说，叫什么名字？一会儿我就让人把画送过来。"

景琛踩在楼梯上，将灯笼挂在屋檐下，缓缓道："司清。"

池中煜震惊得差点把饭喷出来，一下子平翘舌不分："啥，师清？！"

景琛纠正道："司清。"

"我知道，我师父嘛！我跟你吐槽过好几次的白骨精。完了，我绝对搞不定她的。"池中煜都有点语无伦次了，"你碰上谁不好，撞她手里了。这不就成唐僧碰上白骨精了……"池中煜心不在焉地继续吃饭，嘴里念念有词，"我有种不太好的预感，以我对我师父的了解，送上门的钱不收，要么是坐地起价，要么是另有所图。"他打量着景琛，疑惑，"不过她能图你什么？"

景琛从木梯上下来，若有所思地抬眸："你以为呢？"

池中煜摸着下巴，一本正经地安慰景琛："就算她馋你的身子也不用怕，她爱钱，你没钱，这点已经堵住了所有可能性。我跟你，都比她跟你在一起的可能性大。哎，也不对，你没钱但有璟园这么多房子，每天换着屋住也得小半月。"

"跟我有什么干系，地是村里租的，房子是爷爷收回来的，我只是个搭房子的。"

池中煜大手一挥："嗨，景爷爷就你一个孙子，他的不就是你的嘛。"

景琛一时默然，起身走进厨房。

"那画你准备怎么办？我去帮你铺垫铺垫？"池中煜起身跟上去，惦记着他的饭，"哎，琛哥还有米饭吗？你烧的红烧肉真的无敌，我还能再干两碗！这个年底我都连着帮人加了一周的帮班了，身体都被掏空了。"

景琛："没有。"

池中煜哀怨地站在门口，幽幽地看着景琛端着一碗切碎的白切肉出来："你说实话，你是不是在外边养狗了？"

景琛："嗯。"

小树林里，摆放着一小排木屋，周边流散着几只流浪狗与流浪猫。景琛半蹲在地上，神色温柔地将碗里的肉放进小木屋里的喂食盆里，又在水盆里加了清水。

池中煜在一旁任劳任怨地帮着景琛，给边上小木屋换上干草，垫在木板上，在看到景琛唇边清浅的笑容时，忍不住感叹："你看着它们的时候，比平时有人情味多了。如果你对学姐也……"

池中煜的话戛然而止，景琛似是没有听到，继续拿着两只猫和狗形状的小灯笼，分别挂在猫舍和狗舍旁的树枝下。景琛眺望璟园，家家户户的屋檐下，都已经悬挂上了灯笼。

池中煜："琛哥，璟园你已经建完了，以后有什么打算？不会还继续窝在这里吧？"

景琛眼中闪过些许茫然，低头摸着狗狗的脑袋，回答："不知道。"

银行外人来人往，司清拿着一份合同刚走进银行，就看到陈连之有些局促地在门口等着她。

陈连之上前一步说："我，我是来还钱的，不过可能还不够。"

司清目光落到她手里的破旧皮包里："你父母……"

"不是我爸妈的，那些钱我还给他们了。"陈连之立刻打断，慌忙拉开拉链，"这是我卖灯笼收到的钱。明天元旦，璟园刚好要办个游园灯会，用的是我家那些灯笼。这也全靠村里帮忙，尤其是景琛，这些天一直在帮我做灯笼。

不然，我实在是没脸来见你。"

司清有些意外，对陈连之的感激更有些无措："您别这么说，我真没做什么。钱不够的话没关系，可以先还一部分。你先取号在这儿等我，我上去替你打个申请就下来。"

陈连之点头往里走，走了几步又停下来，回过头："司经理，我欠你一句对不起，谢谢你，真的谢谢你们。"

司清看着陈连之微红的眼眶和脸上轻松的笑意，唇边也情不自禁地勾起微笑。

虽然少了一笔贷款，但依然要加班，晚上九点银行里只剩下司清的办公室灯还亮着。她从电脑前抬头，做完两份贷款合同，起来活动了下脖子，才注意到一旁的外卖还原封不动地放着。

拆开外卖，就见麻辣烫上浮着一层白色的油。她拿着筷子，实在没什么胃口，但为了咕噜叫的肚子，也还是塞了点进去，吃完刚将剩的外卖垃圾分类完，就见清洁工阿姨进来。

清洁工一脸疑惑："咦，司经理还在啊，怎么没去聚会？"

司清一愣："什么聚会？"

"明天元旦放假，行长请大家吃饭啊。"

司清一怔，走到洗手池旁洗手："哦，我刚好有事加班。"

清洁工："你这个姑娘也太拼了，放假也不回家，你爸妈都不惦记的呀？"

司清关掉水，只是沉默地笑笑。

医院里急救铃刺耳的声音响彻走廊。景琛愣愣地站在门口，看着医护人员冲进病房。

回到家的司清洗着头，旁边的手机里正放着CFA（特许金融分析师）考试辅导的音频。洗到一半发现淋浴间的水一直下不去，她关掉水，一边拧着头发，一边熟练地拿起刷子开始掏下水口，果然掏出一团头发，眼不见为净地将那一团头发扔进垃圾桶里，刚要继续洗，却突然断了电，淋浴间里漆黑一片。

"我的天！"司清摸黑随便冲了下头发，就摸索着拿起浴袍裹好，又拿起一旁的手机开始照亮。黑暗中，手机的手电光亮是唯一的光亮。她狼狈地裹着浴袍，小心翼翼地先透过门缝往外看了一眼，见走廊上没人，才打着颤，拿着电卡往外走。

这时，手机突然响起，是司爸爸的电话。司清强打起精神接起电话："老爸新年好，恭喜发财。"

"新年好啊，囡囡。我今天才想起来，你前几天过生日。"司爸爸顿了顿，"爸爸给你道个歉。"

司清站在黑暗的门口，扶着门框，眼圈慢慢变红，强忍着泪故作无事："没事啦，又不是什么整生。"

电话里，除了嗞嗞的电流声，是有些尴尬的沉默。片刻后，司爸爸道："有没有给自己买蛋糕吃？"

司清："当然有，跟同事还有朋友一起过的。"

"哦，哦，那就好。那幅画要是卖了，钱你就自己收着，买点喜欢的。"

"好啊，谢谢爸爸。"

两人再次沉默，司清有些不舍，却又不知该说些什么，挂断了微信语音。她盯着父亲的微信头像，忍不住点进照片。点进去的瞬间，父亲的照片变成了父亲与异母妹妹的合照。司清的心瞬间陷入冰谷，只见父亲刚发的朋友圈里，是一张一家三口庆生的照片。照片中央，一个十八岁左右的少女戴着生日皇冠，面前放着一个蛋糕，配文是：宝贝女儿的生日。

司清脸上的笑僵住，手机屏幕的光渐渐熄灭，彻底黑暗。不知道在黑暗中站了多久，直到被冻得打了个寒战，才若无其事地继续拿着卡往电箱走去。当她重新回到屋里，打开电视，放起了热闹的音乐，开始沉默地收拾屋子，将外卖装进垃圾袋里，又将沙发上脏乱的衣服放进洗衣机里。当司清弯腰打开洗衣机的门，却闻到了一股臭味，只见里边是昨天洗完后忘了晒的衣服。她抱着衣服蹲在地上，突然泪水不住地涌出。这时，一旁的手机再次亮起，来电显示是"陈连之"。

此刻，烟花在窗外绽放。

夜空中的烟花绽开又散去。安静的病房内，景琛坐在病床前，紧紧握着景爷爷的手。

"你爷爷这个年纪，身体的各项机能都老化出故障了，你要做好最坏的打算，尽量多陪陪老人家。"医生叹了口气，顿了顿，轻轻补了句，"估计……

就是这几天了。"

景爷爷的手指动了动，慢慢睁开了眼。

景琛："爷爷？"

景爷爷伸出手："画……画呢？不找回来，我……没脸见祖宗。"

景琛一怔，紧紧地握住景爷爷的手，半晌后坚定地承诺："我这就去取画，爷爷你等我。"

璟园外挂满了灯笼。司清开门下车，从后座拿起那半卷卷轴，就朝璟园走去，没注意到落在副驾驶座的手机屏幕上显示景琛来电。屏幕亮起又熄灭。

银行营业厅早已关门，一片漆黑，但是银行的客户经理加班是家常便饭，侧边的小门基本都是对外开放的。景琛匆匆上楼，却看到办公室内一片漆黑。在他失望地准备离开时，身后办公室里传来"砰"的东西的落地声，随后办公室的灯全被打开。

景琛走进办公室，就看到被清洁工阿姨不小心碰落到地的那个榫卯模型。他神情微变，大步上前捡起模型，怔怔地摸索着模型上刻着的"冬至"两个字。

清洁工阿姨一脸奇怪："哎，你找谁啊？"

景琛却看着那个榫卯模型，以及面前桌子上司清的工牌，忽然放下模型匆匆往楼下飞奔而去。

璟园内，屋檐下、树梢头、亭子间，都挂满了各式各样的花灯。司清站在长廊一侧，抬头望着这昏黄的花灯，怔怔地一时没回过神，她的手里还握着那半卷画。

不远处，陈连之正挽着年迈的父母，站在摊子前卖着灯笼，陈连之忙不过来时，她的母亲还不忘往她嘴里塞口冒着热气的红薯，充斥着平淡的温情。环顾四周，游客们或是携伴而来的朋友，或是三两同行的家人，各自忙着拍照。她驻足片刻，没有上前打招呼，而是往另一条熟悉的小道走去。

司清在璟语堂外停下脚步，却看到院内漆黑一片，就连屋檐下的两盏灯也没有点燃。这时，身后传来了脚步声。司清一回头，就见身后出现了一盏灯，只照着她脚下的路。她怔怔地望着从灯火阑珊处走来的景琛，看着他手提一盏梅花灯，缓步在她面前停下。

"画我带来了。"司清将画递到景琛面前。

景琛："谢谢。"

司清犹豫稍许，在景琛伸手时，又将画往回收了些，开玩笑似的笑着说："我都说了是我的嫁妆了，你还敢要啊？"

景琛深深地望着司清，沉默不语。

司清见状自嘲一笑，抬起卷轴，将画卷递给景琛："我开玩笑的，呐，给你……"

景琛打断她，认真地说道："我们结婚吧。"

难得热闹，灯火通明的璟园内，黑暗的璟语堂也终于亮起了灯。万灯照万家，一灯照一隅。

第四章　阴暗的"疯"美人

"梆、梆"两声，钢戳敲在了两本结婚证照片上。照片上，司清还穿着银行的制服，望着镜头的神情还带着些微茫然，景琛那清冷的脸上不知为何多了几分焦急。

工作人员将两本结婚证推给脸上没有丝毫笑意的司清和景琛，并说道："恭喜啊，从现在开始，两位就是合法夫妻了。"

司清拿着一本结婚证，还愣在原地。景琛已经拿起结婚证，拉着司清往外走。

司清："哎，你干吗？"

景琛："拿画。"

司清脸上的种种羞涩和茫然在刹那间褪去，有些难以置信地望着景琛。"你跟我结婚，只是因为那破画？"很快又自嘲地接话，"算了，也没什么差别。"

景琛正要开口解释，司清已经大步往外走去。

司清从车里拿出画，递给景琛："有件事跟你商量一下，从你家去银行有些远，早晚高峰都要两小时。正好我租的房子还有四个月才到期，所以我打算工作日先继续住市区，周末或者放假再回璟园。你要是反对……"

景琛打断："好。"

司清一时也不知再说些什么，打开车门便准备上车。

景琛："今天有时间吗？我想带你见我爷爷。"

司清一愣："午休可以吗？晚上我怕要开会。"

景琛："好，到时我去接你。"

两人之间，充斥着淡淡的尴尬，话音刚落又是一阵沉默。

司清："那我先去银行了。"景琛点头，目送司清离开。

司清匆匆跑进大厅，把包往大厅的椅子上一放，就赶紧站到空出的位置上，跟上流程。

艾丽："请相互检查仪表。"

两排面对面站着的员工们敷衍性地替对方检查着装，蒋甜甜朝司清指了指领花。司清才发现自己没带领花，忙转身翻找自己的包，拿出领花的时候，不小心带出了一本结婚证。司清一惊，正要低头捡起，艾丽却更快一步捡起，声音尖锐："你结婚了？！"

所有人的目光全都集中到艾丽手中的结婚证上。

司清："刚领的证，明天请大家吃喜糖。"司清落落大方地从艾丽手里拿回结婚证时，就听艾丽尖酸地问："你这年纪还搞闪婚，该不是给人当后妈去了吧？"

司清一个"不小心"手滑，结婚证再次掉落在地，景琛的照片摊开在地面上，令众人眼中闪过一丝惊艳，难掩八卦的欲望。

大堂经理小余："哇，我老公要长这样，当后妈我也乐意！问问你老公，还有兄弟吗？"

司清："貌似是有个兄弟，有钱有颜，就是脑子有些不太好使。"

一辆招风的跑车停在狭窄的街道上，车窗降下，露出脑子不太好使的池中煜阳光的脸蛋。池中煜喊道："琛哥！"

景琛闻声望去，看着池中煜的车皱眉问道："你怎么开这辆车？"

池中煜："你好不容易约我一次，还叮嘱我开车，那我必须开最亮眼的来给你撑场面啊！"

景琛无奈："我是让你开车来运东西。"

司清不紧不慢地将捡起的结婚证放回包里，戴好领花再次解释："真没好什么好八卦的，我先生就是个普通人。"

柜员甲："普通人也分好几种，本地的、外地的，有钱的、没钱的，说出来我们给你把把关。"

司清刚要回答，大堂经理小余已经先插嘴："司清姐连肖总都拒绝了，怎么可能会嫁个没钱的。嘿嘿，刚不小心瞄到了，是南城本地的哦。"

司清脸上的笑变得有些尴尬。

老周："给透个底，妹夫开什么价位的车？下次请吃饭的时候，我们好估量着宰。"

司清比了个二的手势："这个，懂了吗？"

老周："废话，这还能不懂！两个位置的当然就是敞篷啊！"

司清脸上的笑有些撑不住。

　　景琛的自行车停在池中煜的两座跑车边。池中煜拎着两床大红鸳鸯被，有些目瞪口呆地跟着景琛从家居店出来。景琛手里也拎着两床鸳鸯被，放进已经放了两床鸳鸯被的跑车里。

　　池中煜："你买这么多大红鸳鸯被，是要结婚吗？"

　　景琛："嗯。"

　　池中煜一愣，继而欣慰地笑："不错啊琛哥，都懂得开玩笑了，就是你这品位……"他看着手里抱的鸳鸯被刺绣，为难地想着措辞，"是不是在乡下待久了，所以审美被带偏了？这颜色，还有这俩鸭子……大俗即大雅，也挺好的，挺好的。"景琛拎起装满巧克力的箱子，无语地看着池中煜。

　　车内除驾驶座外都已被堆满，池中煜忙将副驾驶座里的被子狠狠往里一推，挤出一小半位置。

　　池中煜："来，挤挤还能坐下。"

　　景琛一脸嫌弃地朝自己的自行车走去，说道："不用，我自己有车。"景琛说着干净利落地跨上一旁的山地自行车，先往前骑去。

　　璟园外的马路上，景琛飞快地骑着自行车。池中煜以二十迈的速度和景琛并行，嘴里嘚吧嘚吧地说个不停："真的是惊天大新闻！我师父司经理，竟然被男人收了！可惜我今天调休，没见到我那倒霉师公长什么样！"

　　景琛淡淡地瞥了眼池中煜，池中煜将这眼神自动理解为好奇，越发兴奋："我师父你有印象的吧？就卖画那个，长得是挺漂亮的，就是一身铜臭味，普通男人绝对消受不起。以她那精明市侩的本性，找的老公……"

　　景琛突然刹车，池中煜慢了一拍也赶紧刹车，还不忘探出头朝落后的景琛问："怎么啦？车子坏了还是落东西了？没事，我这儿能挤！"

　　景琛朝池中煜招招手，池中煜将车子退到景琛身边，乖乖地从窗里探出上半身，一脸疑惑地看着景琛。景琛狠狠地一巴掌拍在池中煜后脑勺儿。

　　池中煜委屈："你打我干吗？"

　　景琛："一日为师，终身为父，教你如何尊师重道。"

　　池中煜："你给我当家教后，我对你比对我亲爹还尊重！"

　　景琛："不是我。算了，晚上再说，到时候见到人记得礼貌些。"

池中煜一脸蒙，景琛径自骑上自行车往璟园方向走去。

司清送客户出门并尽责地叮嘱："明天您随时过来，在柜台就可以办理放款。"

司清刚送客户离开，就看到肖飞从车内下来，她的脸上的笑有些不自然，却还是上前打招呼："肖总，过来办业务？"

肖飞西装革履，脸上是温和绅士的笑。"业务不过是顺便，主要还是为了你，谁让司经理太难约了呢。"说着递出一张李健演唱会的 VIP 票，"你在朋友圈分享了好几次这个歌手的歌，我就让助理留了两张。"

司清惊喜地说："太感谢了肖总，我抢了好几次，连站台票都没抢到。不过……"

肖飞似笑非笑："不过你周末又要加班？要么我给你们行长打声招呼吧。"

司清："那倒不是，是我还有个伴儿，想厚着脸皮再问您买一张。"

肖飞："你带的那个实习生，还是你们办公室的同事？"

司清刚摇头，艾丽嗲嗲的声音已经在身后响起："肖总啊，我们可不背这个锅。司清这是秀恩爱，替她老公要呢，听说又帅又有钱，还是本地人，也难怪她看不上别人啰。"

肖飞："司经理这是谈男朋友了？"

司清淡淡地瞥了眼艾丽，看着肖飞说："不是，"她从包里拿出结婚证说，"是合法丈夫。"

肖飞意味深长地打量着司清空荡荡的无名指问："哦？那怎么连个戒指都没舍得给你买？"

司清抬起无名指，故作恩爱："没办法，我先生说戒指必须是独一无二的，所以到现在还在定制中。"

突然，蒋甜甜看向马路对面，打断了司清："那个，是你先生吧？"

马路对面，车流人海往来皆匆匆。唯有景琛，长身玉立，不疾不徐地朝银行走来，似是察觉到什么，轻轻抬眸，便与银行门口的司清四目相对。

高档的西餐厅内，五人安静地用餐，气氛却是极其诡异。司清不时偷偷打量景琛，却见他淡定地端坐着喝水。

艾丽和蒋甜甜想说什么，却每次在看到景琛清冷的面容时，又讪讪地闭上嘴，低头吃着沙拉。

肖飞："冒昧邀请景先生用餐，会不会有些打扰？"

景琛还没开口，司清就有些娇羞地挽住景琛的胳膊说："我们今天刚领证，原本打算找个地方小小庆祝一下。"

景琛一僵，目光古怪地看向司清挽住他的手，却没有挣开。

肖飞看着司清和景琛，眼神带着打量："我最近刚出差回来，才听说你升职遇上了些 trouble（麻烦），本来想约你来我家，替你引见几位朋友，结果又正好出了趟差。So（所以），需要我帮忙吗？"

"不用，"司清看向景琛，"多亏我先生，都解决了。"

艾丽故意叹了口气："这年头儿可真是不容易，尤其我们女孩子，骗婚的比骗贷的还多。甜甜你千万要小心，别一看到有车有房的本地小开就头脑发热。他们啊，都是面子上光鲜，一家子几口人挤在五十平方米的老破小，上个洗手间都要排队。是吧，司清？"

司清冷笑地斜了眼艾丽，便一脸忧愁地抱怨："说起这个可烦死我了，从他家院门口走到洗手间的时间，都够你在洗手间 P 完图了。"

蒋甜甜："司清你平时也太低调了。"

艾丽："哪天方便，请我们去你家大 house（房子）参观一圈？"

景琛眼中闪过一丝不耐，却还是礼貌应对："除了周一，其他时间买票就能进。"

众人震惊地看着景琛，司清咬牙笑着回应："对，我们家在景区。"

肖飞："白云那边？倒是巧，我在那儿也有处房产，哪天串门约个 Golf（高尔夫）？对了，还没问您是哪行的？"

司清："收藏，古董生意。"

景琛深深地看了一眼司清，目光有些复杂，随后起身："抱歉，去趟洗手间。"

景琛低头洗手，一旁的肖飞对着镜子整理自己的领带。肖飞："景先生真是好气度，换成是我，肯定做不到让自己老婆这么在外边抛头露面，在酒桌上跟其他男人厮混。"

景琛目光一冷："所以她选择的是我，而不是你。"

肖飞脸色铁青，挑衅地望向景琛，一脸暧昧地说："那她有没有告诉过你，她当初是怎么找我拉存款的？哇，三更半夜，穿着裙子，红着脸在我家门外不停地给我打电话求我开门。那模样，我真是想不开门都……"

景琛将水龙头的把手开到最冰，随即手指按住出水处，冰冷的水直接溅了肖飞一脸。肖飞连忙往后退，却踩到了身后的水渍，狼狈滑倒。

景琛不紧不慢地走到肖飞身边，从他头顶抽出擦手纸，一边擦手一边开口说："关于我太太，以后请肖总慎言。"景琛将纸巾扔进垃圾桶，就慢条斯理地往外走，徒留肖飞脸色难看地盯着他的背影。

司清气得咬牙切齿，却还得强笑着看着对面的艾丽。艾丽面前放着一本酒单，最上边的红酒标价 9999 元。艾丽阴阳怪气地说道："你老公这么有钱，不至于一瓶酒都舍不得吧？"

司清："当然不，是我舍不得。毕竟，什么交情吃什么价位的饭。"

艾丽脸上的笑一僵，看到景琛过来，才挤出笑，撒娇嗲声道："亲爱的，你这样太不给你老公面子了。不知道的，会以为他是请不起。"

这时，服务员有些为难地问道："请问，这酒还点吗？"

司清深吸一口气，朝桌边的服务员道："就给她来……"

景琛正好回来，打断了司清："不用了，这酒的确不在我承受范围之内。"景琛扫了在座的三人一圈，没有坐下，只是拿起一侧的外套，"刚才的单我已经买了，之后的你们随意。我还有事，先走了。"

司清闻言顿时脸色大变。蒋甜甜和艾丽，以及刚从洗手间出来的肖飞正好听到这话，不由目光嘲讽地看向司清和景琛。景琛说完就往外走，司清在原地顶着众人的目光，脸上青红一片，随即猛地起身追了出去。

司清快步追上景琛，愤怒地拽住他的胳膊，连声问道："你就不能再忍一下吗？你知不知道你这么做，明天我就会成为全行的笑柄？"

景琛看起来冷静异常，与愤怒的司清形成鲜明的对比。景琛："钱和面子，对你来说，真的那么重要吗？"

司清毫不犹豫："对，重要，比什么都重要。"

景琛一默，目光复杂地凝视着司清："那你当初为什么跟我提结婚？你应该很清楚，我在我们的婚姻里，满足不了你想在你同事面前维持的体面和风光，我也配合不了你的谎言。"

司清有些狼狈，看着似是冷静丝毫不受影响的景琛，冲动之下脱口而出："那就离婚啊！"场面顿时冷凝。

司清说完便有些懊恼地别开头，烦躁却又不知如何开口："我……"

景琛抬眸，似是透过眼前的司清在看另一个身影，自嘲："也好。"

司清一震，不可思议地抬头，继而怒气更盛。

景琛："是我自以为是了，你和我想的……"

司清被戳痛，忍不住嘲讽："你想的我是什么样？我告诉你，我从来都是现在这样虚荣自私爱面子，我就是喜欢钱。你又比我好多少，说白了你跟我结婚，就是为了那幅破画！你现在拿到画了，又认清了我的真面目，自然没必要再跟我演下去。我们也是该及时止损，你不必委屈娶，我也不用将就嫁。"

景琛的眉心渐渐蹙起，脸色变得有些冷："你是这么想的？"

司清倔强地抬着下巴，看着景琛淡漠的神情，不禁越发气恼："是。"说罢低头掩饰着眼中汹涌的情绪，憋着一股气从包里翻出结婚证，"民政局就在这边上，正好今天证件也都在，干脆现在就去把手续办了。"

景琛顿了顿："随你。"司清脸色越发难看。

此时餐厅门口，蒋甜甜、艾丽和肖飞已看了许久的热闹。艾丽八卦地朝蒋甜甜使了个眼色……

离婚窗口处，司清和景琛一言不发地坐在窗口前的椅子上，他们面前，是工作人员递出的两张《离婚申请受理回执单》。

工作人员："离婚冷静期一个月，按收到这张回执日期的次日开始计算，满30天后才可以过来办手续，期间任何一方后悔都可以撤销申请。办理手续的期限，在冷静期结束后顺延30天。如果这第二个30天内，你们双方不能亲自过来办理的，系统也会默认你们自动放弃离婚申请。不过要是有家暴等违法行为的例外，随时可以起诉办理离婚手续。"

司清眉心紧蹙，死死地望着回执单，又扫向一旁的景琛，正好对上他的目光，说了句："一个月后见。"随即拿过自己的户口簿，起身离开。

景琛刚要离开，工作人员这时拿出一份问卷递给他："等等，麻烦您帮我们做一份《婚姻调查问卷》。"

景琛皱了下眉头，又坐回到窗口的位置上，开始填写问卷。

午后的阳光格外刺眼，司清拿着回执单刚出民政局，就看到肖飞和艾丽看热闹似的等在门口，蒋甜甜面上则有些尴尬。

蒋甜甜："你还好吧？"

艾丽："宝宝你别难过，还有我们呢。你说你老公……哦，不，你前夫也真是的，不就是一瓶酒嘛，请不起的话也没必要闹离婚。"

司清没理会众人，直接就朝车子走去。

艾丽讥讽："唉，只能说豪门不好进啊，这才第一天就被扫地出门了。"

肖飞绅士地询问司清："要不要我送你……"肖飞的手刚搭上司清的肩，就被她用包狠狠拍开，就见她冷笑着转身："你们还没完了，就对我的婚姻，对他的家底这么好奇？没问题，我这就满足你们的好奇心，都给我上车！"

肖飞和艾丽一时没有反应，反应过来后赶忙说："午休结束了，我们还要回去上班呢。"

司清上前拎着两人的衣服就往车上推，将两人推进后座。蒋甜甜不等司清有反应，已经乖巧地自己在副驾驶座坐好。景琛走出门口时，只能看到司清的车疾驰而去。

医院里的景爷爷一身中山装，强打着精神靠在床头打量着那半卷从司清处拿来的画。

景琛走近，道："怎么还在看？"

景爷爷探头看向景琛身后，皱眉："你上午说会带个很重要的人来见我，人呢？"

景琛避开景爷爷的目光，收拾着一旁桌子上的东西。"临时有事来不了。"边说边拿过题跋，"这画我先带回去修复，等修好了您再看。"

景爷爷有些疑惑地看着景琛眉眼间的倦意，顺从地在他的帮助下，脱下外套躺下。"对了，你去楼下病房看看阿煜，他阑尾炎刚动完手术。"景爷爷说道。

景琛皱眉，一边替景爷爷盖好被子，一边拿出手机，才发现了池中煜发的朋友圈，是一张刚做完阑尾炎手术的照片，配字：告别盲肠。景琛匆匆往外走。

池中煜躺在床上，一脸愤怒地刷着手机，他听到病房的门被推开，头也不抬地道："别问放没放，问就是放了！"

景琛进门，沉默在椅子上坐下，随口问道："放什么？"

池中煜下意识地回答："放屁！"忽然又觉得刚才的声音有点耳熟，回头一看池中煜这才注意到景琛，立刻紧张地解释："琛哥你别生气啊，我不是骂你，我这是有双重意思：一个是护士小姐姐让我放气了跟她说一声，另一个就是我们行里那些个大嘴巴，满嘴废话！我虽然不喜欢我师父，但还轮不到他们在这里说三道四！"

景琛突然接话问道："他们说她什么？"

池中煜："八卦她闪婚又闪离，在群里直播她的抠门儿前夫！哝，现在又开始造谣了，认为她一个外地人在南城买车买房，全是靠'睡'服那些金主。全是胡说八道！我师父虽然不是真善美的'小白莲'，但在工作上靠的是不要命。"景琛接过池中煜递来的手机，就见一个叫作"清•朝那些事儿"的群里，全是恶搞司清的图片。池中煜见景琛认真地刷着手机，忍不住解释："我以前也误会过她，直到有一次我们碰到了一个贼装贼恶心的客户。我师父提前跟他约了上门办理业务的时间，他在行里满口答应了，结果得知我师父不是单独上门，就故意给吃闭门羹……"

深冬的夜里，寒风刺骨，司清穿着单薄的工作服，被冻得不停打哆嗦，但脸上还带着温和的笑容在打电话："肖总，您大概还需要多久能到家？对，我们还在您小区外头……不是，还有我带的实习生……没关系，您按您的进度来，我们在这边等您。"

池中煜见司清挂断手机，不耐地发牢骚："还等？都等了一下午了！"

司清："他是客户，客户说了不在家，那就是不在家。你要是怕冷就先去车里坐着，总之今晚必须见到人！"

池中煜有些烦躁，又有些少年的骄傲，不解地问："谁怕冷了，我就是不明白，你一个名牌大学毕业生，为什么非要来银行当服务员？"

司清："你一个富二代不也来这儿跟人'抢饭碗'吗？"

池中煜："我那是被我爸妈逼的！"

司清闻言，有些自嘲地笑，自言自语地喃喃："我也是被他们逼的，不过跟你不一样。"

池中煜躺在副驾驶上打游戏，偶尔抬头活动脖子时，就能看到司清一会儿和门卫沟通，一会儿打电话，脸上始终是和煦的笑容。

司清靠在门口柱子的挡风处，不时跺着脚搓着手，每次有车开进小区，她都会第一时间站好，朝车子处迎去。

时间不知过了多久，池中煜打了个哈欠，迷迷糊糊地醒来，就看到司清正和一个外卖员说着什么，于是上前问道："你还叫了外卖？"

司清笑着把外卖单上的信息递给池中煜看："肖飞叫的。"

池中煜："知道给我们叫外卖，怎么不早……"半晌才反应过来，"这孙子，你是说他一直都在家？昨晚故意耍我们？"说罢便气势汹汹地就要往小区里闯，却被司清一把拉住。司清露出自信的笑："客户理亏，就是我们的机会。"

池中煜："你这是超人体质？冻了一晚，怎么手还这么烫？"

司清："去给我买点退烧药，要那种长眼睛的人都能看到'退烧'两个字的。他既然爱面子，我就给足他面子，但也要他理亏到底！"

池中煜嘟囔着离开："你还真是可怕……"走出几步后回头，看着司清瘦弱的背影，心情复杂。

这只是工作中常见的刁难，却向景琛揭开了那个比璟园的鸭子还要嘴硬的女人的另外一面。

池中煜叹了口气："我后来才明白，她早就知道肖飞对她不怀好意，但她不愿意接受那种暗示，才故意带我一起。"

池中煜没注意到景琛眼中暗涌的阴鸷与怒火："肖飞？"

"你不认识，就一爱装的暴发户。我是压根不信群里那些所谓的爆料，他们纯粹是心里阴暗，见不得别人好。我估计，我师父是找了个特别有钱的隐形富豪，他们急眼了。"

景琛握着手机扫了眼正脑补的池中煜，沉默良久开口问道："在你们单位，有没有钱，很重要？"

池中煜忽然沉默，一脸欲言又止。

景琛："很难回答？"

池中煜："不是，是我在思考该怎么回答，才会显得我在你面前，不那么俗气。"

景琛："直说。"

池中煜毫不犹豫："重要！！！就好比我这个学美术的派遣工，业务能力不突出，但因为顶着一个富二代的名儿，大家对我反而特别容忍。还有现在娱乐圈里不时冒出的富二代人设的演员，原本的缺点反倒成了萌点。这些都说明了一个问题，那就是笑贫不笑娼。"

景琛垂眸低喃："这不对。"

池中煜："是不对，但这种风气一时也改不了。我们周围的环境都在围绕着钱，似乎人人都追求名牌。琛哥，你是很轻松就登上过顶峰的人，所以你不在意这些。但还在山下的人，如果要继续往上爬，只靠喝露水是会饿死的。"

景琛手里的手机一震，是"清·朝那些事"里艾丽的微信。微信上的文字颇为刺眼：宝宝们，一会儿我给你们直播南方版的乡村爱情故事！

景琛当即起身，将手机还给池中煜，准备离开。

池中煜："等等！琛哥帮个忙，我上午从你那儿回去的路上叫的救护车，我车子现在还在路上停着，你先帮我开回璟园。"

池中煜说着将钥匙朝景琛扔去，之后在景琛离开的第一时间冲进了洗手间放气。

车子在小道上开得飞快，车内一片安静，望着司清冷漠的神情，后座的两人也识相地不敢乱说，只是在被颠簸得四处乱倒时，立刻拉上安全带。眼看车子越开越偏，艾丽忍不住捅了捅身侧的肖飞。肖飞皱眉："你是不是开错路了？这边都快出南城了。"

司清猛地一个拐弯，不客气地说："我前夫家是我熟还是你熟？"车子疾驰，飞速消失在拐角。

片刻后，司清下车，甩上车门，淡定十足地站在璟园门口。肖飞几人下车，有些难以置信地打量着周围荒凉的环境。

司清："那边买票。"

肖飞："什么？"

司清："想参观大 house，就那边买票。"

艾丽偷偷打开手机导航，看到定位显示在江澧湾村，不由大跌眼镜，震惊地望着司清："这是景区，不是过村里了吧，你老公住这儿？"

司清没有理会其他人的询问，径自朝还亮着灯的售票处走去，拿出自己的身份证："给我一张门票。"

售票员接过身份证刷了下，古怪地看了眼司清，又把身份证推了出来，兴味盎然地盯着司清看了看，说："你就是景琛媳妇儿啊，不用买了，他早上就把你加进家属栏了，以后下班了直接进就成。"

司清不由愣住。

售票员："身后那几个是你朋友？你直接带进去吧。"

司清回头看了眼身后的几人："不是，您按正常价收费。"又朝着肖飞几人抬了抬下巴，"赶紧吧，别耽误大姐下班。"

司清熟练地踩着高跟鞋在青石子路上快步走着，身后的艾丽一路叫苦，司清充耳不闻，直到她看到紧闭着门的璟语堂，忽然自嘲一笑，放下了准备敲门的手，转而往回走，艾丽见状不由挑眉："干吗，不会连这里也是假的吧？"

司清冷冷地指着璟语堂的牌子。"这不就到了，前后带院，古董修复。"她指着角落的自行车说道，"还有那儿，二轮敞篷。"

艾丽此时再看向司清的目光，是满满的优越感，不禁说："你早诚实点说你老公家在乡下，我们就不会让他请那么贵的酒了，直接找个农家乐凑合也不会嫌弃。"

司清像是全然放轻松了似的，靠在院子的大门上，双手环胸幽幽地开口："我这不是天天跟你们在一起，'近墨者黑'了嘛。"

艾丽见司清云淡风轻的模样，更觉得无趣，恨恨地离开。司清也准备往外走时，肖飞温柔地拦住了她。"我明白女人到了年纪，就想找个老实人嫁了。可你这找的未免太不怎么样了。环境看着是不错，但是不值钱。By the way（顺便说一下），我这人念旧，喜欢旧东西，你可以好好跟你家那位景先生商量一下，"又暧昧地说道，"我都愿意接手。"

司清不屑地轻嗤一声，"农村集体用地，不是有钱就买得到的。"司清从肖飞身边越过，大步往外走。

司清开门上了车，蒋甜甜和艾丽也慌忙坐进车内。艾丽："也亏得你能从这破地儿……"后座的艾丽隔着后视镜，对上了司清冷厉的目光，讪讪闭嘴。蒋甜甜回过神，坐上了副驾驶。

另一边，肖飞刚好心情地走出璟园，就见一辆跑车在门口停下。艾丽眼睛一亮，立刻拿着手机对准跑车拍，没想到开门下来的，竟是景琛。

艾丽傻眼，蒋甜甜也是不可置信。

艾丽："他这车，是限量的吧？"

司清想也没想，顺口道："租的。"

艾丽："怎么可能，这才出得好吗？他不会是故意装穷，试探你的？就那种隐形富豪，怕碰上'拜金女'。"

司清翻了个白眼，一脸同情地看着艾丽："我还是第一次觉得，你傻得挺可爱的。"说着，隔着车窗看了景琛一眼，就一脚油门，直接疾驰而去。

肖飞被司清的汽车尾气秀了一脸，气得拿出手机，刚准备叫车，景琛忽然开口："肖总，我送你一程。"

肖飞打量着景琛的那辆车，神情古怪。

景琛："先前在洗手间弄脏了你的衣服，我也该表示一下歉意。"景琛说着拿起手机操作了几下，随即肖飞的手机一震，屏幕显示支付宝收到一笔转账，点开发现是景琛转给他 3000 元。

肖飞："什么意思？"

"赔你这件衬衫的钱。"说着目光落在肖飞的衬衫上，"要是不够的话……"

肖飞看着衬衫衣襟的印记，不屑地笑了笑。"够了，你赚钱也不容易，"又摆出高高在上的姿态，开门上车，进车门前说道，"待会儿到家了，我就脱下来给你，你拿回去洗洗还能穿。"

景琛笑着启动车子："不急。"话音落下，车子疾驰而去。

景琛面无表情地开着车，握着方向盘的手里还拿着一张名片，他默默将空调温度调到最高。

肖飞一边脱外套一边道："欸，当初司清是怎么勾搭你的，感觉怎么样？你们都离婚了，不介意我追求她吧？"

景琛冰冷的目光陡然直射向肖飞，脸上的冷厉令肖飞不自觉地闭上了嘴，又觉得有些丢人，强撑着嘴硬道："那种女人离了就离了，她也就是玩够了才会找个你这样的老实人嫁了。"

车子急刹，停在了一处陡峭的山路上。肖飞一惊，看了眼窗外越来越偏僻的小道，以及手机上完全消失的网络，皱眉问道："这什么地方，都没信号了。"

景琛目光阴沉，低声应和："没信号就对了。"景琛说着拔下车钥匙，开门下车，走到后备厢。

肖飞把手机随手往座椅上一扔，也不解地开门下车，被夜风一吹不禁打了个寒战，只见景琛从后备厢里拿了个工具包出来。肖飞看着工具包疑惑："车坏了？"

景琛一言不发地拉开工具包的拉链，目光掠过里边的工具，又抬头扫了眼肖飞身上的衬衫，问道："冷吗？"

肖飞："废话！这山上得零下了吧。"

景琛挑眉："是吗？比你让她在门口等的那晚冷就行。"

肖飞目光一闪，反应过来后就要开车门去拿手机，但景琛提前按了锁车键。肖飞无论怎样都打不开车门，只能回头恶狠狠地看向景琛。肖飞："你有病啊！"

景琛淡定地回答："嗯。"

肖飞看着景琛唇边的笑，害怕得直咽口水，看着景琛拿出一把美工刀，"咔嚓"一声，露出刀锋。肖飞："兄弟，为个女人不至于吧？不如我们聊聊，多少钱都好说。违法的事咱们慎重，你也知道我是有身份的人，万一明天我助理联系不到我，一定会报警，到时候你跟你老婆……"

刀尖朝肖飞胸口划去，他吓得双目紧闭……

第五章　初露锋芒

漆黑的荒野，景琛将美工刀、扳手一一放回工具箱里，有条不紊地收拾好放进后备厢，又拎出后备厢里的自行车。身后传来肖飞外强中干地叫嚣："你给我等着，我要告你！"

景琛跨上自行车，轻笑着回头："告我什么？我只是合情合法地处置了我刚买的私有衣物。"只见车门紧闭的跑车边，站着一边咬牙一边哆嗦的肖飞。他身上只穿着被割了袖子的"短"衬衫背心。景琛从容地骑着自行车，逐渐消失在这山路中。

司清的车子开进了城区，窗外立刻从昏暗的路灯变成了满目霓虹。

艾丽："虽然我说的话不好听，可我真是为了你好。"

司清不惯着她："知道不好听就闭嘴。"

艾丽一噎，讪讪地闭了嘴，没过一会儿后又开口："你别不当回事，现在不只有名媛速成班，还有不少富二代培训班，长了一张好看的脸，朋友圈里各种晒游艇、豪车，专挑你们这种外地来的，上了一定年纪的，工作还过得去的剩女。你那农民老公八成……"

司清突然踩了刹车，将车子停在路边的公交站旁，解开了安全带，回头警告："第一，别侮辱农民，你不配。第二，我老公关你屁事，别说当初是我求的婚，就算他骗婚，那也是我乐意。"

蒋甜甜刚要开口圆场，被司清瞪了一眼便闭了嘴。

司清："第三，小公主优越感挺强的啊，外地来的，上了年纪的剩女，你这特指得很到位嘛！"

艾丽紧张地看着司清，戾得指向蒋甜甜："这里又不止你一个，少自尊心作祟对号入座。"

蒋甜甜脸色难看："艾丽，你……"

司清直接朝艾丽伸手，吓得艾丽一个后缩，结果司清只是打开了她边上的车门："下车！"

艾丽："这才外环，我上哪儿打车？"

司清："所以我给你停公交站了。"

艾丽气得直瞪眼，最后愤愤下车，一把甩上车门。司清看着艾丽朝公交站走去，才重新启动车子。

蒋甜甜有些为难地看着手机说："艾丽刚发了条朋友圈。"蒋甜甜把艾丽发的朋友圈放到司清面前：外地剩女配本地农民【微笑脸】。

司清看着下边一水的一模一样的评论：【吃瓜表情】。沉默半晌，忽然自嘲一笑。

蒋甜甜惊讶："你笑什么？"

司清："笑我自己，我竟然会因为你们这些连朋友都算不上的人的看法，逼他配合我演戏，还为了你们跟他在结婚第一天，就闹离婚。"司清的目光渐渐变得坚定，她将手机还给蒋甜甜，随后朝一脸八卦的蒋甜甜抬了抬下巴，示意她也下车。

蒋甜甜震惊地指指自己，又指了指车外："我什么都没做！"

司清："是，你什么都没做，所以我们不是朋友。更何况，不顺路。"

蒋甜甜一愣，似是明白了什么，神情复杂地下了车。在司清掉头时，蒋甜甜上前敲了敲司清的车窗，司清打开车窗。蒋甜甜："你为什么会选择他？"

司清沉默地望着夜色："因为我想有个家。"

蓝色的车子不再犹疑地掉头，朝璟园方向驶去。

一行稚嫩的笔迹印在那半卷卷轴上：仅代表全世界祝 Miss Si Happy birthday（笑脸）。景琛望着这行字以及司清的姓名、班级，手里清理灰尘的刷子停在半空，突然起身在几个抽屉里翻找，找出了一个旧手机，充上电开机，点进一张拍卖信息的截图图片，上边的备注栏里正是：谨代表全世界祝司女士生日快乐。

蓝天，黄沙，一望无际的戈壁沙漠。吉普车停在宽阔的公路边，景琛在一张便笺纸上写着什么，随后将便笺纸贴到了木榫工艺的江南景观模型上，便签上写着：谨代表全世界祝司女士生日快乐！

景琛收回思绪，望着手机屏幕，轻轻一滑，出现在手机里的，是一张扎着马尾的女生的模糊侧脸照片。照片似乎是隔着一层玻璃拍的，看不清女生的具体样子。他收起旧手机，从口袋里拿出一张门禁卡。

　　车子在停车场停下，一时却没人下车。司清坐在车内，近乡情怯地凝视着璟园。她几次握着门把，都没勇气下车，拿起手机点开景琛的微信，对着对话框却不知该说什么。一阵犹豫，司清深吸一口气，终于打开车门。她由于过于紧张，用力地甩上车门，于是在安静的夜里，发出"砰"的声响。璟园门口的声控灯随之亮起，也让司清看到了铁门角落里，不知何时就站着的景琛。

　　昏暗的夜灯下，一道铁门之隔，两人隔门相望。景琛正要开门，司清出声阻止了他："你先不用开门，听我把话说完。"

　　景琛一顿，静静地看着司清。

　　司清："我们之间，先求婚的是我，拿画逼婚的也是我，新婚第一天就给你难堪的还是我。总之，我自私自利、拜金虚荣的本性已经实锤，可能一会儿还要再加个不要脸和强词夺理。"

　　景琛有些哭笑不得地望着司清，刚想说什么就被打断。司清："但我还是想说，结婚我是第一次，你能不能看在我是新手上路的分上，先扣分，别急着吊销执照。你看连《婚姻法》都给了我们两个月的勘察期，我也不是没有优点，比如我的芝麻信用是满分，我在银行的信用也很经得起查。"

　　景琛不解地看着司清。司清有些紧张，又无比郑重地看着景琛继续说道："我的意思是，你要不要考虑再相信我一次，我以我的信用值保证，我会在冷静期内，改掉那些坏毛病。我想试试不为别人而结婚的结婚。"

　　景琛："为什么要改？"

　　司清一愣，疑惑又不安地望着景琛。景琛眼中闪过一丝复杂之色，继续说："这样挺好的，刚刚好。"

　　司清从忐忑到疑惑，再欣喜到露出满满的笑，轻咳一声，指了指门，傲娇地挑眉示意。司清："那……"

　　景琛："我没打算开门。"

　　司清傻眼，强笑地点头，正准备转身。

　　景琛："你可以自己进来。"夜色中，景琛低头轻笑，将手里的卡透过铁门的缝隙递给司清。

　　司清疑惑："这是什么？银行卡？"

景琛无奈地从铁门缝里伸出手去，握住司清的手腕，在门禁处刷了一下。司清僵着手握着这张门禁卡，"嘀"地一刷，铁门自动打开。景琛立在小道上，脸上隐隐的笑意。

司清手里的门禁卡上，绘着一幅小图，是雪落之际，一袭红衣闯进院落的场景。角标上，写着"冬至"两个字，与司清办公桌上，景观模型雕刻的"冬至"两个字几乎一模一样。

司清跟着景琛走进院子。

景琛："饿不饿？要不要吃点东西？"

司清不动声色地站在院子里，扫着左右两边的楼梯，回神后连忙摇头拒绝："不用，我不饿。"

景琛："那早点休息吧。"

司清点头。景琛带着她朝左边的楼梯走去。楼梯的灯亮起，司清慢了一拍后立刻跟上。

景琛推开了客卧的门。司清站在门外，看着床上铺着的大红鸳鸯四件套，脸颊通红。司清："现在就那个是不是也还早？才九点，而且我没带换洗的。"

景琛："一会儿我去给你拿。"

司清在景琛朝二楼另一侧的主卧走去时，立刻回头瞥了眼大红被子，又从包里拿出结婚证，摸着结婚证上的钢戳碎碎念道："冷静期也还是合法夫妻，持证开车……"司清一脸纠结地握着手机，随后咬咬牙，拿出手机点开闪送，点开"帮你买"，在最近的商店里，进入计生用品分类。

景琛再次进门时，手里拿着一套T恤和运动裤。

司清忙付款二百八十六元，收起手机。

景琛："今晚先将就着穿。"

"嗯。"司清拿过衣服，就匆匆跑进屋里，手机落在了桌子上，没注意到屏幕忽然亮起。

推开洗手间的门，被洗手间内别致的装修惊艳得挪不动脚步，更是对着浴缸爱不释手。泡了个舒服的热水澡后，司清穿着景琛的长T几乎已经到了膝盖，而宽大得毫无美感的运动裤更是让她直皱眉。

景琛站在门边插着一台暖风机，回头就见司清只穿着T恤，风姿绰约地进门。"我好了，你这洗手间装修得不错，等我交房了，把设计师推荐给我。"说着顿了顿，接着问，"不贵吧？"

"嗯，很便宜。"景琛眼神含笑，掠过司清清凉的穿着，转身打开暖风机的开关，道，"冷的话可以开取暖器。"

司清拉了拉衣角："我不冷。"说话时，忍不住一个哆嗦，嘴硬地看着敞开的门说，"我是说门关上睡觉的话，应该还好。"

景琛："要是半夜冻醒，觉得被子不够的话，柜子里自己拿。对了，手机帮你拿进来了，刚才一直有个……快递电话，我替你接了。"

司清点头，拿起手机也没多想，指了指洗手间："那个洗手间的下水道，好像有些堵了，你最好去看……"一边说着一边打开手机，突然脸变得通红，猛地抬头盯着景琛，"你……我……"

景琛轻笑地走到门外："我们慢慢来，你早点休息，今晚我去爷爷房间睡。"说罢关上门离开，司清羞恼地扑到床上，又尴尬地抬头看着手机，只见是商家的系统信息："亲，您选的这款避孕套没货，可以换成其他的吗？"

景琛推开洗手间的门准备洗手时，就见热气缭绕的洗手间内，充满雾气的镜子上，还模糊可见两行字：Sorry & Thanks。景琛站在镜子前，眼里漫起温暖的笑意。

钟声唤醒了璟园，新的一天开始了。

景琛神清气爽地骑着自行车回到璟语堂，车把上挂着新鲜的猪肉、香菇和豌豆。停好自行车后，打开后山的小门，流浪猫、狗放风似的往外跑，他弯腰在后山菜园里拔了两根胡萝卜和葱，又拔了两头蒜，然后又摘了一个金黄的老南瓜，狗狗在地里打滚玩闹，把长出来的嫩嫩的菜芽又深深地按回泥土里，景琛拎起小黄软软的脖颈，温柔地凶它："不可以。"小黄舔舔他的手，对主人的训斥左耳进右耳出，而后下地继续和兄弟们打闹。

胡萝卜、肉末和香菇切丁，与豌豆和玉米一起下锅翻炒。打开木桶，盛出蒸熟的糯米，倒入锅中一起，加调料翻炒均匀。景琛再将饺子皮的边沿擀薄，放入加了馅儿的糯米饭捏好。将块状的南瓜被放进料理机里，打糊蒸煮。同时，将香菇青菜面盛进两只纯白色的碗里，色泽诱人。

二楼的客卧，司清迷迷糊糊地起身，推开木窗，低头就看到了院子里的美好光景。清晨的日光斜照在院子里，腊梅树下的长桌上，摆着色香俱全的早餐，氤氲的热气柔和了景琛清冷的侧脸，他戴着眼镜坐在树下，弯腰喂着脚边的一只白色小奶狗。

景琛似有察觉地抬头，朝司清打招呼："早。"

司清飞快地理了理蓬乱的头发，不动声色地擦了擦眼角。"早，"司清指着餐桌上的早餐问，"这些都是你做的？"

景琛点了点头，"昨晚忘了问你的喜好，就多做了些。"边说边看了眼手表，弯腰抱起小奶狗，"你先洗漱，我把它们带回后山，免得惊了游客。"

司清看着景琛被流浪猫、狗包围的背影，以及他逗着它们时的笑，胸口再次怦怦然。

美好的清晨也意味着上班的卡点或者迟到。司清将车子急急停下，来不及熄火，就匆匆解开安全带，朝副驾驶的景琛嘱咐："我要来不及打卡了，车你要用就开走，不用就帮我停到停车位上，等我下班再一起去看爷爷。"说完她就拎着包，踩着高跟鞋飞快地跑进银行。

景琛刚从后座拎起便当，就见车门已经被甩上，只能无奈地看着司清风风火火的背影，任劳任怨地替她停好车。

艾丽正喝着咖啡，跟几个在整理开放式柜面的理财经理八卦着。司清气喘吁吁地走进营业厅时，正与艾丽窃窃私语的同事们立刻装作忙着手里的活，不再作声。

艾丽尖笑着："司清，你今天怎么迟到了？哦！我忘了，你现在和老公住农村。"

司清懒得搭理艾丽，径自走到大堂经理位急着打卡签到。

艾丽："其实你也可以让你老公住你租的房子啦，反正他在乡下也就种种地，估计都赚不了你每天往返的油费。"

周边的同事听到这话，都不约而同地去看司清的反应，有的帮忙打圆场。

蒋甜甜："一会儿总行有领导来视察，大家赶紧开工吧。"

司清却不再有丝毫遮掩，在众人的注视中，大大方方地笑着回应："住乡下确实不方便，园子太大了，从门口到卧室都要十来分钟，晚上星星比飞机灯还亮，照得我都睡不着觉。最麻烦的是，那儿还叫不到外卖。"说完看向门口停车的景琛，接着说道，"幸好我先生这人除了脸，也就剩厨艺能上得了台面了。"

　　说完司清不再理会众人，径自上楼。艾丽暗恨，愤愤地扭着腰跟着回办公室。司清刚走到办公室门口，身后的艾丽抢先一步进门，花蝴蝶似的从包里拿出新买的香水，正拿着手机拍照，力求包装盒上的 LOGO 最为显眼。

　　这时，行长小心翼翼地拿着一个玻璃奖杯进门对司清说："司清，这奖杯你先拿着，一会儿吴董到的时候，你亲自递给他。"

　　司清有些疑惑地接过奖杯，看见上边写着"2012 年度最佳商业银行领军人，吴斌"。司清："吴董的奖杯怎么在我们这儿？"

　　行长拍着衣服上的灰叹了口气。"别提了，刚从仓库里翻出来的破烂儿。也不知道哪个没事儿干的，昨天在微信群里拍吴董马屁，让他想起了当初他在咱们支行任职时获得的这个奖。刚好他又今天过来视察，我估摸着八成是要瞧一眼的，"说着看了眼时间，"我先去换身衣服，你们都准备一下，吴董大概十点到。"

　　司清："好。"

　　行长离开后，司清将奖杯放在模型边上，进入系统签到。

　　艾丽看着奖杯酸溜溜地撇嘴，一边拆着香水的包装盒一边阴阳怪气地说："哎，你们知道吗？现在竟然还有男人因为老婆买一瓶 300 块钱的香水闹离婚。只能说收入不同，三观也不同。司清，以后你买包包、口红的时候，记得千万别让你老公知道价格，不然像我这一小瓶就要 3000 多……"艾丽拿起刚才的香水，就发现那香水瓶竟与奖杯的底座几乎一模一样，她想炫耀的心思一梗，看着司清似笑非笑的目光，艾丽强笑着继续说道："包装不重要，香水才是精华，木质调的玉龙茶香。"

　　艾丽喷了一些在手腕上，正准备试闻。一阵驱蚊液的香味扑鼻而来，回头就看到司清拿着一大瓶驱蚊液，冲着她的方向猛喷。

　　司清："清新下空气，闻不惯也没办法，我们乡下人就这品位。"

　　艾丽瞪着司清，却见她不紧不慢地整理着桌上有些散乱的合同，一直被压着的景观模型也渐渐露出。

　　景琛拿着钥匙和一个便当盒走进营业厅。银行员工们看到景琛纷纷露出八卦的眼神。小余："农村户口和农民还是不一样的吧？要这么说，我也是农村户口啊。"同事甲："艾丽说了就是个村夫，在乡下开修理铺的。"景琛丝毫不在意外人的目光，朝司清的办公室走去。

景观模型终于露出了全景，却被当成笔筒插了几支水笔和铅笔。桌子上的所有文件被整理成几叠放在桌面上。

艾丽拿着咖啡，眼睛不时瞟着司清手里的文件。不一会儿，她起身往外走，在经过司清的办公桌时，装作不小心被绊倒准备将咖啡往司清的文件上倒，却被司清一把擒住了手腕。

司清冷冷地警告："三番五次找我麻烦，我不跟你计较，不是我拿你没办法，而是我懒得搭理你。否则……"司清冷笑着握着艾丽的手，作势要将奖杯扫落在地。艾丽看着奖杯几乎已经移到边缘，吓得脸色发白，不禁问："你疯了？"

司清只是笑了笑"关我什么事？就算奖杯碎了，那也只会是你不小心撞的。"说着又看了眼监控的方向，压低声音道，"监控可都看着呢。亲爱的，还要继续玩吗？"

艾丽有些害怕地咬牙，连忙小声说："不……不玩了。"

司清正要松手，就见景琛站在门口，默默地看着这一幕，他微微挑眉，走了进来。司清下意识地松开手，艾丽也慌忙往后撤，这次却真的不小心绊到了自己的脚，将已经在桌子边缘的奖杯掀到地上。奖杯碎裂成几瓣，司清和艾丽惊呆在原地。

艾丽："我……我真不是故意的。"

景琛走近，目光就要看到桌角的"冬至"模型。但在景琛走近，将要看到桌子上的模型时，司清随手将桌上的合同往模型上一推，遮住了模型，匆匆蹲下将奖杯碎片捡起放到桌子中央。又对着艾丽和蒋甜甜说："还傻站着干吗？帮忙啊！"说着又抬头看向景琛，问："你怎么来了？"

景琛扬起手中的车钥匙说："你的车钥匙，还有给你做的午饭。"

司清："你放桌子上，我现在还有点事，待会儿再微信跟你说。"

景琛："好，你先忙。"景琛放下钥匙和便当，扫了眼蹲在地上捡碎片的三人，顿了一瞬离开了。

蒋甜甜："要么用 502 胶水粘回去？"

景琛走出办公室，依旧能听到里头传来的说话声——

艾丽带着哭音说道："完了，我听说吴董特别记仇……"

司清打断她的话说："奖杯是行长让我交到他手里的，要完也是我先完，还轮不上你。别哭了。"

听到这里，景琛停下了脚步……

就在司清拿着 502，准备"死马当活马医"之际，突然有人从她身后朝着被文件压着的景观模型伸手。

司清一愣，回头就看到了去而复返的景琛。司清疑惑问道："你怎么……"话音未落，景琛的手已经从模型中抽出一支铅笔，然后又低头打量着奖杯碎片，目光似有若无地扫了一圈，在艾丽的工牌上和香水瓶上多停留了片刻后就转向司清，说："找块白墙。"

会议室的墙上挂着各种银行活动的照片、架子上则摆着这两年的各类奖章，其中不乏类似的奖杯。

司清手里抱着景琛的外套，景琛只穿了一件毛衣，拿着支铅笔、卷尺站在白墙前，描着尺寸，动作从容，丝毫不见慌乱。

艾丽和蒋甜甜眉头紧皱望着景琛的背影。艾丽："他一个修'破烂儿'的，不是该去补奖杯吗，在墙上乱画什么？"

蒋甜甜摇摇头，没有说话。

艾丽焦急得直跺脚："我们脑子进水了吧，竟然在他身上浪费时间。要不我们现在去小商品市场随便买个奖杯回来，再过半小时吴董就到了。"

司清回头冷冷地看着她们两个说："我已经叫闪送了，不过现在商场还没开门。"说完司清走到景琛身侧，从几个不同的角度打量，依旧没看明白，她欲言又止地开口："你要是不行也不用勉强，也不是什么大事，我有其他方案。"

景琛嗯了一声之后习惯性地想将卷尺放进口袋，随即才意识到外套已经脱下了，便将卷尺递给了一旁的司清，看着她脚上的高跟鞋，朝她示意了下椅子的位置。

司清马上就要去搬椅子，边走边问："要椅子吗？几张？"

景琛淡定地说："你站着不累吗？可以坐下等，还要好一会儿。"

司清越着急就越冷静，看了眼时间说："你别管我，你给我个时间，好一会儿是多久，我好心里有个底。"

景琛拿着铅笔，随后信手就在白墙上一笔绘个了圆。

蒋甜甜压低声音问身旁的艾丽："他是不是准备画个奖杯？"

艾丽不以为然："他以为画个圆，就能当达·芬奇吗？"

景琛却无比淡定地开始画阴影区，淡淡地开口："两小时？"

司清撑着椅子的手不由一软，蒋甜甜和艾丽也跟着一起傻眼。

墙上挂钟的秒针一圈圈地走着。司清每次看一遍时间，就得抓一遍自己的头发。蒋甜甜和艾丽来回在会议室走着。景琛画画的动作却丝毫没有加快，依旧在自己的节奏里，墙上的画也依旧看不出什么雏形。

这时，一辆黑色的车子停在楼下，一名中年男子下了车，行长笑着上前与他握手……

听到楼下的动静，司清、艾丽和蒋甜甜的呼吸渐渐变得急促。景琛面前的白墙上，已经画完了一个立体圆球，像是奖杯的上半部分。

司清："不错不错，很像个球了。"

艾丽正在窗边探头看着楼下的动静，闻言扫了眼墙面，说："像球有什么用，人已经到了。而且就算吴董老花眼再严重，也分得清这是实体还是画。"

柜台内，纸钞快速地在点钞机上过着。吴董在行长的陪同下，在营业大厅参观，看着柜台忙碌的画面，不时含笑点头。

楼上会议室里的司清、艾丽和蒋甜甜看着墙面不由倒吸一口气，眼中是满满的震惊。

蒋甜甜神情复杂："这么短时间内，一般美术生都画不出这样的 3D 立体墙画。"

艾丽拉着司清嘀咕："你老公到底是干什么的？真是种田的？"

司清没有回答，只是怔怔地看着景琛的背影，看着他在墙上最后添了几笔后，圆球似乎成了靠在墙上的立体实物，甚至还带着透亮的光。

蒋甜甜看向门外，突然一惊："他们上楼了！怎么办？还差个底座没画。"

艾丽咬咬牙，说道："我去给吴董泼杯茶，能拦一会儿是一会儿。"

司清从饮水机里接了杯水，看向景琛："我去，但最多能拖延二十分钟。够吗？"

景琛拿过司清手里的一次性杯子，喝了口水，一脸的淡定。"不够。"说完顿了顿，看向艾丽，"不过，还有个办法。"

司清和蒋甜甜也跟着看向艾丽，艾丽一脸莫名地指了指自己。

艾丽颤抖着手，将香水倒进一次性杯子中，哭丧着脸，心疼地说："这香水我一次都还没用过。"

司清将装满香水的一次性杯子推给艾丽："一滴没少，全都在这儿。况且之前是谁说的，包装不重要。"

艾丽："这是水晶，水晶的！"

司清："我先生不是说了嘛，就是要水晶的才像。"

景琛拿着香水瓶，听到司清的话忍不住露出一抹笑。司清正好看到，似是想到了什么，她看看瓶子，又看看那破奖杯，凑近景琛低声问道："你是不是故意……"

景琛轻咳一声，手里的铅笔虚虚地抵在司清的唇前，示意噤声。

艾丽："天啊！人就在门口了，你们竟然还有时间打情骂俏！"

司清终于忍不住，"扑哧"一声笑出了声。

吴董来到会议室外，正准备推门，司清已经适时地替吴董拉开了门。

司清点头微笑道："吴董好，您请进。"

吴董点点头，走进了会议室。行长也跟着走了过来，眉头紧皱，看着司清压低声音问："奖杯呢？怎么没给？"

就在这时，只见吴董指着正前方，看似嗔怪，实则满意无比地笑骂着："小萧，瞧你干的好事！我这老黄历的'破奖杯'，放在这些荣誉里头，也太丢人了。"

只见在进门一眼就能看到的靠墙置物架上，摆着各种奖章、奖杯，而吴董的那个奖杯赫然就放在正中央的地方，完全看不出真假。

行长看着吴董脸上的笑，松了口气，赶紧说道："怎么就丢人了？您可是咱们行的领军人物，放在这儿正好也让年轻人领略下您当年的风采……"

司清三人刚暗暗松了口气，却见吴董忆着当年，缓步上前欲拿起奖杯。

吴董："想当年，为了获得这座奖杯，咱们支行……"

司清一惊，立刻拿起桌上还没来得及收起的、那杯装满香水的"水"，上前将茶杯递给吴董，不动声色地挡在架子前，说道："吴董您喝茶。"

艾丽吓得腿都发软，幸而蒋甜甜一把撑住了她。在吴董端起茶杯准备喝时，司清笑着做出紧张、小心翼翼的神色，说："我们信贷部有个小小的请求，想跟您在奖杯前，一起拍张合照。"根本不等吴董表示，又立即将水杯接过去。蒋甜甜和艾丽很有眼色地上前做好拍照姿势。在景琛画的3D奖杯画像前，司清和行长等人的合照被定格。

景琛拎着晚饭走进病房时，听到一向安静的病房内，传来一阵欢快的音乐声、景爷爷的笑声以及一个熟悉却不应该出现在这里的声音。

司清："碰了碰了！"

景爷爷："行，那就碰一个！"

景琛一愣，走过玄关，发现司清坐在床边，正伸着脖子看着景爷爷手里的平板，焦急地指着屏幕："哎，爷爷你出北风！"

景爷爷："不行不行，北风我得留着听牌。出这张，九条。"

景琛怔怔地望着两人相处欢乐的画面——司清脸上灵动的小表情，景爷爷孩子似的轻松笑容，半晌没有动作。

第六章　惊蛰

景琛走到床边，司清和景爷爷都没察觉到有人过来，专心致志地盯着屏幕。

司清："爷爷到你了！"

景爷爷扶了扶老花镜，伸出手指，按了下抓牌。

景琛无奈地看着两人，没有出声打扰，接着就听平板里传来了和牌的系统音乐。

司清："Yes！来来来，该我玩了！"说完自然地抬起手，景爷爷也伸手准备跟司清击掌，这时，一个剥好的橘子塞进了司清的手心。司清和景爷爷同时看向景琛，景爷爷的手还停在半空中。景琛犹豫了一下，掰了一半橘子递给景爷爷。

景琛："您血糖高，只能吃一半。"

景爷爷冷哼一声，不接橘子，摘下眼镜，严肃了神情，瞪着他说："我血糖高不是吃出来的，是被你气出来的！结婚这么大的事，你竟然都敢瞒着我，不像话！"

景琛低头看了眼司清，司清清了清嗓子，附和道："就是，不像话！爷爷，咱别在这儿生气，我开个麻将间，咱们联机一起教训他，打到他怀疑人生，再不敢惹您。"

景琛："我不会玩。"

景爷爷冷着脸又瞪了眼景琛严肃地说："不会玩还不会学吗？赶紧！"

景琛意味深长地看了眼司清，默默拿出手机递到她面前。

景爷爷和蔼地看向司清："司清啊，这还三缺一呢。"

司清："没事，我摇人！"说着拿过景琛的手机，一顿操作，在看到"上传头像"时，意味深长地看了眼景琛。

池中煜在听到自己点炮了"大红袍不是绿茶"的提示音后，忍不住拍床坐起，又因扯到了伤口，疼得躺了回去。池中煜边捂着伤口边想：真是见鬼了，怎么一把都没胡过！这"大红袍不是绿茶"是谁啊，开外挂的吧！池中煜点开头像——是一头浓密的黑色头发。"头发这么密，绝对不是银行的。"对着手心"呸"了一声，搓着手点了重新开始，"我就不信了，我们银行界的古墓师徒还赢不了他！"

房间里不时传来游戏声和激烈的对话声。

司清："爷爷你打三万，让我杠一下。"

杠上开花的系统音顿时响起。

景爷爷："哎哎，等会儿，我看下你的牌，这张行不行？"

就见司清和景爷爷在床头，两人交头接耳地看着对方的牌，明目张胆地作弊。

司清："可以，我不吃。那我出白板。"

景琛坐在家属椅上，有些头疼地扶额，在司清打出一张后，景琛直接和牌。

司清一脸怀疑地问："你不是不会玩吗？"

景琛淡定道："我会学。"

景爷爷拍拍司清的肩安慰道："他就是运气好，咱们再来一局。"

三人打麻将，只听景琛的手机不时传来和牌的音乐。司清和景爷爷丧着脸，瞪着景琛。

景琛："还玩吗？"

景爷爷和司清对视了一眼，咬了咬牙："玩。"

景琛看了眼时间，道："最后再玩一局。"

游戏重新开始——

景爷爷兴奋地压着声："我听牌了，这次保证替你报仇。"

司清瞥了眼一丝不苟的景琛，立刻凑过去看景爷爷的牌。

司清："真的吗？我看看！"

随后，景琛的屏幕上，收到了司清的微信，抬头与她暗暗对了个眼神，微信上明晃晃地点牌：六筒九筒，三万。景琛拆对出了个六筒——景爷爷的笑声和手机胜利的音乐同时响起。

景爷爷："和了和了！"

司清立刻捧场地比了个大拇指，随后伸出手，和景爷爷击掌。

景琛含笑走到床边，收起景爷爷的平板，然后被司清用胳膊肘碰了碰。

司清："爷爷好不容易赢一把，你不表示一下？"

景爷爷看着床边没动作的景琛，有些失望地别开头，正准备躺下时，景琛抬起了手——清脆的击掌声，在病房内响起，景爷爷苍老的手，与景琛充满力量的手相击。

景琛和司清从病房里出来，沉默地往电梯走去。司清不时用余光扫过景琛，眼珠微转，拿出手机点开景琛的微信按了几下，然而，景琛没有丝毫反应。司清无奈地停下脚步，景琛不解，司清朝他示意了下手机。景琛这才发现，司清给他发了一份她的简历。

景琛："这是什么？"

司清："给你的模板，我觉得我们有必要做个深入了解。"

景琛反应过来，笑着问："奖杯的事过关了？"

司清："嗯哼，谢啦。"

两人走到电梯边，周围等着几个穿着病服的病人。司清看着那几个病人，对景琛说："我问了医生，他说爷爷是老年痴呆，可今晚我看他精神很好啊，还要在医院住多久？"

景琛一顿，神情一怔，仿佛想到了什么，有些不安。

司清没察觉到景琛的异样，笑着打趣："爷爷比你好相处多了。"

景琛："我很久没看他这么高兴过了，谢谢你。"

司清："如果我早知道题跋对爷爷的重要性，我不会用来要挟……"

景琛打断了司清的话，问："你什么时候放假？"

司清："春节前两天，怎么啦？"

景琛："找个时间，去见你爸妈。"

司清陡然停下脚步，看着神情认真的景琛，半晌后艰难地点了下头。

拥挤杂乱的出租房内，司清来回切换着父母的微信，却还是一个字都没发，有些烦躁地趴在沙发上。

简约坐在地毯上啃着薯片，正低头看着司清的结婚证、离婚回执单，看了一遍又一遍，一脸的不可置信。

看着好友纠结的样子，不禁说："结婚、离婚的时候也没见你这么思前想后的。我就一个元旦没上门，你就把自己给嫁了，害得我还以为你怀孕了，拖了一箱坐月子的东西过来。"

司清看向一旁堆着的鸡汤、红糖、毛线帽，幽幽抓起一把红糖转过头，说："我爸那边也就算了，他自己有家庭也不好意思管我。我妈，她眼里的男人只分两种：有钱的丑男，没钱的帅哥，你觉得她会选哪个？"

简约："阿姨我不知道，但我嘛，肯定是白天选有钱的，晚上挑有颜的。"

司清："朋友，你这是在踩线的边缘试探。算了，早死早超生，帮我准备好速效救心丸……别，再等会儿，我再准备一下。"

简约翻了个白眼，直接拿起自己的手机，将司清和她爸妈一起拉了个群，然后拍了结婚证，直接发在群里，同时@司清：新婚快乐哦！操作完之后，简约迅速退出群聊，朝司清抬了抬下巴说："这不就搞定了！"

司清看着屏幕上的微信，顿时傻眼，随即吓得立刻将手机关机，扔到一旁。

简约看见好友逃避的举动心里暗自摇了摇头。"你怕什么呀？反正生米煮成熟饭了，他们还能让你离婚啊。"说着举起结婚证分析道，"再说了，就冲这长相，你也不亏啊！"

司清一把夺过简约手里的红本本说："收敛一点啊，目前还是我男人。"

简约打量着司清，前所未有地认真："那你喜欢他吗？"

司清愣住，随后缓慢又坚定地点头，露出了灿烂的笑回答道："喜欢。"

简约看着结婚证，又疑惑地看向司清。"那他喜欢你吗？呸，瞧我问的这废话。"不等司清回答，感慨地捧着下巴，"你们这种双向奔赴的爱情，也太美好了。"

司清有些狼狈地避开简约的目光，张了张嘴说："我……"

这时，简约的手机一震，显示的正是"清妈"。司清和简约顿时都吓了一跳。

简约立刻将手机扔给司清，灰溜溜地拿起一包薯片往主卧躲去。

司清咬咬牙，拿起手机，刚滑了接听键，电话里就传来严厉的声音："我现在在南城培训，明天中午结束，晚上九点的飞机回去。你带人过来一起吃个饭，顺便通知你爸，我不想浪费时间约第二次。"

司清平静而麻木地回答："好，我知道了。"

景琛靠在陪床的家属椅上，正看着司清的简历，唇边是淡淡的笑意。这时手机一震，收到了司清的微信：明天我爸妈想跟你吃个饭，你中午十二点有时间吗？景琛回复：有，你安排，我会准时到。

这时，身侧传来景爷爷的声音："挺好的，挺好……"

景琛马上收起手机，起身走到景爷爷身边问："怎么还没睡？要不要喝点水？"

景爷爷摇摇头，闭上眼。

景琛连忙喊道："爷爷？"

景爷爷抬起手，拍了拍景琛的胳膊，景琛这才暗暗松了口气。

"今天司清给我看了园子里办灯会的照片，她说都是些年轻人传到网上去的，全在夸园子修得好，还有人认出了榫卯的工艺。"说着景爷爷欣慰地看着景琛说道，"阿琛，你做得很好。"

景琛眼睛一亮，欣喜的同时还有一直不敢想的期待突然达成的惶恐。

景爷爷感慨地叹气："就是可惜，以前跟我一起赶集走街的那些手艺人，他们就没我这么好的运气了。现在的年轻人啊，都不晓得这些，更没几个愿意好好学的。你小时候没少受他们的照顾，要是有能力了也要帮帮他们。"

景琛："好，我会的。"

景爷爷笑着点了点头，指了指抽屉。景琛打开抽屉，发现里边是一张红纸写的婚书。

灯光下，喜庆的婚书上满是郑重：两姓联姻，一堂缔约，良缘永结，匹配同称。看此日桃花灼灼，宜室宜家；卜他年瓜瓞绵绵，尔昌尔炽。谨以白头之约，书向鸿笺，好将红叶之盟，载明鸳谱。此证。结婚人：司清，景琛。主婚人：景康山。

这是来自长辈手写的婚书，一笔一画里都是长辈对他们的祝福，也是景爷爷对孙媳妇的认可。但景琛似乎就没那容易得到司清家长的认可了。

夜半，病房内的心电仪器突然传出警报声。景琛惊醒，立刻按下急救铃。

次日，在约定的时间地点，司清坐在包间内，不时看着手机给景琛发微信。

餐桌对面，司清妈妈和司清爸爸正彼此冷嘲争执——

司爸爸："你下次约时间能不能提前几天，我这大老远的，不是随时都有空配合你时间的。"

司清妈妈摘下眼镜，目光从手机里抬起，挑剔地看着司爸爸，冷嘲："大周末的，你一个没编制的小学老师有什么好忙的。哦对，忙着接你二婚生的孩子上辅导班。那你去吧，反正女儿从小到大，你也没管过，不差结婚这事儿。"

司爸爸下意识地看了眼司清，却见她低着头玩手机，恨恨地瞪了一眼前妻愤愤地说："胡说什么，囡囡我怎么就没管了。她小学不是我带的啊？"

司清看司妈妈冷笑一声，忙起身打断："可能路上堵车了，我出去打个电话。"说完拿起手机就往外走。

景琛的手机被扔在一旁有些杂乱的床头柜上，开了静音，司清的来电只是屏幕亮起又熄灭，没有引起关注。景琛眼里布满了血丝，神色疲惫却一动不动地坐在病床前。景爷爷戴着氧气面罩昏迷不醒，这时，他的手轻轻动了动。景琛忙起身按下呼叫铃，又握住景爷爷的手。

景爷爷睁开眼，景琛觉得爷爷在看他，又像是透过他看着谁。景爷爷含糊道："啊，是我家阿琛回来了……"

景琛握着爷爷的手紧了紧，思索了片刻，无力地回答："爷爷，他没回来，也不会回来了。回来的是我，景琛。"

景爷爷迷迷糊糊地念叨着："走，爷爷带阿琛买馄饨……"

景琛心中一震，呼吸几乎停滞。恍惚想起被收养那年，景爷爷背着个工具包，小景琛端着一只木碗，景爷爷牵着小景琛的手，迈出高高的门槛。

景爷爷的声音浑厚有力，说道："阿琛，以后我就是你爷爷。走，爷爷给你买馄饨吃。"

小景琛紧紧地抱着木碗，乌黑的眼睛盯着两人交握的手，终于露出笑容。

景爷爷："老刘，来碗馄饨，我孙儿不吃葱……"

回忆里中气十足的声音与当下景爷爷虚弱的声音似乎重叠在一起：多放些虾皮……

景琛紧紧地握住景爷爷的手，红着眼说："爷爷，我在，我回来了。"

医护人员快速冲进病房，围到景爷爷病床边。景琛被挤到外围，一旁的手机屏幕上，再次显示司清的来电，却依旧没人接听。

司清刚进门就发现包厢内的气氛已经从原先的战火十足，变成了冰冷。她安静地在椅子上坐下，对父母说："他已经在过来的路上了，车子出了点小问题，大概还需要一个多小时。我们先点菜吧。"说着将菜单递给司妈妈和司爸爸。

司妈妈放下手机，头也不抬地朝司清伸出手说："手机给我用一下。"

司清没有多想便解锁，递了过去，正准备点餐，"砰"的一声，司清的手机被放在桌子中间，屏幕上正是八通没有接通的电话记录，联系人的名字正是景琛。

司妈妈："不接电话，见家长迟到，连一点基本的礼数都没有。这就是你找的结婚对象？！"

司清手中点菜的笔在菜单上猛地划了一道。

司妈妈："趁着还没孩子，没有财产纠纷，赶紧给我离了。我宁愿你离异，也不要你以后抱着孩子回来对我哭。"

司清不可思议地抬头，脸上似是失望又似是意料之中的自嘲。

与此同时，司清放在桌子上的手机亮起，显示"景琛"来电。司清沉默地与父母对峙，铃声在窒息的环境里显得极其刺耳，直至铃声停止，包厢内彻底安静了下来。

司清缓缓抬头，有些可悲地望着不时焦急看向手表的父亲，以及冷漠严厉的母亲。她想说什么，却终究什么也没说，只是拎起包，拿起手机往外走。刚拉开包厢的门，司妈妈皱眉起身，喊住了司清："你给我站住！"

司爸爸也皱了眉："司清，你妈这次确实没说错。"

包厢的门刚拉开一条缝，司清松开扶手，继而转过身把一直埋在内心深处的话说了出来："你们是没错，只是永远都是这样。"她看向母亲，"高考否定我想选的专业、毕业插手我的就业方向，"说着又看向父亲，"以为我成绩着想的名义让我从小学开始住校，为了妹妹的学区户口，把我的户口从你新家的户口簿迁到人才市场。现在，轮到我的婚姻了。你们是不是觉得，只要在我人生的每个重大选择里，彰显过你们的存在感，就算尽到父母的责任了。可是，真有这个必要吗？你们离婚后，甚至没有一次准确地记得我的生日。"

司爸爸和司妈妈眼中是被司清戳痛的狼狈，想开口却不知如何辩解。

司清："哦，不对，有过那么一次的，我大学毕业那一年，经过我隔三岔五地提醒总算记着了。可当我从南城赶回家的时候，你们都刚巧有了更重要的事，所以只能放我鸽子。"司清红着眼，垂着的手指轻颤，没注意到身后的门外，不知何时出现了景琛的身影。此时他低着头，令人看不清他的神色。

司清："我不是在怨你们，你们其实从没亏待过我，你们只是不停地告诉我，我应该懂事，应该争气，我也已经习惯了。我知道妈你赚钱不容易，爸你有了新家庭难免有偏颇。我就是希望，如果你们不能给我更多，那就一点都不要给。况且，我这个年纪，已经不需要了。"

司清不顾父母惨白的脸色，拉开了包厢的门。门外，是手里拿着婚书，眼睛泛红，脸上带着哀沉的景琛。司清看到门外的景琛怔了一下，说了句："走吧。"便强笑着低头往门外走。

景琛突然抓住了司清的手，她轻轻一颤，随即反握住景琛的手，似是给彼此安慰。景琛拉着司清，郑重地来到司清父母面前。

"叔叔，阿姨，我是景琛，很抱歉我来迟了。"随即拿出婚书和一本存折，"这是我爷爷写的婚书和给司清的聘礼，他很喜欢司清，我也会尽我所能地照顾好司清，请你们放心。"

司妈妈和司爸爸小心翼翼地看一眼司清，都有些别扭，司妈妈拿起存折打开快速掠过接着说道："他老人家有心了。听司清说，你就你爷爷一个亲人，改天我们再去拜访。"

景琛悲痛地说："我爷爷他刚走。"

司清震惊地抬头，神色惶惶越发握紧景琛的手，嘴唇翕动，却什么都说不出来，只是眼圈有些发红。

司爸爸和司妈妈更加坐立不安，只能干巴巴地安慰："节哀顺变。"

司清换了一身黑色的衣服，拎着大包小包的丧葬用品刚走进园子，就听到平日安静清幽的园子格外吵闹，似是有锣声、二胡声以及唢呐声从不远处传来。

司清的手机响起，是司爸爸的电话。司清："爸，你到了？我出来接你。"

司爸爸："不是，我刚到家，跟你妈一班飞机回的敦煌。没想到南城这边的风俗会拖这么久。前两天的仪式我们已经参加过了，今天正好你妹妹英语听力高考，她妈值班，我得回来……"

"爸，景琛就这么一个亲人，你们就不能……"她深吸一口气，已然麻木，"算了，随你们吧。"

司清挂断电话，平复了一下情绪才往璟语堂走，接着又传来了欢快的音乐声，令司清烦躁地皱紧了眉头。司清走到璟语堂外时，就见屋檐下的灯笼已经换成了白色，院门上贴着挽联。而那热闹欢快的音乐与喧闹声，正是从院子里传出。

司清皱着眉头走进院子，脸色有些难看地打量着院内的环境——

今日的院子显得格外拥挤。修剪有致的腊梅树上挂着白色的麻布，先前宽敞的院子如今摆了三张圆桌，圆桌上是满满的菜肴，而桌边是吃得正欢的宾客，大多是老人和小孩，只有几个中年男女。

走廊下，是两个劣质的音箱，几个孩子围着音响玩耍，不停地按着按钮换歌，拿着话筒又唱又叫地嬉闹。

司清忍无可忍地快步上前，直接一把将音响的插头拔了，又从一名拿着麦克风喊叫玩闹的小孩手里拿过话筒。没了音乐声，宾客的喧闹声在一瞬间显得格外突兀。随即小孩的哭声骤然响起，宾客们察觉不对，集体噤了声，齐齐看向司清。

此时，距离司清最近的一张桌子上，一名手里还抓着一只螃蟹的中年妇女，起身一把挡在孩子面前，从司清手里夺过话筒塞给小孩。

钱婶儿："你谁啊？这么大的人了，怎么还好意思跟个小孩子抢玩的！"钱婶儿喊罢，原本忙着说笑吃菜的众人也察觉不对，敌意满满地朝这边看来。

司清气势汹汹地怒视着众人，拿过话筒咬牙切齿地道："那你们这些年纪比我都大的人，又怎么好意思在别人的丧礼上喝酒玩乐。逝者为大，连最基本的尊重都不懂吗？"司清话音一落，场面顿时一静，众人纷纷目光诡异地看着司清，对着她指指点点。

司清顶着众人的目光，看到景琛快步朝她走来，于是，下意识地抓住了他的手。

景琛安抚地拍了拍司清的胳膊，自然地从司清带来的袋子里拿出一枚黑纱配花，替她戴上，同时介绍着："这是司清，我们前几天刚领了证，爷爷很喜欢她。她没见过乡下喜丧的习俗，大家别见怪。"

司清冷着脸说："我是真没见过这样的，不知道的还以为办的喜宴。"

景琛语气平静："八十岁以上的老人离世，在乡下的确算喜事。"

司清声音变小，但仍表达不满："怎么说都是离世，这也搞得太欢乐了。"

景琛垂了垂眸，语气不变："来和去只要是顺其自然的，都是一种人生的圆满，来时有很多人庆祝，去时更怕别人忘却，其实老一辈更有面对生死的智慧。"

所有人的目光都聚焦在凑在一起低语的景琛和司清身上。

老人甲忍不住开口道："原来是新媳妇儿，长得真漂亮，跟我们阿琛般配得很！"

老人乙："阿琛，你有了伴儿，你爷爷也能走得安心了。"

钱婶儿把螃蟹往身后的儿子手里一塞，随即捂着眼干号一声，做出一副痛哭的样子上前握住司清的手。钱婶儿："景叔啊，你怎么走那么早啊，阿琛有媳妇儿了，你马上就有曾孙儿了呀！"

司清望着钱婶儿那油滋滋的手，以及干巴巴的眼睛，紧抿着唇。

钱婶儿变脸似的忙又把话筒从小孩手里拿回来，塞进司清手里。钱婶儿："来，新媳妇儿话筒给你，你给你爷爷唱一首。"

在座宾客拍手起哄："来一首！来一首！"

司清脸色有些冷，望着鼓掌起哄的人，冷冷地对着话筒开口："不好意思，这会儿我真唱不出来。"

场面顿时鸦雀无声，客人们也有些尴尬。景琛从容地挡在司清面前，从她手里拿过话筒。"她唱歌跑调，我来。"说着看向司清，"你去厨房吧，那儿安静。"

司清皱眉，扫了眼景琛，转身朝厨房走去。景琛放下话筒，弯腰跟一个小孩说了些什么，从他手里拿过了口风琴，细细地擦拭着。

司清刚踏进厨房，就见陈连之激动又手足无措地看着她说："司经理，你和阿琛……我真是没想到你们会走到一起。虽说这场合不合适，但还是要跟你们道个喜。"

司清点头道谢："谢谢，今天辛苦你了。"

陈连之："辛苦的是景琛，也亏了他冷静，这一桩桩事都办得有条不紊的。"

司清没有接话，给自己倒了杯水，望着天井处闹哄哄的画面，有些气闷地一口喝完。在她准备再倒一杯时，走廊下传来了口琴悠扬又哀伤的小调。司清拿着杯子的手轻轻一颤，她一动不动地站在原地，眼圈开始慢慢发红，半晌才回头，就看到景琛沉默地靠在廊下柱子上的侧影，垂眸吹着口风琴，他此时所面对的，正是景爷爷含笑的遗像。司清强忍的泪水滚落，滴落在杯沿。

长廊处，景琛似是完全独立于周围的一切，别人的热闹和悲伤，都与他无关。

陈连之："他呀，不容易。这大伙儿嘴上不说，但眼睛都盯着看呢，他一个被收养的，比亲孙子难做多了。"

司清震惊，不可思议地盯着景琛。与此同时，口风琴戛然而止，传来的是院子里哗然之声。

钱婶儿："他……他不是那个……"

景琛慢慢站直，看向院门口，门口处站着一位年约三十，穿着黑色休闲外套，风尘仆仆、双眼通红的男人。

景琛与景木圣四目相对，淡淡地朝景木圣打招呼："来了。"

景木圣扶着门框，怔怔地看着景爷爷的遗像，久久未语。

祠堂内，供桌上放着景爷爷的遗像，遗像前摆着一束束菊花。

司清戴着黑纱孝章，和景琛一起跪在一侧的蒲垫上。她打量着景琛的神色，眼眶微红，脸上看不出明显的情绪，她又偷偷瞥向对面跪着的景木圣。景木圣看上去满身疲惫，风尘仆仆，两眼通红，与神色平静的景琛形成鲜明对比。

一名穿着中山装的司仪拿着话筒上前，在淡淡的哀乐中发言。司仪语气沉重，抑扬顿挫："尊敬的各位亲戚朋友、亲爱的孝子孝女贤孙后人们，云蒙低沉，草木含悲，苍天流泪，大地悲鸣。今天我们怀着无比沉痛的心情送走了景康山老人家。景老享年八十五岁，他的去世使我们悲痛至极。景老平易近人、温和慈祥，他的去世是景氏家族亲朋好友的不幸，我们痛心疾首、悲痛欲绝；我们痛彻肺腑、心胆俱裂。我们以无比沉痛的心情沉痛地哀悼景康山老人家。奏哀乐，请长孙景桠叩首拜别。"

主持人在一旁挥了挥手，一旁的音响传出哀乐，二胡、锣鼓、唢呐乐队奏响。

司清下意识地推了下身边跪着一动不动的景琛低声提醒："去呀，叫你呢——"司清话没说完，就看到对面的男人起身上前。

司清有些震惊："他也叫景琛？"

低垂浓密的睫毛遮住了景琛的眸光："是我也叫景琛。"

他看向对着景爷爷遗像三叩首的景木圣，最后一次景木圣许久没有起身，肩膀微微颤抖着，难忍悲痛地跪在遗像前。

景木圣抬头看着遗像，神情悲痛欲绝。"爷爷我回来了，对不起啊，我又失约了！"他哽咽道，"对不起！"

景木圣的情绪也感染了院子里的宾客们，钱婶儿和几个上了年纪的老人不由红了眼。

景琛:"他比我大三岁,桲柳的桲。只不过他不喜欢这名字,自己改成了景木圣"。

司清震惊地消化着景琛的话,惶然跪着,一会儿看向被众人包围劝解的景木圣,一会儿又看向身侧孤单清冷的景琛,难以置信般地一把握住景琛的手,低语着不知在告诉自己还是告诉景琛:"那还是你的名字寓意好。琛,是珍宝的意思。"

景琛欲言又止地看着司清,最后掩饰着唇边苦涩的笑,只是沉默地反握了下她的手,便松开低声说:"走吧,该我们了。"

司清这才注意到,景木圣被人包围着劝慰,甚至没人注意到景琛。她跟在景琛身边,在蒲垫上跪下叩拜,望着景爷爷的照片,她忍不住鼻子酸涩,却还是强忍着眼里的泪水。

一边的景木圣被人围着劝慰,而景琛不但没人关心,反而正被说闲话。人们望着景琛清冷沉默,丝毫不见悲痛的模样,忍不住叹气。

钱婶儿意味深长地说:"这一眼就瞧出谁才是亲孙子了,我看这亲的也不像是不想回来的样子,估计这些年,是被占了位置回不来。"

老人乙叹气:"走了有十几年了吧,可怜这亲祖孙最后一面都没见着。"

陈婆皱眉,不赞同道:"两个孩子都是我们看着长大的,都是孝顺的。"

钱婶儿撇撇嘴:"我们那是认错了人,误以为景叔带回来的孩子,是这个亲孙子阿桲。哎哟,这遗产,就这园子,你们说景叔打算留给谁啊?"

老人乙:"这可不好说,大的虽然是亲血脉,但这园子可是小的建起来的。"

司清听着身后人群的低语,看着景琛沉默却一丝不苟地叩拜的身影,以及他望向景爷爷的照片,不经意间露出被抛弃的无助神情时,在眼眶里打转了许久的泪水终于不停地滚落。司清掐着自己的手心,死死咬着唇,无声地抽噎,眼泪也越掉越多,惊到了那些私语的人。

景琛一抬头看到的,是司清始终望向他充满了晶莹泪水的目光,是心疼,也是感同身受的悲伤。

跪在一侧的景木圣抬头,神色复杂地看着两人——

昏暗的堂前,一片寂静,跪着的司清和景琛孤独得像是只有彼此。

微风拂过,吹动廊下白幡。景琛和景木圣站在院子里,沉默地望向院门口。

司清站在门前,忙着送别客人,将一份份长寿礼递给宾客。"阿婆,这是我们的一点点心意，谢谢您来送爷爷一程。您一定要身体健健康康的，等我们有空再去看您。慢点，我扶您。"她礼貌又不失热情地搀着笑容满面的陈婆走出院子。

一时间，院子里只剩下景琛和景木圣，两人间诡异的安静，片刻后，景木圣开口了。

景木圣："结婚了，怎么也不通知我一声。"

景琛："没来得及。"

景木圣："爷爷走之前，给我打过电话。"

景琛的目光有一瞬变得凌厉，望着景木圣的目光带着冰冷。

景木圣似无所觉地拍拍景琛的肩，低声地挑衅："他让我赶紧回来。"说完叹气道，"现在就剩我们兄弟俩了，我这当哥哥的，以后一定会好好'照顾'你。"

景琛垂着的手微微一颤，眼里陡然出现攻击性的神色。

景琛："那你知道爷爷临终前说了什么吗？"

景木圣看向景爷爷的遗像，景琛也顺着他的视线望去，接着说："他说阿琛回来了。"

景木圣似是不经意地问："他叫的，是哪个 chen（g）？"

景琛收回了目光，转而看向浑身紧绷的景木圣问："你以为呢？"

两人间气氛压抑，沉默对峙。

"我又不是你，谁在乎这个。说起来，你这园子整得真不错，跟我们三个以前住的地方几乎一模一样。不过你建这园子的时候，不心虚吗？"景木圣轻笑一声打破沉默，接着他又望着景琛淡漠的神情，轻笑摇头，"也是，你这种人，怎么会呢？"

景琛目光冰冷，景木圣带着嘲讽的笑意抬步离开，却在门槛前停住，回头看向景爷爷的遗像，接着神色复杂地看了眼景琛，自嘲一笑地大步离开。

池中煜红肿着眼匆匆朝璟语堂走去，却在门口前愣住，震惊地看着司清和陈婆站在璟语堂外话别。

陈婆红着眼握着司清的手："阿琛能娶到你，是他的福气。回去吧，好好陪陪他。"

司清点头，目送陈婆离开时，就看到了不远处傻站着的池中煜，有些无奈地走了过去。司清："不管你想问什么，这时候都先不要问他。"

池中煜愣了半晌点了点头，司清见状叹了口气，拍了拍他的肩膀。

司清："进去吧。"

池中煜拿着袖子不停地擦着眼泪，往璟语堂走去，司清跟在池中煜身后，抬头就见刚从门口出来的景木圣正目光复杂地打量着她。

司清看到景木圣，客套地点了点头，各自向前走去。

璟园的夜晚一如既往的安静，偶尔传来人家的几句吵闹，夹杂着几声犬吠。司清正在长廊下打电话："实在不好意思，我家里有点事，明天还需要再请一天假，下午有两个客户要过去，还要麻烦你替我先接待一下……好，谢谢。"

刚挂断电话，就看到陈连之从长廊另一头匆匆赶来，司清起身问："怎么了，有什么事吗？"陈连之有些难为情地开口："是你们回给客人的长寿礼，里头落了长寿钱了。"

司清："什么长寿钱？"

陈连之："就是回礼红包，多少倒不重要，图的是个健康长寿的意思。这不放的话，我怕阿琛被人戳脊梁骨。也怪我没提醒，还以为他知道这风俗。"

司清听后一愣，道："我这就回去跟景琛说一声，谢谢你陈姐。"说完有些懊恼地朝璟语堂走去。

璟园里的其他院子里，都亮着温暖的灯光，隐隐约约传出电视声、孩童的哭声，以及训斥宠物的声音，甚至是往日令人烦躁的夫妻吵架声，在这寒风刺骨的深夜都显得温暖诱人。

景琛正在厨房煮馄饨，没放葱，多放了些虾皮和紫菜。水滚开好一会儿后把馄饨盛进木碗里，端到院子里。安静的璟语堂里，只有景琛静静地坐在院子里，面前的桌子上放着一碗热气腾腾的馄饨，景琛一言不发，沉默地拿起木勺低头吃着馄饨，热气氤氲着他的眼睛，模糊了他的视线。

犹记得那天是惊蛰，春雷阵阵，红墙青瓦的古寺，坐落在乡间密林脚下。院中高耸入云的菩提树，大殿纯榫卯工艺的木质结构，都令这座古刹更显清幽静谧。

殿外，景爷爷正扶着木梯，给一处榫卯横梁加固修缮，听见惊雷抬头一看，豆大的雨滴落在他的额上，连忙爬下木梯，拎着工具包去屋檐下避雨。

"咯吱"声响，廊下角落处，破旧的厢房门从里边拉开。景爷爷吓了一跳，回头就看到小景琛手里抱着一只缺了口的破碗，站在比他膝盖还高的门槛前，乌黑的眼睛平静而淡漠。他身后的房间，家徒四壁，地上垫着一床破棉被，上边铺着破旧的草席。草席边放着一张木凳，凳子下还垫着碎瓦片，凳子上的作业本上只模模糊糊能看到一个"琛"字。这是初见……

再见是在一户青瓦房前，门前挂着简陋的木牌，写着：代销店。柜台边，景爷爷喝着一碗米酒，配着一盘花生米，看着门外的雨皱眉。

景爷爷："这雨下的，木头全潮了。这寺都不知道得修到什么时候。"

景爷爷说着就看到了门口端着只破碗的景琛，一愣，问："这是你儿子？怎么让他住寺里？"

老板娘这才看到景琛，一边去拿他手里的碗，一边去给他盛饭。

老板娘："嗨，你说阿琛啊，村里的孤儿，老村长看着可怜，给起了名字，又让他住寺里。平时村里轮着给口饭吃，就当做善事了。"

小桌子上摆着一碗肉、一盘酸菜，老板娘将酸菜拨到景琛的碗里，伸手要夹肉时，犹豫了一下，转而只倒了些汤汁进去。

景爷爷看了眼安静瘦小的景琛，从口袋里摸出了一块钱，指了指一旁还没收的早餐摊子说："还有馄饨吗？给他来一碗。"摸了摸景琛的脑袋，似是想起了谁，"也叫阿柽，倒是有缘。馄饨里放葱吗？"

景琛第一次抬头，直视慈祥微笑的景爷爷，摇摇头。幼小的孩子坐在景爷爷身边，看着面前的馄饨，无比珍惜又小心翼翼地舀起汤喝了一口。

景爷爷看着景琛光喝汤的模样不禁皱了皱眉头，问："不喜欢吃馄饨？"

景琛慌忙摇头，第一次开口："喜欢的，所以不能一下子就吃完。"说完像是证明一般，立刻舀起一只馄饨，放进嘴里，他的睫毛轻轻一颤，抬眸偷看景爷爷，正好将他慈爱的笑意收入眼帘。

景爷爷温暖的手摸着景琛的脑袋："老板娘，再给他来一碗！"

景琛坐在菩提树下，手里是景爷爷做的九根的鲁班锁。

景爷爷正拿着光刨，给木头表面刨光，只见木头已经有了木碗的形状，边上还有配套的木头勺子。

鲁班锁很快被拆开，景琛伸手给景爷爷看。

景爷爷一愣，惊异地看着景琛，蹲下望着他叫："阿柽……"

景琛认真地纠正："是阿琛。"

景爷爷："好好,是我叫错了。"他将木碗和勺子递给景琛,"阿琛,你喜欢木头吗?"

景琛看着手中景爷爷替他做的木碗,笑着点头。

景爷爷脸上露出了笑意,摸了摸景琛的脑袋,问:"那你要不要给景爷爷当孙子?以后爷爷天天给你买馄饨吃。"

景琛先是一愣,随即脸上露出灿烂的笑容,狠狠地点头。

再然后想起了最后的画面 —— 景爷爷迷迷糊糊地握着景琛的手,嘴里嘟囔着:"阿琛你回来了,走,爷爷给你买馄饨吃。老刘,来碗馄饨,我孙儿不吃葱……"声音越来越虚弱,道,"多放些虾皮……"

景爷爷的手从景琛手心滑落。

木勺里舀着的馄饨滑落回碗里,与之一起掉落的,还有那不间断的泪水,被溅起的汤汁瞬间掩盖于昏暗里,连独处的悲伤都沉默隐忍得令人难以察觉。景琛始终垂着头,拿着木勺的手只是微微一顿,就继续若无其事地重新舀起汤吃着馄饨,只是无声落下的泪,无力再掩藏,直到碗里没有馄饨。他的手依然紧握着勺子,那笔挺清瘦的背影在此刻像是骤然折了一般,一点点地弯曲。

不远处的台阶下,司清静静地驻足,望着院子里那道身影,在注意到他渐渐颤抖的肩膀,夜色中眼角闪过的一抹水光时,她不禁地别过了头,不忍再看,背过身去,靠在景琛看不见的门外白墙上,无声地伫立陪伴。

人生海海,跌跌撞撞,在妥协、在失去、在长大,才懂得……离别是人间常态,谁也不会例外。

第七章 最是那温柔一刀

青砖石台阶下的角落处，传来流浪猫和流浪狗微弱的叫声。眼眶通红的司清似是想到了什么，朝猫、狗的方向走去。

院子里，昏暗的灯光下，景琛独坐的影子越发显得孤单。忽然，景琛一怔，低头望去，就见一只狗狗正温驯地蹭着他的脚踝。与此同时，院子门口，一只只流浪猫、流浪狗相继跳进门槛，习惯性地朝景琛脚下围了过去。

他弯腰轻抚着猫、狗柔软的毛，内心软得一塌糊涂，悲伤不减反增，像是受了伤的兽，他可以再次筑起防线，却无力招架温柔，又或是这些小小的团子没有人类的复杂，才能让景琛可以放肆地释放无以言表的巨大悲伤。

这个世间，他既无来处，也再无归处。

过了许久，景琛慢慢平静下来，这些小猫、小狗似乎也懂得察言观色，开始慢慢吵闹了起来，渐渐地，猫叫声、狗叫声挤满了寂静空荡的院子。

门外，司清也好似刚痛哭完，一抽一抽地望向这方小院，看着变得温暖的院子，看了眼被猫抓了一道的伤口，松了口气，转身离开。

第二天，肿着双眼的"社畜"司清在超市人流量大的一角摆着摊子，看到简约推着两辆空的超市推车出来，才起身收拾，把南商行信用卡、理财推销的易拉宝收起，又弯腰拎起一袋2.5千克的米。只见桌子底下，堆满了各种用来赠送的真空袋装米，叹气道："一个上午，就办了一张卡。"

简约帮着司清一起将米袋放进空的推车里，顺便吐槽她的工作："每到年底，我都怀疑你的工作其实是搬砖。"

悲催"社畜"气喘吁吁地搬着最后一袋米，背起大手提袋，推着其中一辆装满米袋的推车往电梯走，接着闺蜜的吐槽："我现在巴不得去搬砖，就怕工地不要我。不然等混熟了，我还能厚着脸皮请他们发了工资存我们银行去。年底了，我的脑袋里就只有两个字：存款。"

"姐们儿真的帮不了你了，店里的新、老客户都已经被你发展完了。"简约同情地拍了拍司清，顿了顿，又问道，"要不，你问问你老公？"

司清："他又没钱。而且，爷爷刚走，我不想拿这种事烦他。"

嘈杂的超市里人来人往，她纤细的身影渐渐消失在人群里。

璟园这边像是时光进来都会停驻一般，钱婶儿和陈婆端着盘包子，拿着一袋子年糕走进院子，对着内院大声道："阿琛你还没吃饭吧？来，婶儿刚蒸好的包子，还热乎着呢，赶紧吃。"

旁边的陈婆也叮嘱道："这年糕记得泡水里，晚饭你也别烧了，来阿婆家吃。"

内院传来隐隐约约的应答声，钱婶两人将拿来的食物放到厨房便回去了。就这样，这一天来来往往的邻居踏着门槛送来各种蔬菜瓜果。

而景琛坐在工作台前，依旧埋头修复着题跋，他将画心周围的旧裱小心翼翼地剪裁下来，开始去除画上的霉渍。

陈连之应该是最后一个来送关心的，她在门口喊道："阿琛？"

景琛抬头，就见陈连之拎着两个塑料袋，装着柿子和红薯进了侧院。厨房的台面上，已经严严实实地摆满了各种新鲜的蔬菜水果：莴苣、大白菜、豆腐、胡柚，等等。

景琛走过来接过陈连之手中的袋子，道："谢谢陈姐，前几天麻烦你了。"

陈连之笑着摆摆手："都是邻居有什么麻烦的，我就是给你家司经理带了个路。以前啊，我还觉得她这人不好相处，结果那晚多亏了她周全。大半夜的，她还亲自拿着回礼金一户户地送上门，不停地帮你解释道歉。连钱婶儿那么刁的人，都说你这媳妇娶得好。"景琛听到陈连之的话后，惊诧之余心头一片柔软又有一股说不出的酸涩。

这天司清刚走进营业厅，就看到熟悉的钱婶儿等村民每人拿着一张新开的卡准备存钱。她有些蒙地询问代班的小余："怎么回事？"

小余佩服地朝司清竖了个大拇指，道："姐，你太牛了，竟然把一个村的存款都拉来了。怪不得你不理肖总，这现金流都比得上两三个他了。"

司清一时还有些没回过神，村民们已经热情地朝她打招呼——

陈连之："司经理。"

钱婶儿："哟，景琛媳妇来了。"

柜台前坐着的钱婶儿从拎着的黑色塑料袋里，掏出两摞还没拆塑胶的十万元现金，豪气地放进柜台里。"婶儿给你存钱来了。"接着她又凑到司清耳边低语，"你们这儿最近有没有活动啊？就那些米啊，纸巾什么的？"

司清笑着点头，也压低声音："都有的，而且我们行的定期年利率是最高的。"

钱婶儿："咳，我也不是为了贪那点儿便宜，全是看在你跟阿琛的分上，才特意过来的。"

曾在葬礼上针锋相对的俩人此刻相视而笑。

夕阳斜照在这个城市，将每个人的影子拉得老长。钱婶儿两只手都拎满了抽纸和米，跟几个同行的村民兴高采烈地走出营业厅。司清也跟出来，挥手送他们离开。

临走前钱婶儿道："司清，下次银行要是有活动，你千万记得跟婶儿说。婶儿还有钱！"

司清："好，谢谢钱婶儿。这个点儿都没班车了，你们要怎么回去？"说话间就看到一辆大巴开到门口停下，熟悉的顾长身形从大巴车上下来。

钱婶儿："哝，车这不就来了嘛。"

一身黑色大衣显得景琛更加清冷挺拔，他朝司清缓缓走来，钱婶儿朝景琛和司清暧昧地挤眉弄眼，捂着嘴，笑着离开，当然不忘开口调侃他们，这是全人类的共同点，她道："阿琛我们上车等你，跟你媳妇儿慢慢聊，不急噢。"其他人也跟着哄笑附和。

景琛走到司清面前，刚才明明还很热闹，城市也很嘈杂，但是这两人之间落针可闻似的，司清不自在地低头理着头发，道："你叫他们来的？"

景琛没有回答，忽然握住了司清的手，皱眉看着她袖子下露出的被猫抓破的伤口，声音低缓："打疫苗了吗？"

司清的手指有些不自在地动了动，却没挣开。她一抬头，就对上了景琛温柔的目光，顿觉大脑一片空白，回道："嗯，打过了。"

景琛摩挲了一下司清的无名指，司清只觉掌心发热，下意识想收回手，但男人的手掌温暖有力，一下子竟没抽回来，景琛似有所觉，这才缓缓松开。司清垂着的手指不自然地蜷缩着，暧昧在刹那间弥漫。

又是一阵静寂——

片刻后，就听景琛道："等你春节放假，我跟你一起回敦煌，还是应该正式地跟你爸妈见一面。"

司清避开景琛的目光，故作玩笑道："不用了，我今年不打算回去。他们现在各自有家庭，我这大过年的上门，不但没红包收，还要花两份孝敬钱，不划算。"

景琛的视线越发温柔，声音褪去霜寒，温柔说："那就我们一起过，在我们自己家。"

四目相对，司清望着他的唇边缓缓露出的清浅笑意："好啊，我腊月二十九正式放假，你记得空出时间替我搬家。"

景琛："好，你进去吧，我也走了。"

司清点头，一步三回头地离开。景琛始终立在门外，直到司清的身影消失。上了大巴车，他拿出手机，犹豫片刻，点开订票软件，搜索南城—敦煌的机票。

南方的冬天若是晴天便都是暖洋洋的，但是下起雨来就格外难受。这天就是个适合开电暖器的日子，然而网红博主云篇一头青丝半挽着，素手撑着一把油纸伞，身着天青色宋代汉服，在青石板的古街上从街头走到街尾，引得路边店主不时侧目，拿着手机对着云篇拍照。

云篇不经意间的一个抬眸，被摄影师的镜头捕捉。摄影师："OK，搞定。"

云篇将伞收起递给助理，披上配套的斗篷披风，看着摄影师刚拍的照片，眉头紧蹙，语气带着不满："不行，背景的商业味太浓了。"

摄影师："云老师，这已经算咱们圈比较小众的拍摄地了，其他景区更夸张。"

云篇："那就找独一无二的，云端工作室出的第一波汉服，必须尽善尽美。"

摄影师有些为难地嗫嚅着："这根本不可能……"

云篇神情清冷，从一旁助理的手中接过藿香正气水，云淡风轻地一口喝完接着说："一周前，你也觉得我不可能从92瘦到82，但现在我的体重是80。"

说完云篇转身离开，身影纤瘦而清冷。在她走出步行街时，忽然眼前一黑，幸而助手及时扶住了她，眼前从蒙眬到恢复正常时，景琛从步行街外的辅路走过，拐进了巷子。

云篇怔怔地望着景琛的身影。助理担心地扶着她，问："姐，你是不是又低血糖了，我给你拿块糖。"

云篇："不用，正式出图前，我还需要保持现在的体重。"

云篇往车子走去时，再次忍不住回头朝刚才景琛的方向望去，她拿出手机拨通了池中煜的电话。

云篇："喂，阿煜，我回南城了。"

露台上，电话这头的池中煜正吃着外卖，听到电话惊喜不已，赶忙问道："真的？！这次回来待多久？"

云篇："不走了，决定回来定居。下午我正好要去你银行，晚上一起吃饭？"

池中煜满口应下："好啊，再叫上琛——"

他想到了什么，话语戛然而止。这边的云篇望向窗外，沉默稍许才开口："这些年，他还好吗？"

池中煜支支吾吾，不知如何回答，半晌才道："学姐，琛哥他……他……"

云篇笑着接道："这么难回答啊，那就见面再说吧。"

池中煜看着挂断的电话，心虚又内疚，喃喃道："对不起学姐，我把琛哥照顾进我师父的户口簿里了。"

办公室里的蒋甜甜和艾丽的桌子旁都放着只巨大的行李箱，只有司清桌子边空荡荡的。

司清拿着手机，点开景琛的微信，正犹豫怎么发消息时，听到蒋甜甜问道："司清，今年春节你还是不回家吗？"

还没来得回答，艾丽柠檬精似的抢先开口回道："你忘了她是有老公的人了？人家现在可是半个南城人。"

司清没有搭理艾丽，艾丽却默默将椅子滑到司清桌旁。司清抬头淡淡地扫了艾丽一眼，就见这个一脸别扭的同事拿出一瓶与之前当了"奖杯"底座一模一样的香水，放到司清桌上。

艾丽："这个……给你和你老公的结婚礼物，我好不容易让代购重新买到的。"

司清看着那瓶香水，忍俊不禁："谢了。"

艾丽傲娇地轻哼着回到了桌子边，在看到桌子上放着的合同时，忍不住又瞄了司清一眼，状似随意地问："我下午五点的飞机，不过三点还有个客户要过来。你说我要不要改签？"

司清弯了弯嘴角，无语地伸出手："行了，拿来吧。"

艾丽高兴地立刻将做完的合同递给司清，就见上边的贷款申请单位是：

云端工作室，法人是"云篇"，后边还附着云篇的身份证复印件。"合同资料我都做完检查过了，不会有问题。"指着云篇的身份证接着说道，"好像是汉服圈的女神，微博粉丝好几百万的原创设计师。"

人就是不禁念叨，女神云篇一身复古精致的装扮，走进营业厅，看到大堂内斜背着红色迎宾带的池中煜时，清冷的脸上露出一丝微笑。

池中煜正在机器前，帮一名客户办理存折取款业务，抬头发现云篇，惊喜不已。"学姐！你……"看到大堂另一头走来的司清，紧张得结巴，"你怎么来了？"

云篇含笑，声音温柔："来办贷款，约了你们一个叫艾丽的客户经理。"随即说道，"你先忙吧，下班后再聊。"

池中煜刚要阻止，但身边的客户一直催他："哎，你快点啊，我赶时间的。"池中煜左右为难，一边帮着客户打印对账单，一边回头看着云篇和司清，既担心又不免八卦。

司清从楼下下来，正好走进营业大厅，眼看与云篇就要迎面相撞。她低头正准备打电话给女神客户，无意间抬头，突然脸色骤变，没注意到朝她走来的云篇，就快步朝大厅走去。

一个老人来势汹汹地朝池中煜冲了过来，一把推开还在办理业务的客户，抓着池中煜的衣服愤怒大吼："就是你！昨天就是你把我的钱给弄没了！快把钱还给我！"

刹那间池中煜和客户都被这个头发花白的阿婆吓了一大跳。

司清迅速跑过去，将池中煜和阿婆分开，同时温和地安抚颤抖的老人："阿婆您先别急，有什么事您慢慢说，我们银行都会帮您解决。"

老人手里拿着一本存折，狰狞着脸指着一脸蒙的池中煜，声音尖锐，异常激动。"你个不要脸的东西，连救命钱都偷！你怎么不去死啊！"说着拿出存折里夹着的小票对着周围人喊，"大伙儿看看，三万多啊，那是我儿子的救命钱！全被这个男的，"又恶狠狠地说，"这个骗子给私吞了！你别狡辩，昨天你就是在这个机器上，把钱转到你自己账户里去的。"

池中煜傻眼，回想片刻解释道："你胡说什么，我哪儿拿你钱了！昨天我是帮你取了钱，然后办了个汇款业务，账号都是你自己提供的。"

司清横了池中煜一眼，示意他别说话，上前拉住还要扑向池中煜的阿婆："我想这中间一定有什么误会。您先别生气，我们去休息室喝杯茶，把昨天的监控调出来一起看看。如果是我们的问题，我们一定会负责到底的。"

阿婆声音愈加洪亮："去什么休息室，有话就在这里说，别以为我不知道，你跟他就是一伙儿的，监控也是假的！他仗着我不识字，昨天替我填单子的时候，就起贼心了！这就是个装得人模狗样的蹄子！"

云篇站在人群中，眼神中写满嫌恶，刚要仗义上前，却见司清依旧态度良好地安抚这个阿婆："婆婆您别急着骂人，我们先把事情弄清楚。"

老人一把推开司清的手，乡下的人常年劳作，力道比他们这些白领"脆脆鲨"们大多了，司清的腰狠狠撞到柜台角。

池中煜赶忙上前扶起司清，脸色难看，强忍怒气瞪着老人，咬了咬牙道："看在你一把年纪的分上，刚才的话我不跟你计较。但也麻烦您把话说清楚，别乱泼我脏水，也别扯到我家人。"

司清注意到周围正在用手机录视频的人，忍不住皱眉，"你去监控房把昨天的记录调出来，再问清算中心拿下扫描件，这边我来解决。"司清看向池中煜，当机立断，见池中煜没动，再次催促道，"还不快去！"

池中煜和司清对视良久，才妥协离开。结果他刚转身，老人家就一把揪住他的后衣领，同时继续大声嚷嚷，旨在让小事变大："大家看看，他心虚了，他要跑了！帮我报警，都帮我抓着他！"

"婆婆您误会了，他是去调监控。我是他的负责人，这件事我会代他解决。"司清解释完接着朝所有人说，"我们银行的每个角落，所有对话都有监控记录，到底是哪里出了问题，都一目了然。您……"

"啪"的一声清脆的巴掌声让营业大厅静了一瞬。司清本想去制止老人，却又怕撞到她，小心翼翼反被扇了一巴掌。

池中煜脸色一变，骂着脏话不管不顾地就摘下身上的挂牌。他刚拉下老人揪着他衣服的手，阿婆就扑过去狠狠挠了他的脖子一道，就在他怒红着眼，咬牙要将人推开时，司清迅速上前，挡在池中煜面前，将他往身后一护。

此时头发凌乱的司清死死拽住阿婆，语气严肃："阿婆，我理解您的心情，但如果您还想找回这笔钱，就先别激动，按我说的做。"

"算我求你们了，把钱还给我吧。那是我儿子的救命钱！"阿婆像是脱了力一样，突然瘫倒在地上，号啕大哭，看着池中煜声音颤抖，她说着从口袋里摸出一张折成好几折的纸，打开举了起来，"求你把钱还给我，我还要给法院交去啊！我儿子被抓了，法院如果收不到这笔钱，他这辈子就完了。"

这话格外耳熟，司清看着那张盖"犯罪家属通知书"的落款是南城市第一人民法院，却盖着明显很假的"南城市司法局"的章，马上看向吃瓜的同事。"报警，是电信诈骗。"说着朝窗口内的银行职员指着账户说，"查下这个账户的资金情况，马上申请冻结！"

……

直到城市的霓虹灯逐渐亮起，司清拿着两罐冰饮朝池中煜的车子走去，一边拿着手机给那个女神客户打电话："很抱歉云小姐，临时出了点小问题，您的那笔贷款今天可能来不及办理了。您看明天方便再过来一趟吗？"

云篇坐在车上，看着司清的身影笑着回答："好，你先忙，我的贷款不差这一天。还有，女人的脸可不是小问题。"

听到这话司清一顿，下意识搜寻，这时一辆车闪了两下，坐在车里的云篇与她遥遥相视一笑，听到司清在电话里道：谢谢。

吃完瓜后大家都各自散去，司清拉开另一辆车子的副驾驶车门，里面池中煜正发泄似的玩着游戏。望着递到面前的饮料，池中煜沉默半晌，扔下手机打开饮料喝了一口。

司清起初没有开口，只是拿着冰饮料冰敷消肿，过了一会儿才出声："你是不是觉得很憋屈？觉得自己一片好心被狗吃了？"

司清将冰敷的饮料罐转了个面，神情淡漠地说："但你就是有错。"

池中煜狠狠地捏着饮料罐，猛地转头看向司清，目光愤怒，转而脸上露出讽刺的笑："在司经理眼里，我当然有错。毕竟，你当初因为听不懂南城话，被客户骂得狗血淋头后，还能笑着自费送礼道歉。这样的丰功伟绩，咱们行您可是第一人，也怪不得这么多合同工里，就您能破例转正。"

司清握着饮料罐的手一紧，许久指尖才卸了力，她拿下饮料罐，冷笑："不然你觉得我该怎么做？跟你一样，一不开心就甩手不干，回家继承家业？可我没这个资格，应该说这个城市里 80% 的人都没有这个资格，所以我们只能一边憋屈吐槽，一边想着房贷、孩子和养老，继续工作。"

池中煜嗤笑说道："这时候你怎么不拿你老公当案例？"

"他呀，是我们这种人的理想主义。"司清目光看向远方，轻轻道，"可以向往，也愿意守护，但永远无法企及。"

池中煜皱眉，无法理解……

司清也没指望能和他同频，从包里摸出两个创可贴放到置物台上，用饮料罐压着，离开前，还是没忍住说："我说你有错，是错在一开始，你就不该违反银行规定，擅自替客户填写信息。可能你会认为这条规定不重要、不近人情，但它是对职工的一种保护。甚至，换做任何其他有经验的员工，这起电信诈骗连发生的概率都不会有。"

这话戳中了池中煜恼羞成怒的原因，他无言片刻，转头看着已经下车的师父，忍不住抬高声音问："你去哪儿？"

司清自嘲地关上车门："继续当好我的百分之八十。"

池中煜被堵得一句话没有。片刻后车窗被敲响，池中煜摇下车窗以为他这师父还没毒舌完，却难得听到司清吐了象牙："本来打算叫你一起回璟园吃饭的，但现在你应该没这个心情，还是改天吧。"

算了吧，她压根儿没这个诚意，于是开着敞篷奔驰而过留下一串尾气彰显着他的不服。

司清顶着红肿的脸，状似若无其事地回到银行，看着已经被拉下卷帘门的营业厅，才放下强撑的平静，疲惫地在楼梯上坐下，手机振动，是景琛的微信：回家吃饭吗？她看着这条微信，心里自动回复的模板跳了好几个，最后却什么都没发出去，在她退出时，手指不小心点到了景琛的头像。手机屏幕上，很快出现"我拍了拍景琛"的提示，在司清打出"没事，不小心按错了"，正准备发送时，屏幕上出现了景琛的一条文字微信。是对方手打的微信内容：景琛也拍了拍你。

习惯了这个像钢筋水泥一样冰冷的城市，习惯了所有苦难，更习惯了自己坚强。而在此刻这条毫无意义的微信回应里，在昏暗的楼梯间，司清终于破防，红了眼眶。

夜色渐深，司清披着头发，发丝正好挡住侧脸的巴掌印，进门前巴掌印已经用粉底盖了几层，她强撑着笑意，朝亮着光的院子笑着道："我回来啦！"

结果抬脚迈进院子时，高跟鞋的鞋尖却在门槛上绊了一下，鞋子飞出一段路，司清也险些摔倒，令她再也维持不住脸上的笑。

景琛从大堂出来，就看到司清两眼冒着冷光与怒意，光着的脚不管不顾地就要直接踩到天井的石头上时，景琛一把将她抱起，大步往大堂走去，皱眉不赞成地低头注视着司清："别折腾感冒了。"

"我没事，你放我下来，我……"

司清伸手拂过头顶半垂着的帘子，一抬头就看到了大堂墙面上，悬挂着各种她的老照片，她霎时惊得说不出话，只是愣愣地盯着那些充满年代感的照片，或是"杀马特"，或是土气的高原红，正中央处的一张合照——是八岁的司清与她父母的最后一张合照。

她喃喃道："你哪儿来的这些照片？"

从不敢有期待，所以从无期待。而生活总是这么讨厌，在不经意间渗进一根线，不知道什么时候就会拉扯得你所有防线溃不成堤。

数天前，她每天公寓—银行两点一线的时候，景琛驾着一辆吉普车疾驰在笔直宽广的公路，两侧雅丹地貌的戈壁不断变换。大西北，沙漠、胡杨林、戈壁、落日，满目皆是与秋天最契合的金黄色。

几个小时后，他停在一个有点旧的小区门口，按照手机上记下的地址，他双手拎满礼品来到了司清的父亲家。这里不是司清长大的地方，只是单纯的父亲家里而已。

三室一厅的老房子内，最显眼的就是玄关柜上摆着的一组照片，那是司清继妹从小到大的生日照，中间则是一张三个人的全家福，司父、司清继妹和继母。

景琛和司父寒暄了一会儿，司父为免尴尬就拿出一本相册给他翻看着。司父兴致勃勃地指着一张封胶在老旧相册里，小司清抱着婴儿司滢的照片回忆道："这是司清她妹妹周岁的时候拍的，那会儿司清已经很懂事，知道要照顾妹妹了。"

景琛柔和地打量着司清小时候的照片，照片里的女孩一副抿着唇故作老成的样子，他温柔道："很可爱。"

"她呀，从小就没让我费过心，不像她妹妹，闹腾得很……"司父嘴上嫌弃妹妹闹腾，但眉目间全是宠爱，相册一页一页翻过去，全是司滢，渐渐地司父脸色有些尴尬。终于在只剩寥寥几页后，看到了司清的照片，司父忙松了口气。

照片已经发黄，没有封胶，又因为相册位置有限，相片只是敷衍地夹着，没有卡进塑料膜里。景琛一张张地拿起，看似温和，却又坚定护短地将司清的照片整理好，低声道："爸，司清的这些照片我想带回家，可以吗？"

让司清心里堡垒崩塌的那根线大概就是在景琛亲手制作着相框，将那些封胶后的老照片小心地卡进相框里时慢慢串起来的吧。

那些在相册里没有容身之处的老照片，在这里被妥善珍藏着，重新塑了封胶，放进相框里，被挂在这面最显眼的墙上。

照片里的女孩此刻穿着拖鞋，站在照片墙前，目光掠过一张张照片。

景琛的声音一贯平静，陈述似的道："我前两天去了趟敦煌……"

司清最后不禁红着眼回头望向景琛，强忍着泪水："这么'杀马特'的照片你挂出来干什么？"

景琛眉目柔和，打趣道："镇宅？"

司清娇嗔地拍了下景琛。他低头笑看司清："相框还有很多，以后我们可以慢慢填满。"

远处传来隐约的犬吠，夜空的星星不停地闪着星光，大厅和厨房的灯光明亮温暖，在这世间的一隅里，两个人相互慰藉。

司清的泪水，再也忍不住地溢出眼眶，景琛动作生疏地滑过她的眼角，抹去那滴泪水，指腹落在司清脸上的瞬间，两人都是一怔，目光刚触到便慌忙移开。司清刚要下意识地理头发，想起脸上的巴掌印又放下："我先去洗个澡。"景琛点头收回手，手指不自在地在身后细细摩挲着。

趁着司清洗澡的时间，景琛进到厨房，打算煮面。水流下，番茄洗得干干净净，放置在砧板上。他修长的手指握着刀在番茄上划了个十字，随后加开水烫皮，将番茄剥皮后切成小块，然后将葱、蒜切末。锅热加油，鸡蛋煎好后取出，倒入番茄和葱蒜，反复翻炒直至炒出浓汁，再加生抽、蚝油和一勺番茄酱，炒匀后加清水煮沸。

洗完澡出来，司清在厨房门口站定，一边擦头发，一边看着厨房里在昏黄的光影下忙碌的身影。见他将锅里的面熟练地捞出放进两只碗里，将洗净的菠菜放进汤里烫熟，回头看到司清时，朝她招了招手。

司清走到他身边，景琛拿起汤勺舀起番茄汤汁递到司清唇边，道："试试咸淡，淡的话再加点盐。"

她听话地低头喝汤，还带着水滴的头发垂下，正要伸手去理时，景琛已经将发丝轻挽到她的耳后。司清忍不住抬头，与景琛近在咫尺地对视，不过三秒便不自在地移开目光，同时道："刚好。"话落，就看到了对方的指间还有一缕她刚落下来的头发，越发尴尬，连忙伸手要去拂头发，景琛没松手，头发反而缠住了白净有力的指尖。

两人扯着一缕发丝片刻，锅里的水轻沸，手里拽着的发丝如羽毛轻抚过心尖。

司清动作无效，解释道："最近换季容易脱发。"说罢越发慌忙地去取景琛手里的发丝，却被他避开，转而他的手指落在了她的脸颊上。

司清浑身一僵，正要别过头时，脸已经被景琛轻轻托住，此时景琛沉着脸，神色难看，声音恢复了清冷，问道："谁打的？"

司清赶紧解释："没谁，就是下午拉架的时候被殃及了，只是看起来吓人……"

景琛蹙眉，在灯光下拖托司清的下巴细细打量，似是想说什么，最后看她强撑着解释时，终究只是轻轻问道："还疼吗？"

司清习惯性地笑着回答："不疼……"

而在对上景琛温柔又带着心疼的目光时，脸上的笑意还能勉强维持，眼泪却不争气地溢出眼眶。她委屈地红着眼哽咽道："就是第一次被人打，还是当着那么多人的面，觉得挺憋屈，也挺丢人的。我长这么大，我爸妈都没碰我一下，而且最窝火的是，那是客户，我还不能还手。"

司清越想忍着，眼泪就越不受控地往下掉。修长的手指轻轻拭去司清的眼泪，看着她还拼命地想勾起嘴角，说话的声音越发柔和。"我接下来说的话可能不符合思想品德课，"景琛说得坚定又理所当然，"但我还是想教你，受了委屈就要还回去，家里虽然没有很多钱，但是打人的医药费我们还是出得起。当然，打不过的不要逞强，先叫上池中煜还有你们行的保安，跟不讲道理的人是不用讲武德的。"

司清忍不住破涕为笑，在景琛怀里闷声道："可人家七十多岁了，打不得又骂不过。"

景琛一噎，许久后无力地叹了口气："那就把池中煜推出去当肉垫吧，不管是'一日为师，终身为父'，还是长嫂如母，他都有义务保护好你。"

司清轻笑着点头："好！不过，你千万别产生什么内疚呀，没办法保护我的无力感。因为就算你现在是电视剧里那种动不动就能收购别人公司的霸总，我们银行也不是你想买就能买的。还有，也别说让我辞职不干的话，沉没成本不答应，我靠赚钱获取的成就感也不允许。"

景琛无奈失笑，又不免动容，温柔地替她将散乱的头发理好："你还真是，一点儿表现空间都不给我留。"

"留了啊，"说着，司清用目光示意了下碗里的汤面，"这就够了。"

窗外不知何时竟下起了淅淅沥沥的小雨，桌子上的平板电脑，播着今天的新闻。听着屋外的雨声，吃着热气腾腾的酸汤面，司清顿感满足。她微微抬眼，就能看到对面已经吃完面，正专心看新闻的景琛。

景琛察觉到她的目光，抬头对上司清，温柔问道："怎么了？吃不下？"

司清摇摇头，笑着指了指新闻："我第一次觉得，新闻联播还挺好看的，让我又感受到了岁月静好，人间还值得。"

景琛看着新闻上播报的关于疫情接种的画面，又看着司清低头吃面的场景，也不禁嘴角一弯。

"哦，还有件事。"景琛看向司清，就听她有些无奈又烦恼地道，"池中煜那'笨蛋'，好像才知道我们在一起。你记得好好安慰他一下。"

第二天景琛就约了池中煜"安慰"他。

篮球场上战火激烈，池中煜和景琛都已大汗淋漓。池中煜几次带球过人，都被景琛中途拦截，而当他准备直接扣球时，也总会被景琛抢了篮板，反为他做了嫁衣。

景琛带了点嘲意说："5∶0。"

池中煜眼中的好胜情绪已变成了些许怒意。

景琛的攻势意外凶猛，令池中煜节节败退，最后气得池中煜直接将篮球往篮板上狠狠一砸，愤愤道："她跟你告状了？"

景琛神色淡淡，走到球架下拿起水杯喝水，淡漠道："是我猜的，她什么都没说。不然以你护短的性格，昨晚你就忍不住找我了。"

某位大堂经理愤愤地坐在篮球架下，将一瓶矿泉水一口全喝了，气愤得口水都喷出来了："我护什么短，反正你们也没把我当自己人。结婚这么大的事，你们竟然瞒着我。"

景琛无奈地用指节轻击了下池中煜的脑门，说："领证当天我就告诉你了。"

池中煜翻了个白眼："你真的被我师父教坏了，竟然都学会狡辩、撒谎了。"

景琛再提示："鸳鸯被。"

池中煜终于想到之前看过的正确答案了，目瞪口呆地看着景琛，不由怀疑人生，盯着景琛浓密的头发问："那'大红袍不是绿茶'？"

景琛点头："是我。"

"原本我还以为你今天是来安慰我的，结果你全程都是在帮你老婆找场子。"池中煜心痛地哀号了一声，一脸委屈地控诉道，"琛哥，你变了，以前你不会一个球都不给我进的。"

景琛理所当然道："以前我也没结婚。"

池中煜一噎，冷哼一声便别过头不说话。

景琛靠着篮球架坐下，目光落在不远处的篮球上："所以阿煜，别欺负我太太。"

"谁欺负得了她？她不欺负我就阿弥陀佛了。你信不信昨天要换成个年轻一点的客户，她下班脱了制服就能拽着我去给人套麻袋。"池中煜猛然回头，一脸的不可思议，顿了顿，又道，"好吧，我承认昨天她被误伤，是我的错，后来我也不该一时冲动嘲讽她。"

景琛双眼一眯："原来，还有后半段。"说着弯腰捡起地上的篮球，猛地朝球筐扔去，篮球落地后正好弹起反砸向池中煜的脸。

池中煜下意识地避开，但还是险些被迎面而来的篮球擦到脑袋，人还没反应过来，就听景琛有些遗憾地开口："第一次找场子，还有些手生。"

池中煜神情复杂地接住篮球，像是不解，又像是不甘，固执地看着景琛："琛哥，你认真点。我是真的觉得你们不合适。我也不明白，她除了比学姐年轻，还有哪里比学姐好？你又是为了什么才会跟她结婚？"

远处青春洋溢的学生在球场上声嘶力竭，似乎也把他拉回了大学时光。

贯穿了六年时光的渊源，初露端倪。

第八章　六年前鬼哭狼嚎的女孩

那是六年前，景琛还记得那天刚和导师从办公室出来，他的手里拿着一张全英文的介绍信和绩点证明。

导师欣慰地看着他道："雕塑这专业，目前在国内还是太小众了，不适合你的发展。不管是继续深造，还是去 Oliver 的团队，都比现在好。正好这次院里组织去敦煌，你出去了也仔细想想。"

"我知道了，谢谢老师。"景琛和导师分开后才发现手机上有几个陈婆的未接来电，便拨了回去。"阿婆，你刚找我有什么事？"景琛拿着电话站在窗前看着学校偌大的操场，整个人沉稳又平静。

电话里却传来陈婆焦急的声音："你赶紧回来，你爷爷进医院了！"

景琛脸色"唰"地变得惨白，道："我这就回去，他现在怎么样了？在哪家医院？"同时飞快地奔下楼梯。

"腿给摔折了，脑子也不太清醒，就在咱们县里的医院。这些年他一听说附近有村子拆迁，就急着跑过去，把那些拆了不要的老木料全给收了回来。我们都劝他一把年纪了别折腾，可拦都拦不住。"陈婆叹了口气，接着道，"阿琛，你不能不管你爷爷啊，他现在就只有你这个孙子了……"

景琛回来数日，每天医院家里两边跑，这天拎着饭回到病房，无意中听到景爷爷和陈婆的对话——

隔着门，就听陈婆道："你呀，别再跟阿琛怄气了，你瞧瞧他都几年没回来了。现在的年轻人，有几个能沉得下心学手艺的。学木工有多苦，你自己又不是没经历过，他不喜欢你又何必为难他。"

"不是为了这个，更不是我不让他回来。"景爷爷靠在床头，摇了摇头。又叹气道，"是他自己不敢回。"

景琛在门外驻留半晌，沉默许久终究还是没敢进门，便把饭菜放在门口，转身离开。

他再次逃避离家而去，但这次不同，他心里豁了个口子。于是在"荒漠之间"的毕业展上，景琛决定给懦弱的自己一个机会。

枯黄的枝头，落雪还未完全融化，偶尔北风吹来，小雪块从枝头抖落。

一个设计风格极其特别的酒店门口，立着南城美院公益展的设计海报，展厅里更是已经摆好了各种雕塑艺术品。

清晨，曦光透过干净的窗户照进房间，也照在了桌子上放着的榫卯工艺模型上。模型已经大致成型，只差最后与柱体相接的飞檐斗梁上。

景琛身着一件灰色毛衣，气质冰冷稍显凌厉，正拿着木锯，沿着榫线锯好，用木槌和手工凿一层层地往下凿除榫间的废料。然而越是往下凿时，景琛拿着手工凿的手越是渐渐发抖，最后竟不可控地直接将工件凿穿。

桌子下，完整的木头已经用完，剩下的都是废料。景琛拿着手工凿顿了许久，看着这仅有的最后一根木头，最终自嘲一笑，转而将木头随手一扔，整个人靠在椅子上，抬起左手，目光落在左手手腕处的一道疤痕上。

长廊外，景琛拿着榫卯工艺的江南微缩模型，神色已恢复了一贯的清冷，看不出一丝波澜。他将模型放在了展厅的角落，又在作品介绍的签条上写上了简单的两个字——冬至，在填写标价时，笔尖却停住了。放眼望去，在这一众创意新颖的雕塑之间，"冬至"尤为不显眼。嗯……不是很好卖的样子。

他伫立在长廊尽头，望着来来往往的人穿梭在长廊间，或是欣赏，或是驻足于其他人的作品前，扫码付款，唯有他的《冬至》，门可罗雀。

此刻身后响起了一道软软的女声："为什么选择这样的作品？你真打算彻底放弃雕塑？"

景琛没有说话，只是沉默着。

云篇按捺不住，走到景琛面前站定，指着《冬至》说："以前你明明比任何人都排斥传统手工艺，现在临近毕业却突然转了性。景琛，你就那么不愿意跟我出国？"

景琛神色平静地回答道："跟那没关系。"

"也是，你的选择又怎么会是因为我。那你能不能想想自己的未来？像我们这些学艺术的穷学生，一旦出了学校脱离了师长的庇佑，任你再高的天赋，都只有被资本践踏的下场。"云篇有些悲哀地望着景琛，"Oliver 团队在艺术品复刻上一直是最顶尖的，对你来说是再好不过的选择。"

景琛只是淡淡地说："我已经拒绝了。"

"为什么？你难道真的要回南城的乡下老家，跟你爷爷一样一辈子当个木匠？"云篇脸上写满了失望还有不甘。

听到这句话，景琛第一次看向云篇，目光认真而严肃。"如果可以，那也挺好的。我现在还站在这里，只是因为我不配，没资格回而已。"他的声音带霜，说完又看向人群，继续道，"我想跟自己打个赌，如果有人还愿意收这个残次品，我就当自己赢了一次回家的资格。"

云篇看着《冬至》下空着的价格栏，福至心灵，冷笑道："好，不过由我来标价。"

说着她拿起一旁的笔，在原来的 99 后面，加了两个 9，最后标价变成9999 元，然后，挑衅地看向皱眉的景琛说："买断你后半辈子的价格，不算过分吧。"

说法与行为简直无懈可击。

景琛的目光从《冬至》慢慢移到院子里，看着树枝上的雪，随着风左右摇摆，最后坠落。在他以为雪会落到地上时，那块积雪砸在了一个洁白的脑门儿上。

脑门儿顶着白雪的女生灵动的神情变化，让景琛这个看客身上也多了一丝情绪，他喃喃道："冬至，还没结束。"言罢穿过人群，离开了长廊。景琛站在门外，靠在吉普车旁，望着一望无垠的戈壁尽头，夕阳西下……

这时，景琛的手机响了一下，他抱着最后的期待拿出手机，却见屏幕上是云篇发来的微信：你输了。

景琛伫立半晌，回头看向空荡荡的玻璃大厅，突然神色怔忪，就见长廊角落处，刚才院子里的那道身影此时正站在他的作品前，手里拿着手机疯狂打字。

他的手机再次振动，也牵动着胸腔里剧烈的心跳，他低头缓缓看向手机，面无波澜的脸上出现了哭笑不得的表情，只见他的公益售卖的 App 里，显示他的作品《冬至》已经拍卖，备注里写着——麻烦请写上"谨代表全世界祝司女士生日快乐！"

夕阳，黄沙，一望无际的戈壁沙漠。吉普车停在宽阔的公路边，景琛在一张便笺纸上写着什么，随后将便笺纸贴到了榫卯工艺的江南景观模型上。便笺上写着金主的交代：谨代表全世界祝司女士生日快乐！

景琛将《冬至》作品装进一个透明的盒子里，手指轻轻摩挲过一处看不太出来的残缺处，目光复杂。

这时，安静的酒店长廊里的唱吧机器里传来一阵鬼哭狼嚎的吼声，他皱眉望去，透过透明的唱吧玻璃门，看到了刚才在长廊上看到的司清的背影。估计是唱吧的门没关好，顺着缝都能听到她的声音里还带着刚哭完的哽咽和哭腔。

景琛心中一动。

过了一会儿后，他一手端着泡面和卤蛋，一手拎着毕业作品，走到唱吧机前时，看到司清在的那台唱吧机器的门，因为夹了她的衣服下摆而没有关紧，因此她走调却无比自信的歌声不断地传出。

景琛走进司清边上的唱吧机亭子里，将泡面和她拍下的作品放在了一边的置物台上，隔壁的声音在此时清晰无比 ——

"生日快乐，我对自己说……"寿星继续声嘶力竭地吼。

景琛刚准备转身离开，就听到玻璃隔断被拍得狠狠震了一下，紧接着是司清委屈又愤怒的声音："让我多唱三秒怎么了！老娘不配吗？要不是我刚把钱都付了，我包你一个通宵！"

景琛停下脚步，顿了顿转身点了唱吧屏幕上的购买套餐，扫码的时候景琛第一次扫错了二维码，扫成了关注的公众号。第二次才是付款码，他看了眼手表的时间，最终在上边充值了 999 人民币，又点了一首《生日快乐歌》。离开前，将唱吧机的门，用高脚凳挡住，好让司清出来就能听到里边的歌，他抬手敲了敲隔着的玻璃门，便转身离开。

两个唱吧机的门前后脚打开，两人一个在左，一个在右。亭子里放着热气腾腾的泡面，被雾气衬得充满人气的"冬至"，以及一张满足了某人的祝福卡。

景琛没有去打扰这位司女士，他被未来、被抉择、被亲情牵绊，已无心再有其他牵扯。

而这位司女士什么都不知道，只是一个花了 9999 元全部积蓄买了个装饰品和祝福的大学生。天真又愚蠢。

景琛坐在候车区，戴着耳机不知在听什么，唇边露出无奈的笑，有些头疼地摘下耳机。

车站广播响彻每个角落："各位旅客请注意，由嘉峪关开往南城的K596次列车马上就要进站了，请您携带好您的随身物品从第三候车厅检票进站上车……"

在提醒旅客检票上车的车站广播中，景琛断断续续地听到了熟悉又沙哑的声音从不远处传来，时不时还带点哽咽："我真的没有被骗，我……新闻系……来这里做公益活动……反正我已经这么惨了，也不差这趟绿皮火车了，不就是站四十二个小时嘛……"

景琛回神，立刻起身四处搜寻着司清的身影——

人群中，司清拖着一只巨大的行李箱，手里抱着他的模型，吸着鼻子打电话，往闸口走去的司清对着电话那头解释道："我问了我在央美新闻系的高中同学，他说最近他们学院确实来这里做公益活动，捐给留守儿童的。"冤大头是一回事，被骗是另一回事，司清拼命解释自己绝对没有被骗。

景琛挤过人群，喊了一声："司女士！"

司清没有听到，她此刻的心思都在想怎么证明自己智商没有断线，她紧紧地抱着模型，瘦小的身影淹没于人群。

景琛眼睁睁地看着司女士刷票过闸口。

这次的擦肩而过转眼就是六年。

景琛戴着护腕，站在篮球场上，看着不远处青春四溢的学生们，第一次表达了内心："我回家的路，是她站了四十二个小时的绿皮火车换来的。其实最初没有想很多，直到我坐在高铁上，吹着暖气，吃着盒饭，我突然就想到她，不知道她的钱够不够买碗泡面，会不会有好心人给她让个座，哪怕只是一段路，也让她不至于真的一路站回家。"

池中煜望着景琛眼里的深厚情意，不由讷讷："这六年你没去找过她吗？"

景琛摇摇头："没有。只是很偶尔的时候会想起她，猜测她是哪里人，去敦煌是旅游还是在甘肃上大学，是不是新闻专业，以及生日。但这些，我全猜错了，如果不是那晚看到《冬至》的模型，可能就错过了。"

"那你是为了报恩，才以身相许的？"

闻言景琛眉头轻蹙，没有直接回答："我后来总是想起云篇曾经说的，那是买断我后半辈子的价格。所以等我发现司清是那个买主，她又刚好想结婚后，我就交付了，毕竟她早就提前付完全款了。"

套路话术在池中煜这里没用，他直白问道："琛哥，你喜欢我师父吗？"

景琛一怔，垂眸避开了池中煜的好奇，继续顾左右而言他："这种感情太奢侈了，不是所有人都有资格拥有的。"

池中煜问出了第二件好奇的事："那你对学姐呢？她回南城了，你们……"

景琛打断他："女性的价值从不只限于婚姻和爱情，云篇是，司清也是。"

池中煜抱着篮球，低头沉思。

景琛拎起运动包："我还有事，先走了。等你哪天想通了，再来家里吃饭。"

相比球场鸡同鸭讲的沟通，司清和云篇这还不知道彼此身份的俩人一起从银行出来，无比和谐。

云篇嫣然一笑："多谢你今天特意为我加班。明天就是除夕，我就不约你了，等我工作室开张，再请你喝咖啡。"说着伸出手。

司清笑着握住云篇的手："是我麻烦你多跑这一趟。"

"惹麻烦的是池中煜。刚才忘了说，我跟他认识很多年了。"

司清有些意外："原来是这样。对了，你去哪儿，要不要我送你一程？今天可能不太好打车。"

"估计不顺路，"云篇清冷的眼中出现一抹柔意，"要去城外见个老朋友。"

司清还在那儿会意地点头。

"老朋友"景琛在一处金楼停下，他正要进门，门口一个年轻男人就被一名年约五十岁上下的男人冷着脸赶了出来，里面的金师傅骂道："还以为你是诚心想学手艺，没想到你是来偷鸡摸狗的！你给我滚，我没你这样的徒弟！"

"呸！"这个学徒也不甘示弱，"谁稀罕伺候你，我要是靠你这手艺，连个好手机都买不起。"

金师傅气得瞬间涨红了脸，指着学徒的背影大骂："我这辈子也没偷换过顾客的一克金子，这金楼我照样开了几十年。"

景琛目睹全程，直到徒弟离开，才出声打招呼："金师傅。"

金师傅一愣，上下打量着景琛："哦，是你啊，你订的东西打好了，进来拿吧。"

他跟在金师傅身后，看着背影佝偻，喘着粗气的老手艺人，又回头望着学徒的身影，蓦地想起爷爷叮嘱他的话——

"就是可惜，以前跟我一起赶集走街的那些手艺人，他们就没我这么好的运气了。现在的年轻人啊，都不晓得这些，更没几个愿意好好学的。"

景琛在这一刻突然坚定了，似是终于做了决定。

做了决定的不只他，还有他的学弟。司清正收拾好包，准备打卡下班。办公室门被敲了几下，是别别扭扭站在门口的池中煜——

他端坐在椅子上，脚下还扔着篮球包，司清坐在他对面，依旧还是从前那副冷脸。

两人沉默。

池中煜不时偷偷抬眸瞥一眼司清的侧脸，却无意间对上司清凌厉的目光，就听她道："限你三个问题之内结束，我还赶着回去搬家。"

"我只有一个，"池中煜弱弱地伸出一个手指，顿了顿道，"那笔钱追回来了吗？"

司清有些意外，又有些欣慰地看向这个单纯的徒弟，语气软了几分："没有，不过已经顺着这条线抓到了人，至少可以阻止其他老人受害。"

池中煜听完不免沮丧自责："如果我当时问得更细一点，或许事情就不会发生了。"

"那位老人会上当，是因为她儿子已经两年都没有回家，今年一整年都没有打过一个电话。骗子也不傻，他们不会无的放矢，根本原因不在于你。"

难得师父出言安慰，但池中煜依旧丧气地埋着头。

"既然你问完了，该轮到我了。"司清将手里的一张问卷和一支笔推到池中煜面前，道"这份问卷上的问题，节后开工的时候交作业。"

"景琛的毕业院校及专业？央美雕塑系啊……"池中煜瞠目结舌地读着问卷，不可置信道，"不是吧，你竟然连我琛哥一路被保送常青藤，然后冷拒Offer（录用）回来当Farmer（农民）的简历都不知道？"

司清翻了个白眼，点评道："'脑残粉'，吹得差不多就得了啊！"

池中煜露出大白牙："虽然没那么夸张，但也差不了太多。想当年我琛哥那可是妥妥的'央美之光''雕塑大佬'。我们学校边上的那个建筑艺术公园，就是他的手笔。这些，他都没对你说过？"

司清皮笑肉不笑地挑眉，嘴硬道："这是夫妻情趣。"

"你们夫妻，是真的会玩。"池中煜拿起问卷塞进篮球包里，又一脸别扭地从篮球包里拿出那袋药膏放到桌子上，"消肿的，免得你的脸看起来比我琛哥还大。"

司清咬牙，看着池中煜离开的身影，没好气打开袋子，就见一只消炎药膏的盒子上，写着：对不起。

"小破孩儿，哪儿来的中二病。"司清笑着嘀咕了一句。

司清拎着一大袋药回家，一打开门正好看到景琛端着一杯水从厨房出来。司清说："我回来啦。"

"清单上列的生活用品我都收拾了，你再看看还有什么要带的。"景琛指了指客厅里的行李箱和袋子，顿了下，指了指门口方向，"要不要请你朋友一起回璟园吃年夜饭？"

司清身后角落传来简约的声音："不用不用，我回家，把我扔机场就行。"

她这才注意到，身后门口的角落处，简约正端着个外卖盒，蹲在门口吃麻辣烫，突然出声吓了司清一大跳。司清缓了缓问道："你蹲门口干吗？"

简约幽幽地开口："跟姐夫保持距离是每个小姨子应尽的义务。"

"什么乱七八糟的！"

简约默默指了指客厅，就见客厅内是从未有过的干净整洁，景琛井井有条地将司清的衣物用品放在行李箱里。

小姨子压低声音，指着外卖："主要是我觉得这种垃圾不配出现在你老公的视线范围里。他让我有生以来第一次感受到什么是'自惭形秽'。"

"又来一个烦人的'脑残粉'。"

景琛失笑地看着简约和司清打闹，自觉地避开。

简约立刻把外卖盒放到鞋柜上，抓住机会凑到司清耳边飞快地告状："你回来前你老公接了个电话，年轻女性，学历本科及以上，身高约 1.65 米，体重 45 千克以下，走文艺才女路线，约你老公喝茶被秒拒。不过从你老公接电话前犹豫的那两秒，关系绝对不简单。"

司清无语地推开简约："你确定他接的是电话，不是视频？"

"女人的基本直觉，OK？"

司清拍拍简约的肩，语重心长道："那你的直觉有没有告诉你，屋里那位就毕业于两次拒你于门外的央美，号称'央美之光'。"

简约傻眼，司清满意地进屋一起收拾行李去了。

"关系不简单"的云篇站在璟语堂外，望着门前的白色灯笼和挽联，脸色惨白，失魂落魄地离开。在经过河边的一处院子时，看到门上贴着一张房屋租赁广告。她沿着台阶走到门前，望着这则广告，沉吟片刻拿出手机，拍了张照片。

云篇回到车里，等待半晌终于还是示意司机离开："走吧。"

云篇的车子与开往璟园的司清车子擦肩而过。景琛一把将车子停好，司清下车打开后备箱，就要伸手去拎那两个蛇皮袋，却被景琛握住："我来。"

景琛将行李箱取出放到地上，拉出拉杆后递给她，他自己则一手拎一只装满的蛇皮袋。

司清看着前面修长的身影，不由有些心虚地拖着行李箱上前，扯住他的衣服，道："不行不行，这个我来，看你拎这玩意儿，我有罪恶感。"

景琛不解，司清伸手要去拿景琛手里的袋子："这画面要是被池中煜看到，一定以为我虐待你。明天就能把民政局搬到这儿来，让我们结束离婚冷静期，红本变绿本。"

景琛闻言哭笑不得，无奈地避开司清的手："胡说。"

"现在男女平等啊，我也不能干苦力活的时候要求你绅士，分享权利的时候才说男女平等。"

景琛见司清不肯罢休，只能将左手的蛇皮袋换到右手边，空出的手抓住司清伸出的手，一起往璟园里走，他道："开门。"

司清听话地从包里拿出门禁卡开门："那我就拿一只，我们分担下。"

景琛握住司清要挣扎的手："司经理，别把我供到神龛上，我就是个再普通不过的男人，你偶尔也需要满足一下我作为男人的自尊心。"

"普通到冷拒常春藤？"

景琛侧头瞥了眼一脸调侃的司清，眼中是满满的无奈："以后你少和阿煜瞎混。"

司清也不再固执，拖着行李箱被景琛牵着往园子走去。静谧幽深的璟园内，景琛右后方的蛇皮袋格外显眼，司清的行李箱滚轴发出一串"咔嗒"声，两人的身影渐渐远去。

进到内院，司清看看客房，又看看主卧，手里握着行李箱的杆子左右纠结。她盯着景琛的背影，看到景琛放下袋子后，往右侧的主卧走去。司清暗暗一喜，立刻拖着行李箱转到主卧方向。刚准备跟着往主卧走时，却见景琛刚才只是去开灯，等灯亮了，又走了回来。

司清有些尴尬地立刻将行李箱调转回正对着中轴线的方向。为了遮掩轮子的动静，她假装累了坐到行李箱上，不动声色地调整着万向轮的方向，景琛的声音在头顶响起："累了？"

一抬头，司清视线正对着门口挂着的白灯笼，霎时惊醒，顺着回道："嗯。"说罢飞快地起身，自觉地拖着行李往客房走去。

景琛看着司清的背影，愣在原地，半晌才将袋子往客房搬去。

床上空空如也，不像上次床铺齐全。

司清不作他想，打开行李箱，翻找床单，无意中翻出一大盒绑着粉色丝带、写着夸张词语的避孕套套装。

难怪……

从公寓出来的时候，简约暧昧地拍了拍行李箱："给你准备了新年大礼包。"

她还以为是土特产！

司清飞快地给简约发着微信，特别的义正词严：禽兽，你的底线何在？！

紧接着趴到窗边，拍了张院门口挂着的白灯笼发过去，把避孕套塞回行李箱最底下。

日子就在这些琐碎里来到了年关。

除夕。

江澧湾的老街集市，铁锅里翻炒的手工糖，板栗、瓜子，红橙黄绿的各色水果，刚挂上架子的崭新服装，现写现卖的春联，开着小货车售卖的花卉，充斥着小镇的烟火气。集市路口处，司清背着只崭新的包，穿着高跟鞋和精致的衣服，矜持地和景琛朝集市路口走去。

男人直奔重点："先去买菜。"

司清的精致与卖菜买菜的大婶们形成鲜明的对比，在人挤人的环境中，她小心翼翼地护着自己的名牌包包，高跟鞋的鞋跟小心地避过脏乱的水坑。

景琛伸手揽住司清的肩，护着她尽量让她不被人撞上，两人陡然地靠近，都令彼此有些不自在。一副约会装扮的司清侧目划过景琛，手指动了动，刚触碰到景琛的手心，暧昧还没来得及发酵，就被接踵摩肩的赶集人彻底打消。

而且她的名牌包再次被人狠狠撞了一下，肉疼得忍无可忍，就近地朝一旁卖鱼的摊子大步走去："大姐，这鲫鱼怎么卖？"

"十二块一斤，都是池塘里一早抓的，要哪条你们自己挑。"

鱼贩子把挑鱼的渔网递给景琛，又拿出一只大红色的塑料袋递给他，不料司清飞快地拿过塑料袋，准备套在名牌包外。

这也是买鱼的重要原因！

鱼贩子一副贼有经验的表情："妹子，你不用这么小心，这包弄不坏的。"

司清笑着系袋子，挣扎道："小羊皮不经折腾。"

话毕一抬头，就看到鱼贩子从身后的地上，拿出一只和她手上外形 logo 都一模一样的包，还粘着鱼鳞的手从包里掏出零钱给一位老人。

鱼贩子换了一副同道中人的表情："你是不是也在路口那个摊买的，你买的多少钱？"

司清脸色变了几变，深吸一口气。

景琛已经忍不住笑出声，她狠狠一瞪眼，景琛更是没忍住，手里的鲫鱼跳脱，溅了司清一脸的水。

大抵是鱼盆里溅出的水彻底让司清清醒了。

去他的约会！谁家约会在菜市场！

于是她背着套上了塑料袋的包，脚上的高跟鞋换成了小摊上土味十足的棉鞋，彻底放开地逛起集市，兴奋地跟小贩们讨价还价。

景琛跟在司清身后，只是含笑在一旁拎着大小袋子。

除夕的璟园格外热闹，男人们拿着米糊贴着大红的春联，女人们在门前摆着的方桌上，放上祭祀用的灯笼、水果、禽类、茶叶豆腐、米酒与面条。绕在竹竿上的长串鞭炮被点燃，小孩老人们笑得露出漏风的牙齿。璟语堂前，司清穿着日常的休闲冬装，捂着耳朵，躲在门后看着景琛放鞭炮，铺满一地的爆竹写满了喜庆。

爆竹声中，两人四目相对，春暖花开。

是夜，屋外鞭炮声、孩子的笑闹声不断，屋内，平板电脑上放着《春晚直播间》作为背景音。桌子上，已经摆满了九道菜，荤素搭配，芳香四溢。

厨房里，景琛打开锅盖，里边是一道山药瘦肉羹，他将切好的香菜撒入锅中，盛出端上桌。

司清正弯着腰，一边各种换角度地对着一道道菜拍照，一边和景琛说话："你在哪儿买的这些盘子，太直男审美了，拍照都不上镜。"

景琛回忆了一会儿，轻声道："镇上集市买的。"

"算了，我淘宝吧。"司清叹了口气。

景琛浅笑，打开一旁的炖锅，看着已经炖烂的银耳，便从冰箱中取出一只雪梨，和几颗红枣，用盐搓皮洗净后去核。

"消费主力军"看到炖锅又想起了什么，说："我之前在网上看到过一个很漂亮的珐琅锅，还能做甜品和红烧肉，关键是拍照颜值特别高。我先下单，估计得节后才会发货了。"

景琛将雪梨切成小块，红枣雕成花状，与九制话梅一起放进炖锅里。他看着锅里沸腾着的小吊梨汤，又看向身后已经风风火火拿起手机刷淘宝的人说："其实，这砂锅……"不等景琛说完，司清已经兴奋地拿着手机凑到景琛面前。

"哪个颜色好看？红色还是绿色？"

景琛试探："红色？"

司清撇嘴："我的幸运色是绿色欸。"

景琛笑意渐深："那就绿色。"

"算了，大过年的还是红色吧，谁用绿色。"

景琛无奈地看着司清，从煤炉上温着的锅里捞出四个鸡蛋。

司清看到啥都想给他买："我再给你买个蒸蛋器，看你用这个，我总怕你真的一氧化碳中毒。"

景琛连忙拿过司清的手机，将盛着鸡蛋的碗递给司清："不急，先帮我把鸡蛋剥了。"

司清看着水煮蛋眉头紧皱，欲言又止地问："一定要吃鸡蛋？"

"你不喜欢？"

"从小就讨厌，蛋白没味道，蛋黄又噎人。"司清有理有据。

"好，知道了。"推着司清走到水槽边，"你先剥。"

司清一脸嫌弃地敲着鸡蛋，景琛则把司清的手机放到了一旁橱柜的最上端，暗暗松了口气。

油锅爆炒蒜末，碾碎的蛋黄、肉末、豌豆、玉米和胡萝卜一起入锅，发出"滋滋"的声响，景琛拿着铲子翻炒，加入咸蛋黄酱，色泽味道更加浓郁。

司清一手拿着筷子，一手拿着手机，伸着脖子凑在一旁，蠢蠢欲动，亦步亦趋地跟着景琛，碎碎念："别麻烦了，你再怎么加工还是蛋黄和蛋白。"

景琛拿起一把美工刀，动作利落且熟练地在切成两瓣的水煮蛋蛋白上划了几次，就见蛋白的边缘呈现了完美的锯齿状，他将刚炒好的蛋黄馅放进蛋白雕成的小篮子里。

一瞬间，四个水煮蛋变成了一道"春色满园"的小点心，精致地摆在纯白的盘子里。

景琛："以前看美食节目上做过，好像叫春色满园。"

司清望着这道菜，咽了咽口水，伸筷子前，下意识地去摸手机。

司清："我手机呢？"

景琛："先吃饭吧。"

司清："拍完再吃。"

一桌年夜饭，在司清的镜头里定格。镜头外，是景琛看着司清扭曲的拍照姿势时强忍笑意的模样。

司清将最后半个鸡蛋吃完，捂着吃撑的肚子歪在椅子上，跟景琛一起看春晚。她看了一会儿视频就觉得无聊，又看了眼一旁安静且认真的景琛，默默拿起手机，刷微博，抢红包。

相比司清不停响起的手机，景琛的手机安静得好似今晚不是除夕。

司清若有所思地点开景琛的微信，随即景琛的手机开始不停响起。她不时瞥向景琛，却见他根本没往手机看一眼。

"你手机响了。"司清提醒道。

景琛这才拿起手机，就见屏幕上是司清刷屏的红包，每个红包一个字，连起来是：谢谢你给我的满园春色。这个清冷的男人目光渐渐柔软，看向司清，却见她也正含笑地看着他。

冰箱上，是手工太空泥捏的冰箱贴对联，也是屋里唯一红色的点缀。

上书：一屋两人，有她与我立黄昏；下书：三餐四季，有他问我粥可温。横批则是：浮生小记。

屋外，烟花点亮夜空。

景琛："要不要出去走走？"

家家户户亮着灯，门前贴着的春联和高挂的灯笼，令璟园生机焕发。

司清裹着长羽绒服，走在身材高大的景琛身侧，她不时瞥向景琛垂着的手，正蠢蠢欲动地伸手准备勾他的手指时，景琛的手忽然插进了口袋里。

就在她泄气地收回手之际，左手的无名指被景琛牵住，愣神之际，一枚简单的素戒套进了她的手指，大小刚好合适。

司清一震，陡然抬头，撞进景琛温柔的目光，小心翼翼地问道："你以后，会记得我的每一个生日吗？"

景琛声音平稳又坚定："每个冬至，我们都一起过。"说着拿出另一个戒指递给司清，示意她替自己戴上。

她却只是红了眼眶，伸出手指四处看着："太敷衍了，这下我亏大了。"

司清从口袋里也掏出了一个戒指盒，里边是一对白金戒指，刻着 C ❤ Q："怎么办，定制的，退不了。"

景琛哭笑不得地看着几枚戒指，最后伸手从司清的盒子里拿出她买的戒指戴在无名指上，又把自己打的那一枚放进盒子里。

景琛戴着戒指的手朝司清伸出，司清将手放进景琛手心，两人携手往璟语堂走去："昨晚我给爸妈打过电话。"

司清突然安静下来，沉默地垂眸。

"能不能再给我个见家长的机会？"景琛道。

沉默了许久，她才反握住景琛的手："再说吧，先看我能不能请出年假。"

"好。"

两人相视一笑，身影渐渐交汇在一起。

房间里司清翘着无名指，在灯光下不同角度地拍着戒指，屏幕上跳出景琛的微信："早点睡。"

司清撇撇嘴，回了个表情包，扑到床上，刚调整了下枕头，就发现了枕头下的一个压岁红包，脸上立刻漾起笑意，拿着红包打了个滚。

主卧里，景琛一边擦着头发，一边笑看着司清发过来的"谢谢老板"的表情包。此时手机上显示云篇来电，景琛脸上的笑意消失。

夜寒露重，云篇站在璟园外，等着阔别数年的恋人接听自己的电话。

第九章　打开新世界的大门

角落里的取暖器烘着热气，屋里格外温暖舒服。

景琛望着屏幕上云篇的来电，最终还是按了拒听。片刻后就收到了她的微信问候：本来想亲口跟你说声新年快乐，还有过几天有冷空气，记得保护手腕。

景琛低头看向握着毛巾的左手，长袖半遮着的地方，露出了手腕上的那道暗红色疤痕。

旧人提起过往，将他困在原地，不得挣脱。

像是当年一地狼藉的木屑——

那个少年右手颤抖地紧握着木凿，左手的手腕则是一道深可见骨的伤口，血流如注。他脸上却没有痛感，反而带着一丝笑意。

景琛闭了闭眼，再睁开时目光冷然，直到手机再次振动，才蓦地惊醒，点开查看，是池中煜转发的一封央美校友邀请函。

次日，一切如常，阳光依旧洒在景琛的身上，他正在给菜苗做温棚，用削好的竹子呈拱形插在菜田两侧，上边盖上一层透明塑料布。司清则惬意地坐在小竹椅上，戴着太阳帽晒着太阳。她弯腰伸手就能摘到草莓，眼睛则不离手机地打着游戏，声效配合着景琛干活的场景，显得违和又莫名的温馨。

打完一局退出，司清进入微信刷着朋友圈，就看到各种晒情人节的动态，这才发现今天正好是"2·14"情人节，不由若有所思地看向景琛。

景琛感觉到背后直射而来的目光，转头注意到一旁已经将草莓全都吃完的司清，问道："是不是很无聊？"

司清道："也还好，就是这两天除了吃就是睡，有点不习惯。"

"晚上去看电影？"景琛试探约她。

正中某人下怀："好呀，那我先去准备一下。"

司清立刻风风火火地往客房跑，同时脑子里已经将约会要穿的衣服筛了一遍。

约会时间在晚饭后，景琛端着刚出锅的烤翅从厨房出来，就见司清一身暗红连衣裙，高跟鞋，妆容精致地朝他翩翩走来。

某人改头换面，人模狗样、风情万种地往后拨了下自己看似浓密的头发，看向等在门口的景琛，夹着嗓子道："我好了。"

景琛皱眉看着司清的打扮，"直男"道："你这样不冷吗？"

没等来惊艳的反应，司清放弃夹嗓子："不冷，走吧。"

"某直男"伸手拉住司清的手："别动，额头沾了灰。"

她一下没反应过来，就见景琛伸手摸了下她额头的发际线处，等回过神时，景琛指尖已经沾满了发际线粉。

司清拉下他的手，咬咬牙："我谢谢你，这叫发际线粉。"说罢轻哼着踩着高跟鞋，娉娉婷婷地往外走。

景琛哭笑不得地搓了下指尖，拎起院子的两把竹椅跟在身后，司清一脸蒙："你拿椅子干吗？"

毫无乡村生活经验的司清还没意识到，电影和约会不是只有电影院一个地方。

直到一身连衣裙，打扮精致的司清站在宽敞的空地上，看着一群大爷大妈们穿着厚厚的冬日睡衣，排排坐在自家搬来的椅子上看着拉着幕布的露天电影。大爷大妈们嘴里嗑着花生、瓜子，手里拿着火笼暖着手，很是悠然自得。

望着屏幕上"哐哐哐"打着子弹的抗日战争片《举起手来》，司清眼神凶狠地瞪着景琛。

再帅气也掩盖不住景琛"直男的想法"。此时的景琛手里拎着两把椅子，还在选最好的位置，征求意见道："坐这边？"

"随便！我回去换衣服。"

景琛疑惑："你不是刚换……"等待景琛的，是司清转身扬起的裙摆和甩了他一脸的头发。

过了一会儿就看到司清穿着大妈味十足的睡衣，敷着面膜，大刺刺地走来。她毫无形象地盖着毯子抱着暖手宝，躺在躺椅上，腿上还放着一篮子脆皮鸡翅。

两人旁边放着小暖炉，上边烤着用锡纸包着的红薯和板栗。司清吃着鸡翅，看着电影不时被逗得大笑，脆皮掉了一身。景琛看着身边人此时松弛的模样，低头浅笑，顺道还把一颗刚剥好的板栗放进她手里，司清随手放进嘴里，另一只手拿起可乐喝着。

广场上也不时响起众人的哄笑声，随着电影接近尾声，村民们也都困得不行，陆续搬着椅子回家，渐渐地，只剩下景琛和司清两人。

司清盖着毯子，困得直打瞌睡，打了个哈欠，说道："我们也回吧。"

景琛替她拉了拉身上的毯子，又回头看了眼身后的放映机，轻声道："你再看会儿，我去扔垃圾。"说罢拿起装垃圾的袋子，起身时不动声色地从椅子下拿出一个盒子往放映机走去。

盒子里是一对胖嘟嘟的太空泥捏的玩偶。彩色的玩偶是唐代妆容服饰，一眼就能看出原型就是司清和景琛。幕布上此时开始出现字幕，景琛起身将那对玩偶放到放映机投影前。字幕结束，幕布上出现了两个玩偶的身影，其中男娃娃手中拿着一本雕刻着《我侬词》三个字的书。《我侬词》三个字透过投影投射在墙面上。

等了片刻，司清那里安静一片。他疑惑上前，就见司清此时蓬乱着头发，衣领上散落着脆皮鸡翅掉下的碎屑，脸上的面膜因为刚才吃东西，便把下巴部分掀起盖在了上半部分。

景琛眼里是无奈的笑意，他伸手去拍司清身上的碎屑，想顺便叫醒她时，骤然停住动作，他勾起唇，拿出了手机……

景琛将放在放映机前的两个玩偶放在司清脸旁，然后镜头对准她，留下了这张司清有生以来最想销毁的照片。

始作俑者满眼笑意地打量着手中的照片，又将照片滑动了一下，屏幕上出现的，是司清另一张在唱吧时，景琛隔着玻璃拍下的模糊照片，只能隐约看清她昂着头，拿着麦克风张牙舞爪的侧影。

按灭手机，他弯腰温柔地抱起司清，往璟语堂走去，怀里人只是迷糊地睁开眼，看到一张清冷帅气的脸时又安心地依偎进他的怀里睡得香甜。

一边在蜜里调油似的加温，一边在努力做攻略，毕竟近水楼台好办事嘛，云篇最终谈妥了璟园的租金，正开着车往璟园去，她一边与陈连之通电话，一边脸色有些惨白地按着胃，皱着眉道："我再过半小时就到璟园，我希望今天就能把租赁合同给签了。"

对方表示随时签，云篇挂断电话，额头上已经布满一层冷汗，她强忍着痛意踩下刹车，趴在方向盘上，手摸了身边几下，终于摸到了一旁的手机，点开拨号记录，看着景琛的号码犹豫不决。

而此时景琛在工作室的窗前修复着题跋，司清则蹲在窗外的廊下，拆着包裹，里边全是各种电子用品，与手机相连的智能手表、智能音响、监控以及扫地机器人，等等。她拿出智能音响，按照说明书调试着，同时对景琛道："把你手机给我，帮你也下载个 App。"

手艺人景琛埋头工作，过了一会儿看到司清的手才反应过来，抬头环顾一圈，拿起被压在工具下的手机，递给司清。接过景琛的手机，司清碎碎念地交代着，而一旁凳子上，她自己的手机蓦地响了。

接电话前，司清还在试图让他电子化："还有手表，你一会儿忙完了连蓝牙试试看，可以接电话和看消息。"

来电显示是云篇，司清有些奇怪地接起："云小姐您好……你给我发个定位，我马上过来。"她挂断电话，抬头朝景琛道："我……"

算了，司清见景琛专注的模样，咽回嘴边的话，将他的手机放回到桌子上，又将音响放到窗前，才急忙离开。

到了医院，她拿着缴费单走进病房，见护士刚给她打上点滴，而云篇脸色惨白，冷汗覆满额头，蜷缩在病床上，神态颇有些狼狈。便抽出一张纸巾，将云篇头上的冷汗拭去。

云篇睁开眼，声音虚弱："麻烦你了，司经理。"

"叫我司清就行，我刚好就在你附近，没什么麻烦的。"

云篇眨眨眼："那交个朋友？"

"好啊，我还是第一次跟客户发展成朋友。"司清兴奋道。

"巧了，我也是第一次主动跟女生交朋友。"两人相视一笑。

司清起身帮云篇倒了杯水，转述了医生的话："医生说你胃病挺严重的，最好住院好好检查一下。"

云篇挥挥手："不用，老毛病，最近体重控制得比较狠才又犯了。"

司清看着云篇纤瘦的身材，震惊道："你都这么瘦了，还减肥？"

"唉，上镜大两圈。"云篇撑着胳膊准备起来，司清忙伸手帮她扶好枕头，将水递给她，云篇这才注意到司清无名指上的戒指，震惊不已，"你结婚了？"

看到司清眉间全是笑意，羞涩地点头，这个女人第一时间不是说恭喜的话，反而打量着那枚戒指，皱眉道："你们是从校园到婚纱？"

司清轻笑道："当然不是。怎么这么问？"

"你的这枚戒指很精致，但不是知名品牌，价格甚至比不过你的一只包。我今天给你打电话的地方已经是郊区，你说你就住在附近，说明你先生的房产……"她握住司清戴着戒指的手，打量着戒指，"福尔摩斯·篇"做出了最后的判断，"所以我猜，你先生的经济条件没有你好。一般我们这个年纪的事业女性，对伴侣的要求都会更切实际，宁愿单身也不会找个拖后腿的，除了一种可能，就是你在他身上付出过很多，得不到绝不甘心。"

云篇的敏锐与直接让司清颇为惊讶，张着嘴，连水都忘了喝。

云篇顿了下："抱歉，我是不是太直接，冒犯到你了？"

"不是，我只是没想到，原来艺术家看待婚姻，也这么现实，还以为你们都是浪漫主义。"

云篇脸上是肆意的笑，直抒胸臆："现实的是婚姻，浪漫的是爱情，追求浪漫，不等于接受婚姻。反正在我的人生规划里，从来不存在结婚的可能。"

"如果你遇上喜欢的人呢？"司清好奇。

"他就更不可能结婚了。他和我一样，都不相信婚姻。"云篇斩钉截铁道。

别人眼里不婚主义的已婚男景琛此刻还在专注地埋头清理画卷，动作小心。突然窗台上传来一阵音乐声，随后是一段语音提示——

"现在是下午四点四十分，您有一个语音提醒：查看微信并催你太太回家吃饭。"

景琛无奈扶额，拿起窗台上多出来的智能音箱，失笑地起身，环顾四周寻找自己的手机，准备执行语音的提示。

医院里护士在床边给云篇打点滴。司清放在桌子上的手机响起，屏幕上显示的来电是：景琛。

两人同时看向手机。

恰在此时护士正好踮着脚去取挂着的点滴袋，遮住了云篇的视线。

司清已经拿起手机："喂。"

景琛站在窗前，笑着望着天边，声音轻淡温柔："晚上想吃什么？假期最后一天，随便你点菜。"

司清看着云篇脸上打趣的神色，有些不自在地走到窗边道："我现在在医院……"

话没说完，就被景琛打断："你在哪家医院，哪儿不舒服？"

"不是我，是我朋友。晚饭你随便做，我一会儿就回来了，到时候再说。"司清挂断电话，回头就看到云篇失神地望着她的方向。

司清疑惑："怎么啦？"

"在想我的初恋。"云篇语气里有些遗憾，她道，"其实我今天去那边是想找他复合，如果不是身体临时出问题，现在应该已经重新在一起了。"

"那你刚才为什么不给他打电话？"

云篇有些怀念地笑了笑，思维依然很理智："六年后的第一次重逢，我怎么能这么狼狈。男人、女人都是视觉性动物，还是需要适当地保持一些神秘感。所以我打算等下周校庆，再给他一个惊喜。"

司清诚心祝福道："姐妹，祝你成功！"

初春的日子一天比一天暖，璟园里柳梢冒绿，枝叶抽芽，璟语堂门前的白灯笼已经被取下，如其他院子的门前一样，插着发干了的万年青、竹叶枝和扁柏，院子里的猫咪、奶狗慵懒地晒着太阳。

"我走了！"司清沙哑着嗓子喊道。

天气虽然越来越暖，司清却在这个换季的时候感冒了，她穿着工作服，戴着口罩，打着喷嚏匆匆出门，高跟鞋在青石子路上已经格外熟练，不会再像一开始的时候，不是被青砖石卡住就是被高门槛绊住。

枇杷树下，景琛摘了几张枇杷叶，刷去叶子的毛洗净后放进紫砂锅里，和陈皮、生姜一起加水煎熬。

办公室里，泥捏的唐风玩偶娃娃被放在冬至的模型上。

司清戴着口罩，不时咳嗽，抽纸巾擦着鼻子，忙碌地坐在桌子前，将一大捆信用卡与申请人的名单一一对应检查后，与使用说明书一起放进挂号信里封好，结果低头太久，一下子脖子险些抬不起来。

艾丽拎着外卖进来，见状将肩颈按摩仪扔给司清："你干吗不叫你徒弟帮忙？"

她起身，活动着脖子，同时从包里拿出便当，吸了吸鼻子，沙哑着声音道："他？别给我闯祸我就谢天谢地了。今天央美校庆，他调休参加活动去了。"

"你不说我还真忘了他是央美毕业了，还不如你家那位看着像。"艾丽笑道。

"什么叫像，他本来就是。"

央美正门前的广场上，是各种大小的气球泡泡，C 位最大的气球上印着：中央美院百年校庆校友欢聚日。门内的建筑楼上也装点着一系列耀眼的充满童趣的泡泡，上边画着各种表情包。

景琛骑着自行车，经过大门时，望着朝气蓬勃的大学生们，眼里闪过怀念。

"琛哥，等我！"景琛回头，就看到池中煜穿着鲜艳的绿色大衣从他的跑车里匆匆下来。

景琛有些嫌弃地别过头，准备装听不见地继续往前骑时，池中煜猛地一个冲力跃上了景琛的后座，脑子里只有吃的："快快快，今天食堂的香酥大排限量的！一会儿你停车，我先去排队！"

景琛无奈地加速往前骑。

这边午饭时间的司清打开便当盒，里面是白灼芥蓝、青椒牛肉、凤梨苦瓜汤，还有一份切好的水果。与艾丽面前的沙拉形成鲜明对比，令艾丽越发没有食欲。

司清心不在焉地吃着菜，艾丽没好气地冷哼："你差不多得了啊，这样的菜你还吃不下，故意寒碜我这单身狗吧。"

司清却突然放下筷子，一脸认真地看向艾丽："问你个问题，如果你参加同学聚会的时候，其他同学都开豪车，背名牌包，就你骑着自行车背着帆布包……"

"不用如果，混得那么惨，我死都不会去。"

这话说完了，司清不死心："那要是去了呢，怎么样你才会觉得自己特有面儿！"

艾丽反应过来："你是在担心你老公？他们学艺术的，应该没我们这么俗……"

深知人情世故的司清皱着眉，忽然想到什么，眼睛一亮。

这边景琛走进食堂，就见几个窗口前，一群三十岁左右的男人女人们排着队，穿着志愿者衣服的学生给校友们发着饭票。他环顾一圈，朝正在打游戏的池中煜走去，而跟池中煜一起开黑的一个游戏 ID 正是：大佬师清。

三十岁左右的男人女人们三三两两地聚在一起叙旧闲话，言谈间也全是吹捧："我就是在城建混口饭吃，图个稳定。还是你好，自己开公司。"

另一个一看就是没少应酬的老同学道："别提了，都一样。单子是多了，但四年艺术白学了，最后签单靠的全是拼酒。看到我这肚子了吗？我现在出去，说自己学雕塑的，压根没人信，都认定我是个土老板。"

"土老板总比没饭吃好。我整了个工作室，好家伙，半年不开张，搞得我现在都开始做直播求打赏了。"

戴着耳机跟池中煜打游戏的司清透过组内免提听到了这些闲聊，不禁咋舌："你们学艺术的怎么都混得这么惨？那我岂不是要给他拉仇恨了？"

"拉什么仇恨？你就放心吧，有我在，没人敢说你老公！"池中煜夸下海口，同时对着窗口大妈道，"大姐，我要香酥大排！"

话落，就听到身后有人八卦嘀咕："哎，丁卯，你们班的学神今天也来了，刚在楼下看到他停自行车，没发福没秃头，风采依旧啊！"

一位浑身名牌，生怕别人不知道他有钱的男人，将玛莎的车钥匙放在窗口，整了整袖子，阴阳怪气地说道："乡下空气好，养人呗！说真的，他老家那村子，环境是真的不错。前两年我准备投个艺术区，考察的时候正好碰上他推着一车木头回来，啧，要不是他主动凑上来打招呼，我都差点儿没认出来。"

"不会吧，毕业那会儿他 Offer 都接到手软，肯定出国了。"

丁卯感慨似的叹了口气："出了社会，哪还能跟在学校里一样。当年老师同学都捧着他，够风光、够傲气的吧，后来见了我这个万年老二，他这曾经的'央美之光'还不是又递烟又递水的。"

与此同时，银行的阳台上，司清戴着耳机听着丁卯的话，就想直接挂机。

"就为了让我把艺术区放在他那儿，好赚点租金。"丁卯继续道，又装模作样地叹了口气，"听你说他这大老远的还骑自行车来，我心里真不是滋味，早知道当初就多转他几万了。"

司清捏着咖啡，冷笑："谁在那边乱吠？"

池中煜端着的菜盘里，是刚抢到的香酥大排，他冷笑一声。

丁卯："这就没大排了？我特意一早从海南飞回来，就是想吃……"

池中煜把菜盘往窗台上狠狠一放："想吃？我喂你啊！"

丁卯一愣，还没反应过来，就见池中煜拿着餐盘就要朝丁卯的脸泼去，在丁卯吓得忙往后躲时，景琛握住了池中煜的盘子。

"今天什么日子，别胡闹。"景琛眉头微皱。

池中煜不忿地指着丁卯："我真的忍他很久了，以前在学校，他就喜欢针对你，搞些上不了台面的小动作恶心人！"

景琛淡淡地扫了眼丁卯，丁卯看到景琛闪过一丝心虚，却在看到景琛一身李宁的运动穿着时，很快多了一丝高人一等的优越感，昂首挺胸地看着景琛。

景琛却无视丁卯，端起餐盘，含沙射影地说："那也不能浪费食物。教过你很多次了，狗不能吃盐，喂它用不着这个。"

银行阳台上，司清忍不住轻笑。就在这时，司清的手机上收到一条信息：司女士您好，您呼叫的闪送服务已送达，正在签收中。

丁卯看着周围看小丑似的目光，越发恼羞成怒，朝着景琛的背影抬高了声音："景琛，你自己说我刚才有没有胡说，难道你不是在乡下窝着一事无成？"

众人的目光纷纷聚焦到景琛身上，景琛语气平静地回答："是，没错。"

池中煜："琛哥！"

丁卯顿时有些得意，上前拍了拍景琛的肩，突然语重心长起来："其实我是真的很欣赏你的才华，来帮我吧，我可以给你 Title！保证你三年内就能在南城有车有房。"

景琛淡漠地拉开丁卯的手，淡淡道："我不缺。"

这时，一名穿着闪送制服的小哥在人群外喊道："请问哪位是景琛先生？您有一束花需要签收。"

吃瓜群众主动让开了一条道，闪送人员看着眼前阵仗，莫名有点紧张，他抱着一束花朝景琛跑过去。

池中煜的耳机里传来司清的声音："把你的手机音量调到最大，然后给我开公放。"

经过这一路的眼神洗礼，众人也才看清，这束包装浮华的 99 朵花，是用一张张 100 美元折成的纸玫瑰，不由倒吸一口气，有些傻眼。有的是羡慕，有的是一言难尽，瞬间叽叽喳喳起来。

"哇，这美钞真的假的？"

"当然是真的，在咱们一群学美术的人面前造假，这不搞笑嘛。"

景琛看着这束花直皱眉，随后看向闪送人员："不好意思，麻烦把花原路退回。"

然后，池中煜的手机里，出现了司清的声音："你要是退了，明天送到你面前的就会是999朵花了。景先生，请你一定收下我这粉丝的小小心意。我家里摆满了你的作品，我真的非常欣赏你的才华。"

池中煜傻眼，周围的校友更是倒吸一口气，只有丁卯脸色难看。

而景琛听到声音，脸上出现哭笑不得的神情，拿过池中煜的手机，关掉公放放到耳边，宠溺轻笑道："别闹，我这就签收。"

司清看着一旁的货币兑换小票，笑着起身往外走，压低声音叮嘱了一句："那你记得收好啊，我可等着还的。"

周围的学生看着那束花，不由咋舌，像极了瓜田里的猹。

"999朵，那不得好几十万？"

也有人开启嘲讽技能："把美元大钞当情趣玩，还能差某人一个Title？"

被嘲讽的丁卯嘴硬道："谁知道他是不是自导自演地撑场面！"

"能一下子拿出999张百元美钞，你倒是也撑个场面看看。学神这粉丝，怕不是家里开银行的吧。"

舌战众人的滋味不好受，丁卯狠狠瞪了眼景琛，恨恨离开。

景琛签收完，抱着那束花结束闹剧："别误会，是我太太。南城商业银行城西支行的客户经理，你们有业务可以找她。"

突然，一名学妹拿着一支香槟玫瑰跑过来递给他，说："学长，有漂亮姐姐让我送花给你哦。"

景琛一愣，笑着接过花，又看着怀里的纸钞花："她还真是……"

学妹扔下一个炸弹："在美术厅，有大惊喜！"

前往美术厅的沿路上都有学弟学妹上来送花，他颇有些哭笑不得地看着怀里已经满满的一束。当他轻笑着走进美术大厅，却见大厅空荡荡的，只有窗边的画板前坐着一道身影。

"什么时候来的？怕我把花给……"景琛的话随着画板前的人笑意盈盈地转头戛然而止。

　　画板前不是别人，正是精致打扮后的云篇。她将画板转向景琛，对比着画板上画着的景琛画像，又怀念地望着几年不见的前任："还真是一模一样，包括……现在皱眉的模样。"

　　景琛看着怀里的香槟玫瑰，问道："这些花是你送的？"

　　"对呀，"云篇看向景琛怀里的另一束花，挑眉，"我们这样算不算心有灵犀？"

　　景琛把香槟玫瑰放到一旁的桌子上，声音也冷了下来："抱歉，是我误会了"。

　　云篇并不在意景琛的脸色和语气变化，仍起身款款朝他走去，闻言勾起笑："你就不问问我，为什么把你约到这里？"

　　"没必要。"

　　云篇仍沉浸在过去，她道："是没必要问。我们的开始和结束，都在这间教室，想忘也不可能。分开的这六年，我总是会想起这里，这里有我度过的最美好的时光。可我也没后悔过离开，因为离开过，才知道什么是最重要，最想要的。"

　　景琛始终沉默地听着。

　　"我回来了。景琛，你还在原地等我吗？"云篇淡淡地挑眉，她一脸自信地看着景琛。

　　"抱歉，我已经 ——"

　　"我不着急要答案，七年前我能追到你，现在当然也可以。"话头刚起就被云篇匆匆打断，顿了顿，她道，"不可能会有人比我们更适合彼此。"

　　大概率是说不过她了，景琛沉默片刻，朝她走去，

　　云篇唇边带着完美的笑，看着景琛朝自己走来……但景琛越过了云篇，走到画板前，打量着绘着自己的素描，点评道："线条很好，但缺了最重要的部分。"说着拿起铅笔在画像的无名指上，画了一个戒指。

　　看着景琛的动作，云篇刚露出喜色，就见他将铅笔换到了左手上，手指上戴着的戒指与素描上一模一样。云篇脸色骤变，不可思议地看着景琛："你结婚了？不可能，你怎么可能会结婚！"

　　"遇到了，就没什么不可能的。"景琛低声道。

　　云篇盯着景琛的戒指，忽然讽刺一笑："到了年纪，遇到合适的，然后结婚生子？没想到你也变成了俗人。"说罢拿过画撕成碎片，扔下一句"刚才的话你就当我没说过"后，骄傲地转身离开了。

景琛一点也不怕打击这些旧朋友，尤其是这位，要论自信，简直无敌。

片刻后他的手机震动，屏幕上显示：季老师。

他不由轻叹了口气。

另一边司清的办公室门被轻轻地敲响。

司清忙从电脑前抬头："先生您好，请问有什么可以帮您？"

一名穿着朴素，袖口已经磨旧的中年男子有些局促地站在办公室门口，他忐忑道："我……楼下说这里是办贷款的，我能不能问问，怎么样才能贷款？"

司清的目光轻快却不失礼地扫过他，笑着指着沙发："当然可以，您先进来坐，我给您倒杯茶。"

中年男人看着干净的沙发，忙拍了拍自己的裤子，却飞下一些碎木屑，越发不自在，站着不肯坐下："不用不用，我站着就行。您坐着，不用管我。"

司清没有坐下，也跟着站在一边，礼貌地询问："先生您怎么称呼？方便告知下您的职业吗？"

"我叫滕立群，平时就在家做些木雕手艺活。"

司清一愣。

滕立群透露出忐忑焦急："我这种没有正经工作的，是不是贷不了款？"

心累的景琛跟着导师默默站在一处建筑的台阶上，华灯初上，雕塑公园的跑道上渐渐多了些运动的年轻人。这处建筑的建筑师介绍牌上，景琛的名字赫然其上。

"人活着，就少不了用世俗的标准去衡量一个人的成功与否。你的起点很高，南城这座地标性的建筑公园，你是唯一的华人设计师，也是其中最年轻的参与者，所有人都对你抱有极高的期待。"景琛导师语重心长，接着话音一转，带了些痛心道，"可你看看你现在，白白耽误了你的天赋。"

景琛态度良好地道歉："对不起，老师。"

导师可太了解这个学生了，态度越好就越油盐不进，无奈地笑了笑："你要真觉得对不起我，就好好规划下未来。毕业的时候你执意回去照顾你爷爷，我不好阻止。但如今老人家去世了，园子也建好了，你也该回来了。我同学的公司，主营大型景观设计，最近正缺人手。你要是有兴趣，我给你打个招呼。"

景琛笑着在一旁的台阶上坐下，果然"油盐不进"道："那我可能又要让您失望了。璟园刚修好的时候，我的确不知道要做什么。但现在，我有了新目标。我准备把璟园里空着的宅子改成非遗展馆，现在正在找一些老手艺师傅，我想借他们的作品做展出。或许短时间内我改变不了什么，但至少可以先让来璟园的游客了解到这些民间手工艺。"

景琛导师有些严肃地打量着景琛，问他："你做这展馆我很支持。但你要想清楚，这是你爷爷希望你这么做，还是因为你喜欢榫卯，喜欢传统手工艺，才想这么做？"

景琛一怔，沉默片刻才道："对我来说，喜欢和不喜欢，没什么区别。"

导师叹气，他觉得自己就像个担心自家少爷的老妈子，但还是苦口婆心地劝诫："你呀，就是做什么都太容易了，才会说出这种话。可是景琛啊，为了别人那叫责任，是负担，只有自己喜欢，才是能走一辈子的动力。"

景琛闻言有些迷茫。

导师举了个例子："这就好比结婚找对象，你单身到现在，不就说明你不喜欢、不愿意吗？"

景琛眼中有了些许笑意，扔下个八卦："老师，我结婚了。"

"……"

导师静止在那儿，几秒后瞪大了眼睛反应过来："你结婚了？跟谁？以前那个服装学院的女孩？"

景琛摇摇头："不是。她叫司清，在银行工作。"

"银行的？倒是没想到你会喜欢这样的。"导师接受也快，欣慰地拍着景琛的肩，就坡下驴继续劝，"既然有了家庭，你就更不能任性了，"而后欲言又止，"咱不能一直吃软饭。这工作的事你先别急着拒绝，就当是看在我一把年纪还替你操心的分上。"

景琛浅笑道："好。"目送老师离开，看着老师有些佝偻的身影心里感到非常歉疚。这时，身后传来篮球声，紧接着一个球直奔而来，景琛转身利落地接过，抬头就看到笑得一脸灿烂的池中煜。

他没心没肺地说："琛哥，走，打球去！"

嘈杂热闹的商场在晚饭时间人尤其多，司清拿着手机对着两张电影票拍了张照片，发给景琛，一脸含笑地给景琛发微信：刚逛完街，准备跟简约去看电影，九点多结束，要不要接你？

"哟，报备呢。我怎么瞧着，你们这暧昧的小火苗欻欻欻地往上冒。"简约拿着两杯奶茶，看着司清春风荡漾的笑容，凑过来撞了撞司清的肩膀，一脸的八卦，"现在什么进度条了？需不需要补货？"

司清忙收起手机，一脸正气："就那样啊，之前不都和你说了嘛。"

"你们还没……"她压低嗓音，"那都是个把月前的事了，你们夫妻在那彩排偶像剧呢？我看你最近春风满面的，还以为你们已经完成了生命的大和谐。"

司清黑着脸收起手机，简约又鬼鬼祟祟地凑过去："你们俩，究竟是谁不行？"

"我没试过我怎么知道。"司清一脸无辜。

"你别忘了你们俩现在还是离婚冷静期，小心冷静过头了。"简约提醒道。

司清闻言陡然惊醒："你不说我还真忘了，按节假日顺延的话，现在刚好过了第一个月的冷静期。"

简约觉得亲闺蜜怎么一直在去幼儿园的车上，恨不得亲自指导她"超车"："所以你赶紧上啊，这种事真不能拖的，你也别不好意思，有问题咱们就对症下药。"

司清直接打开一杯奶茶，将吸管塞进简约嘴巴里，咬牙道："先去看电影。"

简约一把拖住司清的手，忙道："看什么电影，你现在需要的是释放压力！"

这时，司清手机响起，是云篇来电："喂，云篇……玩桌游？我现在跟我闺蜜在一起，我问问她……"

简约在一旁听得疯狂点头，司清没好气地推开她的脑袋："好，我们这就过去。"

这个桌游店完全超出了司清的认知，当然，对一脸正气的司清，这种花里胡哨的世面没见过很正常，但竟然也打开了简约的新世界大门。只见大厅中六名身穿黑色燕尾服的年轻男生一起鞠躬欢迎："欢迎大小姐们回家。"

司清和简约难得一起傻眼，进退不得地傻愣在门口，云篇一副见惯大场面的淡定样子，疑惑地回头看着一动不动的司清和简约。

司清发出了灵魂般的质问："这是……桌游？"

云篇笑着扫过六名工作人员："是啊，跟这些年轻单身的小哥哥们一起玩的桌游。"

司清："……"

简约双眼一眯："……"

第十章　扫盲！对手是性单恋？

司清和简约目光诧异地看着店里风格各异的帅哥，云篇则坐在沙发上，端着茶淡淡挑眉。

"你怎么突然想玩……桌游了？"司清不好意思地小声问道。

简约两眼放光，激动又兴奋地抓着司清的手："Oh my god，清啊，你什么时候认识这么厉害的朋友，我喜欢！"

司清一脸纠结，但是从未玩过桌游的她内心也充满了好奇，但还是说："我都结婚了，和陌生的年轻小哥哥们玩桌游……不合适。"

"你说你这人，思想怎么这么龌龊？只不过是我们人数不够，店员小哥哥来凑数组队一起玩而已，你怕什么？"简约一本正经地说，凑近司清耳朵，给了她一个冠冕堂皇的理由，"你就不想玩玩试试？"

司清的眼神立马无比坚定。

一开始，司清、云篇和简约还维持着矜持，彼此之间有些生疏，坐在榻上和桌游店的年轻男员工们面面相觑。突然恐怖屋里，灯光熄灭，三个女生嗷嗷叫成一团，窝在角落里无视男员工们。

经此关卡，一小时后再看司清和简约以及三名员工已经热火朝天地摇骰子了。

景琛满头大汗却目光冷然地端着水杯，盯着视频，一旁的池中煜一脸忐忑、小心翼翼："学姐发给我的视频。"

只见画面上是司清和云篇喝着酒笑倒在彼此肩上，看着前方简约和男员工兴奋地互动，开心地大喊："妈呀太刺激了，我终于感受到了姐姐的快乐！"

池中煜按了暂停，指着云篇和司清，感觉匪夷所思："你说这发展是不是太魔幻了，你老婆竟然跟你初恋在一起。琛哥，你知道这意味着什么吗？意味着你要完了！"

景琛沉默，直接将进度条拉到最后，就见屏幕上，司清喝了一口酒，起身大步走到一名男员工前，与他"深情"对视，画面像是定格，随之出现的是粉红的特效和甜蜜的音乐烘托。

景琛脸色难看，声音依旧四平八稳："这男的也是你们银行的同事？"

"当然不是！不对，现在的重点不是这个！"

景琛盯着司清跟男员工"深情凝望"的画面，按黑了屏幕，"无波无澜"道："阿煜。"

池中煜脑中警铃大作："你不会想让我去当炮灰吧？我不去，学姐跟师父，我一个都搞不定。"

景琛垂眸掩饰眼中汹涌而起的阴霾："问问云篇，这个店的地址。"

店内，云篇摇了一下就放下，情绪恹恹地喝着酒。

司清兴奋地将骰盅放在桌子上："这次我应该……"

"哈哈哈我最大。"简约抢先道。

打开骰盅，两个一，一个二，司清全场最小，不由泄气。简约立刻拿出任务卡，笑眯眯地抽出一张：壁咚。

"叹什么气，这是福利，好不好。"简约觉得亲闺蜜不能老在"幼儿园车里"。

云篇回头扫了司清一眼，指着对面的一个员工："就他吧。"

知道逃不过去，司清飞快地起身，直接走到那个员工边上，在众人还没回过神时，她飞快地伸手在他身边的沙发上一撑，然后又迅速地收回。

云篇险些被酒呛到："你这叫壁咚，还是叫单挑？"

"不是挺标准的，哪有问题？"司清嘴硬。

云篇一脸嫌弃地放下手里的酒杯，拍了拍司清的肩："真不知道是该同情你，还是该同情你老公。"说罢撩了撩头发，御姐十足地朝另一个店员工招招手，那个店员工朝云篇走了过来，天真地问："叫我有事……"

云篇忽然抬眸清冷一笑，拉住了他的手，令他在身侧的沙发上坐下，与此同时迅速地反身将他壁咚在沙发上，他的手也被云篇按在沙发的上方。两人距离不过几厘米，目光紧黏着彼此。

云篇伸手拿起一侧的酒杯，喂到他唇边，在他脸色通红地看着云篇时，云篇直接将酒一口喝了。同时对着司清道："案例示范。"

简约咽了咽口水，紧紧地抓着司清，狗腿道："天花板级别的案例示范，你要是能学会一招半式的，也不至于现在还跟你老公玩'柏拉图'。"

云篇听到有些震惊地看着司清，司清不好意思地干笑："我这不是没找到合适的契机嘛。"

"契机都是人为的。"云篇不认可地反驳。

简约举起手机："今晚就是让你开开眼界。"

司清没好气地将零食扔向简约："你走开。"突然司清的手机一震，是景琛的微信：电影好看吗？

脱离了表情和语气，这里真的很像一句关心的闲聊。司清看着手机哀号一声，脸上却是烦恼又甜蜜。

简约故作被恶心到："咦，受不了。"

云篇看着司清的神情，仰着头靠在沙发上，似是不解，更像是不甘，复合失败的难过最终还是在热闹过后重新占领高地："司清，婚姻到底哪里好了？"

司清一愣，似是回忆道："是牵绊吧。我从小就是一个人生活，最羡慕的不是被人惦记，而是有个能惦记的人。就是那种，你知道家里有个人等你，就算加班到再晚再累，你也想赶回去跟他一起吃饭的人。"

云篇迷茫地望着窗外，又回头喃喃地再次询问："只是牵绊吗？那爱呢？你跟你先生，彼此相爱吗？"

简约喝得微醺，接住话茬儿："这问题她回答不了，她跟她男人走的是闪婚闪离，先婚后爱的路线，现在离婚冷静期才开始恋爱。"

司清狠狠摁住了简约的脸："咳，婚姻和爱情是两回事，相爱还能在一起的概率，堪比大乐透。"

说者无心听者有意，不知道哪句话点醒了云篇，她眸子发亮地捏着酒杯。

而此时收到"电影好看"的景琛正拿着锤子，在柱子上一根根地钉着钉子。

池中煜像是生怕"气不死"他一样，一直反复播着那段视频。

景琛每次抬头看到那个男人，敲钉子的动作就会变得用力几分。

池中煜一脸单纯地开解他："琛哥你别气了，她们就是玩个桌游，顶多就是玩一下大冒险，壁咚啊、咬饼干，还有'爱的魔力转圈圈'之类的游戏。"

景琛去拿钉子的手一顿，语气淡漠："我没生气。"

池中煜欲言又止地指着地上那几根钉满铁钉的木头，毫不留情地拆台："怎么可能，你明明就是在生气啊，这有什么不好承认的。"

景琛没有再拿钉子，而是就地坐下，放下了锤子，与他此时视线相平的柱子上，有着密密麻麻的几十颗钉子。钉子在距离地面一米左右，越往上越少，直至一片平滑。而最下端的地方，则留有一颗撬出钉子的钉子洞。

景琛摸着那些一米高左右的钉子，声音低而缓："阿煜，我已经有十来年，没有生气了……"

在他还是孩童尚不懂掩饰情绪的时候，虽然话不多，但基本下手都比较狠，他是个有仇必报的主儿。

那次景爷爷拖着刚打完架的景琛走进祠堂，少年的唇角还留着淤青，目光如小狼崽一般充满戾气。

景爷爷指着他："小小年纪哪来这么大的戾气，以后不许再给我乱发脾气！"

景琛倔强地不说话，冷着脸。

"不服气是吧？"景爷爷冷哼，拿出一把锤子，景琛见状吓了一跳，却倔强地站着一动不动，爷爷将锤子递给小景琛，又抓了一把钉子放到地上。

指着柱子道："去，把钉子钉到柱子里，什么时候不生气了，什么时候停下来。"

少年人一言不发地拿着锤子和钉子，开始"砰砰砰"地钉钉子。

而景爷爷只是安静地坐在椅子上，手里拿着凿子修着榫槽。

过去了许久，直到景琛拿着锤子的手开始发抖，眼中的戾气消失，手腕也渐渐没了力气，终于停了下来。

景爷爷头也不抬："不气了就把你刚才钉进去的钉子取出来。"

景琛皱了皱眉，却没有反驳，依言拿起锤子的另一头，费了很大劲儿才将一枚铁钉撬了出来，柱子上也因此留下了一个明显的印记。景爷爷这才走到景琛身边，摸着柱子上留下的洞说："生气发火都是一时的，但你发脾气说的话，做的事，就跟这些钉子一样，会钉在心里，伤人伤己。就算拔出来也会留有痕迹，一辈子都抹不去。"

"那如果不拔呢？"

景爷爷轻叹了口气："我们造榫卯结构的房子，不到万不得已都不爱用钉子。因为这钉子就算不拔，也迟早会随着时间松动，导致整个屋子'哐当'一下散架。阿琛，以后控制不住情绪的时候，就来这里钉钉子，再想想这样的后果你受得了吗？"

景琛耳边是爷爷的锥心之言，脑子里却是自己不断想要压制的画面。

他目光冰冷，右手拿着木凿，狠狠地将一个《冬至》的模型一刀刀地凿坏，昏暗且空荡的祠堂里木屑在灯下飞舞。门外脚步声响起，自己拿着凿子，回头看向门口，望着那道离开的身影，脸上难以压制的笑意。

那么久远而又清晰的记忆，在无数个日夜里总是找寻缝隙缓慢地蚕食着景琛。

是夜，璟语堂外的一段路昏暗看不清台阶。司清用手机的手电筒照着，才能看清回家的路。她轻手轻脚地走进院子，看着漆黑一片的主卧，松了口气，小心翼翼地将敞开的门关上，陈旧的木门发出"咯吱"的声响，司清立马停下，等缓了一下才继续。

而景琛此刻正站在雾气弥漫的洗手间里，镜面上模糊地倒映着景琛的身影。他穿上T恤，正准备出门时，听到了院子里的关门声，冰冷的神色渐渐缓和，他没有出去，而是耐心地靠在洗手台边，手指轻轻敲击着台面。

门外响起脚步声，以及司清哼着的先前简约加在视频上的洗脑音乐声，景琛的脸色又渐渐变得黑沉。

洗手间的门被推开，司清看到门内的景琛，吓得一个激灵，下意识道："你……你还没睡？"

"嗯。"

雾气朦胧的洗手间，狭小又暧昧。

司清心虚地开始解释："我一开始真的是看电影。"

"嗯。"

"后来是朋友失恋了，才陪她一起去玩了桌游。"

"嗯。"

对方设置了自动回复？司清打量着景琛的表情，一步步朝洗手台走去，蹙眉站在景琛面前："就'嗯'？"

景琛似是有些不解，沉思片刻："感冒好点了吗？"

"好多了。还有呢？"

景琛顿了顿，像个大度的正室似的："玩得开心吗？"

司清暗暗憋气，咬牙道："开——心。"

景琛垂眸就要往外走："那就好，睡觉前记得把枇杷水喝了。"

正要从司清身边经过时，司清忽然抓住了他的手腕，在他怔住回头时，一鼓作气地反身将景琛推到洗手台边，扣着他的手压在充满雾气的镜子上。

景琛目光一黯，紧紧凝视着与他呼吸相接的司清。

司清紧张地咽了口口水，就要朝景琛吻去时，她扣着景琛压在镜面上的手往下滑去，司清整个人也往下滑去，幸而景琛扶住了她的腰，她的脑袋直接磕在景琛的胸口。霎时间，两人一时都没有动作，落针可闻。随之响起的是景琛的闷笑声。

司清恼羞成怒地推开景琛，冷哼一声就要往外走，在她开门时，门被景琛按了回去，她刚皱眉回头，便被景琛壁咚在门上。

景琛声音低哑："喜欢玩这样的桌游？"

司清先点了点头紧接着又摇头。景琛的视线却越来越有攻击性。

司清自觉点头暴露了内心真实想法，赶紧一本正经地找补："放心，我知道自己现在还是已婚妇女的身份。不过，我们三十天的离婚冷静期已经过了，你看……"

景琛目光幽暗，扣着司清的手也越来越紧："司清，不要总是故意招我。"

司清眼睛一亮："嗯？"

"我怕我会控制不住自己的情绪，"景琛顿了下，郑重又深沉地望着司清，又带了些警告意味，"司清，男人的占有欲我也有，甚至远比你以为的，还要强。"

司清探究地打量着此时目光深沉的景琛，忍不住伸手捂住了他的眼睛："你也别这样看我，不然……"

景琛一怔，自嘲地松开司清："害怕了？对不起……"

而在看到司清两眼放光的神情时，不解地止住了话。司清却突然伸手勾住了他的脖子，踮起脚吻在景琛唇上。

景琛彻底僵住。

直至司清有些不好意思，却故作轻描淡写地松开他："我提醒过你的，别这么看我。"

景琛的眼神顷刻间变得危险，撑在门后的手一点点往下挪，就在他的手即将触碰到司清后背时，司清一脸期待地看着他："景琛，你能不能……"

景琛紧盯着司清。

就听这个女人道："戴上金丝眼镜后，把刚才的话再说一遍？我最抵抗不了那种低声线的嗓音，似笑非笑的表情，再加上斯文败类的金丝眼镜，我的妈呀，不要太带感！"

景琛即将落在司清腰间的手瞬间反转，紧紧握住了门把手，"咔哒"一声转动，黑着脸开门向外走。

次日，景琛坐在工作台前，将清理完的画收好，在他打开抽屉，看到抽屉里放着的一个有些老旧的眼镜盒时，他下意识地先环顾了四周，见没人后才有些别扭地拿出眼镜盒。

这时，门外传来脚步声。

他飞快地打开眼镜盒，戴上眼镜，又把刚收好的画展开，假装低头工作。就听响亮熟悉的声音传来："琛哥，我来蹭饭了！"

景琛有些懊恼地抬头，正准备摘下眼镜，就看到窗外一脸单纯的池中煜鼻梁上正架着一副金丝眼镜。

景琛咬了咬牙问道："你又不近视，戴什么眼镜？"

"防蓝光的。那你呢，"池中煜皱眉嫌弃他脸上刚戴上的这副，"你这眼镜也太老土了吧……"

景琛戴着的，是一副老式扁长款的黑框眼镜，款式明显过时，说着景琛不自在地摘下眼镜塞回到抽屉里，问道："你怎么又来了？"

"我担心你，昨晚我师父有没有因为学姐的事跟你吵架？"

景琛含糊道："她没提，我也忘了。"

池中煜无奈："这么重要的事都能忘，你们昨晚都干啥了？"

景琛眼神微闪，池中煜似笑非笑地推了推金丝眼镜框，压低声音问："琛哥，你是不是终于控制不住内心的小野兽了？"

景琛看着池中煜此时的模样，脑海里浮现司清昨晚的话："我最抵抗不了那种低声线的嗓音，似笑非笑的表情，再加上斯文败类的金丝眼镜……"

他唇边露出一丝笑容，放在桌子上的手，朝池中煜勾了勾手，池中煜立刻好奇地凑过去，谁知景琛一把揪住他的耳朵，他挣扎了好半天才摆脱他的"魔掌"，而司清此时刚下楼，看到了这一幕，忍不住笑出声。

听到声音的景琛抬头，手里还拿着池中煜的那副金丝眼镜，看到司清，他有些尴尬地松开池中煜。

池中煜转过身，瞪了眼景琛，气哼哼地往外走，经过司清时，忍不住咬牙："你老公就是个禽兽。"

看着池中煜的背影，再看向工作室，景琛戴上金丝眼镜，似笑非笑地压低声音望着她："还不过来？"

司清心肝一颤，脸红心跳地狠狠瞪了眼景琛，夹着嗓子娇嗔道："禽兽。"

景琛有些蒙地皱眉，司清用手扇着风刚要落荒而逃地往外走，却与匆匆跑回来的池中煜在门口撞个正着，他喘着气指着门口，对着景琛想说什么，却在看到司清时又憋了回去，只留下一句："琛哥，你保重。"

司清正莫名其妙，突然却接到了单位电话，边接边往外走。

有人要来，有人要走，此刻就看谁先遇到谁了。

云篇看着不远处的璟语堂，眼里是势在必得的笑意，抬步上前。

"好，我现在马上回行里。"司清挂断电话，就看到云篇站在璟语堂前，望着她的目光是震惊与意外。

与此同时，景琛和池中煜从门口出来。看到这一幕池中煜险些腿软，目光左右一扫，当即决定牺牲自我，壮着胆子上前："学姐你让我找的工作室，这边都不合适，我们再去其他地方看看。"

司清望着云篇和池中煜，突然想起之前在医院里云篇说要去校庆的事，对上了！

"学姐？"她向池中煜问，接着转向景琛，"那你们仨都是校友了？"

池中煜紧张得不停地朝景琛使眼色。

景琛拒收了狗头军师的信息，淡然回答："是。"

司清咬牙，一脸的皮笑肉不笑，脑子里又弹出另一个重要信息，在桌游店，云篇好像说过初恋结婚，求复和失败之类的。她的声音开始结霜："还是初恋？"

景琛默认。四人杵在那，一时没人开口。

池中煜直接屏息，当自己不存在一般地缩在门边。

云篇盯着景琛和司清手上的戒指，渐渐缓了过来，看向司清的目光变得复杂。

景琛只担心地盯着司清的反应。

司清则紧紧握着手机，半晌后扬起职业微笑，看向云篇："我有急事要赶回行里加班，所以我最多等你十分钟，十分钟后我'顺路'送你回市区。"

云篇一怔，随即很快反应过来，轻笑点头："够了，已经比我预想的大方了。"

"我在门口等你。"说罢目光冷冷地掠过池中煜，"在这儿干吗，晚上不是要去总行开会吗？"

池中煜立刻跳起，给了景琛一个自求多福的眼神，就毫不犹豫地离开。

景琛在司清离开时，蹙眉握住了她的手。

司清假笑着摘下景琛此时还戴着的眼镜，凉凉道："这个我先收着，你们好好聊。"拿好眼镜，带着池中煜离开了战场。

"进去聊？"云篇看向璟语堂的院子，反客为主道，说着已径自往院子里走，看景琛站着没动，嗔笑他，"你这人，怎么还没你老婆有风度。"

"找我什么事？"

云篇在门前站定，居高临下地看着景琛，脸上带着骄傲和肆意的笑说道："来通知你，我的决定。"

空旷的停车场。司清的车和池中煜的车车头相对地停着，两人分别坐在相邻的驾驶座里。

司清眯着眼睛："她不对劲。"

"没有吧，学姐都知道琛哥结婚了，还能干吗？顶多就是来放放狠话。"池中煜讪笑道。

"放狠话用得着喷香水？"

池中煜经验丰富似的道："你们女生见前任，不都是从脚指头全副武装到每一根头发丝吗？我觉得是你太敏感了，喷香水根本不能代表什么。"

"啪"司清拍死了一只蚊子，冷笑地从格挡里取出花露水对着空气喷了几下，在驱蚊水的花香里道："可她喷的香水是事后清晨，广告词叫作'缠绵之后，破晓之时'。她这分明是来跟我……不对，是跟景琛的太太宣战的。"

云篇盯着景琛手上的戒指："昨天我的确是打算放弃了，但多亏你太太点醒了我，让我意识到，爱情和婚姻，根本就是两码事。所以我想了一晚上，改变主意了。"

听到云篇的话，景琛皱眉："她是这么跟你说的？"

云篇一脸胜券在握的神情，语气暧昧："我们聊的，可不止这些。不过每一点都足够我确认，你跟她之间的婚姻，不过是一纸法律意义上的契约，更何况，你们现在的这纸契约，还正在解除中。"

景琛暗暗咬牙，望向璟园门口方向。

云篇笑着打量着景琛："景琛，你明明跟我一样，都不相信婚姻，何必要耽误无辜的人呢？"

云篇那把战斗的号角吹得格外有气势，司清在外面懊恼地叹气："我现在就想抽死昨晚的自己，我干吗跟她说那些有的没的？"

闻言池中煜松了口气："只要你不是想进去抽学姐就好。"

司清一个眼神瞪向池中煜，想了想更懊悔了："我不该装大度给十分钟，太多了。"

"不多不多，十分钟能干什么呀，都不够来一局的。"

紧接着，游戏的声音响起：稳住，我们能赢！

司清深吸一口气。"对，稳住，她现在一定在憋大招。"说着抬头看向池中煜，"现在把你知道的事都告诉我，知己知彼，才能百战百胜。"

"师父你真的不用多想，学姐是个不婚主义者。"

不像外面那俩没心没肺的，院子里剑拔弩张，云篇步步紧逼："我不需要婚姻，我只要感情。当然，我也有我的底线，那就是不做第三者。所以在你们结婚期间，我不会做任何插足的事，我可以等，等你跟司清离婚。"

景琛只是神色淡淡地听着云篇的话，半晌才开口："云篇，你一直很自信，这是好事，但不适用于我身上。你从来不了解我，更遑论是对我的婚姻。"

"那司清了解吗？"云篇摸着草编，掠过旁边的咖啡壶，道，"你对传统手工艺的执着，你不喝咖啡的习惯，还有你洁癖似的道德感，这些她都不知道，甚至，你们连婚戒都不是一对。"

景琛声线不变："她知道她想知道的就好，不需要为我付出这些。"

"是吗？那要不要跟我打个赌，我赌你们会离婚。"

他抬手看了下手表，起身送客："十分钟到了。"

云篇停在门口，挑衅地望着景琛："你是根本就不在乎，还是不敢打赌？"

景琛望着璟语堂，蓦然而笑："是不需要，在六年前，我就已经赢到我最想要的了。"

"出去写个生就在一起了，而且还是姐弟恋。"司清凶狠地操作着手机界面，咬着牙道，又冷笑了一声，"他还真是女追男，隔层纱。"

池中煜纠正："你说的是金刚纱吧？那可是整整三年，我这旁观者都感动了。"

"那为什么分手？谁甩的谁？"

"原因我不知道，不过从后来学姐出国的事情看，琛哥应该是被甩的那一个。"池中煜突然惊呼，"你干吗抢我人头！"

司清眼神里充满了杀意，目光落在从璟园门口出来的云篇身上："酝酿情绪，准备一会儿的硬战。"推倒水晶的同时，司清退出游戏。

池中煜震惊地看着司清拿出鲜艳欲滴的大红色口红补好妆，然后戴上蓝牙耳机，拨出了行长的电话，接着一个倒车停在云篇面前，而云篇也毫不迟疑地开门上车。

车子离开，池中煜才长出了口气，心道：珍爱生命，远离八卦。

车内，司清正跟行长汇报工作："贷款的五万块钱已经全部从贷款卡里直接打到了医院的缴费账户，确定没办法追回了……他没工作，平时在家做木雕，是个手艺人……态度还算配合，我一会儿到银行跟他沟通……好的，我知道了。"

司清状似一脸认真地打着工作电话，云篇也低头回复着信息，实则两人时刻关注着彼此的神色。

一种暗潮汹涌的安静感。

挂断电话，司清打开了音乐，车内响起《体面》的音乐声，显示屏上的歌词更是异常显眼：别堆砌怀念，让剧情变得狗血，深爱了多年，又何必毁了经典……

云篇收起手机，看着歌词，意味不明地笑了一声，点破："我差点以为，你是真的一点都不在意。"

司清暂停了音乐，屏幕上留下的是极有暗示性的歌词：离开也很体面，才没辜负这些年。

"这就要看，你所谓的在意是指什么。如果是前任，没必要，谁都有过去。尤其过去是你这样优秀的独立女性，只会增强我的优越感。至于景琛，我还真的不担心，毕竟名字在我的户口簿里，人也已经睡在我身边。"

"真的'睡'在你身边了吗？"云篇笑着打趣，"我记得你朋友昨晚说，你们还在玩'柏拉图'。"

司清握着方向盘的手紧了紧，脸上却是一片娇羞，故意撩了下耳边的头发说："说到这个，还得谢谢你的亲自教学。"

云篇蹙眉，脸上的笑僵住。

随着绿灯变红，车也稳稳停在斑马线后。

"男人啊，果然是不经撩。"司清指了指台面上放着的金丝眼镜，"哝，还变得有情趣了。"

云篇狐疑地看向司清，司清也含笑看着她，一瞬间车内如闪过刀光剑影，气氛紧张。

片刻后，云篇率先打破沉默："司清，我有些同情你了，这种小事怎么就让你产生成就感了呢？我要的可不一定是这些。我要的，从来都只是他的感情，以及霸占他的内核世界。"

司清傻眼，想说什么却都显得不够力道。

云篇瞥了瞥她："哦，抱歉，我忘了，你不懂艺术。你们俩在家，应该是他说奥古斯特，你说亚当·斯密，所处的频道不同，自然体会不到我说的这种男女情趣。"

司清一脚踩下油门，沉着脸："不，我们在家一般只聊《婚姻法》，以及男人出轨的一百种死法。"

"原来你担心的是这个。放心，我现在就能很确定地告诉你，在你们两个月的冷静期结束前，我不会做任何违法乱纪，挑战婚姻法的行为，甚至，以后我都不会私下找景琛。"

司清忍不住皱眉，无法理解地看着云篇："我说……你是不是脑子有病？你图什么呀？"

"你知道有个词，叫性单恋吗？"云篇轻声道。

第十一章　嘀，成人卡

车内，司清一脸蒙，她茫然地看着云篇："性单恋？"

云篇解释："就是我喜欢景琛，但我不需要他也喜欢我。所以你刚才问我图什么？我回答不了。因为我什么都不要，不管是过去还是现在……"

她简单忆起过往，七年前那个春和景明的日子。

云篇抱着一束香槟玫瑰出现在教室外，就在她准备进入教室时，听到了景琛导师的叹息。"景琛，你的作品一直很好，很完美。无论是技法、象征寓意、还是细节脉络，都完美到让人无可挑剔！但是……"景琛导师沉默了一下，云篇也不由好奇，就听导师继续道，"独独缺了感情，就跟你一样。从不对外界表露喜怒哀乐，就总是少了那么点生气，这对学艺术的人来说，是致命的。"

云篇站在门口，正好看到了景琛脸上闪现的无解："生活中没有什么真的值得生气的，更没有什么值得开心的。"

景琛导师笑着拍拍景琛的肩："你呀，骨子里太冷漠了，也不一定是什么，也可能是谁。或许，你可以去试着谈一场恋爱，把智商降一降。"

导师只管挖坑不管理，留下景琛一人坐在桌子前，不知在想什么。

云篇敲门，拿着花直接放在景琛面前："要出世得先入世，你好，男朋友。"

景琛抬眸。

司清怔怔地看着云篇唇边的笑意。

云篇轻笑："我们就这么在一起了。他从来不是个感情充沛的人，正巧我也不希望他对我有所回馈。所以我一直觉得，不会有人比我们更适合彼此了。"

"那分手的原因呢？是你那什么性单恋，他开始喜欢你，你受不了就把他给甩了？"

云篇笑而不答，只道："他手腕上有道很深的疤，你是不是没见过？"

司清一震，紧捏着方向盘，咬牙忍了忍，半晌吐出一句话："你们俩都有病。"

云篇解开安全带："司清，我跟你都缺爱，但不同之处在于，你渴望回应，而我不在乎他爱不爱我。我更在乎的，是我爱他。可惜我还是晚回来了一步，你现在，不过是赢在了运气上。"

司清回过神，看向银行门口等着的滕立群，没好气地解锁："运气也是实力。我还有事要忙，你自己打车回去。"

云篇怡然下车，在关上车门时，不忘弯腰问了一句："昨天晚上，其实你们什么都没做，对吧？"

司清震惊，强撑出气势想说什么，却见云篇笑着指了指椅子后落着的一张夜用卫生巾外卖单，而购买日期正是昨天。

"我这个月延迟了。"司清无比真诚地强调，"这是真的。"

云篇暧昧地打趣："明白，内分泌失调嘛。"说罢关上车门扬长而去。

司清懊恼地抓了抓头发，片刻后深吸一口气，该工作还得工作，于是朝门口的滕立群走去："滕先生。"

滕立群一脸歉疚地朝司清道歉："对不起司经理，是我骗了你。我是真的没办法了，才会骗您给我贷款，拿去给我妈做手术……"

云篇等车的同时，听到了滕立群哽咽的声音，回头就看到滕立群红着眼，要给司清跪下，却被司清死死地拉着的画面，她若有所思地朝到达了的出租车走去。

司清扶着滕立群："滕先生您先起来，事情已经发生，我们现在要做的是找到解决办法。我们去办公室聊，可以吗？"

"可以可以，你让我做什么，我都配合。"滕立群点头，身体仿佛被压垮似的跟着司清走进银行。

雨淅淅沥沥地下了一天，到晚上才终于停下，空气潮湿略带些寒气。景琛一身运动服，沿着马路夜跑。跑到门口时，发现门口停着司清的车。

司清拿着包准备下车时，又看到了那张外卖单子，动作一顿，她利落拨出了简约的语音电话："喂，发下你网盘的密码，我要学习一下你的资料。"

司清戴着耳机，一脸专注地盯着手机……

车外，景琛越走越近，他打量着车内，看到驾驶座里坐着的人，上前敲了下车窗。司清戴着耳机太专注，完全没有反应。

景琛看着紧闭的车窗，愣了一下，担心地又敲了几下。

司清突然惊醒，缓了缓才降下车窗，一眼就看到了车外大汗淋漓、浑身散发着荷尔蒙的景琛。

景琛声音清冷好听："怎么不进去？"

司清坐在车里，抬头正好看到景琛耸动的喉结，T恤下的肌肉线条，最终她的视线落在他戴着护腕的左手腕上。那点燥热瞬间蒸发，她握着手机，一脸淡定地开门下车："平时怎么没见你有夜跑的习惯？"

景琛一愣，随即脸上的表情渐渐柔和："之前都是晨跑，你起得晚没注意到。"

"我还以为你是今天见了初恋，心潮澎湃，需要用运动平复情绪。"司清意味深长地看着景琛。

景琛拉住了司清的手，目光坦诚："我跟云篇是大三在一起的，差不多半年时间，后来因观念不同和平分手。"

司清的目光似有若无地掠过景琛握着她的左手："和平分手？"

"对，毕业后就没联系过了。"

司清的手指戳着景琛的胸口，名正言顺地占着便宜："昨天校友会，你们两个艺术家不是才面对面地叙了旧？"

景琛哭笑不得，抓住司清的手指，一起往璟园里走："纯学术交流，而且我保证，我只画了我们的婚戒。"

门口的声控灯熄灭，园子里又变得漆黑。

司清习惯性地拿起手机准备打开手电筒时，景琛轻咳了一声，两人脚下的小道两侧，竹节灯蜿蜒亮起，一路指向璟语堂。

司清望着两侧的灯，心尖一软，被景琛握着的手指轻挠了挠他的手心："咳，那一会儿我们可以做个非学术的交流。"

两人的身影越来越小，隐约传来景琛难得爽朗的笑声。

屋外春雨朦胧，雾气弥漫的洗手间内，花洒的水顺着景琛紧致完美的线条滚落。

司清穿着一身黑色的睡裙，回头问："这件怎么样？"身后传来简约的声音，就见后边正竖着手机，与简约视频中。

"娇而不媚，很符合你现在新婚少妇的人设。"简约点评道。

"会不会说话，我这叫先婚后爱，小说网站上还有专门的标签。"

简约吐槽："先婚后爱，婚是有了，爱呢？"

司清一怔，随后故意玩笑："这不是慢慢培养嘛。不说了，我要去培养感情了。"随后挂断视频，深吸一口气。

景琛穿着件短袖，正拿着条毛巾擦着湿润的头发，这时，敲门声响起。打开门，就看到司清裹着见长到脚踝的羽绒服，抱着个枕头快速蹿进门。她脸色有些紧绷，环顾着主卧的陈设，最后笔直地落在那张双人床上，眼神坚定。

景琛："怎么啦？"

司清理直气壮："我们夫妻俩开着两个房间的灯和空调，你不觉得太费电了吗？"

景琛想笑又不敢笑地望着司清："有件事我一直忘了跟你说。"

司清已经一点一点地挪到了床边，闻言回头："什么？"

"我从来不开空调。"

司清恼羞成怒，举起手里的枕头狠狠朝景琛砸去，被景琛一把抓住，她气冲冲地就要往外走时，却被景琛擒住了手腕，拉进了怀里。

景琛嗓音暗哑，目光沉沉地盯着司清："这些事，你可以交给你先生来主动。"

两人四目相对，暧昧的火光乍现。

司清拉了下原先拉到顶的羽绒服的拉链，暗示道："好像也没那么冷。"

景琛伸手握住司清的手，带着她的手缓缓拉下羽绒服的拉链，拉链滑到腰间时，司清突然说："等等。"

景琛停下动作，疑惑地看着司清。她从口袋里，拿出金丝眼镜戴到景琛脸上："咳，可以继续了。"

景琛蹙眉，笑着将额头抵到司清肩上："你确定，现在也要戴？"

司清一本正经："促进夫妻感情交流。"

就在景琛准备将司清的外套脱掉时，她又按住了他的手。

"等一下。"

景琛无奈看着司清，这次却见她有些不好意思地在口袋里磨蹭了一下，隔了一会儿才拿出一盒避孕套，迅速塞进景琛手里。

在景琛愣住时，司清自己飞快地脱下羽绒服，穿着睡裙跳上床，盖好被子。

景琛在司清的目光中，一步步朝床边走去。

司清紧张地抓着被子："等……"

景琛直接俯身吻住了司清，堵住了司清的话，同时关掉了屋内的大灯，只留下床边昏暗的床头灯。

突然，司清一把按住了景琛的手，避开了景琛的吻。景琛停下了动作，抬起头，却见司清欲哭无泪地侧头埋在枕头上。

景琛无奈问："这次又要什么？"

司清欲哭无泪："羽绒服。"

景琛皱眉，看着不远处地上的羽绒服挑眉问道："故意的？"

"没，我好像……来'大姨妈'了。"

景琛僵了片刻，打开灯，摘下眼镜，捡起司清的羽绒服。

司清抓住羽绒服，就快速地套上，然后还不忘一把掀起景琛的床单，在他还没反应过来时，就往门外冲去。

景琛站在原地好半会儿，才半是无奈半是纵容地叹了口气，也跟着离开房间。

他来到厨房打开冰箱，倒了一杯冰水，一饮而尽。拿着杯子，看着亮灯的司清房间，沉思片刻又打开柜子，拿出一袋红糖。

司清已经换回了夹棉睡衣，垂头丧气地低头玩手机，只见屏幕上是简约的刷屏微信，全是"哈哈哈"。损友如此，下次见面就删好友拉黑！司清没好气地扔掉手机，捂着肚子辗转反侧。

突然，敲门声响起，司清沮丧地说了声："进。"景琛一进来就看到司清默默地将被子拉过头顶，翻了个身，像一只胖胖的蚕。景琛弯了弯嘴角："给你泡了红糖水，喝一点？"

包成蚕的司清犹豫片刻，从被子里探出头。

景琛笑着补充："我放主卧了。"

司清一怔，随即露出了明媚的笑容，扭着坐起来："抱！"

景琛直接将裹着被子的司清抱回主卧。

也算是没白忙活……

黑暗的夜色中，安静得只有两人的呼吸声，以及窗外的蛙声、猫叫声。

两人安静地躺在床上，姿势都格外的规矩笔挺。司清想翻身，又突然停下，不时朝景琛偷瞄，却正好撞上景琛的目光。

景琛轻声道："睡不着？"

司清疑神疑鬼："是不是谁家孩子在哭。"

景琛脸上闪过一丝不自在："不是。"

"真的，你听一下"。

景琛："是猫叫。"

司清："哦……"

景琛也不由笑了一声，翻了个身，看向司清："肚子还疼吗？"

司清："还好，习惯了。"

景琛犹豫片刻，将司清揽进怀里："睡吧。"

司清乖巧地闭上眼，应了一声："嗯"。

可经常熬夜的人哪那么容易入睡，司清在景琛怀里辗转反侧，最终无比清醒地睁开眼，对着景琛闭眼的模样欣赏了片刻，偷偷翻了个身，从枕头下摸出了手机。她确定没有这道玩手机的程序，她是不可能入睡的了。于是贴心地把手机亮度调到最暗，声音也调了静音，开始刷起微博。忽然她想起了什么，进入百度搜索"性单恋"，点进百度百科查看词条。片刻后一脸遗憾，嘟囔："原来不是性冷淡……"

枕边的景琛眼皮一动，睁开眼意味不明地看向司清，却见她又点进知乎，搜索性单恋的案例。景琛欲言又止，看到司清的屏幕暗了下去，他才松了口气，却转眼看到她又重新打开了微博，搜索云篇。他暗暗叹气，最终自己翻了个身，重新准备入睡，而身侧的司清越刷越兴奋。

当熬夜的某人放下手机，呼呼入睡时，窗外响起了鸡鸣狗叫声，景琛睁开眼按了按太阳穴，有些没好气地轻戳了下司清的脑袋。

第二天清晨，司清打着哈欠从主卧出来，游魂似的在椅子上坐下："好困……我要去弄杯咖啡。"

景琛端着红枣山药粥和一盘蒸饺出来，拉住她的手腕："生理期少喝咖啡。"

"不行，要是不喝咖啡，我今天就废了。"

景琛无奈："那先吃早饭，不要空腹喝。"

司清拿起筷子，盯着桌上的粥、蒸饺，以及玉米，疑惑地问道："你几点起的？"

"平时六点半，今天起晚了。"景琛说完看了看她。

"床上多了一个人，你是不是也不习惯？"司清不自觉地摸出手机，还表示理解，打着哈欠补充道，"我昨晚也是"。

景琛目光幽幽地扫了司清一眼手里的手机："我不是。"

"那你要不要吃我的褪黑素？"她示意了下手机购物软件，"不过对我是没什么效果，我正准备入另外一款软糖的试试。"

景琛无奈，不知该说什么，低头夹了一个蒸饺到司清面前的盘子里。

同样不舒服的还有一大早就来医院复查的云篇，她坐在椅子上，刷着平板电脑上的木雕屏风，越看眉头越紧。

这时，助理拿着一叠报告回来："姐，复查结果出来了，拿给医生看一下。"

云篇起身往电梯口走去，同时将平板电脑递给助理："这些谁挑的？拿这些机雕的玩意儿糊弄我？"

助理一脸为难："我看着都差不多，不太能分清是机雕还是手工雕的。"

拎着饭盒等电梯的滕立群听到对话，下意识地抬头扫了一眼，接话道："机雕的纹路比较浅，立体感不足，也没办法雕刻出人物的神情变化。"

云篇突然停下了脚步，看向电梯门前站着的滕立群。

云篇暗暗打量着滕立群，他穿着一身半新不旧的外套，布鞋，在人群中显得格格不入，唯有说起木雕时，脸上多了一丝光彩。

滕立群："还有，真正的好木头，机器雕不了，只有靠手工……"

滕立群看到云篇的目光，骤然止住话，忙低下头，肩膀像是又重新垮了下去："对不起，我说太多了。"

真是打瞌睡就有人递枕头，云篇直接道："我需要一套纯手工雕的桌面屏风，你接活儿吗？价格好谈。"

滕立群惊喜得有些手足无措，只顾着点头。

"您先加个我助理的微信，具体要求我再联系你。"

滕立群立刻摸出一部老旧的手机，和云篇助理加微信。

璟语堂里，工作台上放着的笔记本电脑里整理了南城小巷或者村落里的手艺人，有联系方式以及他们的地址和手艺，其中有几行已经标黄了。

景琛站在窗边打着电话:"钟师傅,我大概半小时后到镇上,您看我需要带些什么?"

电话里传出一个浑厚有力的老人的声音:"带什么东西,你人先过来了再说,我忙着呢。"电话随即被挂断。

景琛骑着自行车拐进石板小路的巷子,他的头顶上是散乱的电线。小路里侧是老旧的木板楼,底下是各种小而窄的摊子。

门口墙上写着"经销店"的小卖部里,小女孩拿着一个五毛钱硬币,买了一个阿尔卑斯棒棒糖,又眼馋地看着门口刚出锅的烧饼。

小女孩将棒棒糖塞进嘴里,甜得笑咧了嘴,露出漏风的一口牙,跑起来似是带了风,经过路边的理发摊子,年老的理发师熟练地给更年长的老人理发。

景琛忽然停下车,望向巷子深处——

巷子深处,是坐在小马扎上,低头熟练地用棕毛穿鞋刷的七旬老人,旁边竖着补鞋修鞋三元的小牌子,以及几个坐在门口台阶上一边做草编,一边闲聊的阿婆。

他记起被收养后背着书包的小小的自己,又跑又跳地往家里去,沿路都是善意又热情的招呼——

有磨豆子的老人对他喊:"放学了,明天早上来阿公家喝豆浆。"

也有老人正在框好的长长的红布绸上,绣着八仙过海。时不时让他帮忙:"阿琛,过来给阿婆穿个针!"

小景琛忙放下竹篮,低头帮老人穿针,老人笑着摸出一把花生塞进他的口袋。

隔壁坐在门口的陈婆正在做草编,看到景琛忙拿起一旁的篮子说:"一会儿把这篮青团带回去。你正在长身体,别跟着你爷爷整天吃梅干菜。"

小景琛:"谢谢阿婆。"

小景琛拎着竹篮,望向不远处家的方向,门口是正在做木工的景爷爷。

景琛望着眼前温暖的一幕,有些失神。巷子里,摆着精致竹篾手工艺品的摊子上,摊子的老师傅看到景琛,有些不耐烦又拿景琛没办法。

头发花白的钟师傅颇为嫌弃:"又来耽误我时间。"

景琛回神,只是笑着不说话,在一旁停好车,上前在台阶上坐下。

一旁卖千层糕的阿婆正摘着丝瓜叶子，闻言立刻起身拿着刚出锅的千层糕递给景琛说："你趁热吃，别听老钟的。他听说老金把他最得意的那个金发冠借给你后，就怕你不理他了。"

做鞋刷的老人戴着老花镜，手上飞快地穿着棕毛。"他天天跟人念叨着你那个展馆，稀罕着呢。"悄声指着地上的镰刀，"哝，还准备带你上山砍竹子去。"

钟师傅没好气地哼了声，瞪了眼微笑的景琛。

景琛穿着黑色的雨靴，鞋子上是泥泞的泥土，他正拿着柴刀，一下下地砍着竹子。

一旁，年逾六十的钟叔却早已砍完，站在一侧满意地看着景琛的动作："你们这些年轻人，就是现在的日子太好过，闲得发慌才办那什么展馆。"

"哗啦"一声，竹子倒地，景琛收起柴刀："不算什么正经展馆，就是放些手工艺品好让年轻人看到。我问了村里的老人，他们都说您的手艺最好，这才一直打扰您。"

"你收藏这些东西干什么，这又不是古董，也不值几个钱。我劝你也别费那个劲儿了。就说我这竹编，现在年轻人有几个知道的。就算知道什么竹编包、竹席，又有几个会买手工编的。"钟术点了根老烟，自嘲道，"这门手艺我做了五十年，吃不上饭的时候都没想过改行。但……时代不一样喽。"

景琛看着地上的竹子，拿刀将枝叶刮去："一样的，有价值有意义的东西，迟早会重新回到大家眼里。"最后一片枝叶被利落地削掉，飞落出去。

银行这边，蒋甜甜和艾丽各自忙着接待客户。司清将泡好的茶递给滕立群，他还是老样子，怕坐脏沙发，固执地站在一旁，只是眼里、脸上都是压抑不住的高兴："这次的客户很大方，虽说要求多，但给的价格不低，这套屏风打好了，我就能把欠银行的钱都还了。真的，过两天我就能先还一部分，客户说只要画的设计图没大问题，就先给订金。"

司清也被滕立群淳朴的笑容感染："滕师傅你手艺好，以后客户介绍新的客户，生意会越来越好。"

滕立群愧疚地说："就是对不起你司经理，我滕立群这辈子自认从没做过亏心事，没想到最后为了钱，骗你这么个小姑娘……"

司清忙笑着打断滕立群，转移话题："过去的事咱们就不想了，倒是您刚才说的设计图，您画得怎么样了？"

"我一个粗人，哪会画什么图啊！"滕立群叹了口气。说着从口袋里掏出一张纸，就见上边写着几个大字：招人，要求会画图。

"一会儿我就去那个美术大学的门口蹲着，找个会画画的大学生，听说他们的价格便宜。"

"您说的是央美吗？"司清看到蒋甜甜送的香水，眼睛一亮，"这样，您等我一天，我晚上回去问问我先生，没准儿他能帮忙。"

晚上下班后，司清一边发着微信，一边往璟语堂走去，在上台阶时险些绊倒。在她习惯性地准备打开手机手电筒时，门前传来景琛的轻咳声。

司清脚下两侧，竹节灯逐个亮起，一路通向璟语堂。站在门前的景琛看着司清说："回来了？"

司清望着两侧的灯，心尖一软，加快了脚步，回应道："好香，烧了什么菜？"

说着话，两人相携进了家门。

饭后，景琛在水池边刷锅洗碗，灶上正小火煮着汤，扑腾扑腾地顶着锅盖。

"就是你昨晚说的那个骗了你，让你头一次惨遭职业生涯滑铁卢的木雕师傅？"景琛道。

司清原本正敷着泥膜敲着键盘，手边还温着红糖姜茶。闻言，她讪讪地抬起头，开始撕泥膜并解释道："是他，不过我被骗那真的算情有可原，实在是他长得就一副特别淳朴的老好人模样，还有就是他的手艺，真的是大师级别的。我给你看我拍的背调照片，这是他做的根雕，是不是大师级别的？"

司清很快调出滕立群的贷款合同，以及调研照片，将电脑推到景琛面前。

看着一张张木雕照片，最后鼠标停在一件根雕作品上，景琛目露欣赏称赞道："手艺很精巧。"又抬头看着殷勤的司清，"你就不怕他又骗你一次？"

司清道："你要是见过他，就会知道滕师傅不是那种人。他和爷爷的感觉很像，就是我们小时候经常会看到的老手艺人。不管刮风下雨，每天都守在固定的一个角落做自己那点儿手艺，其实也赚不了多少钱，只是怕哪天老客户上门会找不到他。再说了，有手艺又有坏心的人，才不会混得像他那么差。"

景琛若有所思地望着根雕。

"这个设计图要是不麻烦的话，你就当帮我个忙，免得我又多一笔不良贷款。"司清试探道。

景琛温柔地笑了笑："不麻烦，你问问他时间，可以的话我明天过去找他。"

司清惊喜地抬起头，一手勾住景琛的脖子，一手撑着桌子凑到景琛脸上亲了一下，还没干透的面膜泥蹭了景琛一脸。"哎，我家先生怎么这么全能！"司清毫不吝啬地夸赞着。

景琛笑着摸了摸司清的头发。

就在这时，敲门声响起。院子的门半敞着，云篇站在门边，手里撑着伞，挡住了半张脸。

景琛从廊下出来，只能看到一个下巴，于是问道："请问找谁？"

云篇握着伞柄，似慢镜头般将伞慢慢抬起，在一片昏黄的路灯下，露出她苍白的脸。

景琛看到云篇不由一愣。此时，司清撕着只剩一半的泥膜跟着出来，骤然抬头看到院子里一身白色汉服，长发披肩的云篇，吓了一跳，脚下一个打滑，惊呼："啊——"

景琛忙转身扶住险些劈叉的司清。认清来人是云篇，司清吐槽："你大晚上的穿成这样，是跑我家门口演《倩女幽魂》吗？"

云篇收起伞，嫌弃地瞥了司清一眼："我这身是明制汉服。还有，我刚搬来璟园，以后就是邻居了。"

司清看着云篇精致的打扮，一边按着涨痛的小腹，一边火气不受控地上涌："你动作还挺快的。"

"别担心，我干不出挖墙脚、暗度陈仓的事，不然我也不会特意等你回来，才过来打招呼了。"云篇坐下。

司清咬牙切齿："我可真是谢谢你了。"

景琛蹙眉看着云篇，又看向司清。

司清朝厨房的方向抬了抬下巴，景琛便直接转身返回厨房。

云篇目光微转，看到桌子上摆放着一只茶杯。茶杯边缘还有景琛金缮修复的痕迹，碧绿的色泽极为透亮。云篇不着痕迹道："司清，你真的不用这么紧张。我保证过，不会在你们结婚期间做任何违反法律、违背公序良俗的事情。"

司清毫不留情回怼："我是替你担心，我们小夫妻新婚，你天天在隔壁听着看着，多煎熬。"

"艺术大多诞生于痛苦，我乐意受着。好了，今晚我就不打扰了，明天见。"

司清翻了个白眼，亲自送到门边，就在她准备关门时，云篇翩然回头，目光停留在司清的睡衣上，留下致命一击："没想到你在家是这种'大妈风格'，也怪不得……晚安。"

司清"砰"的一声关上院子的门，看着自己的睡衣，懊恼不已。

景琛端着砂锅出来，用纱布将汤汁过滤。

司清盯着乌黑的汤汁，皱眉问道："这是什么？"

景琛："野山姜。"

司清迁怒道："晚上吃姜，毒如砒霜，想我变武大郎啊！"

景琛无奈回道："是给你洗头生发用的。"

司清冷笑着捧走姜汁："你果然嫌弃我秃，觉得我头发没有她茂密。"

面对司清的无理取闹，景琛顿时无话可应。

云篇回到自己院子，望着璟语堂的方向沉吟半晌，拿出手机给滕立群发了一条微信：家具设计图的事，司经理怎么说？不行的话，我得另外找新师傅。

很快滕立群回复了微信：刚才司经理给我发了消息，她先生答应了。

云篇收起手机，唇边露出微笑。

黑暗中，司清悄悄翻了个身，看向一侧似是已经睡熟了的景琛，脑子里弹出云篇的话："他手腕上有道很深的疤，你是不是没见过？"于是，司清一点点摸到景琛的左手腕，就在她刚触碰到对方手腕上的那道疤时，她的手被景琛一把扣住！

第十二章　她出招了，还是个连环招

景琛的呼吸在黑暗中显得有些沉，他的手紧扣着司清的手腕，不动声色地拉下睡衣的袖子，才松开她，声音低沉："睡不着？"

司清从被子里探出手，拔掉充电的手机，看了一眼时间已经凌晨两点四十了。她闷闷道："你睡吧，我再看会儿手机。"说着将屏幕调暗，翻身朝向另一侧。

景琛看着她的背影，神色不明。忽略身后的目光，司清情不自禁地再次点开微博，搜索"云篇"，继续"扒"，不停地往下刷她的微博。突然她停下滑动的手指，点开了一张很古早的云篇拍的美术教室的照片，一点点地将照片放大，从玻璃的反光处，看到了景琛的侧脸。她回头看了一眼，幽怨的视线落到了身后的景琛身上。

手机的光微弱却让人无法忽视，景琛无奈地睁开眼，翻过身："天快亮了，还不睡吗？"

"困点过了，失眠。"

"你还要上班。"

司清翻身看向景琛，伸手勾住景琛的袖子。景琛问她："怎么啦？"

"我们拍张合照吧？"司清摩挲着他的袖子，提议说。

看着漆黑的环境，景琛一脸茫然："现在？"

司清打开床头灯，露出假笑："你不愿意？"

"不是，我没怎么拍过。"

"哦，没拍过啊……"司清幽怨的目光从手机移到景琛脸上，此时她的手机屏幕上，是一张云篇大学时期在教室的自拍，只是放大后的背景的一处极小角落，是景琛站在窗边的背影。

景琛没懂她什么心思，不过很配合："如果你想拍，我们明天……"

司清把手机塞到枕头下，气上心头："谁想拍了。关灯，我困了。"

看着她背对着自己的身影，景琛越发莫名，看了眼手表，都三点十分了，便关灯重新躺下。

次日一早，景琛沿着溪边晨跑回来，身后还跟着几只小奶狗。

河对岸，云篇也正慢跑回来，她看到景琛，加快了步伐，穿过石桥，变成与景琛同行。向景琛打招呼道："早。"

景琛朝云篇点了下头，便加快脚步，云篇不紧不慢地始终跟在他身后一步。

司清打着哈欠，一边刷牙一边点开景琛的微信发语音："你去哪儿了？你不是要去滕师傅……"忽然她眯着眼，死死地盯着不远处的溪边，又拿起手机点开相机，不停地放大镜头倍数，在看到一起晨跑的景琛和云篇，以及两人身后的狗子时，霎时黑脸。她仔细观察云篇的打扮，一语道破："心机，跑步竟然还化了裸妆，也就骗骗景琛这种男人。"

女人之间总有些直觉的默契，云篇似有所感，笑着朝门口的司清挥了挥手。

司清第一时间将相机切换成前置摄像机，在看到自己撑满屏幕的脸时，沉默了，叼着牙刷飞快地跑回璟语堂。

片刻后，就见司清化着精致的妆容，穿着碎花短裙站在台阶上，似笑非笑地俯视着刚晨跑完的景琛，无视云篇，没话找话地说："你不是夜跑的吗？今天怎么就改晨跑了？"

景琛疑惑，纠正道："我一直是晨跑。"司清一时语塞，怒瞪一脸无辜的景琛。

云篇看透一切，含笑摸着狗狗的脑袋，安静地看热闹。

戏还没演完，司清察觉云篇的视线，立刻露出温柔的笑，拿出纸巾替景琛擦汗。

"那你以后记得叫我一起起床。"做戏做全套，她继续道，"等生理期结束，我也该运动起来了。"

景琛一愣，旋即恍然，耳根有些发红："嗯。咳，好。"

司清见状，也有些脸红，顿时气氛变得有些暧昧，衬得一旁与狗为伴的云篇更加形单影只。就听她道："其实早上和晚上都可以，我迁就你们时间。"

一时间，暧昧消失殆尽，司清气得咬牙，只能暗瞪一旁的景琛。

鸡飞狗跳的清晨过后，坐在副驾驶座的司清打着哈欠，瞟向开车的景琛："其实你不送我也没关系，我以前也经常通宵后开车。"

景琛稳稳地开着车："太危险了。你先补个觉，到了我叫你。"

司清把椅子后倾，躺下闭了会儿眼，而后又睁开眼提醒："你可以开快点。"

"有限速。"

"这段没摄像头。"

景琛依旧是六十码，这个极其稳妥的速度："没必要赶这十分钟。"

懒得掰扯开车的事，司清干脆闭上眼，没过一会儿又睁开眼，随即摸出了手机，刷起微博。

"帮我开下导航。"

"嗯。"玩手机的司清根本没听到景琛说了什么，迟钝片刻，才反应过来，抬头："你刚说什么？"

"导航。"

"哦。"司清忙点开导航，然后又靠回到椅子上玩手机。

景琛余光扫了司清一眼，问："你不困？"

"困，但是睡不着。"

景琛看着司清的模样，皱了皱眉。

随即，游戏的音乐声在车内响起，司清打开了游戏。"我打把游戏，打完应该刚好能到。"她已经进入游戏准备阶段了，才想起什么，又问道"会不会影响你开车？"

十字路口，红灯。景琛踩下刹车，没有丝毫客气地回答："会。"

"OK，那我把声音关了。"

刚关掉声音，抬头却见景琛眉头微蹙地看着她，眼神有些严肃："你可以先不玩手机吗？"

司清见状，也不由有些恼怒："好像不可以。"

"车上玩手机对眼睛不好。"

司清带着些火气回道："一般二十岁以后，近视度数就不会再增加。"

"随你。"景琛冷冷道。

交通灯变绿，景琛不再说话，沉默地开车，车内气氛瞬降，变得低沉。

司清也没心情继续玩，又不愿妥协，发泄似的一通乱打，不停地送人头后直接被举报。更气了！

看看手机屏幕，又看看景琛冷漠的神情，愤愤地退出了游戏，一言不发地盯着窗外，余光注意到景琛握着方向盘的左手，袖子完全挡住了疤痕。

又一个十字路口，在绿灯变黄时，景琛踩下了刹车。

司清爆发了，脱口而出："你停下来干吗？！"

景琛的声音更冷："红灯。"

"刚才是黄灯，你直接开过去完全来得及，又不会违章。"

"只是等 30 秒，没有闯的必要！"

司清盯着导航里显示的剩余 5 分钟，又看了眼手机的时间，8:56，咬牙挤出一句话："是，就这 30 秒，我将出现职业生涯里的第一次迟到！"

景琛握紧方向盘，深吸一口气："安全更重要。"

"又没其他车，哪里危险了？"

一瞬的安静后，景琛有些无奈地叹息："司清，我不想吵架。"

司清冷笑："你什么意思？你觉得是我在故意找碴儿？"

车后传来喇叭催促声，交通灯已经转绿，景琛皱着眉沉默地启动车子，车内冷寂无声。

终于到了目的地，车子刚停下，司清就摔门下车，头也不回地大步往银行走去。景琛坐在车内，神色不明地盯着司清的背影，直到车窗被敲响，他才回神。

车窗外，池中煜一手拿着拖把，一边啃着饭团，一边小心翼翼地带着确认的语气问："吵架了？"

"没有。"

池中煜一脸的你骗人，只见景琛神色淡漠地拔下车钥匙，拎着司清没有拿的便当盒，下车一起递给池中煜："给你师父拿过去。"说完转身往公交站走去。

池中煜啃着饭团，若有所思地看看司清的背影，又回头看看景琛，摩拳擦掌地捏了捏手里的饭团："没吵架，那就是冷战。啧，还是得我出马。"

景琛离开银行就去了滕立群的家。狭小的房间里堆满了木料，角落里放着一台破旧的电扇，空气里弥漫着灰尘和木屑。滕立群正拿着刻刀，修着根雕的边角。

敲门声响起，滕立群头也不抬地招呼："进来随便看。"

景琛进门，便被根雕吸引住了目光，目露惊叹。

滕立群这才抬头，撑着腰起身："根雕不卖，你看看其他的。"

景琛道明来意："滕师傅您好，我是南商行客户经理司清的丈夫——景琛。我来问问您对设计图的具体要求。"

滕立群忙放下手里的工具，热情地拿出一张凳子，反复用手拍着上边的木屑，招呼景琛坐下，热情地说："你好你好，家里乱，你将就着坐。"

中午司清在办公室有些心不在焉地看着外卖，艾丽拿着外卖经过，注意到点外卖的页面后取笑她："你的爱心便当呢，这么快就过蜜月期了？"

"哪能呀，早就亲自送到楼下了。"话音刚落，池中煜就拎着便当进门，边说边腆着笑脸，"师父，我好久没吃琛哥做的饭了，给蹭一顿呗？"

司清盯着池中煜，目光微闪，继而笑眯眯地起身："走吧，我们去天台吃。"

吃完"瓜"的池中煜倒吸一口凉气："住你们隔壁！？这也……那，那早上你和琛哥，就是为了这事儿吵架啊？"

司清苦笑道："他要是愿意吵就好了，可我哪够资格让人家生气？"

池中煜看到司清这难得脆弱的一面，慌得不行，连忙道："不是不是，师父你别误会。这跟你没关系，我认识琛哥这么久，我也没见他发过脾气。真的，他从小就这德行，都是景爷爷教的，让他控制自己。"

司清眼睛一转，装出一副受伤难过的模样，低眉小声道："你不用安慰我了，如果没有情绪失控过，那他手上的那道疤，又是怎么来的？"

池中煜震惊地抬头，盯着司清问道："你知道了？"

司清叹气："我跟他是夫妻啊，他不该瞒着我的。"

池中煜欲言又止，挠着头解释说："你别怪他，他不是故意不告诉你的。男人嘛，都好面子。这种事毕竟不体面。"

"那云篇呢，她什么时候知道的？"司清试图理清整件事。

池中煜把俩人卖了个底掉："学姐是最先发现的，那时候琛哥特别颓废，根本不在乎手会不会废掉。后来我才懂，生理上的痛对琛哥来说根本不算什么，真正让他过不去的，是心里留下的坎儿。"

司清捏了捏手里的筷子，咬牙冷笑。将全过程脑补完成，道："这么说，他还整出了 PTSD（创伤后应激障碍），这感情还真是深啊！"

"俗话说得好：年少最长情。不然他也不会放弃出国，一毕业就回乡下窝这么多年了。"池中煜苦口婆心地劝着，"师父，这是琛哥心底的痛，你以后就别在他面前提了，都过去了。"

司清喃喃："真的都过去了吗？"

还不知道自己被出卖了的景琛已经在滕立群这里画好家具草稿图，正要叫滕立群，却见他正专注地拿着刻刀，对着一张挂历上印刷粗糙的《清明上河图》，雕着屏风的最后一个角落。

景琛望着滕立群手起刀落的利落和专注，视线掠过自己的左手腕，他垂眸看向桌子上的雕刻工具，也拿起了一把圆刀和一旁的废木头。

滕立群雕好屏风，一回头就震惊地发现景琛拿着一把圆刀，已经飞快地在一块废木头上雕出了一个栩栩如生的人形，只剩下人物表情还没雕刻。

"这是学过啊？"

景琛闻声停下动作："只会些皮毛，祖父是个木工。"

景琛正要放下快雕好的木头，滕立群忙拿起一把细凿递给景琛，他兴致勃勃地盯着木头，眼里全是对木艺的痴迷。他对景琛道："别停继续，已经可以修光了。这手工雕和机雕的差别，也就在这表情上还能看出些许。"

景琛犹豫稍许，伸手拿起凿子，然而在凿子接近木头时，凿尖颤抖得更厉害。越是精细的木工活越能令他回忆起自己曾经的不堪，在无数沉默的学习中是怎么阴暗的算计、设局……凿尖抵住木料，景琛的手却完全使不上力，他"砰"地放下凿子和木块，说："还是您来吧。"

滕立群有些不解地打量着景琛颤抖的右手："怎么……以前受过伤？"

景琛强掩去眼中汹涌的暗色，没有接茬儿，只是说了句："您看看这草图，没问题的话我拿回去再精修一遍，明天应该就差不多了。"

"没问题，已经很好了。实在是麻烦你了，这图纸的费用，我……"滕立群盯着草图，局促道。

景琛善意地打断："这是小事，倒是我有个不情之请。我最近在筹备手工艺品的展馆，想借用根雕做展览。"

"这个是我爷最先开始的，我爸走得早，也没雕完，前两年我闲着没事，才又翻出来，断断续续地给收尾了。我没想过卖，但你说的那个什么展，我听着是个好事。你要看得上，等我打磨完了，你就尽管拿去。"

景琛笑着点头："谢谢。"

华灯初上，商场里热闹起来。司清心情郁闷，便约了简约出来倾诉，她和简约拿着号，坐在边上等着拿奶茶。吃到"瓜"的简约难以置信地问："云篇是你老公的初恋，你老公为了她割腕自杀过，现在她还住到了你们隔壁？！"

司清紧抿着唇，有些难堪地点了下头。

"那你还在这儿喝什么奶茶？赶紧给我回去拿出你正宫的派头宣示主权。

她不是住隔壁吗？你就天天在她面前秀恩爱，看她还住不住得下去。"

"你是鼓励我应战吗？倒是可行。"这确实符合司清的作风。她拿起手机，冷冷地扫了眼没有任何动静的景琛的微信，"我这会儿回去，怕真的会忍不住骂他一顿。为了个女人割腕，他还真是出息了。"

简约忙拍着司清的背，安慰她："先别激动，你要是跟景琛闹，那你才是如了云篇的意，把你男人往她身边推了。越是这个时候，你就越是要表现得落落大方，让景琛觉得有愧于你。"

司清脸色更加难看，表示这种宅斗戏码不适合自己，接着说："不稀罕。他要是愿意，办离婚手续的期限还剩最后一周，我随时奉陪。"

简约有些复杂地注视着司清，道破："我以前还觉得，你对景琛顶多是有点好感。但看你这模样，你一定很喜欢他，所以才那么在意他们的过去。"

司清抬头笑了笑，笑得却比哭还难看："是啊，是很喜欢很喜欢。"

夜色下的璟园偶尔冒出几声鹅叫，然后不知道谁家的狗就开始跟着叫，有一搭没一搭的，断断续续的声响，充满了烟火气。

走廊的炉子上温着砂锅。景琛修好图纸，放进一旁的圆筒里。这时，门外传来脚步声，景琛立刻抬头望去，看到来的人是云篇，忍不住皱眉。

云篇落落大方地站在院子里问："司清在吗？"

景琛态度冷淡地回道："找她有事？"

"找你修补个杯子。不过我答应过司清，不会在她不在的时候偷偷找你。"云篇有些为难地拿出手里碎成几瓣的杯子，这杯子的纹路、颜色，都与景琛金缮修复过的那个杯子几乎一模一样，"算了，我明天早上再过来。"

景琛看着云篇离开的背影，未置一词，他不清楚云篇的动机，便没再理会，而是拿起手机，重新点开司清的微信，犹豫要退出之时，不小心双击了司清的头像。

很快屏幕上出现了一行系统小字：你拍了拍司清。

景琛望着那行字，愣了一下，随即屏幕上方出现了：对方正在输入……，他的唇边渐渐露出一抹笑。但直到这行字消失，他也没收到司清的信息。

小小的木工作坊里，滕立群一边打电话，一边拿着砂纸准备打磨。他高兴地对着电话那边道："好的好的，设计图你喜欢就好，那我……你要多订六十套？把这个图雕到其他家具上？没问题，就是时间得久一些。"

电话另一边不知说了什么，滕立群眉头紧皱："这么点时间肯定完不成，光一套桌面屏风，我都得花一个月……机雕和手工的效果不一样，就算你不讲究这个……我不用机器，只做手工木雕。"

渐渐地，滕立群脸色惨白，沉默许久，对着电话喃喃："这设计图不是我的，我做不了主。"

景琛将一个笔记本电脑架放到司清工作的桌子上，又在架子边放了盆仙人球。忙完这些他又再次拿起手机，确定没有司清的消息后，随即伸出手指，连续几次双击了司清的头像。

这时，门外传来司清不耐烦的声音："你烦不烦，干吗老'拍'我？"

一瞬间，景琛脸上露出俊朗的笑，抬头看向刚进门的司清问道："吃饭了吗？"

司清态度冷淡地回答："还没。"

景琛端起炉子上温着的砂锅，放到餐桌上。

司清端详着桌子上的笔记本电脑架，语气缓和："你做的？"

"嗯，一直低头对肩颈不好。"

司清将笔记本放到架子上试了试，高度正好合适，不用再一直低着头。

景琛将热气腾腾的山药红枣粥放到司清手边，她抬头望着对面灯下温柔凝视着她的景琛，心头的些许委屈和别扭渐渐消散。

景琛随口跟她聊天："今天怎么加班到这么晚？"

"和简约逛了会儿街。"司清习惯性地拿出手机刷"朋友圈"，点开云篇刚发的只有一张碎了的杯子图片，她直接退出微信放下手机，低头喝粥。

"没买东西？"景琛看到司清低头喝粥时，垂落的头发，左手下意识地伸出替她将头发掠到耳后。就在他准备收回时，司清却突然握住了他的手。

两人四目相对。

景琛浑身僵住，一时没有动弹。

司清决定把话说明白，于是说："我有话问你……"话音却突然停住，眼睛紧盯着桌子上的杯子碎片，与云篇刚才朋友圈发的图片一模一样，图纹则跟景琛金缮后的杯子明显是同一套。

云篇擅攻人心，她跟景琛的相似联结越深，司清心里的刺也扎得越深。

司清缓缓松开了景琛的手，低下头继续喝粥，似是不经意地问："我一直很好奇，金缮修补裂痕，为什么要用这么贵的金粉金箔？费这么多钱和精力，干吗不直接无痕修复？"

　　景琛感到有些奇怪，却还是认真回答："破镜难圆的道理，不可能真的不留痕迹，只是你看不见而已。"

　　司清望着那个杯子，脸色缓了些，拿起一旁的包，只见包里放着一堆的祛疤霜，还有一个护腕。她刚摸出一支祛疤霜，正要递给景琛，就听他继续说道："至于金缮，是为了尊重和保留残缺，用金漆留下破碎的痕迹，赋予过去新的生命力和美感。很多人会选择留下裂痕，不仅不以此为丑，反而认为这是另一种美。"

　　"故意留下痕迹？"司清目光扫过景琛的手腕，意味不明地轻笑了声，把祛疤霜塞回到包里。

　　景琛看向司清，回答道："对呀，怎么了？"

　　"没什么，就是觉得你们学艺术的挺会搞浪漫，补个破杯子还这么多说法。"司清凉凉道，又点了点碎片，"云篇拿来的？"

　　"嗯，你不在她放下东西就走了。明天你给她送回去吧，我最近忙，修不了。"

　　司清放下勺子，起身："你自己还吧，我先去洗澡了。晚上还有工作要忙，今晚就睡客卧了。"

　　景琛怔忪间，司清已经拎着包进了客卧。

　　司清静静地坐在床边，脑子里不断循环一句话：很多人会选择留下裂痕，不仅不以此为丑，反而认为这是另一种美。

　　片刻后，她起身将祛疤霜全部扔进了抽屉。

　　厨房里景琛冲洗着砂锅，水流打湿了他的衬衫袖子，他也没有卷起，直至袖子黏在手腕上，疤痕若隐若现。

　　景琛有些烦躁地关掉水龙头，望着窗外的夜色，向外走去。院子里传来景琛出门的声响，司清听到后将游戏音乐声放大，掩盖了屋外的所有动静，好像这样就能掩盖她心里所有不忿的声音。

　　安静的佛塔下，景琛蹲在小树林边，用切碎的水煮肉喂着流浪猫和流浪狗。一只流浪狗吃完了碗里的碎肉后，跑过来凑近景琛，讨好地舔了下景琛的手，正好碰到了那道疤痕，这一下，缓解了他紧绷了一晚上的神经。

第二天早上，景琛推着自行车从璟园出来，车头上挂着盛放设计稿件的圆筒。

云篇站在门口打车，却始终显示附近没有车辆，听到声音回头，看到景琛唇边的笑意，不由神色一顿。云篇紧紧地握着包带，很快勾起一抹笑，状似漫不经心地收起手机，对景琛说："这里打不到车，方便捎我一程吗？怕你老婆误会的话，可以电话报备一下。"

"去哪儿？"

云篇拿出一张印着"青年匠人＆传统手工艺"的票，说道："看展。你在前面能打到车的地方放我下来就行。"云篇的目光落在了景琛自行车上，意思很明确。

片刻后，大家的心愿都实现了——

景琛轻松地蹬着自行车，他车子前方不远处，是一辆装着太阳伞的电动车。

电动车后座上，侧坐着黑着脸的云篇，精心打理的黑色长发不时被风吹到脸上，她强忍着怒火一次次地将头发别到耳后，强笑着礼貌道："附近应该可以叫到车，我在这儿下车就行。"

保安一脸严肃地批评："浪费那钱做什么，马上就到了。况且我答应景琛的事，必须办得妥妥的。"

路口显示红灯，电动车缓缓停下，骑着电动车的保安回头，朝身后骑着自行车的景琛挥挥手，等绿灯亮起，就再次启动往前疾驰。

而景琛则骑着车往另一个方向去。

道高一尺，魔高一丈，论手段，她其实一直都不是早早进过名利场的景琛的对手，又损又挑不出毛病的手段他简直信手拈来。

大厅内，晨会正在进行，行长总结业绩："这个月我们行的整改数一共三十二笔，排名第一。以后柜台下班了全部交叉互看，谁再出整改，看的人也一起扣工资。至于信贷部，背调必须再三核实。滕立群的那笔贷款什么时候收回？"

司清有些心不在焉，行长朝她看来，她也没注意到。一旁的池中煜轻轻捅了她一下，她才回过神："他今天会先还三万，一会儿我就去他的木雕坊收钱。剩下的七万会在两个月内分次还清。"

"嗯，盯紧一点，不要再出上次那样的岔子。好了，安邦快来了，先散了。"

行长一走，众人齐齐松了口气，或是继续玩手机，或是吃早饭或是扫地、拖地。

池中煜拿着拖把，一脸担心地靠近司清。

司清没好气地扫了他一眼，正要说什么，就听 ATM 机处有客户一脸嫌弃地将刚拉开的 ATM 机玻璃门又推了回去。"谁这么没素质。"又看向司清说，"哎，你们别光拿着拖把聊天啊，赶紧过来弄一下，大早上的恶心死我了！"

司清看向客户时，立刻露出如沐春风的笑容，朝 ATM 机走过去："先生，请问有什么事吗？"

男人没好气地指着 ATM 机说："你开门看看不就知道了。"

司清拉开玻璃门，看到里边的屎，脸上的笑立刻僵住。

池中煜也好奇地跟在司清身后，伸着脖子探头看，在看到一地的便便后，恶心得早饭差点吐了出来。

司清咬牙将门关了回去。

"哪个脑子有病的，把我们行的 ATM 机当成有暖气的卫生间了！"池中煜忍不住吐槽。

男人不耐烦地催促着司清和池中煜："你们快点扫啊，我还等着取钱呢，隔壁那台也不能办理现金业务。"

"先生您稍等，我们……"

"等什么，再等我上班就迟到了！这是你们的地盘，你们不扫难道让我扫啊！别废话了行不行，要么你们柜台现在就给我办业务！"

池中煜："安邦还没把钱箱送来，我们想办也办不了。"

司清见客户脸色更加难看，立刻道歉圆场："实在很抱歉，柜台要九点才能正式营业。不如这样，您先去办公室喝杯茶，等打扫完了我再叫您。"

客户这才勉强满意地离开。

司清回头，冷厉地打量着池中煜吊儿郎当的模样，皱眉说道："没听到我的话？"

池中煜一脸警惕地看着司清从包里摸出一个口罩，头摇成了拨浪鼓："绝不可能！你要扫就自己扫，别拉我一起，我来银行可不是给人擦屎把尿的！"

司清冷笑着将口罩戴上，一把拿过池中煜手里的拖把："大少爷你当然不是。我要是指望你，这个月就要等来一起投诉了！"

池中煜看司清直接往 ATM 机里走去，满脸的不可思议。

玻璃门自动关上。池中煜眉头紧皱，看着司清的身影，转身离开，刚走了几步又难掩烦躁地叹了口气，大步返回，拉开玻璃门，闭着眼就要夺过司清手里的拖把，嘴里叫嚣着但声音里带着一些委屈："让开让开！小爷我在家连双筷子都没洗过，今天竟然干了这么恶心的事。不行了，我……"

"要么闭嘴，要么出去，拖完我还要赶着去要债。"司清咬牙切齿，音量陡然提高，"池中煜，拖把碰到我鞋子了。"

ATM 机里，是池中煜的一串干呕声。

司清狠狠地反复搓着手，池中煜在一旁不停地按洗手液，嘴上就没停过："要不是怕你和琛哥告状，我就算辞职也不会帮你！师父真不是我说你，你别成天顾着行里这铲不铲屎的事了，你先多想想我学姐，我琛哥。没准儿就在我们扫屎的这五分钟里，他们已经从凡·高说到莫奈了。"

司清心里的火气更旺："就我一个俗人，你们都是高雅的艺术家，行了吧？"话落冷着脸，大步离开。

池中煜傻眼："火气这么大，跟琛哥还没和好？不应该啊，我都说到那种分上了。"

景琛没有去讨论凡·高、莫奈，而是在杂乱的木雕坊内打量着滕立群——依旧衣衫朴素，袖口沾着木屑，只是对着木头不再是两眼发亮，而是垮着肩膀，垂着头像是无法面对景琛。他道："这设计图是你画的，我拿去机雕批量生产，还是得先征得你同意。"

景琛疑惑问道："我只是不明白，您为什么突然打算转机雕了？"

滕立群眼里泛着血丝，苦笑："不算突然，想过很多次，每次日子苦到熬不下去了，我就会恨自己，怎么就这么没出息，怎么就选了这条路，要拖着家人一起遭罪……"

滕立群想起父亲躺在病床上，上着呼吸机。一旁的医生皱眉询问："确定拔管吗？要是出院，你父亲随时……"

"拔吧，"滕立群双眼麻木，摸着空荡荡的口袋，喃喃道，"大家都少受点儿罪。"

医院里，这种事情是常态，医生看着滕立群，点头离开。

望着还睁着眼的父亲，滕立群不敢再直视他的眼睛，闷头往外走，越走越快，一头撞到路边的树上，一动不动地顿了下，然后狠狠地不停地拿脑袋往树上撞。

哭声充斥着绝望与无力，令人揪心。

滕立群摇摇头，想要挥去这段记忆，但眼眶已经红了。"那种滋味，我后来都不敢再回想，可就上个月，"他还是哽咽了，"轮到了我妈。我在亲戚朋友那儿吃遍了冷脸也没借到一分手术费，医院催款的最后一天，我站在银行门口，手里拿着这凿子，连抢银行的心都有了，想着最坏也不过是一起死而已。但当我走进银行的时候，我碰到了司经理，我利用她的善良，从她那儿骗了十万的贷款。"

景琛目光充满怜悯。滕立群强打起精神，艰难地开口："今天是我承诺银行的最后还款日，如果你不授权给我，我就没办法还你老婆的那笔贷款。算我求你，你开个价，这样你有额外的收入拿，我也能还上银行的贷款……"

他这个人最恨威胁，景琛骤然起身，淡漠地说："你实在没有必要，用我太太威胁我。"

景琛伸手拿起桌上放设计稿的圆筒，起身离开。

司清把 POS 机、银行二维码以及各种资料放进包里，往里塞的时候，看到夹层里还有个没拆过的护腕，动作顿了下，就继续拎着包往外走。同时，拿出手机，找出滕立群的联系方式。

滕立群呆呆地站在门口，看着景琛离开的背影，直至手机铃声响起，是司清的来电。他抹了抹泛红的眼睛，拿起手机，接起电话："对不起啊司经理，这钱我暂时还不上了。"

司清刚走出办公室，不由站住，皱眉压低声音："您这话是什么意思？我们之前都说好了的，我先生也帮您画了设计图，您现在反悔是故意耍我吗？"

"没有没有，我没有反悔，是设计图出了点问题。"

"什么问题？"

滕立群犹犹豫豫道："客户加大了订单，我一个人手工做的话来不及，除非改用机器雕。但是……"

司清懂了："景琛不同意？"

滕立群愣了一下。

司清脸色难看地紧抿着唇。

滕立群听电话那边没有声音，赶忙解释道："司经理你别误会，和他没关系，是我的问题。我……"

这时，行长从办公室出来，看到司清，皱眉问："怎么回事？"

司清捂着话筒，没听到滕立群的话，对他说："没事，我可以解决。这事我来解决，一会儿我再给您电话。"

司清挂断电话，朝行长点了下头，就匆匆往楼下走去。

她感觉心脏一半凉一半冒火，冷着脸，开车一路疾驰。

景琛面前摆放着那份给滕立群的设计图，他轻叹了口气，将稿件撕碎扔进了垃圾桶，才起身，走到一旁堆着的木头边，继续组装展出用的展柜。

不知道是不是气得火气上涌，经过一处隧道时，司清眼前出现了重影，她猛地踩了下刹车。打开双闪，司清闭眼片刻，再看前方时又恢复了正常，她这才松了口气，继续前行。

景琛拿着木槌，正要将最后两片榫卯结构的零件组装到一起，展柜的雏形即将完成。

急促的高跟鞋声响起，景琛闻声望去，就惊讶地看到气势汹汹的司清走了进来。

景琛正要开口，司清已经开始一连串地质问道："设计稿你为什么不给滕立群？"

"之前他跟我说的是手工木雕，我画的设计图不适……"

司清冷笑打断："手工和机器有区别吗？不都是为了赚钱，你管他那么多干吗？"

"有区别，传统手工……"

"景琛，我现在没心情也没时间听你普及这些，我也不懂你们艺术家的坚持。你不给他设计图，他就接不了订单，就还不了我的那笔贷款。这次的贷款是我的失误，跟赵峰那笔的性质不同，要是拿不到钱，你知道我会面临什么吗？"司清再次强势打断，她顿了顿，换了个语气，"这次算我拜托你，就当是为了我，把设计稿——"

司清的话戛然而止，她死死盯着桌子边垃圾桶里的设计稿碎片，心一下全凉了，喃喃道："没错，你知道，你只是不愿意为我这么做而已。"说罢拿起包，转身离开。

景琛一愣，忙上前抓住司清的手："我没有不愿意——"

"你不用这么勉强自己，我们比谁都清楚，虽然这段婚姻我们都想好好走下去，但它的确开始得很随意，甚至没有一点感情基础。所以，我一直很理解，你会在爷爷去世的时候，宁愿一个人难过也不肯在我面前表露一点情绪，"司清回头再次打断他，勾起唇直视景琛，盯着他的左手腕，"也不愿意对我坦诚你的过去。"

景琛握着司清的手慢慢松开。司清感受到景琛松开了自己，心中更加笃定："而我呢，只能从陈连之、池中煜，还有云篇那儿去了解你。我以为这没什么，只是……算了。"

景琛眼皮一颤，紧咬着牙，紧盯着司清，问："什么叫算了？"

这时，司清电话响起，是行长来电。她拉开景琛的手，疲惫道："晚上再说吧，我先回行里了。"

司清接起电话，往外走去："喂，行长……"

景琛看着司清的身影，似是强压着汹涌的情绪，身后还没装好的柜子"砰"的一声轰然倒地。

经过门口时，司清停下了脚步，她看到了院子里石桌上的笔记本电脑架，枯树上的多肉，大堂墙上悬挂的照片，以及脚下的小道两侧的竹节夜灯。

司清看清了自己的内心，想起自己在商场对着简约第一次直视了这段感情——

"是很喜欢、很喜欢。所以我还能怎么办，继续宠着呗。他不想说我就当不知道，一会儿我就去买祛疤霜，真祛不了，"司清看着运动品牌店，"大不了我换个方式标记那条疤痕。"

她从包里拿出还未拆封的护腕，转身朝祠堂走去。她还是不舍得景琛，甚至批评了自己："我跟他撒什么气！"

景琛拿着钉子和锤子，将那两片榫卯结构的木板直接用钉子钉上。他的脸上看不出情绪，只有动作又猛又狠，手腕已经颤抖，他也一刻不停。

云篇大步进来，见状脸色大变，上前一把握住景琛的手："你疯了！这手你不想要了？还是你打算在这里，再让景爷爷看你自毁一次？"

景琛手里的锤子停下，云篇想要抬起景琛的左手，却对上了他充满戾气的眼神。

他的声音像是出鞘的剑，寒芒毕现："是你吧？"

云篇一顿，唇边慢慢露出笑意："嗯，你猜到了呀。"

与此同时，司清呆怔地站在祠堂外，看着云篇带笑的侧脸，以及似是温柔地触碰着景琛的疤痕。

第十三章　拿着离婚的号码牌

司清望着云篇与景琛亲密的这一幕，低头看着自己手里拿着的护腕忽然觉得讽刺，想要咽下所有不甘的决定更讽刺，最终她落荒而逃。

祠堂内，云篇的指腹刚要触碰到景琛手腕上的疤痕，便被景琛冷着脸拂开。

云篇挑眉："生我气了？我承认找滕立群订家具，又临时加了订单数量的人是我，但也就仅此而已。"

景琛冷漠地看着云篇，等她说下去。

"滕立群决定放弃手工雕刻，改用机雕批量上市，是他对现实、对金钱的妥协；司清怨你不给设计稿，是她更看重事业，不懂你对传统手工艺的坚持。"

原来她意在此。景琛声音清冷："不要高高在上地去碾压和羞辱一个手工艺人的坚持。滕立群没做错，他有选择任何道路的权利。"

云篇看着景琛严肃的神情，露出笑容："既然他没错，你为什么不愿意把设计图纸给他，还能顺便帮你老婆一把？"

"你们怎么都会认为，我不愿意呢？"只见景琛走到桌子旁，从存放设计稿的圆筒里拿出修改过的机雕设计图纸。

云篇脸上的笑僵住。

"机雕雕不出来手工木雕设计图的立体感和人物神韵，这才是用来机雕的。"景琛道。

云篇有些失神，片刻后眸光一闪，试探地开口："换作从前，你是绝对不会改这份设计图的。这次你会打破原则，主要还是想帮滕立群，并不是因为司清，我可以这么理解吧？"

景琛直视云篇，毫不犹豫道："我在她面前，从来没有原则一说。"

云篇被狠狠震住，不可置信地望着景琛："她凭什么？她到底哪里值得？"

璟园停车场这边，司清呆坐在车里，手里还捏着那只护腕。过了会儿，她拿起手机，点开景琛的微信，同时降下车窗，将护腕狠狠地扔向车外的垃圾桶。

院里，云篇似是恍然，眼中却绽放出了异样的亮光："你会跟她结婚，只是因为她当初拍下了你的作品？如果拍下作品的人是我，你会不会……"

"不会。"景琛顿了下，说，"你也不会。"

云篇怔怔地望着景琛。

"云篇，你的好胜心应该用在其他地方，而不是我和司清的婚姻上。"这个男人都有点语重心长了，说着将装着设计图的圆筒递给云篇，"图纸没意见的话，记得按约定给滕师傅打款。"

这时桌子上的手机一震，跳出的是司清的微信，屏幕上赫然显示着微信的内容：临时出差几天，周一上午回来，我们把离婚手续办了吧。

景琛垂眸看着手机，令人看不见他眼中此刻翻腾的情绪。

云篇瞥见那条微信，重新露出笑意，不管过程如何，最终目的还是达成了。她十分痛快："我这就回去给滕立群打款，周一见。"

景琛没有理睬云篇，拿起手机拨给司清，匆匆向外走去。

被扔在副驾驶座上的手机不断显示着景琛的来电提示。司清开着车，没有接听，也没有挂断。

手机已经打到没电的景琛找到了池中煜："把你手机给我。"

池中煜连忙将手机递给他，同时不忘发出疑问："你们这矛盾闹得是不是太久了？而且还越来越严重了，学姐也是的，怎么……"

景琛没理会池中煜，快速拨给司清，很快又被挂断。

热闹嘈杂的火锅店，参加培训的同事们趁机联络感情。

司清身处其中，像是融入得很好，有人敬酒她便喝，有人找她说话，她也笑意盈盈点头附和，只是笑意始终未达眼底，余光不时望向静音的手机。

一个女同事忽然站了起来，朝着司清的方向举着手机大声喊："司清，你老公电话！说是你手机坏了，打不通！"

众目睽睽下，司清在同事们暧昧打趣的目光中，强笑着起身接过手机，往门外走去。

"喂。"

"司清……"电话里传来清冷而又熟悉的声音。

景琛握着手机，坐在池中煜的车上，语气坚决："我不同意离婚。"

一旁探着头听电话的池中煜听到这话，吓了一大跳。

火锅店外，喧闹声不时透过门缝传出。司清靠在门外的墙边，平静地望着灯红酒绿的夜景，她按了按胀疼的眉心，神情倦怠："原因呢？"

"设计图的事是我下午没解释清楚，我没有不帮滕师傅，机雕的图纸……"

司清有些失落又有些无力地笑着打断："景琛，到现在你连我为什么生气，为什么还是决定离婚都没搞明白。"

景琛沉默了一瞬。

池中煜见状，急得更是不行，想凑近去听却被景琛给推开。

司清平静地说着："那我这样动不动拿离婚说事，在你看来应该是又一次无理取闹了。"

"我知道你不是。"景琛顿了顿，"至于那些我还没明白的，你可以告诉我。"

司清叹了口气，刚想说什么，望着霓虹的眼睛又开始出现重影，她闭了闭眼。

电话里平静地弥漫着窒息，半晌景琛喊了一声司清。

司清再睁开眼时，眼前又已经恢复了正常，正巧手机不停地有电话插拨进来，于是说道："有电话进来了，等我周一回来，我们当面说。这两天，我们都先好好冷静一下。"

景琛无奈："好。"

挂断电话，呆立半晌后，司清重新勾起笑容走进火锅店。

银行外，景琛也将手机递还给池中煜，刚一抬头，就对上学弟幽幽的眼神。只听他开始劈头盖脸地数落："你竟然还说好，好个凉凉。你最该说的是我喜欢你，我舍不得你，我爱你爱得要死。琛哥啊，你信我一回，女人都是要哄的。"

景琛将信将疑地看向池中煜，问道："怎么哄？"

池中煜一拍大腿："你等我两天，我回去就给你赶出篇小作文来。你周一见到我师父，就当面背给她听，我保证她感动得稀里哗啦。"

景琛："……"

周一这天大家各赴各的约。

民政局外排满了前来领证的恩爱情侣，其中最显眼的，就是排在最前面的云篇。她孤零零却笑容满面地站在民政局门前，再加上汉服元素的日常打扮，立刻吸引了不少注意力。

其中一对情侣中的女生也穿着汉服，看到云篇倍感亲近，终于忍不住上前："小姐姐你这身汉服好精致啊，可以分享个链接吗？"

云篇笑着拿出手机，点开自己的淘宝店铺，打量着女孩微胖的身形建议道："你比较适合这款襦裙，再加上唐风的妆容，会更显风情。"

"一生要链接"的女人："其实我平时不太好意思穿，只有社团活动或者和小姐妹拍照的时候才穿一下。"

云篇轻笑："品头论足的人不管你穿成什么样都会品头论足，而且我觉得是穿得好看回头率高，你才不好意思的吧。"

女孩哈哈大笑："反正有点奇装异服吧，对了你是不是很早就来了，我们六点到的时候队伍已经排得老长了。"

云篇轻飘飘地说："还好，我昨晚过来的，免得我朋友取不到号，耽误了离婚。"

女孩匪夷所思，震惊得一下子说不出话。

这时，民政局的门打开，云篇第一时间，走进大厅。

离婚当事人司清正在开车，显示距离目的地：民政局，还有十六分钟。她犹豫片刻，退出导航，拨出了景琛的号码，车内蓝牙传出等待接听的系统音。

司清盯着手机，莫名地有些紧张。

红灯转绿，司清一时没注意。后头不耐烦地按起喇叭，她这才回过神，抬头往前看时，脑袋又开始发胀。启动车子后，却忽然发现两只眼睛无法同时注视一个目标，眼睛里的车道线都是成对的，她一时无法判断吓得一个急刹车。

与此同时，手机接通，传来景琛焦急的声音："司清？怎么啦，发生什么事了？"

"没……"

只听"砰"的一声巨响！

医院里，司清坐在候诊区，低头在手机上搜索：忽然看不清东西，然后经常性头疼，无法对着屏幕集中注意力是怎么回事儿？

网页很快跳出答案，司清点进一看，答案颇为严重：你最好去医院做脑部 CT 检查，这种现象很可能是脑子里的问题，排除脑部疾病后，再考虑眼科的疾病。请你尽快检查，尽早治疗。但愿你没有问题，祝你平安、健康。司清的手不由一颤，她不敢再看，立刻关上手机。

景琛气喘吁吁地跑到候诊区，看到司清的身影，立刻大步上前，在她面前蹲下查看，眼中隐隐带着些焦急，语气有些紧张："撞到哪儿了？"

"没什么，就是磕了一下，"司清口不对心，"都让你不用过来的，我以前又不是没一个人来过医院。"

"现在不一样了。"景琛眼神里都是焦急和心疼。

司清看到他脸上难得表露的焦急，一直强撑的坚强在此刻消失，忍不住鼻子一酸，红了眼，慌忙别开头去。同时目光落在病历本上婚姻状况那栏的"已婚"两字上。鼻头更酸了！她委屈地说："开车的时候忽然头晕，然后就看不清了。我以前也经常头疼，对着屏幕就想吐，当时我也没当回事，以为是熬夜熬太狠了。去年体检的时候我正好在跑客户，就没去。你说我会不会……"

景琛立刻打断："不会，在检查结果出来前，先不要自己吓自己。"

"请 1087 号司清到 2 号诊室看诊。"

景琛拿过司清的挂号单，扶她起身："走吧，先看医生怎么说。"

司清一脸紧张地盯着医生，描述自己的症状，怎么说怎么觉得是大病隐患："经常头痛，就后脑勺这块，一直胀胀地疼，太阳穴也会刺痛，然后眼睛看不清屏幕，没办法注视同一个目标。还有……头发掉得比平时严重很多。"司清抬手顺了一把头发，手心便有了四五根头发。

医生看了眼司清满手的断发："你这头发掉得是不太正常。"

景琛在看到司清手上的头发时，脸色更加难看，握着单子的手紧了紧。

医生拿着手电检查着司清的瞳孔，皱眉问："头痛有多久了？"

"半个多月了。我一开始以为是晚上没睡好的原因，觉得问题不大，就没放心上。"

医生顺嘴批评："有没有关系可不是靠你自我感觉的。不然还要医院干吗？"

景琛语气凝重："大概是什么引起的？严重吗？"

"目前不能完全排除是脑部器官病变。先去做脑部 CT、X 光，结果出来再看看要不要预约个核磁。"司清听完顿时白了脸，医生见状缓和语气，和蔼地安慰，"别担心，就算真有问题，咱们都是早发现早治疗。"

司清笑得比哭还难看，景琛握着司清的手不禁紧了紧。

坐在等候区，司清看着景琛拿着缴费单去影像科排队，等他拿着检查单回到司清身边，司清像是做了什么决定，一把拉住景琛的手，认真地看着他："我有话跟你说。"

景琛看了下手表，掐了下等检查结果的时间，便点了点头跟着司清往外走。

俩人站在无人的角落，不远处是坐着轮椅被伴侣推着出来晒太阳的病人。景琛只是望着司清，耐心地等她开口。

司清沉吟半晌，才神情认真地开口："如果我真查出什么问题，能不能请你看在我们夫妻一场的分上，偶尔替我去看下我爸妈。"

景琛心疼地将司清拉入怀里，温柔且坚定地安抚着："别胡说，医生刚才都说了，没什么事。"

"你不用安慰我，我自己多少有点预感。"司清含着泪，努力地笑着，"其实我还挺庆幸的，我爸妈和我不算亲近，这样他们就算难过，也不至于没了我就活不下去。还有你……"司清忍住哽咽，泪水却控制不住地往下滑，她推开景琛，强笑着故作玩笑地问，"你更希望以后的配偶栏里，是离异还是丧偶？"

景琛脸色铁青。

司清贴心道："还是离异吧，丧偶不吉利。今天是我们办理离婚手续的最后期限，一会儿检查完了，我们先去把手续办了。免得下午排不到号，又要等一个冷静期。"

景琛无奈道："你考虑得还真是周到。"

"谁让我这么喜欢你，舍不得你呢？"司清苦笑。

景琛目光一动，隐忍克制地低头望着怀里的司清："你喜欢我，舍不得我，还要跟我离婚？"

司清泪眼婆娑，生死面前也顾不得什么甘心不甘心。"喜欢你，才会在意你对我的感情，会忍不住计较你的过去。不过这会儿，我觉得你不喜欢我也挺好的。"而后伸出手，想触碰又不敢触碰景琛的左手腕，"至少你就不会为了我，再做割腕自杀这种傻事。"

景琛听得又是心疼，又是咬牙，终是没忍住一把握住了司清的手，拉开自己的袖子将司清的手放到那条疤痕上，问道："谁跟你说，我是割腕自杀的？"

司清呆愣住，下意识供出那个人名："池中煜。"

景琛冷笑一声。

池中煜打了个喷嚏，继续坐在云篇身边，盯着云篇手里厚厚的一沓离婚号。

窗口叫到 0512 号，云篇看向空荡荡的门口，直接拿着票给到下一对等着离婚的夫妻。

池中煜揉揉鼻子："学姐你这太过分了，哪有你这么火上浇油的？"

云篇坐在椅子上，横了眼池中煜，说道："走开，别吵我。"

这时，池中煜的手机响起，是景琛来电。池中煜警惕地看着云篇，正要起身去接，却被云篇按着坐回到了椅子上，示意他打开免提。

池中煜不敢违抗只能照做："喂，琛哥，你们俩这婚还离吗？"

"托你的福，差点儿。"

"差点儿是什么意思？是离还是不离？"池中煜摸不着头脑。

景琛语带威胁："那要看你是怎么在你师父面前，造谣我为了云篇，割腕自杀的。"

云篇意味深长地看向池中煜，池中煜焦急地解释："我什么时候说你割腕自杀了？那伤口你认识我和学姐前就有了！琛哥我发誓——"

电话戛然而止，看着被挂断的电话，池中煜顿觉毛骨悚然："原来城门失火，殃及的是我这条鱼！"

云篇轻拂着衣服上不存在的灰尘，自嘲一笑，把取的号一把全扔进了垃圾桶。

景琛挂断电话，低头凝视着一脸窘迫的司清，眼中也出现了隐隐的笑意。他解释道："这是榫卯作业的时候，不小心划伤的。伤口有些深，留下了一些后遗症，榫卯工艺里很多精细的活儿也没法再做。我当时非常沮丧，才会选择和传统手工艺截然不相干的雕塑专业。"一番话说得避重就轻又滴水不漏。

司清心疼地轻轻摩挲着疤痕安慰道："没关系，都过去了。"

"嗯，过去了。"景琛僵了一瞬，避开了司清的视线。

司清欲说还休的小眼神一下又一下地看向景琛。

"还有什么想问的？"

"滕立群。放在以前，你不会帮他的，对吗？"

景琛思虑半晌回答："我不喜欢被人威胁和利用。"

"那你为什么改变主意？"

景琛似是有些不解："我做得真的那么不明显吗？让你们一个个的都问我这个问题。"

"还有谁？云篇？"司清警觉，试探地问，"那你怎么回答的？"

"你啊。"

"我怎么啦……"司清忽然反应过来，"是因为我？"

"司清，你可以更自信一点。"景琛看着她的眼睛，"是只有你。"

眸光对上景琛深邃的眼睛，司清难以置信地看着眼前人。景琛俯首，吻在了她的额头。不擅表达的他给这个七拐八绕的告白盖了个章。

景琛握紧她的手，轻声道："所以你一定要争气点，千万不要有事。"

司清好像才消化完信息，脸上渐渐绽放出璀璨的笑意，刚要开口，景琛就不自在地别开头，抬手看表，说："该进去了，差不多轮到你了。"

司清顿时又萎靡了下去，时喜时忧地被牵着往医院里走。

医生皱着眉头，在电脑屏幕上查看着脑部 CT 和 X 光报告。

司清紧张得不敢问，景琛替她开口："严重吗？"

医生欲言又止地打量着司清："你是不是经常对着屏幕？"

景琛看着司清点头。

医生："爱玩游戏？"

司清继续点头。

医生："喜欢躺床上玩手机？"

司清点头如捣蒜。

医生："那就对了，内斜视。"

景琛听后，有些哭笑不得。

司清发出了"灵魂拷问"："什么是斜视？"

医生翻着白眼解释道："就是斗鸡眼，玩手机玩的。"

景琛松了口气，强忍着唇边的笑，司清一脸蒙。

"至于你说的失眠脱发，我也有。你有时间就抬头多看看远处，别老低头玩手机，晚上早点睡，调整作息比什么都强。你去眼科挂个号，配一副斜视矫正眼镜。"

医生说着按下按钮，通知下一个病人进来。

司清不死心："哎，等等，我真的不需要再做个全身检查吗？"

她觉得刚才的诊断结果太丢脸了，还不如真有点病，继续坐着不肯走。豪气道："反正来都来了，保险起见还是做个检查。要是住院才能检查的话也没问题，我都能配合。"

医生拒绝并批评："你以为医院是酒店吗？别浪费公共资源。你们这些年轻人，平时不要命地使劲拿身体作，出问题了倒开始胡思乱想怕得要命。"

被批评得蔫头耷脑的司清讷讷地拿着医生推回的医保卡，起身离开。

是夜，璟园上方的星空越加明亮，司清因为斜视的问题现在看啥都是双倍的，她觉得天上的星星密密麻麻的，实在壮观，毕竟城市里的星星就算多十倍也数得过来。景琛正在布置展馆，架子上已经放了一些手工艺品，墙上也挂了很多手艺人的照片。

桌子上放着手机，似乎总在诱惑她，但是为她的身体着想，景琛不允许她玩。

司清悲壮地戴上矫正斜视的眼镜，开始认真地低头刷题，翻看注册审计师辅导资料。

忽然，司清抬起头，眼睛发亮地看着景琛："是不是我的手机在振动？"

景琛闻言头也不抬地回答："不是。"

"我真的听到手机振动了，可能是我客户。"

景琛扫了眼始终黑屏的手机，无奈道："你幻听了。"

司清起身走到桌子边，伸手就要去拿手机："我确认一下，经常会有客户给我发信息，问我贷款的事。"

景琛先一步拿起司清的手机，远远地将亮起的屏幕示意给司清，一条微信都没有，只有一条淘宝商家求好评的短信。

司清不相信似的就要伸手去拿："这不科学，怎么可能一条微信都没有？"

"司经理，你的人缘似乎比没你想得那么好。"景琛逗她。

司清看着景琛，嘴硬道："这里是不是网不好？"

话落，景琛扔在桌子上的手机连续振动了好几下。

司清的视线扫了过去，是池中煜一连串的微信——

琛哥琛哥！

好无聊啊！

别陪老婆陪我吧！

打球走起？

司清咬牙："他这么无聊都不给我发游戏邀请？"

说来就来——你再不理我，我就要去邀请你老婆了！

司清见状挑眉，景琛直接把池中煜的微信设置成免打扰，问她："出去走走？"

"没兴趣，最好玩的就是手机。"司清兴致泛泛地坐着，继续做题，但每次卡住，就下意识地去摸手机。

片刻后，司清又殷勤地凑到景琛身边，试图讲道理："你这样不是很好，我们应该循序渐进，不然我会出现戒断反应。"

"上午和下午的两个小时额度，你已经用完了。"景琛不为所动。

"我都没觉得有俩小时，也就醒来后刷了一会儿'微博'，然后上厕所的时候看了个综艺。要不，我提前申请晚上的额度，行吗？"

景琛笑着抬头反问："你们银行也能申请晚一天还款吗？司经理，说好的'芝麻信用'满额呢。"

司清战败，翻了个白眼，抱起注会的教材往门外走去。

景琛看着她纤细的背影，沉思半晌走到一处角落，打开置物架最下边一个陈旧的箱子。

次日，司清"葛优瘫"地坐在沙发上看电视，拿着遥控器不停地换台，无聊又没耐心，直到手机响起，是滕立群，他说起那天跟景琛要机雕图纸的事。

原来在滕立群给她打完电话说还不上贷款没一会儿，景琛就返回作坊答应了给他设计图纸。他说起当时的情况，一度哽咽。

景琛再次返回，平静地说道："滕师傅，请您不要把您的选择归咎到我太太身上，她担不起这么大的责任。况且，我画的是手工木雕用的设计稿，不适合机雕，我回去重新画一份。"

滕立群震惊地望着景琛，喃喃道："为什么？我以为你会……毕竟像我这种人……"

"我和司清都觉得您是个了不起的手艺人。手艺，最难的是守艺，尤其是在如今这样浮躁的环境之下。您能坚守到现在，旁人没资格评论，我一个'逃兵'就更没有资格了。至于设计图，是我能为一个手艺人尽的最微不足道的一份力。"景琛轻笑，"当然我也不否认，这里还有一部分私心是为了我太太。"

电话里滕立群叙述完便跟她道歉，由于后来医院里来电话，他一直在医院照顾母亲就忘了这事，希望没有因为这个导致他们夫妻吵架。

司清大手一挥说：这点小事不至于，安慰几句便挂了电话。

踏实、安稳、被爱、有所依，这就是她从小到大缺失的幸福感。平淡沉默却振聋发聩。司清一边默默地享受迟来的真相带来的幸福感，一边拿着水壶一盆盆地给花浇水，直到轮到一盆多肉时，景琛阻止了她的"辣手"。

景琛叹口气拿过水壶，说："玩吧。"

司清幸福得眼睛立刻泛光，景琛感觉被这个眼神闪到了，心里莫名：玩个手机至于吗！

就在司清转身要拿手机的时候，传来一句犹如三尺寒冰的话："不是让你玩手机。"

"那玩什么？"

景琛将木盒放到桌子的电脑架上，打开后里边是各种老旧的木头零件，司清完全摸不着头脑。

景琛却道："拼拼看。"

司清拿起一块榫头结构的木头，疑惑道："乐高？"

"不是，是我小时候玩的榫卯古建筑积木，还是爷爷做的。"对她这种手机深度瘾者，景琛扔下一个奖励，"你要是拼好了，可以多申请一个小时的手机使用时间。"

"那就说好了！"司清立刻开始拼积木，从一开始的嫌弃，到渐渐被吸引，低着头全然忘我，沉浸其中，连手机振动，都没有注意。

景琛见状，欣慰地继续工作。

春日微风徐徐。司清却丝毫没有欣赏的兴致，一脸不情愿地跟着景琛爬台阶，不时白眼斜向景琛，抱怨道："我刚找到打发时间的乐趣，你就又给我剥夺了。"

"只要你愿意放下手机，生活里还有很多其他的乐趣。"

司清问："比如？"

景琛："运动。"

司清不怀好意地笑着打量着景琛，凑到他面前，低声问道："早上还是晚上？"

景琛斜睨着司清，眼里是没好气地笑，边朝一旁的林子走去，边说："别只嘴上逞强，你可以的话，早晚各一次。"

司清一愣，然后就见景琛含笑朝她招招手："还不过来？"

司清扭扭捏捏地说："这山郊野外的……"她看着景琛，莫名有些心慌，又别别扭扭地环顾了一圈，见小树林里没人后才慢慢地走了进去，走进林子，就看到景琛一脸温柔地蹲在地上，轻轻地逗着一只小猫，一旁的树枝上，挂着一盏灯笼，树下则放着木房子。

司清兴奋地上前，蹲在景琛身边，看着流浪猫、狗想摸却又不敢，只是眼睛亮亮地看着景琛问道："全是你养的吗？"

"不是，是附近村里的野猫、野狗，我喂过几次后就在这儿驻扎着不走了。平时就在后山，闭园了再放他们出去撒欢儿。"

司清望着景琛脸上不自觉露出的柔软，不禁问道："我能摸吗？"

"它们很乖，都打过疫苗了。猫粮和狗粮在你左边的树屋里，你喂几次，它们就跟你亲了。"

司清忙去抓了一把猫粮，小心翼翼地凑近，看着它们从警惕到信任的目光，感到有些受宠若惊："我小时候就一直想养宠物，不过我妈有很严重的洁癖，受不了动物掉毛。我爸那边……妹妹对宠物的毛过敏。后来还是上了大学，我们宿舍楼下有几只流浪猫，我才过了把撸猫的瘾。"

景琛看着司清脸上的苦笑很心疼，故意逗她："嗯，那它们应该足以让你忘记手机了。"

司清没好气地瞪着景琛，说："如果景先生允许的话，我现在申请拿手机拍个照，它们真的太萌了。"

景琛起身退开，摸了摸口袋，却只摸出自己的手机。司清看到后，问："我的呢？"

"落家里了。"

司清一脸嫌弃地接过："你故意的吧……"

景琛靠在一旁的树上，看司清一边享受被流浪猫和流浪狗包围的幸福，一边沉浸在给它们拍照的快乐中，不禁也露出了幸福的笑容。

"天，这些小崽子怎么能这么可爱！"司清一张张翻着照片，"我能不能用你的手机发个朋友圈？"

"我没开通。"

司清脸上露出笑容："这样才更有意思嘛。"

景琛无奈地摇了摇头，没有反对。

后来景琛微信的朋友圈，有且仅有的一张照片，是一群小奶狗和小奶猫，照片上还能看到司清和景琛戴着戒指，正逗着猫、狗的手。配文是：地主家没狗粮了！

池中煜秒赞，评论刷屏：好一波秀恩爱牌的狗粮！

云篇看到景琛的朋友圈，盯着那张图，看了很久，才点了个赞。

景木圣建筑工作室里，景木圣盯着图片，嘴角勾出一抹意味不明的冷笑，随即也点了一个赞。

朋友圈的背景图也被换成了这张图片，司清给景琛看的时候，景琛恰好看到景木圣的点赞，神色骤变。

司清蹲在院子的角落里，正兴致勃勃地喂着一只小奶狗，又摸又喂稀罕得不得了。景琛望着司清喂小奶狗的画面，有些失神。

福兮祸之所伏。景琛看到景木圣点的赞，思绪不禁回到了当年。被美好掩盖的黑暗越来越汹涌……

记得那年他才九岁，突然有一天一个张扬又肆意的男孩冲进璟语堂，个头儿只比他高一点。

那是十二岁的小景桎，一切的导火索。

"老头子我回来了，在你进棺材前我都不走了！"小景桎说完脚下猛地刹车，看到正在廊下坐着的景琛，面前的高凳上堆着作业本，此时正转着魔方，疑惑地抬头打量着他。

"你谁啊？"景桎上前一把夺过景琛手里的魔方，"谁让你动老子东西的！"

一只大手直接一巴掌拍在小景柽脑袋上，景爷爷批评道："你是谁老子啊！"

小景柽捂着头转身看向身后的景爷爷，又看看安静地盯着他和景爷爷的小景琛问："这不会是我小叔吧？老头子，老当益壮啊——"说着还竖了个大拇指！

景爷爷听得心累，又是"啪"的一下，严肃道："这是你弟弟，我收养的孙子，也叫景琛。"

小景柽看着景琛作业本上的"景琛"两个字，眉头紧皱，很快得出结论："我不就去我继父那儿待了几个月嘛，都说会回来的，你有必要整个替身吗？多硌硬！"

小景琛乌黑的眼睛突然笔直地盯向小景柽。小景柽越发觉得不舒服："看什么看！这是我家，这是我爷爷，你吃的用的，甚至你的名字都是我的！"

"你给我闭嘴！以后你是哥哥，不许欺负弟弟。"景爷爷头疼地怒喝，说完温柔地摸摸景琛的脑袋，道，"阿琛，这就是我之前跟你提过的哥哥景柽，三春柳的意思。"

小景琛乖巧地叫道："大哥。"

小景柽叛逆地把书包往地上一甩，流里流气地笑着说："阿琛对吧？这名字就让给你吧，我现在嫌它恶心。你放心，以后大哥一定好好'照顾'你。"

初见便已势如水火，接下来的相处更是步步都错——

例如小景琛会给流浪猫、狗做些小木屋。这天他将刚做好的屋子放在林子边，开心地望着流浪猫和流浪狗，跟它们说话："喵喵，狗狗，以后下雨你们就——"突然，小木屋"砰"地一下被踢翻，猫和狗四散跑开。

小景琛回头就看到小景柽吊儿郎当地痞笑道："看不出来啊小崽子，原来你喜欢这些阿猫阿狗啊。是不是因为同病相怜？"

小景琛低着头扶起小木屋，却再次被景柽一脚踢翻。只听他威胁道："以后最好别让我知道你喜欢什么，不然我有一个抢一个，或者……毁一个。"

闻言，小景琛狠狠地看向小景柽，小景柽看着那些流浪猫和流浪狗，冷笑着说："一个连自己名字都不配有的替代品，没有喜欢的资格。不信啊，那就试试看。"

再后来，小木屋荒败在林子里，他也再没看到那些流浪的猫猫狗狗。

景木圣突然点赞猫狗这条朋友圈的行为让他感受到了深深的恐慌，他盯着景木圣的赞，正要删除这条朋友圈时，司清的手机振动了一下。

司清正摸着小狗，听到声音后立刻抬起头，他此时的表情和小狗望着景琛时几乎一模一样，就听司清坚定地说："这次绝对是我手机在振动。"

景琛不得不拿出司清的手机，凑到司清面前，人像识别后解锁，在看到微信提示后，司清对着屏幕一脸不解，景琛则浑身紧绷。只见屏幕上，是一条来自"景木圣"的好友添加信息。

第十四章　连环招之润物无声的心理暗示

司清有些莫名地点开微信的好友添加提示，举起手机问景琛："这个……是你大哥吧，他怎么突然加我微信？"

说着就要通过好友验证，手机却突然被景琛抽走，只听他严肃道："别找借口玩手机，拿碗筷准备吃饭。"

才摸到手机没半个小时！司清愤愤地咬牙，不情不愿地去厨房拿出碗筷。

景琛见她拿着碗筷往院子走去，才重新低头看向屏幕，点进验证信息，直接加入黑名单。

被拉入黑名单的景木圣此时一身工装，还戴着个工地的头盔，但依然挡不住他不羁的浪荡气质。此时他斜靠在路灯下，手里拿着司清的名片，反复确认自己的添加信息是否有误。

确认是对方拒绝后，景木圣轻哼一声。

这时一束远光灯直刺景木圣眼底，随即车子靠边停下，车窗降下，肖飞探出头道："这么晚了还不下班？"

景木圣收起手机，走到车边，弯腰撑在车窗上，吊儿郎当地半挂在车上，没个正形地说："怕肖总没法按期开盘啊。"

"景工这么尽心尽责，难怪集团会派您来监工。"

景木圣摘下头盔，似是不经意地把玩着手里的名片，不着痕迹地把名片上印的名字露在肖飞面前说："不是集团的意思，是我主动申请来南城的，家里有个不懂事的弟弟，我回来教他些做人的道理。"

肖飞看到司清的名片，再次看向景木圣时眼神微变，心下嘀咕。

只听景木圣又道："对了肖总，我记得咱这楼盘的准入行是南商行，你认得这位司经理吗？"

肖飞疑惑地打量着景木圣脸上那意味不明的笑意，点了点头，说："认识，不过这女的不太好搞，尤其她那个老公，疯起来挺狠的。"

第二天，司清戴着斜视矫正眼镜，一边盯着电脑屏幕看着合同，一边拿起手机回复着各种未读信息。

"司清，肖飞总的楼盘准入手续是不是你在办？什么时候全部弄完？"艾丽路过顺便问道。

"全部流程的话估计最快也要下个月，信贷这块，过两天我再去趟工地就差不多了。"

"天啊，那我得赶紧把年假休了。"

蒋甜甜也躺在椅子上哀叹："我都能预想到，开盘后我们没日没夜加班的悲惨生活了。"

忽然手机屏幕跳出"今日手机使用时间只剩十分钟"的提示，司清有些心虚地收起手机，摘下眼镜，拿起眼药水。

池中煜此时拿着一张贷款还款的传票进门，推到司清面前，就见还款人的名字正是滕立群，还款金额是十万。

"这笔是不是要行长签字？"池中煜问。

司清皱眉指着贷款还款单说："这十万，他是一次性还清的？"

池中煜点点头。"我亲眼看到他拎着整拾万现金进的门，那钱连塑胶都没拆。柜台叫他把这一联传票交给你，他把这单子给我让我转交给你，之后一声不吭地闷头往外走，我拦都拦不住。"见司清肃着脸，忐忑地问道，"这里头不会又是什么新型诈骗吧？拾万我全点了，正反两面，绝对没假钞。"

司清回过神，摇摇头，说："不是，我只是在奇怪，滕师傅的钱是哪儿来的。按说订金的话，没这么多钱。"

晚上，滕立群来到了璟园，他欣慰地环视着已经具有雏形的展馆，展柜上是各种精致的手工艺品。墙上挂着的，是景琛拍的老手艺人的照片，有低头补鞋的鞋匠、穿棕毛的棕榈床师傅、赤着胳膊制香的老人以及做青团的阿婆，无一例外的，是他们脸上的皱纹、粗糙的手指，还有岁月沉淀的坚定。

滕立群望着一处空着的位置，以及景琛为他制作的照片和介绍牌，小心翼翼地想摸又不敢摸，看到景琛说道："不错，真好啊！可惜我又要对你食言了，之前答应你的那扇屏风，被我给卖了。"

景琛意外地看向滕立群，却见他脸上是轻松释然的笑容。

"您……"

"我不甘心呐景琛，看到你这样的年轻人，我就更不甘心了。那订单，我给推了。我们这一代人没别的，就是有点骨气，还能吃苦。"滕立群指着墙上的照片，眼里泛着骄傲的光彩，"要是连我们这一辈都放弃了，你们以后得多难继续！我要为这些老师傅们谢谢你，真的。"

景琛看着面前习惯佝偻着背，忠厚寡言的滕立群，不禁心头一暖："滕师傅，我担不起您的谢，我也没有您想得那么好。我从最开始学做木工，就是有目的的。我跟您不一样，我不是出于喜欢……"

他记得爷爷是怎么耐心地教自己用刨子、拿木凿；也记得爷爷在给自己示范如何打卯，抬头却见自己偷偷开着小差，玩着竹篾做的青蛙时的样子。爷爷手里的三角尺会直接打在自己的胳膊上。

他很愤怒地告诉自己："你要是不想学，就滚出去！我们景家是做大木给人造房子的，像你这样三心二意的，只会害人害己！"

那是景琛第一次看到爷爷生气的模样，小小的男孩吓了一跳，瑟瑟发抖，连忙认错："爷爷，我错了，我再也不玩了。"

爷爷没理会自己的道歉，扔下工具径自离开。留下自己一个人站在祠堂里，不敢动弹，更不知所措。

后来便把所有竹蜻蜓、竹青蛙、榫卯积木，还有鲁班锁全部收进一个箱子里锁好。他拿着刨子，不太熟练地开始练习，使出全身的力气刨木头。

小小的自己不知疲惫般地练习，一个用力过猛反而把手指给伤到了。他第一反应不是去看自己的手，而是拿衣服把沾到木头上的血迹给擦了，好露出木头上画的墨线。然而，木头上的血越擦越多。这时，门口传来脚步声。小景琛越发地慌张，他忙把受伤的手指和木头往身后藏，握紧凿子不敢说话，只是小心翼翼地抬头看着爷爷。

而爷爷在看到地上的木屑，以及凿了一半的木头后，露出满意的笑容，说道："嗯，做得很好。爷爷刚才不是要赶你走，只是气你不认真。好了，做得差不多了就回来吃饭。"

看到爷爷满意的笑容，那个时候的自己好像知道了自己想做什么，想要得到什么，想要得到认可，得到收养了自己的爷爷的认可。

景琛有些自嘲地笑着说："可能就是开始得不纯粹吧，所以还是半途而废了。"

"你错了。我们这一辈，还有更早的一辈，也没几个是因为喜欢才去学手艺的，更多的都是生活所迫。那个时代啊上不起学，进不了工厂的就只能找个师父，靠学手艺赚钱养家。我以前老喊着日子太苦要转行，可喊归喊，也是直到前两天差点儿真放弃了，才发现做不到，也早就放不下了。"滕立群豁达地伸出手，指着手上的老茧道，"怎么开始的不重要。千日斧子万日锛，有些东西早就融入骨血了，只是你自己没察觉。"

景琛望着那些颇具岁月感的照片，一时难以给出答案。

晚上，司清下班回来帮景琛打扫璟语堂的卫生，偶尔抬头看着景琛在每个手工艺品前，放上手工艺品的简介和手艺人介绍。司清指着正中心一处空白的展柜位置，问道："这是你原先给滕师傅预留的展位？"

"以后也是。"景琛回头，凝视着额头布满细汗的司清，轻声叫道，"司清。"

"嗯？"

"你怎么从来都不问我在做什么。你就不怕我未来一点收入都没有吗？就像滕师傅那样，不害怕吗？"

司清停下动作，挂着扫帚支支吾吾地小声说："说实话，最初我是不懂，后来了解了你们手工艺这行后，确实有点儿慌。因为我之前说的三十万年薪，我养你的话，虽然不假，但是水分有那么点儿多。现在不用付房租了还好一点，以前的话车贷房贷、房租开销，基本上是月光。前段时间我还挺怕你开口问我拿钱的。"

景琛强忍着笑意，状似恍然道："哦，原来是骗婚啊。"

"这顶多算是婚恋市场的常规话术。"司清神色变得认真，"不过，你要是真需要钱，我可以向银行贷款。我都盘算过了，我们行对员工的贷款利息会比外头低，两年到三年的贷款期限，我应该也完成升职加薪，够偿还这笔钱了。真的倒霉碰上生病这种意外的情况，我们也还有保险。景琛，去做你想做的事，不要太有压力。"

景琛望着司清，心动又心疼："之前老师问过我，我做这些值不值得，是不是自己想做的？那时候我回答不了，直到经过滕师傅的事，我才知道自己想做什么，不是为了爷爷，只是我自己想去做的事。"

司清走到墙边，关上了灯，问道："你想做的，是这个吗？"大厅只留下一束光影正好照在墙上挂着的手艺人照片上。

景琛不解地望着站在昏暗里的司清。

"为他们打光，让更多的人关注到他们。"

两人四目相接，景琛的脸上是动容的笑："是。因为我喜欢木头，喜欢榫卯，也喜欢他们。他们是我记忆里最温暖的一部分。"

景琛从光亮处一步步地朝司清走近，将她拉进怀里："以后这里基本不太可能盈利，我能给你保证的，也只有不给你增加负累。好在璟园的门票分红越来越好，再加上租金，除去基本开销后，每个月还有五六千。"

司清原地震惊："你每个月还能剩五六千，怎么可能比我的还多？"

景琛淡定地点头："日常没什么需要花钱的地方。"

司清不禁有些怀疑人生。景琛笑着牵起她的手，清冷的声音含笑道："回家，给你查账。"

趁夜而归，司清无意间抬头，不禁停下了前进的脚步。景琛顺着司清的目光望去——是夜空中挂着的星星。

"在市区，只有飞机灯。"司清仰头看着漫天星辰。

景琛没有催促，只是静静地陪着司清仰望星空。当她回眸时，景琛始终温暖地站在她身侧，令她已经不知多少次为他怦然心动。

两人抬步往璟语堂走，司清手指挠了挠景琛握着她的手心，像是无声的话语。

"你明天晨跑记得叫我一起。"司清顿了顿，"生理期结束，我也可以运动起来了。"

景琛一愣，旋即恍然，回道："嗯。咳，好，那查账的事也先放放。"夜色遮住了景琛发红的耳根和发红的脖颈。

突然脚步声传来，打断了两人的对话。

司清回头一看，发现不是别人，是在夜里显得有些颓然脆弱的云篇。她穿着一身旗袍，看到司清，立刻昂起头，又是一副骄傲的模样。

景琛朝司清低声嘱咐："我回去等你。"司清有些羞涩又有些期待地点头。

云篇观察到两人之间暧昧的氛围，了然一笑。她刻意忽视景琛离开的背影，斜倚在栏边，妩媚地抬眸，在看到司清穿的一身运动服时，瞬间变成了白眼。"都差点儿离婚了，你怎么还是一点儿都不讲究，这也太不把我这情敌放眼里了。"

司清学着云篇的模样，靠在石栏另一侧，抬了抬下巴示意云篇看景琛的背影，说道："他没把你放在眼里，我又何必多此一举给你加戏。"

云篇笑着站直身子，故意道："他越是眼里没我，我就越是心痒痒。"

司清咬牙却拿云篇无可奈何："你说你这……"

"嗯，是挺贱的，可是我也没办法，要不你试着骂醒我？或者你再陪我去玩个桌游，有了新乐子，没准儿我就有新目标了。"

"桌游"两个字像是长着翅膀似的往景琛耳朵里飞，听到后，他脚步顿了半晌。

两个女人泡在温泉汤里，水面浮着的木板上，放着各种水果小吃。司清的目光落在云篇凹凸有致的身材上，默默地把身子往温泉下沉了沉。

云篇见状，不动声色地撩着水，说："温泉是无聊了点，不过也没办法，谁让那桌游店被关门整改了。"

"也不知道是谁举报的。"司清一脸可惜。

云篇侧目，见司清只顾着低头玩手机，挑了挑眉，意味深长道："听阿煜说，景琛丧心病狂地逼你戒手机？"

司清立刻戒备地看着云篇，故作无聊地将手机扔回袋子里，故作平静地说："怎么会是逼，是我主动答应的。只有孤单寂寞的人，才需要通过手机找乐子。"

"单身女性的快乐，我又不是没带你体验过！"

"不以结婚为目的的恋爱都是耍流氓。"

"张爱玲也说了，婚姻是恋爱的坟墓。"

"那好歹爱情没了，我还可以扫墓。"司清嘴硬道。

云篇冷笑："烧香起码还可以求个平安，给爱情扫墓求什么，'恋爱脑'吗？"

司清一噎，半晌说不出话，片刻后愤愤说道："你这分明就是吃不到葡萄说葡萄酸，不然你干吗住我们隔壁，死赖着不走？"

"为了见证你们挖坟的过程，我又没想跟景琛结婚。"云篇撑着下巴凑到司清面前，皱着眉头盯着她的脸，道，"哎，你最近的脸色，可比我们刚认识的时候憔悴多了。是不是因为你跟景琛结婚后，就再也没花心思做皮肤管理？"

司清暗暗摸了摸自己的脸。

云篇又道："也没跟姐妹泡过吧？"

"我以前也不去。"

"旅行呢？"

司清："没时间。"

"逛街呢？"

司清坚定有力地回答："昨天。"

云篇很懂"恋爱脑"："都是给景琛买吧？"

司清再次被噎得无话可说。

云篇继续："婚姻自然有好处，就像你之前说的，你从里边找到了牵挂。但这种虚无缥缈的感觉，你养只宠物就能满足了。成本低，还能提供情绪价值，最重要的是，它不会劈腿，也不会管你玩不玩手机，什么时候睡觉。"

"按你这么说，民政局都没存在的必要了。"

云篇冷笑："你真的觉得那两本小红本有用？"

司清冷笑："要是没那俩小红本，现在你就不是坐在我面前，而是景琛床边了。"

刚洗完澡坐到床边的景琛，随手拿起一本书，靠在床头等着司清。

片刻后，景琛拉开床头柜的抽屉，看到里边放着上次简约送的避孕套礼盒，摸出一盒放在枕头下，又不动声色地将抽屉关好。

另一边，司清和云篇两人在这聊得热火朝天，价值观、人生观、恋爱观……此刻司清穿着浴袍，和云篇享受着 Spa。云篇讲起了自己的亲身经历："我小时候，最讨厌的，就是把我爸、我妈捆到一起的结婚证。我和我妈都知道我爸外头有人，甚至对方都直接上门了，我妈还觉得自己是赢家，因为她有这本结婚证。每次我劝她离婚，她都会骂我，抱怨我狼心狗肺，说她不离婚，都是为了我好。"

司清安静地听着。

"后来她不知怎么想的，学会了闹自杀，为的是要让我爸后悔一辈子。结果，她死后不到一个月，我爸高高兴兴地拿着本新结婚证，领着老婆儿子回了家。"

司清没忍住问道："你是因为他们，才会性单恋，不想结婚的？"

云篇仰头躺在按摩椅上，决绝又冷漠："得不到，才不会受伤，我绝不会让自己有重蹈覆辙的机会，受困在婚姻里，最终毁了爱情、事业，还有生命。司清，你才新婚，才会有那么多憧憬。你不妨想象一下，再过几年，你的事业和压力一起上升，加班回家看到一事无成，除了家务什么都帮不了你，可能还秃头发福的景琛时，你还会觉得婚姻幸福吗？当然也可能反过来，你生了孩子身材走样，事业停滞不前，而景琛又重回艺术的巅峰，你确定他不会嫌弃你，你们不会重走我父母的老路？"

司清难以回答，更甚者有些惊恐于云篇的描述。

与此同时，司清收到了景琛的微信："你今天早上说可以运动了，明天要不要去爬山？"

司清看着微信，后背一凉。

云篇唇角微扬怂恿道："现在回去，估计得一点多了。你要是怕吵着景琛，可以去我那儿住，正好最近我想做个发际线和 Fotona 4D，你看看要不要一起研究下。"

司清立刻点头："好呀，你有没有靠谱的推荐？"

景琛盯着没有反应的微信，刚要给司清打电话，就先收到了她的消息：你先睡，我们再去唱个 K，估计会很晚回来。景琛盯着手机，脸瞬间黑了，默默地将枕头下的套盒重新放回到抽屉。

天蒙蒙亮，司清打着哈欠，小心翼翼地推开木门，嘴里不自觉地哼着歌。歌词也很应景："都说男人不能惯，越惯越混蛋，就像你老是说了又不算……"突然，司清的哼唱戛然而止，打着哈哈看向院子里正浇花的景琛问道："起这么早？"

景琛冷冷地回答道："你回来也挺早。"

司清讪讪地进门说道："昨晚和云篇喝了点酒没办法开车，就去唱 K 了，后来就聊了一晚上夫妻之间感情不和引发的纠纷案例……"

景琛皱眉看向司清，司清立刻撇清自己，说："这么不积极的想法跟我一点儿关系都没有，我一直在拿我们夫妻的正面案例引导她，试图治好她性单恋的毛病。"

景琛放下水壶："什么性单恋？"

"就是我喜欢你，但你不能喜欢我，不然我就会厌恶并且避开你。总之，就是油盐不进，除非……"突然，司清目光炯炯地看向景琛，"你去给她告个白？或许这样她明天就受不了搬走了。"

听见这话，景琛没好气地点了下司清的脑袋。

司清讪笑道："我开玩笑的，万一她骗我，你就羊入虎口，肉包子打狗……"

景琛目光微闪，从口袋里摸出手机说："这两天你表现得不错，都没怎么玩手机。"

"啊？是吗？"

"要不要找阿煜来一局？"景琛递出手机。

司清一脸怀疑，道："现在？你是不是在套路我，故意说反话？"

景琛一脸纯良："怎么会，之前我们吵架，阿煜一直很担心，为此还特意写了一篇声情并茂的小作文，全是关于如何讨好女孩子的心得。"

司清一时没有听懂。

景琛解释道："他之前闹了那么大的乌龙，现在怕是内疚得很，你这做师父的，也该给他一个将功补过的机会。不如等周末天气好一点，叫上云篇和阿煜，一起烧烤去。"

司清震惊地瞪着景琛，心动却又迟疑："咳，这不好吧？"话还没说完，手已经诚实地抓住了手机，熟练地点开了游戏。

景琛浅淡地弯了弯嘴角。

柳枝垂挂，新芽冒枝头，河边的鸭子在水中嬉戏，门前的梅树，也已经长出了青梅果子。老人们在河边浆洗衣服，孩子们赤着脚在河里翻着石头，抓螃蟹。

茶树环绕的小道上，司清和池中煜的车先后行驶在路间。司清降下车窗玻璃，呼吸着窗外清新的空气，神色舒爽，简约正坐在后座修着古着店模特的图。反光镜里是池中煜的车，张扬地放着音乐，司清眼不见心不烦地将车窗重新升起。

湖面清澈如镜，岸边青草如茵。不远处，是连绵不断的花田。

景琛和池中煜忙着搭帐篷。司清、云篇和简约在一通补防晒、补口红后，拿着手机各自拍照，一会儿拍风景，一会儿自拍。

这时，池中煜的惊呼声打破了平静。"什么？你让我……"池中煜看了眼云篇的方向，压低声音，"不行，绝对不行，我不去！我跟你这已婚男人可不一样，我都还没谈过恋爱呢，你怎么能让我去……去和学姐告白。万一她真喜欢上我，那我是该拒绝还是委屈自己接受她？"

景琛忍俊不禁地看着一脸烦恼担忧的池中煜淡定说："你想多了，不会出现这种万一。你只要连续到她身边打卡一周，估计云篇就先忍不了搬走了。"

池中煜咬牙问："这馊主意是不是我师父出的？"

"不是，是我。"

池中煜坚定地否决："不可能，这种主意，绝对是我师父想的。她是不是又跟你闹了？琛哥你真不能老惯着她，男人就要站起来。"

景琛正固定着帐篷，听到这话故作为难道："我没立场，有了割腕自杀这道坎，不好过。"

池中煜无奈，谁让他心虚，转而乐观道："告白这种事，我擅长。那篇小作文不能白费了。"

野餐布已经铺好，折叠桌支在餐布上，水果零食之类的放在桌子上。司清一边修图，一边做手冲，她先从背包里拿出保温杯，将里边存着的冰块加进分装壶里。云篇坐在桌子另一侧，有些复杂地观察着司清不解道："你为什么会叫我一起？"

"都是邻居，你和景琛、池中煜又是同学，总不能一直不来往。"司清拿着手冲壶倒水，"喝吗？"

云篇轻轻地摇头，紧接着就从野餐篮里拿出一套功夫茶具，淡淡道："我和景琛一样，只喝茶，不喝咖啡。"

简约听到这话，一边拿过咖啡，一边朝司清使眼色，低声道："这你都能忍？"

司清端着咖啡，望着行云流水地泡着功夫茶的云篇，忽然清了清嗓子，夹着嗓子叫道："老公，喝咖啡吗？"

云篇的手一抖，水直接洒了出去。简约咖啡一口呛了出来。池中煜刚拿了一个枇杷放进嘴里，酸得夸张地摸着胳膊上的鸡皮疙瘩，转头看向景琛。

景琛唇边满是宠溺的笑意，朝着司清的方向应声："喝。"

池中煜震惊道："你和你老婆在家里都是这么玩的？"

"第一次，不然心脏吃不消。"景琛的笑压都压不住。

"对，确实挺吓人的。"

"不是吓人。"

池中煜正疑惑，就看到景琛指了指手腕上戴着的智能手表，上边显示的心率：145。

景琛拍拍他的肩，"语重心长"道："你学着点儿。"

池中煜深吸一口气，立刻咧着嘴，热情又殷勤地笑着："学姐，吃枇杷吗？"

云篇还没开口，简约已经大大咧咧地上前抓了一把。"我吃。"尝了一口，酸得皱起了眉头，问，"哎，你哪儿买的？很酸欸。"

池中煜暗瞪简约一眼，一把夺回简约手里的枇杷，转向云篇，两个字叫出了十八个弯儿："学姐——"

云篇没察觉出不对，只是一脸嫌弃："好好说话，别抽风。"

司清瞥了池中煜一眼，眼中尽显嫌弃。池中煜求助地看向景琛，景琛撇清似的没有理会。

赛道上，景琛和池中煜的卡丁车飞驰在赛道上，飞快的速度令两人荷尔蒙与肾上腺素飙升，耳边只有风声。司清和云篇对赛车没有兴趣，重点依旧在拍照上。

景琛抵达终点，摘下头盔，侧头看向观众席，正对上司清的笑颜，她正拿着手机拍落日余晖下的他，他难得彰显的少年意气。

景琛朝司清招手："过来，我带你！"

池中煜看到司清上了景琛的车，也忙有样学样地朝云篇招手："学姐！"

云篇望着司清和景琛的身影，又看了一眼池中煜，也接受了邀请。刚扣好安全带，池中煜一脚油门踩到底，只顾着自己刺激，完全没发现副驾的云篇脸色难看，一直用手扒拉遮盖了一脸的长发。

夜风徐徐，湖水泛起涟漪。搭好的帐篷外，蓝牙音响放着音乐。桌子上，除了水果、薯片等零食，中间还放着烧烤火锅一体炉。五人吃着烧烤，喝着饮料，惬意地聊着天。

池中煜喝了口可乐，打了个气嗝："爽，这才是生活。"

云篇倒了杯茶，也不禁感叹："时间过得真快，马上就入夏了……"

"可以吃小龙虾了。"司清头也不抬地接上。

烧烤炉上，烤得两面金黄的五花肉滋滋地冒着油，景琛不时翻烤、下菜。

池中煜兴奋地打出一张牌，跟着说道："琛哥，小龙虾安排起来！"

简约："要不干脆就这周末？"

"不行，周末我要参加注会考试。"司清无奈地说。

景琛贴心道："那就等立夏。"说着将烤好的五花肉夹到盘里，又将菜下到锅中。

池中煜和司清立刻拿着筷子，朝那盘五花肉进攻，埋头苦吃。司清拿出手机看了看日历，说："没问题，正好是五一假期的最后一天！蒜香、麻辣、十三香，我都不挑。"

云篇一脸嫌弃："你的脂肪也不挑。"云篇正将几块西红柿、牛肉放到食物秤上计算卡路里，手边还放着碳水分解丸，听到司清的话抬头看着司清正夹着准备放入嘴里的五花肉。

司清没好气地拿出手机，点开自己的购物订单，只见上边全是各种减肥酵素。司清有理有据地说："热控片、分解丸、青汁乳酸菌，谁还不是个精致的'猪猪女孩'。我的要求不高，不过百就 OK。"

"好女不过百？这是 20 世纪的审美要求了。"

司清摸摸自己的小肚子，默默收起筷子。池中煜趁机迅速夹起最后一块肉，摸着肚子靠在椅子上，畅快地舒了一口气。景琛在桌下狠狠地踹了下池中煜，向他示意云篇的方向。

"咳！学姐，我想跟你单独谈谈。"

云篇莫名："谈什么？"

短暂的沉默，池中煜一下子没勇气说出来，深吸一口气，刚准备一鼓作气时，身侧传来简约的声音："谈恋爱？"池中煜一口气哽在嗓子眼，怒视着刚拿了烤串的简约，简约一脸无辜。

池中煜咬牙："没错，谈恋爱。"

司清一口可乐险些喷了出来，她一脸蒙地看着池中煜、简约和云篇，又看向无比淡定的景琛，恍然大悟。她忍不住朝景琛使了个眼色。景琛顺手夹起一片肉放进司清碗里。

云篇吓得直瞪眼，她瞪着一脸严肃的池中煜说道："你脑子进水了？"

池中煜认真道："应该没有，因为我的脑海里都是你。"

云篇下意识地避开池中煜，忍无可忍地说："你该不会想说，你一直喜欢我？"

池中煜摇了摇头，云篇松了口气。接着就听池中煜语不惊人死不休地说道："喜欢是两个人的事，我只是暗恋你，用我的整个青春陪伴你。学姐，今天这个局，其实是我拜托我师父组的，我就是想让你知道，月光不抱你，嗯……"池中煜卡了一下，忽然忘词了。

简约头也不抬地接道："时间摧毁你，而我……"

池中煜接回重点词："我一直爱你，等你。"

云篇皱眉道:"池中煜,别开这种玩笑。"

"不是玩笑,不然我不会一直在找整形医院,只因为我想整个心给你。"

云篇目露惊恐,神情有些焦躁,正好手机响了,慌忙找借口说:"我还有事要先回市区。"说完,起身就要走。

池中煜也贴心道:"我送你!"

云篇立刻拒绝道:"不用,司清送我就行,我去你车里等你。"说罢看了眼司清,落荒而逃地朝停车场走去。

池中煜坚持不懈地跟在身后:"学姐你听我说……"

简约吃完烤串,望着池中煜的背影笑眯眯地看向司清:"姐妹,把你徒弟的微信推我。"

司清不可思议道:"现在谈恋爱也流行'精准扶贫'吗?你看上他什么了?"

"你不觉得他很可爱吗?蠢萌蠢萌的。"

"姐妹你清醒点儿,他没看到他对云篇正一头热吗?咱没必要玩单相思苦情戏吧。"司清简直无语。

这时,简约收到了景琛推过来的池中煜的名片,司清没好气地看向景琛。

"这种情况,不会超过七天。"景琛道。

司清恍然大悟,戳了戳身侧景琛的胳膊:"原来,你让我组局是为了这个。"

景琛唇边刚露出笑意,手机屏幕亮起,低头看了一眼,就令他浑身紧绷。

只见屏幕上是12315的短信:【12315】温馨提示:关于您举报的××桌游店存在不利于未成年人健康成长的不良服务内容,我方已积极展开调查。

司清似笑非笑地看向景琛,说:"没想到啊景先生,你竟然是这种人。"

景琛紧张地打量着司清的脸色,却见她忽然露出灿烂的笑容:"不过,我喜欢。"

两人相视而笑。

身负KPI的池中煜坐在门口的台阶上,悠然地玩着手机,他的身边放着一束夸张的红玫瑰。突然,他有些迷茫地看着手机微信朋友圈显示的数字:520。他一点开数字,发现满屏的点赞,全是简约。

池中煜挠头,小声喃喃道:"这姐姐什么意思啊?"

云篇刚打开门,池中煜就迅速收起手机,拿起花一脸郑重地看向云篇:"学姐,我对你是真心的,以前我走暗恋隐忍路线,是顾忌琛哥,所以这些年我一直苦苦压抑着对你的感情。现在琛哥已经结婚，你不如多看看其他的。我刚去算了命，算命的说我旺……妻，你要不要验证一下？"

"砰"的一声，云篇忍无可忍地关上门。

池中煜接着坐回到台阶上。这时，微信上收到一条简约的微信：我刚去算了命，算命的说我旺夫，你要不要验证一下？

池中煜了然："原来是挑衅啊！"

池中煜一边继续在网上搜索土味情话，一边朝着璟语堂的方向高声喊道："琛哥，反正我师父出差还没回来，今晚我能不能不睡客房跟你一起睡。客房的被子太潮了，哦，还有，晚饭我想吃红烧肉和醋鸡！"

景琛正在收拾晒着的古籍族谱，听到池中煜的喊声淡定地无视继续将书收好。三两只狗从院子里叫着要往外蹿，景琛温柔地抱起冲在最前面的一只狗，又摸摸另一只狗的脑袋。温柔地叮嘱："不可以叫，会吓着游客。"

这时，身后传来景木圣嘲讽的声音："会咬人的狗不叫，看来你养的这些阿猫阿狗，性子和你正好相反。"

景琛回头，就见景木圣戴着墨镜站在距离猫狗几米远的地方，痞里痞气地斜靠在台阶上，摘下墨镜指指猫狗说："赶紧把你这些小东西先关起来，否则我真的忍不住要动脚了。"

景琛皱了皱眉，警惕地将猫狗抱起，关到一侧的拱形门后，刚转身就看到景木圣已经登堂入室，直接进了门。只见他一副主人家的模样，大刺刺地跷着二郎腿，坐在主位上喝着茶，吃着刚卤好的茶叶蛋，朝刚进门的景琛抬了抬下巴，示意他坐对面。

景琛整个人呈防御状，浑身紧绷，冷冷地问道："找我什么事？"

景木圣闲适地喝了口茶，从口袋里掏出一张璟园的门票放到桌子上。"先把钱给我退了，我回自个儿家，竟然还得花钱才能进门。真是鸠占鹊巢久了，大伙儿都不认得谁才是真的景家人了。"他拿着茶杯，起身四处逛，一边还点评着，"这里的装修风格太土了，我不喜欢，过两天我会让设计师过来全部换了。我们家的祖宅借你住了这么久，也该物归原主了。你老婆在银行收入应该不低，你只要拿出以前讨好爷爷的那一套，她肯定乐意养你。"

景琛垂着头，沉默隐忍，令人看不清他的神色。

门外晒书的竹垫上，手机无声亮起，是司清的来电。司清皱眉看着无人接听的手机，手里拿着考试的准考证和考试用品。她又点开了景琛的微信，同时朝轻轨站走去。

景木圣注意力落在了桌子上一个刚拼完的榫卯建筑积木上："这小玩意儿……"

景木圣露出些怀念之色，他刚伸手碰到积木，就被景琛一把擒住了手："别乱碰，司清好不容易才拼好。"

景木圣愣了半晌才反应过来，不可置信地笑着说："你是不是忘了，这是爷爷为我榫卯启蒙专门做的积木，是我的东西，懂吗？"

景琛抬眸，第一次直视景木圣的眼睛，攻击性十足地嘲讽道："早就不是你的了。这里，这里的一切，从你离开的那刻开始，就跟你没有任何关系。"

"有没有关系，不是你说了算……"景木圣忽然挑眉看向门口，"哟，弟妹回来了！"

景琛下意识地松开手，看向门口却空无一人。景木圣早已趁机拿起榫卯积木，贱嗖嗖地朝景琛挑衅道："我说了才算。"

景琛盯着景木圣手里的榫卯积木，神情越发冰冷。他的眼神一如当年，冰冷阴鸷地盯着榫卯积木，垂着手轻颤着，伸出手放在了积木上。

景木圣兴奋道："哇哦，想跟当年毁了我的模型一样，再来一次吗？ Come on！这次我录个视频，顺便也发给你老婆欣赏一下。"景琛猛地回过神。

景木圣打量着景琛的反应，有些无趣地撇撇嘴，随意地将榫卯积木扔回到景琛怀里。

景琛小心翼翼地将榫卯积木放回到架子上。

景木圣嗤笑，看向照片墙，意味深长地说道："看到你这副模样，我倒是越来越好奇，你的这位太太了。"

景琛冷厉的视线直刺景木圣，景木圣笑眯眯地朝他眨眨眼，戴上墨镜，留下一句："好好准备，游戏现在开始。"随即，扬长而去。

景木圣经过云篇家门口，与坐在门口，抱着只猫晒太阳的池中煜视线相交，但谁都没有在意，景琛继续向外走去。

木门再次推开，池中煜立刻站起身，热情地盯着云篇："学姐……"

云篇温柔地朝池中煜笑了笑："进来吧。"

池中煜吓得一个哆嗦，反而一动不敢动，更加抱紧了怀里的猫，磕磕巴巴地说句。"这不好吧。"

云篇笑得更加妩媚："我觉得你挺好的，进来呀。"

池中煜先下意识后退一步，咽了咽口水，胆战心惊地才跨过门槛。结果他刚进门，云篇却走了出来，不等池中煜反应过来，就一把将门拉上，从外边利落地上了锁。云篇毫不留恋地快步离开，完全无视身后池中煜的拍门声。整个院子里回荡着池中煜中二的求救声："学姐！学姐你开门啊！琛哥，琛哥救我！"

景木圣听到远处隐隐传来的喊叫声，摇了摇头，他驻足在展馆外，端详着敞开的门内的布置，看了看那卷被修复好的题跋。最后他的脚步停在一个叫滕立群的手艺人的空展位前。

景琛继续收拾着族谱，只是浑身散发着淡漠，脸上早已没了方才的精神。直到手机亮起，看到司清的电话，他僵硬的身躯才像是重新注入了生气。刚接通电话，话筒里就传来司清风风火火的声音："你干吗呢？怎么一直不接电话！手机是不是又静音了，我给你买的智能手表呢？你以为是装饰品吗？"

景琛听着司清因为关心而生气的声音，神情一点点软化。司清正在等轻轨，见景琛不出声，莫名开始有些心虚："干吗不说话？本来就是你的错，谁让你不接电话的。我在外地，会很担心你。"

景琛唇边勾起一抹温暖的笑意，望着夕阳洒在树下的余晖和树影，温柔地轻唤："司清。"他的声音本就清冷好听，此刻更是让司清的心脏莫名地狠狠一跳。

景琛静默稍许，电话里只有两人的呼吸声。司清握紧手机，不知为何有些紧张地等着另一边开口，空着的手不停地拨弄着包的带子。司清甜蜜又期待地问："想跟我说什么？"

景琛抬头望去，门前的两棵梅子树梢头，已缀满青梅。晚风拂过，青梅在枝头轻晃，景琛冰封的心却如引山洪。只见他露出疏朗温柔的笑意，低声说道："梅子熟了。"

司清脸上的笑戛然而止，咬了咬后槽牙。"你酝酿了这么久，就跟我说这个？"司清不禁问道。这时，传来轻轨即将进站的广播，"先挂了，我要上车了。"

景琛看着挂断的电话，忍不住露出清朗的笑意。他拿起手机对着门前的梅子拍了张照片，发了继司清之后的第二条朋友圈，配文：梅子熟了。

司清拎着一篮杨梅从超市出来，一脸肉疼地盯着小票上杨梅的价格：118元/500g，共计568元。不禁说道："这败家男人，这时候吃什么杨梅！比车厘子还贵！"

不知道因为自己一句话让司清消费了一大笔的景琛正在给猫狗们喂饭。这时，门外传来脚步声，院子里的狗忽然朝门外奔去。景琛当即眼睛一亮，一抬头就见司清风尘仆仆地出现在眼前，他还没看清司清的脸，一篮杨梅猝不及防地塞进了他的怀里。

景琛疑惑："怎么买这么多杨梅？"

司清甩着手，朝一脸蒙的景琛抱怨："不是你想吃吗？真不明白这种酸不拉几的东西有什么好吃的。总之今晚你都给我解决了，不然你都对不起我站票两小时拎回来的心意。"

景琛哭笑不得地看着这篮又大又紫的杨梅，又拉过司清的行李箱，往屋里走去。

此时云篇握着杯酒，在小资且具情调的露台角落，失神地看着手机，屏幕上正是景琛发的朋友圈，简单的四个字：梅子熟了。

耳机里正在播放的是张国荣的老歌《寂寞夜晚》。她望着后山梅子的照片，顿时情思汹涌，喃喃道："原来，不是只有我一个人记得那段时光。"

忽然，有人敲了敲云篇一侧的桌面，手指有些粗糙，并不纤细。云篇神情淡漠，按灭手机屏幕，头也不抬地拒绝："不约。"

"《寂寞夜晚》，喜欢？"身侧竟是把玩着蓝牙耳机盒的景木圣，他望着云篇，唇角眉梢都带着讨人厌的讥讽。

云篇淡淡挑眉侧目，疏离冷漠的目光掠过景木圣，耳畔垂落的发丝和此时慵懒的姿态，令她在昏暗的灯光下，自有一番风情。她撩过耳畔的发丝，摘下一只耳机，凑近到景木圣耳边。

景木圣不避不让，打量着云篇，两人的呼吸近在咫尺。只听云篇道："寂寞就忍着。"

"那我刚点的歌不对，这首更适合你。"他也同样低语道，同时拿起手机操作了几下，随即，云篇的蓝牙耳机里，响起了《自作多情》。

景木圣点破："你耳机连错蓝牙了，小姐。"只见他的手机屏幕上，是正在播放中的《自作多情》。

云篇迅速拿起手机，准备断开蓝牙，却发现刚才看到的景琛朋友圈里，多了一条池中煜的评论：不是梅子熟了，是某人想老婆了。

云篇心碎成渣："我还真是自作多情了……"说罢扔下手机，拿起酒倒满。

景木圣不耐烦地再次敲了敲桌面，提醒道："蓝牙。"

司清盘腿坐在天井的垫子上，手里捧着一碗景琛做的梅子茶泡饭，安静地看着景琛酿杨梅酒——

景琛将杨梅放进清水里，加盐浸泡清洗，又捞出晾干。

司清手边的手机震动，是简约的微信，她伸手点开，随即目光微动——

简约问：你老公和她初恋什么情况？

司清发了个黑人问号脸表情包。

简约很快发过来一张截图，是景琛朋友圈下，云篇的评论：你还记得后山一起摘梅子的人吗？

司清举着手机，用酸不溜秋的语气问："是后山的梅子甜，还是我买的杨梅甜？"她紧紧地盯着景琛的神色，却见他一脸迷茫。

"后山的梅子？那是于叔家的，你要想吃的话，我去……"景琛单纯地以为司清问的只是梅子，于是回道。

司清撇撇嘴："别，我不爱吃酸。"

"那我在酒里多放点糖。"景琛把晾干表面水分的杨梅放进玻璃瓶里，一层杨梅一层冰糖地铺着。

司清立刻飞快地给简约发去信息：这是什么暗号？

随即，简约发过来一张截图，上边是一段话：

一禅：师父，何为思念？

师父：日月星辰，山川大河，都是那人，无可躲。

一禅：可否具体点？

师父：相思相见知何日，此时此夜难为情。

一禅：可否再具体点？

师父：后山的梅子熟了，只是再也没有一起摘梅子的人了。

简约似是还嫌司清受的刺激不够，紧接着又来了一条微信：你家的梅子绿了？还发来一串绿色杨梅的老年表情包。

司清紧紧握着手机，屏幕反射的绿光照在她脸上，照得她绿油油的。司清怒而起身回房。

景琛更加莫名，赶忙问道："怎么啦？"

司清叉着腰在卧室内走来走去，嘀嘀咕咕地自我安慰道："谁还没个前任，我有什么好计较的？前人栽树，后人乘凉，有人愿意给我交学费有什么不好的！"

卧室的门被推开，景琛走了进来："不是要听音乐吗？好久没用了，应该还可以。CD 在你身后的抽屉里。"

拉开抽屉，司清看也不看地就抽出最上边的一张 CD，不料景琛在看到那张唱片时，神情有些许变化，似是紧张地伸手拿过，说道："换一张吧，这张没什么好听的。"

司清看到景琛的神情越发好奇，她的手同样捏着 CD 的另一角，没有松开，勾起一抹意味深长的笑："不用，就这张，我不挑。"

景琛少见的认真，坚持道："你不会喜欢的。"

"你在紧张什么？这 CD，是对你有特殊的意义，"司清两眼一眯，满腹狐疑，"还是里边有什么我不能听的秘密？"

景琛沉思片刻回答道："都有。"

"怪不得放在最上边，你平时经常听啊。"司清的笑容更加危险。

景琛故意逗她："嗯，催眠的。相信我，你绝对不会想听的。"

司清冷哼一声，夺过 CD，说："我偏要听，倒要看看每晚伴你入眠的是谁的歌。"司清利落地将 CD 放进机子里，打开了音乐。音乐响起，是《假如爱有天意》的前调。

"哟，《假如爱有天意》啊，我喜欢啊，还老唱！什么有多少爱恋只能遥遥相望……年少的我们曾以为，相爱的人就能到永远。"

听到这儿，景琛收回了手，似笑非笑地看着司清。

随着唱机里那荒腔走板却又无比深情认真的女声出现，司清渐渐开始觉得不对。她蹙眉道："这声音好像有点耳熟。"

景琛靠在一侧，依旧只是含笑看着她。

在播放到副歌高潮阶段时，司清听到一阵破音的嘶吼：谁知道爱是什么，短暂的相遇却念念不忘……

司清瞳孔猛然放大，整个人僵了一瞬后，以迅雷不及掩耳之势扑向插座。只是没想到景琛早已防着她这一招，先一步拉住了司清，将她困在机子前。在令司清丢人到可以撞墙的歌声中，司清震惊地指着景琛，结结巴巴地问："你……你怎么会有这个！"

景琛眼睛含笑道："我说了，你不会想听的。"

司清闭了闭眼，一脸"社死"的尴尬模样，她求饶地朝景琛眨巴着眼睛说："咱们能先关了不？我担心邻居报警。"

景琛点头称好。

在司清松了口气时，景琛却只是越过司清将声音调小，接着道："这样就可以了。"

司清瞪着景琛，咬牙切齿地说："你是不是变态，拿这来催眠。"

"管用就好。"

"你什么时候录的，我不记得我在你面前唱过歌。还有，"司清点着景琛的肩，"你这是在侵犯我的版权，版权费麻烦景先生赶紧结一下。"

景琛听着那磨人的歌声，似是想起了什么，闷笑一声。"版权费我早就付过了。六年前的冬至，'敦煌唱吧'。"景琛点开手机屏幕，里边正是当年在唱吧拍的司清的侧影。

司清听着歌，看着照片，渐渐震惊："是你？"

第十五章　不动声色的告状

六年前的冬日，积雪还未完全融化，枝头、屋檐上依旧堆着点点结了冰的雪，偶尔冷风吹过，小雪块从枝头抖落。

一小块雪正好砸到了树下正抬头拍照的女生的脑门上，那时的司清尽是干净青涩，还没有后来的精致妆容。她一个哆嗦，手里的相机也随之一颤，回眸时，目光落到廊下的景琛身上，此时，恰好她的手机响起，她的视线立刻从景琛身上收回，手忙脚乱地拿出手机，脸上是期待的笑意。"老爸，你们到酒店了吗？"司清在听到电话另一头的话后，原本的笑意消失殆尽，"你学生生日，你要去送温暖。那我妈呢？不会是又要上客户甲那里签保单吧？"

"圣诞这外国节日没什么好过的，不如等下周元旦放假了，你回来，我让你阿姨好好做一顿，正好你妹妹生日……"对她，父亲总是不耐烦。

司清强忍着眼泪，一脸倔强："不用了，我只爱过圣诞，你们要是没时间，下次就别轻易答应。还有，我元旦没空，就不回来了。"挂断电话，眼泪不停地滚落。她一边低着头用袖子抹着眼角，一边往展厅里走，委屈地嘀咕："明明今天是冬至，是我的生日。"

委屈的司清泪眼蒙眬地看到一侧竖着易拉宝，海报上写的是：留守儿童公益竞买活动。长廊上空无一人，却摆着各种雕塑作品，每个雕塑作品前都有一个二维码和一个作品、创作者的简介，以及作品的售价，从100元到1000元不等。她擦了擦眼泪，就径自按着路标，往走廊尽头的洗手间方向走去。而在即将走到这些作品的尽头时，她突然停下脚步，转身看向一侧摆着的作品，那是一座用木头雕成的小院，院子里是围着火炉而坐的一家三口，院子外是落满树梢的白雪。

作品没有任何介绍，作者栏也没有创作者的署名，只有简单的两个字《冬至》，而标价是9999元。

司清看着价格，有些却步，往前走了几步，看着易拉宝上孩子们的眼睛，眼眶红了些许，她又退了回来，拿出手机开始扫码，输入价格9999元。

然后又气势十足地在备注里补上：麻烦请写上"谨代表全世界祝司女士生日快乐！"

最后抱着微缩模型的司清在回去的火车站被简约一顿训，在拥挤的人群中，她拖着行李箱，声音沙哑道："还好你这个月的生活费没花完，还够我买张绿皮火车票……"

电话另一头的简约简直无语："你是不是被骗了？一万元买个模型，比一套手办还贵。"

"我没有被骗，我问了我在美院新闻系的高中同学，他说最近他们学院确实有来这里组织公益活动，捐给留守儿童的。反正我已经这么惨了，也不差这趟绿皮火车了，不就是站42个小时嘛……"司清拿着火车票过安检，"我好像听到有人叫我……"

她瘦小的身体在来来往往的人群中，不由自主地被推着往前，回头望去……人海中，目光只在景琛身上停留了一瞬，还没来得及多看上一眼，就再次被人海淹没，她紧紧地抱住怀里的模型……

司清讲完自己记得的过往，没好气地问："你早就知道是我了？早到什么时候？"

景琛悻悻地别开眼："跨年那晚，我在你办公室看到了微观模型。"

司清恍然："难怪你忽然答应结婚。我之前以为我们的婚姻顶多是一笔交易。没想到，是两笔。"

"欠得太多，只能以身相许了。一直没告诉你，是我以为你早忘了。"景琛失笑。

"我记忆力好得很，不像某些人，连一起在后山摘过梅子的……"

景琛的手越过司清，终于关掉了唱片机，只是他的手没有收回，撑在了柜子上，正好将司清困在自己身前。交织的呼吸与彼此加速的心跳，暧昧萦绕在两人之间。

"梅子熟了，是说……"昏暗的灯光下，司清抬眸的刹那，景琛吻上了她的唇。

院子里的杨梅酒已经酿下。门前的树上，青梅已缀满梢头，在夜风里轻晃。夜风轻袭，掀开工作台上的笔记本，露出夹着钢笔那张白纸，纸上是景琛的字迹，满满一页都是"司清"两个字。书里夹着一张书签，上书：梅子熟时，乍知春去，始觉情深。

两人呼吸交缠。

灯光熄灭的同时，散落了一地衣服。

有人温香软玉在怀，有人……

清早溪边的公园跑道，已经有不少晨跑的人，他们无一例外地在经过一处长椅时，露出怪异的神色——

只见长椅上，云篇还在睡觉，脸上盖着一张报纸，身上穿着昨夜的旗袍，怕冷地蜷缩成一团。而她的脖子上，是几个被蚊子咬出的包。"啪"的一声，云篇拍了一下叮咬的虫子，总算清醒过来。她晃了晃宿醉后发沉的脑袋，拉下脸上的报纸，后知后觉地发现了自己此刻无比狼狈的处境。陡地起身，检查身上的穿着，又理了理乱糟糟的头发，在摸到耳朵里的蓝牙耳机时，忽然僵住，脑海里闪过几个画面。

好像是喝醉了起身，下楼时在楼梯拐角看到了靠着墙的景木圣，却在最后一级台阶时，一脚踩空，撞进了景木圣怀里。他低头，俯视着怀里"投怀送抱"的自己……想到这里，云篇有些狐疑地看着长椅，以及那张皱巴巴的报纸，猛一回头，险些被眼前的画面震惊得扭到了脖子。

只见那设计别致的艺术长廊下，景木圣穿着温暖的长袖，手里握着咖啡，无比惬意地坐在椅子上，沐浴着清晨的阳光。

云篇不禁咬牙切齿地走到他面前，正好遮住了照在他身上的暖阳。

听到动静，景木圣抬了抬眼皮，扫了眼云篇，却只是懒洋洋地喝了口咖啡。

云篇冻得嗓子沙哑地问道："还是个男人吗？"

"这话怎么听着有点遗憾的意思。不过不好意思，"景木圣上下打量着云篇，"我对你不感兴趣。"

云篇把手里拿着的报纸拍在桌子上，刚要开口却先打了个喷嚏。

他还嫌弃地别过头避开！并且指了指一旁的围巾。

云篇气得嗓子更哑了："这时候才装绅士，是不是太晚了？"

景木圣点开微信收款码的动作一顿，古怪地笑了，语气更加贱嗖嗖地说：

"昨晚那首《自作多情》，还没听够？被你吐脏的围巾和出租车，加上 AA 后的打车费，198 元。我不介意你打个整数。"说着出示了付款码。

云篇铁青着脸瞪他。景木圣却似毫无所觉，起身走到有阳光的地方，伸了个懒腰，似笑非笑地回望："哎，我们是不是在哪儿见过？"

云篇差点咬碎银牙："别那么咒我，我不记得自己造过孽。"

"那你干吗喊了一晚上我的名字，招魂呐？"

云篇忍无可忍，简直被逼得抓狂，直到看到建筑设计师的介绍牌，她才一把将景木圣拽了过去，指着介绍牌上的"景琛"，敲了敲，说："我叫的是他，景琛。至于你，配吗？"

景木圣盯着"景琛"两个字，再审视云篇时，已经变得意味深长。他的手指用力地在"景琛"这两个字上划过："哦，那他是你念念不忘的过去式，还是想要得不到的现在时？"

云篇勾起唇，踮起脚，脚尖在地上微微旋转，随后狠狠落下，鞋跟正好"钉"在景木圣的鞋上！

"是关你屁事！"

清晨的阳光洒遍璟园的角落，鸡鸣声、狗叫声相继响起。

司清迷糊之际烦躁地翻了个身，直接将脸窝进了身侧景琛的怀里。

景琛原本正要起床，见状不再动弹，半躺着搂住司清，轻拍着她的背安抚着。半响后，等怀里人再度睡着，他才温柔地抽身，轻手轻脚地起身下床。给她掖被子时，司清睡眼惺忪地睁开眼，望着昏暗光线下景琛的轮廓，问道："几点了？"

景琛抬腕看看手表，低头轻声回答："才六点，再睡会儿，早饭好了我叫你。"说罢起身之际，司清一把勾住了他的脖子，抬起头在他唇角吧唧亲了一口："好了，去吧。"司清翻了个身，拉起被子盖住了脑袋，状似已经熟睡的模样。

景琛笑得一脸温柔宠溺。

他先去后山放了小狗崽儿们，手上拿着喂流浪猫、流浪狗的碗，带着浩浩荡荡的狗崽儿们快步朝璟语堂走去，恰与回来的云篇在桥上相遇。

两人擦肩时，云篇停下了脚步，低声问道："是你教阿煜那么做的？"

"是。"景琛坦诚相告。

"就这么厌恶我？"

景琛平静道："我厌恶的，是你算计滕师傅，以及再三试图搅乱我和司清的婚姻。就算你并不在意我的态度，但我估摸着，你应该是在意我在你心里的形象的。我大概也能猜到你在我身上叠加的滤镜，有必要的话，我不介意亲手弄碎给你看。"

云篇不可置信地望着景琛，却见他低头摩挲着瓷碗金缮过后的痕迹。

景琛表示出难得的退让："云篇，看在我们曾经的情谊上，到此为止。"说罢自若地离开，依旧清隽如初，仿若刚才的话不是出自他口。

石桥上，徒留下自嘲沉默的云篇。

司清这一天红光满面，像营养过剩似的，不仅把办公桌整理得干干净净，原先被文件压着当笔筒的《冬至》模型，也被她拿化妆刷细细地刷着。

艾丽端着水经过司清办公桌前，见状一脸莫名："你这是吃了十全大补丸还是今天上头要来检查卫生？"

打工人蒋甜甜只对工作敏感："没听说呀。"

"那她干吗又是整理桌子又是擦笔筒的？"

司清把模型擦干净后，无语地纠正："这不是笔筒，这是我先生家院子的微缩景观。"

艾丽翻了个白眼，无语道："拉倒吧，你那玩意儿不是一直用来插笔的吗？"

司清被这一句噎得无话可说，这时手机振动了一下，她立刻拿起手机，看到是景琛发来的微信时，脸上情不自禁地露出甜蜜的微笑。打开微信，看到景琛发过来的两张手工艺展的票，主题是"青年匠人＆传统手工艺"。

景琛接着发来一条：就在你银行附近，我来接你？

司清立刻回了一个：好。

"你就可劲秀恩爱吧，等楼盘准入的审批过了，按揭就跟雪花一样堆满你案头，保证三个月后你连你老公长什么样都不记得。"艾丽压低声音，"行长跟她老公，好像也是为了这事儿离的婚。"

司清抬起头没好气地瞪了一眼艾丽："什么叫'也'，会不会说话。"然后抱着模型一边出门，一边给景琛发微信：我下班了，过马路就能到你那儿。刚走出银行，就和景木圣撞个正着，认出人时愣了一下，张了张嘴一时不知怎么称呼，就随口打个招呼："来办事？"

景木圣却没理会司清，只是一直盯着她手里的模型，意味不明地问："你怎么会有这个？"

"景琛做的。"司清顺口道。

景木圣直接拿过她手中的模型，沉着脸四面翻看像是在寻找什么痕迹，眉头越皱越紧。

司清不解："你干吗？"

"不是那个。"他自言自语道。"咔嗒"一声，模型的斗拱和梁柱直接被分开，斗拱掉在景木圣手里。

司清怒视着景木圣，景木圣也有些惊讶，当他看到梁柱之间残缺的榫卯结构，不由皱眉，解释道："真不关我的事，这原本就是残次品。"

"你才残次品。还给我！"司清皱眉，气冲冲地夺回模型，咬牙切齿。

景木圣抬手避过司清，指着榫卯连接口处，那里有一道明显凿过的槽口："看到这里了吗？新手才会犯这种低级的错误。"

"那是因为他手受伤了。"

司清一把夺过景木圣手里的斗拱，小心地将其安放回去。

景木圣盯着司清的动作，半晌才出声："哦？他怎么说的自己受伤？"

司清抬眸，觉得景木圣此时神色有些古怪，皱了皱眉，没有理会。她转身要走，却被景木圣一把拽住："这小学生的玩意儿，是景琛做的？"

望着神情复杂的景木圣，司清吓了一跳，一时忘了甩开他擒着她手腕的手。这时，一只手抓住景木圣的手，将其狠狠地从司清手腕上拉开。

司清回头，就看到神色紧张的景琛。他无声地将她拉到身后，手紧紧地握着她的手腕没有松开，也让她无法看到他此时脸上的警惕，以及藏在眼底的恐惧。

景木圣的视线落在了景琛的左手手腕上，手腕没有遮挡，疤痕清晰明显。景木圣神情复杂地看向景琛。

景琛挡在司清面前，完全挡住了景木圣看向司清的目光，声音低沉道："你又想做什么？"

景木圣恢复成了吊儿郎当的模样，笑道："瞧你这话说的，我只是跟你老婆聊了几句这个被毁了的《冬至》。是吧，弟妹？"

景琛握着司清的手，陡然一紧。

司清皱了皱眉，有些不解地看着景琛的背影，小心翼翼地回答："对，真没事。"

景琛接过司清手里的模型，低声道："我们走吧，展厅要闭馆了。"

"等等。"景木圣不顾景琛难看的脸色，拿着手机径自走到司清面前，当着景琛的面点开微信添加好友，"方便的话，把我从黑名单放出来，通过一下。你们行在办的准入手续的楼盘，不巧是我们公司投的。以后见面打交道的机会，还多的是。"

景木圣挑衅的目光直直地对上景琛冰冷的眼神："一家人，我这当大哥的一定会多加照顾。"

看展回去的路上，在静谧的路灯下，司清和景琛牵着手，在虫鸣鸟叫声中拾级而上。司清不时小心地打量着景琛的神色，却看不出什么不同，索性直接停下脚步问道："景琛，你跟你大哥之间，是不是发生过什么不太愉快的事？"

景琛瞬间浑身紧绷，好在昏暗的灯光为他的神情打了很好的掩护："没有。"

"他没欺负过你？"司清将信将疑地皱眉追问。

"还好，"景琛扯了扯唇，"我们也就一起生活了一年。"

"那一年，你过的都是灰姑娘的生活吧？"

景琛目光微闪，接着说："没那么夸张，最多也就是……"

他故意止住话音，司清等了片刻，追问道："就是什么？说呀，我们说好了要学会坦诚的。万一他故意在我面前说你坏话，让我又误会你怎么办？"

"真的没什么，也就是抢个生活费，让我给他做作业，不许我喂养流浪狗，还有，说我是他的替代品。"景琛像是有些无奈地叹气，余光掠过司清，见她又是愤怒又是心疼，不由得握住了她的手反过来安慰道，"别气了，那时候都还小，不懂事，也不能叫欺负。"

"这还不叫欺负？那他还想干吗！亲孙子就了不起吗？呵，还敢说你是替代品，我呸，他以为自己是香饽饽吗？谁给他的脸。"司清气得直颤抖，冷哼道，"他也就是仗着你脾气好才敢那么对你。以后你给我记住了，他要是再对你阴阳怪气的，你就告诉我，我可没你这么好说话。"

景琛紧绷的身体渐渐松弛，唇角也一点点上扬，牵着她的手，往上走去，温柔回应："好，我都告诉你。"

司清被景琛拉着，慢慢地往上爬。两人站在最高处，望着璟语堂的方向，看着院子里亮着的灯光。司清突然打破沉默："你知道那时候，为什么你的标价那么贵，我还是咬牙买了？"

"因为你的生日也是冬至。"景琛询问地看向司清。

司清摇摇头，拉着景琛在台阶上坐下，撑着下巴遥望地指着璟语堂的院子。"是因为那个小院子里的场景，正好是我曾经期待了无数次的画面。当时我就在想……"她笑着抬头，凝视身侧的景琛，"如果一家人坐在一起，就算是在冬至这个一年里最冷的日子，应该也不会觉得冷。"

景琛一愣，看着司清的眼里有着淡淡的心疼，看着璟语堂像是想起了什么，轻声开口："有家人的话，是不冷的。"

司清笑了笑："今年冬至，我们一起过。"

景琛的手轻轻抚过司清的头发，司清抬眸看向景琛，两人慢慢靠近，气息相融，在这个初夏的夜晚，静静拥吻。

台阶上，青苔郁郁葱葱地冒着，不远处是跑动的猫、狗，与温暖的灯光。

景木圣工作室里，装修得艺术感十足，看着也价值不菲，他戴着蓝牙耳机坐在吧台边，手里拿着把木凿，一边熟练地修着槽口，一边打电话。

"他的弱点？你说的是他最怕什么吧……以前，他最怕老头子不要他。现在老头子走了，嘶，一下子还真难倒我了。你是不知道，那兔崽子从小就不好搞……"

小小年纪的景琛拿着凿子，将《冬至》的榫卯模型给毁了，脸色狠厉，察觉到身后的"哥哥"，他想也没想就将凿子对准了自己的手腕。

景琛于睡梦中惊醒，失神地睁着眼，半晌抬手覆在眼上。身侧，司清蜷缩着侧躺在一旁。景琛轻轻握住司清的一个手指，似是在确认她不会离开，过了片刻才又慢慢松开，轻声起身下床。

景琛来到祠堂，试图修复司清拿回来的《冬至》模型，他拆下斗拱，取出那截槽口有残损的木头。景琛拿着工具修复时，依旧每到关键时刻，手腕就开始颤抖，最终还是无力地放下，起身来到角落打开那个陈旧的箱子，里边是各种竹蜻蜓、积木等玩具，还有一个与桌子上司清的《冬至》一模一样的微缩景观模型，只是这一个模型更加老旧，布满被毁后重新修复的痕迹。

心魔是什么？

是在每一个不经意的间隙往他意识里扔下的种子。

小时候俩人放学回家时，路边的老人正在绣花，眯着眼拿着线准备穿针，他正要过去，当时还叫景柽的哥哥已经先一步凑到老人边上，利索地替她穿好。

"还是你们小孩子眼睛亮。"摸出一把花生瓜子给他，"来，阿柽你拿去吃，阿婆记得你小时候就爱嗑瓜子，还把门牙磕坏了，把你爷爷吓得。以前我们都以为你爷爷带回来的阿琛是你，还奇怪那个阿琛怎么不喜欢嗑瓜子了。"

"嘿嘿他不喜欢我喜欢，谢谢阿婆。"小景柽笑嘻嘻地一把接过，嗑着瓜子挑衅地望着景琛。

老人回头，这才看到小景琛，有些尴尬地朝他笑。无数次这样的瞬间，甚至爷爷很多时候也像是在透过他看着还未回来的那棵三春柳。于是这颗种子和少年的他一起长大，根植于他的每一寸骨血。

接下来的几天是连绵不断的阴雨，压抑潮湿。杂乱的工地上，司清戴着安全帽等在入口，她捂着小腹强忍着，双脚站得发麻。终于，远处肖飞带着助理悠然地从车上下来。

司清扬起笑，上前打招呼："肖总，贵公司新一期的按揭楼盘准入流程目前已经进入信贷部门审查阶段，暂时由我负责。昨天我和跟您助理约了今天上午十点，来工地了解项目进度和资金时间投入比，不过，他可能不小心忘了提醒您时间。"

"这么大的事都能忘，小心司经理公私不分地故意卡流程。"肖飞故作嗔怒地扫了眼身侧的助理。

老板扔过来的锅，助理自然接过，假模假式地赔罪："是我的错，司经理您消消气，不然肖总可不给我好果子吃。"

"不就是在雨里等两个多小时嘛，张助已经很照顾我了，先进去看吧，我好尽快出报告。"司清似笑非笑地看着两人一唱一和。

助理刷卡，肖飞先进去，正待司清准备往里走时，肖飞突然挡在门前，开口："出于安全考虑，司经理还是先换双鞋再进去吧。"

司清："……这是平底鞋，第一期勘察的时候，我穿的就是这一双。"她穿的是一双黑色平底出勤用的软皮鞋，鞋跟只有两厘米。

肖飞面不改色道："那是第一期的负责人不够谨慎，工地里碎石多，换一双比较安全。"

司清强忍着怒意，继续道："抱歉肖总，我就这么一双鞋子。"

肖飞但笑不语，只是站在入口的铁门前不让开。

"肖总，耽误准入手续审批，楼盘无法按时开盘，损失的是您公司。"司清无奈道。

肖飞一乐："我们五证齐全，资质也完全符合，这是你们领导上次来说的原话。那为什么会耽误呢？要是追究起来，那就是司经理着装不规范的问题，来工地怎么还能穿带跟的鞋呢？"

司清深吸一口气，冷冷地看着肖飞问道："那肖总认为怎么样才算规范呢？"

肖飞朝助理抬了抬下巴。助理不知道从哪个犄角旮旯儿找来一双又脏又臭的绿色作训鞋放在地上，朝司清歉意一笑："不好意思，就这么一双了，您将就一下。"

"司经理不会介意的，她老公在乡下干农活，穿的应该就是这样的鞋子。"

司清握着资料，紧咬后槽牙看着不怀好意的肖飞。此时入口门内，景木圣一身工地装，戴着安全帽兴味盎然地看着这幕。

只见司清冷笑着脱下脚上的鞋子，赤着脚踩在烫人且布满小石子的地面上，当着肖飞二人的面，拿着鞋子，将鞋跟对着铁门狠狠地砸着，每一下都像砸在铁门里的肖飞的脸上。在看到景木圣的脸时，手里砸鞋跟的动作又用力了几分，鞋跟猛地飞了出去，肖飞狼狈躲开，却正好砸在了他身后的景木圣身上。景木圣冲着她，痞痞地挑了挑眉。

司清无视这个戴着安全帽看戏的群众，只是用下巴点了点那双作训鞋。"这里既然只有这一双鞋，那我自然要优先留给肖总，"她盯着肖飞内增高的鞋子，"毕竟您这双意大利手工定制牛皮鞋的鞋跟，怕是一下子砸不坏。"

肖飞脸色难看地瞪着司清，在两人僵持之际，景木圣笑着上前，肖飞听到声音忙笑着打招呼："景工这两天一直待在工地？怎么不去我办公室坐坐。"

"集团投了钱，我这搞建筑的肯定得现场盯着，看看您这开发商有没有偷工减料。"

肖飞和肖飞助理傻眼，司清也是一副见了鬼的模样，一下子不知道这人到底是哪边的。

"开个玩笑，别紧张。大老远就听肖总说换鞋，怎么还没换好。"景木圣看着地上的鞋子，笑着问道，"不会是嫌我的鞋子脏，上不得您的脚吧？"

肖飞一怔，忙笑着否认："当然不是，只是这鞋子……"

"你多大码？"景木圣打断他。

"41。"

景木圣嗤笑上前，弯腰拎起作训鞋，抬起虚虚地比在肖飞脸上。

"不止吧，我看这脸怎么也要 43 码。"景木圣回头看向司清，"对景琛的脚倒是正合适，你说呢，弟妹？"

司清被这称呼叫得一个激灵，扬起了皮笑肉不笑的假笑。

忙到了晚上，两人从工地出来，司清依旧没什么好脸色，只是说了句："今天的事，麻烦你不要告诉景琛。"

"我帮了你，不说声谢谢？"

司清一脸狐疑："你为什么帮我？你们不是蛇鼠……一伙的吗？"

"谁给他那么大的脸，看不上我弟……鞋。"景木圣阴沉着脸。

司清一脸的"一言难尽"。景木圣冷冷地打量着司清："我还奇怪呢，这么硬刚，不怕他故意找碴儿？"

"反正也不是第一次了。"司清无所谓道。

景木圣将手里拿着的外套甩到肩上，凑到司清面前："其实我对你蛮好奇的，你看上我弟哪一点儿了？你在外头受了委屈，他什么忙也帮不上，你不觉得他……很没用吗？"

司清冷下脸："我刚才应该留一只鞋跟的，现在就能拿来拍你脸上。"

景木圣很配合地似是害怕一般地往后一躲。

"你这话是侮辱他还是侮辱我？什么时候女人受了委屈，就必须由男人帮忙出头了？！"司清冷嗤一声，帅气地摔上车门，开车离开。

景木圣望着司清的车子，勾起吊儿郎当的笑："还真是越来越有意思了。"他回头，看向工地外，肖飞正阴着脸与助理说着什么，他吊儿郎当地走了过去，正好听到肖飞的问话。

肖飞问助理："景工和那吃软饭的乡巴佬到底什么关系？"

景木圣猛地一拍肖飞的背，在对方被吓了一大跳时，他又一副好哥们似的样子揽住肖飞的肩膀："肖总有问题直接问我呀。我以前呢叫景柽，他则叫景琛。只不过呢，他是我爷爷收养的孙子。因为他，这十几年我有家不能回，你说我跟他会是什么关系？"

肖飞愣了一下，狐疑又警惕地打量着景木圣的模样，眼睛一转："那您刚才……"

景木圣摸着下巴，意味深长地拍拍肖飞的肩膀说："我这人有个缺点，就是特别怜香惜玉。肖总您之前也说了，你跟我那乡巴佬弟弟也有旧怨。不如我们合计合计？"

云篇这边打算开拓与其他品牌的合作，此刻正在看宣传手册，是某品牌官网的服装、家居、首饰等不同类别的介绍。品牌经理是个欧洲男人，拎着草编公文包，拿着咖啡，高昂着下巴隐隐透露着骄傲。

"我们品牌在海外已经有一百多年的历史，走的都是国际高端定制路线。去年集团新成立了一个手工艺基金会，专为民间手工艺者提供资金支持和合作。中国元素这几年在海外越来越受欢迎，而我们也最看重中国市场，最想与中国优秀的手艺人合作。像您这样年轻的汉服设计师，是我们的首选。"

云篇合上品牌宣传手册，淡淡道："我们有个成语叫齐大非偶，贵公司很好，却不是我的首选。跟大品牌合作，多的是我们这种小透明被生吞活剥的案例。"

品牌经理笑了笑，一副和气生财的样子，接着说："去年，我们与南城的两位老手艺人签订了合作协议，目前官网上定制最多的旗袍和瓷器就是他们的作品。我们从未干涉过他们的任何一道工艺，更不会为了盈利逼迫他们工业流水化。针对这一点，云女士尽可以去考证，我相信不会有比我们更好更大的平台了。"

云篇闻言有些犹豫，手指轻敲着杯沿说："一周后，我给你答复。"

"当然没问题，很期待会有新元素加入我们的大家族。"品牌经理露出志在必得的笑意。

云篇拿着宣传册，从咖啡厅的卡座出来，就遇到了和肖飞坏笑着窃窃私语的景木圣。真是冤家路窄！

肖飞得意地起身，朝景木圣伸手，说道："景工，那我就等你的消息了。"

景木圣笑眯眯地点头，也伸出了手，握手后目送肖飞离开。一回头，就看到了假装不认识他的云篇。

他爽朗地朝着云篇的背影高声打招呼："嗨，前女友。"

路人都纷纷看向云篇。

云篇眼皮狠狠一跳，皮笑肉不笑地冷叱："你哪位？"

"那我自我介绍一下，我曾用名景桎，一个木一个圣后鼻音的桎，也是你叫了一晚上的'景琛'的哥哥。不过我嫌这名字晦气，就改了一下，我现在叫——景木圣。"

云篇望着景木圣递到面前的名片，脸色骤变。

第十六章　暗潮汹涌

小时候住过的破庙延福寺是个千年古刹，也就是在那里，景琛被景康山收养。最近接到电话，因为年代久远，所以有些地方需要维护修缮。接到电话的时候，他还在体育馆，周围球声不断。

池中煜运球过人，却被防住没有成功，泄气地朝一旁的景琛求助："琛哥！"

而景琛还在旁边接电话："构件开裂，梁架歪闪，出现拔榫问题的话，一个是跟最近的台风天气有关，另外就是之前采用的椽材料是松木，里头含有油脂，容易招引虫蚁……好，我明天就过去看看。"

池中煜抱着篮球走了过来，从包里摸出一瓶水："出什么事了？"

"文保单位，延福寺可能需要修缮，我明天先过去看看。"

池中煜小心翼翼地看着景琛戴着护腕的左手："可你的手……"

景琛淡淡道："也不一定严重到要大工程修缮的地步，上一次那么大规模，还是二十年前。"

"那我陪你去，那儿香火旺吗？我最近有点水逆，正好去拜拜。"池中煜一脸虔诚。

景琛好笑地拍了下池中煜的脑袋："不供香火，那是江南已发现的年代最早、保存最好的榫卯建筑。以前一些小问题，都是爷爷在负责。就连我，也是在那儿——"

话音戛然而止，池中煜顺着他的视线就看到朝他们走来的景木圣和肖飞，不爽地翻了个白眼："怎么哪儿都能碰上这孙子。"

肖飞不近不远地站在景琛面前，不屑地盯着他，一下又一下地拍着球，恶意挑衅道："这不是司经理家那个吃软饭的吗，好久不见了。"

池中煜立刻火冒三丈，手里的水瓶一扔就要上前，在他的手碰到肖飞肩膀前，一个篮球先一步砸到肖飞。

"手误。"景琛立在那里平淡地说。随后将水放进包里，看向一旁的池中煜道："走了。"

这一幕被一旁看热闹不嫌事大的景木圣尽收眼底，他上前揽住景琛的肩，按回椅子上："行了，哪儿来这么大的火气。"景琛没有甩开，只是淡淡地瞥了景木圣一眼。这一幕看得池中煜目瞪口呆。

景木圣俯身拿起滚到脚下的篮球，意味深长地盯着景琛说："来一局？"

池中煜有些摸不着头脑地来回看着这两人，总感觉处处透着诡异。他忍不住问道："琛哥，你认识啊？"

景琛还没应声，景木圣便笑着将篮球抛给池中煜："就冲你叫我的这一声哥，球权给你。"

池中煜丈二和尚摸不着头脑，单纯地解释道："我不是叫你，我叫的是……"

"哦，那也一样，他兄弟就是我兄弟，对吧阿琛？"景木圣大手一挥道。

池中煜不懈地问："你们认识啊？"

景木圣一脸阳光："熟着呢。"景木圣感觉到景琛锐利的目光射来，却仍笑眯眯地靠近，用只有景琛能听到的声音说，"我们的关系，怎么不告诉你的好兄弟？需要我代劳吗？"

景琛一瞬间变得充满攻击性。景木圣依旧无所谓地笑，似是胸有成竹地起来热身："再叫两个人过来，3V3吧。"

景琛放下球包，沉默地起身。

球场上火药味十足，众人已经满头大汗。肖飞借着防守的机会，故意狠撞景琛。

急得池中煜又想上前帮忙又要防守。全场最忙的就是他！

"那孙子是打球还是打架！"池中煜身累心更累。

在肖飞再次故意试图攻击景琛的手腕时，景琛有防备地避开，带球过人。

景木圣拦住了还要使绊子的肖飞，语气阴沉："不着急动手，今晚主要先看看他的手是不是真废了。"

直至景琛的一个三分球，篮球正中篮筐，裁判的口哨声响起。

池中煜用手指吹哨，又朝景琛以拳头碰了碰胸，表示激动，他又贱兮兮地朝肖飞比了个小拇指。

景琛撑着膝盖喘气，拉着衣服抹了把淋漓的大汗。景木圣一脸遗憾地走过来："啧，我还以为你这双手真废了呢。这就奇怪了，手没废，为什么一到榫卯就不行了？哇哦，难道是因为当年……"

景琛站直了身子，一步步逼近景木圣："当年？你以为有人信吗？"

景木圣冷笑，与景琛短兵相接，只道："那也要试试才知道。"

这边暗潮汹涌，池中煜却大条地没有发觉，一边收拾运动包，一边一言难尽地看着景木圣说："你球打得不错，就是交朋友的眼光差了点儿。"

景木圣朝肖飞抬了抬下巴，又看向池中煜回道："你说肖老板啊，我也觉得他球品烂人品更烂。不过没办法啊，我就一工地搬砖的。"

景木圣点开手机相册，里边全是工地的照片："喏，是真的搬砖。"

"中二少年"池中煜再次看向景木圣时，目光就变得热切，瞬间敌意消失："嗨，我还以为你们一伙儿的。"

景木圣趁机："兄弟加个微信，下次一起玩？"

池中煜立刻拿出手机："我扫你，叫我池中煜就行。"

景琛喝水的动作停下，抿了抿唇，没有制止。景木圣不紧不慢地拿出手机，故意在景琛眼皮底下和池中煜加了好友。

"名字发你微信了，不好意思我回个消息。"他点开云篇的微信，发了条语音，"云篇你找我什么事？刚在和朋友打球。"

池中煜忍不住震惊，景琛也不禁抬眸望去："你也认识云篇？那个做汉服设计的云篇？"

景木圣装作震惊的样子说："对，你们也认识她？"

池中煜兴奋地拍了拍景琛："岂止是认识，我学姐，琛哥邻居，认识十来年了。这也太有缘了，哪天一起约个饭。"

"没问题。我还有工作，"景木圣别有意味地转向景琛，"过两天再好好聚。"

景木圣和肖飞往篮球馆外走。肖飞回头阴冷地扫了眼景琛，又附到景木圣耳边低语了什么。

景木圣把玩着手机，若有所思地看向肖飞："肖总您这话是什么意思？"

"刚才球场上人多，不好动手教训他，但换个地方就好办了。不过这还要景工帮个忙，把你弟弟引到我们楼盘的工地上，到时候是废一双手还是……"肖飞继续盘算着。

云篇没回景木圣的消息，倒不是不配合而是此刻正与上次的品牌经理握手合作。

品牌经理英文中夹杂着点中文说道："欢迎正式加入我们的大家族。"

"谢谢。"云篇顿了顿,"对了,我有个朋友自己建了个非遗展馆,有木雕、宫灯、油纸伞,还有草编包之类的手工艺品,或许他那儿也有适合贵品牌的手艺人。"

品牌经理露出惊喜的目光:"云,如果可以的话,请一定替我引荐你这位了不起的朋友。中国风将是我们未来一年重点打造的名牌风格,我们一直在找合适的匠人。"

"我会尽快联系你。"云篇送走人后,拿起手机,就看到了"景木圣"的微信语音。

"云篇你找我什么事?刚在和朋友打球。"

云篇莫名其妙,直接拨出语音电话:"你被绑架了?挺好的,直接让绑匪撕票吧!"

"哎,上次的提议考虑得怎么样了?你就不想报复他一把?"

云篇握着手机,神色莫测:"你打算怎么做?"

篮球场里的景琛拎起包,正准备离开,就见池中煜正给景木圣备注微信名。

池中煜还在那嘀咕:"哎,这人的名字怎么这么难打?"

景琛停下脚步,眼神复杂地盯着池中煜:"阿煜,那叫栌,后鼻音。"

"景栌?"池中煜说完才反应过来,倒吸一口气,"他就是那个大孙子?"

景琛淡淡点头:"对,就是以前跟你提过的大哥。"

池中煜猛地一把拉住景琛欲言又止,几秒后还是说出了口:"琛哥,我不是挑拨离间,但他这时候回来很不对头,我怀疑,他是为了争遗产的,就是璟园。"

景琛叹了口气,捏着池中煜的胳膊往外走,无奈低声道:"那你记得替我警惕着,别反被人家给挑拨了。"

回到家,远远就看到了门前亮着的夜灯。

院子里,是注会的网课辅导声,司清的声音夹杂在狗叫声里,此起彼伏:"知道你男主人回来了,但别这么激动行不行?"

景琛还没跨过门槛,小奶狗已经迎了出来,朝景琛殷勤地摇着尾巴,令他心头一软,嘴角溢出温暖的笑。他弯腰摸了摸小奶狗的脑袋,一起往家里走。进门就看到司清正弯着腰,在天井用水勺舀水浇着洗头。

景琛快步上前，放下包，拿过司清手里的水勺，替她冲着头发："停水了？"

"下水道堵了。"司清有些心虚。

景琛拿过毛巾，裹住司清的头发，有些担心地轻轻擦着她的头发："头发还是掉得很厉害？明天我给你磨些黑芝麻，再试试食补？"

"不是头发，是海藻泥面膜，我洗的时候忘了捞了。"司清抬起头，两眼发光，期待地拿大脑门给景琛瞧，"你有没有觉得哪儿不一样了？"

景琛在灯光下仔细看了一圈，有些犹豫地小心开口："今天的发际线画得挺好的。"

"什么呀，妆我早卸了，这是真的发际线，你没发现我长了很多小绒毛吗？"

景琛就着擦头发的毛巾，将司清拉近，果然看到了一茬茬小绒毛，笑着摸了摸她的脑袋："就这么开心？"

司清果断点头，伸手抱住景琛的腰，仰头亲了亲他的下巴："能同时解决我脱发和脱单问题的男人，也就只有你了。所以为了感谢，我给你准备了一份礼物。"

景琛询问的目光看向司清，她小得意地从桌上拿起一份合同书，标题正是《南商行"匠心守艺"小额贷款试运行通知》。

司清打广告似的读着："免抵押、免担保、最高五十万元的信用贷，最长的可享受四年分期还款。总行已经审批，我们支行是第一家试运行点，下个月开始。"

景琛动容地凝视着司清，俯身亲吻。

次日，司清被叫进行长办公室。进去的时候行长正在接电话，她指了指沙发示意司清先坐着等，继续打着电话："对，我有意向人选。最晚下周，确定了我会让她一起提交申请。"挂断电话，行长打量着司清说道："刚才是总行人事部的电话。"

司清愣了片刻，旋即很快反应过来，却有些不解："距离上次内聘，才不过半年，总行……"

行长笑着摇头解释道："不是总行要人，是北城分行。去年他们校招和社招进了十二个人，今年离职的有十三个，其中包括两个管理岗位。这次的'匠心守艺'贷，让我更加清楚你的可发展弹性。你没意见的话，等忙过这次楼盘按揭，就准备交接，下个月正式去北城报到。"

司清握着手机，顿时有些无措地说："信息量有点大，以前我没考虑过外省。"

"以前也不可能有这样的好机会。"行长顿了顿，才道，"我知道你新婚，不适合异地。但是司清，同为女人，尤其是比你年长的过来人，我能告诉你的是，先活成自己想要的，再去想怎么做好一个妻子和母亲。"

"我明白，不管怎么样，谢谢您。"

行长将打印机上的一份调职申请表递给司清："最晚下周三，我要你的答案。"

司清道了谢，拿起申请表离开，刚走到门口，就碰上了要进门的池中煜。他的目光精准地落在调职申请表上，旋即一脸震惊。

司清带着池中煜来到天台，严肃地盯着他："你先别往外说，我还没想好。"

池中煜犹豫道："琛哥也不能说吗？他又不会不让你去？"

司清有些烦恼地摆摆手："我就是知道他不会阻止我，才不想告诉他。反正也还有时间，我再想想。放心吧，我不会对你的琛哥始乱终弃的。"

池中煜摇头，难得正经地说："师父，我不是担心琛哥，我是担心你。你在外人那儿是不会吃亏，但一对上自己人，就永远会把自己的诉求往后放，习惯先付出，生怕自己哪儿做得不够好，会给我们添麻烦拖后腿。我是怕你为了琛哥，先选择放弃这个晋升的机会。"

司清沉默。池中煜叹了口气。

千年古刹内，树茂根深，午后的阳光被茂密的枝叶打得细碎，光光点点地落在青苔上。

景琛手里拿着延福寺的图纸，趴在木梯上检查着斗拱的情况，一边拍照记录，一边在图纸上做下标记。

一处之前维修过的梁柱上，景琛看到了景爷爷上次维修时留下的黑色笔迹：2000 年 12 月记。他轻轻地扫去上边的灰尘，拍下了这张照片。文保所工作人员看着景琛拍下的一张张照片，又从包里翻出一叠老照片对比着，眉头紧蹙。

景琛拿着照片道："除了标注的这些，还有侧殿的两根承重柱，蛀蚀中空，木质纤维已经呈粉状，需要换新。"

文保所工作人员颇为紧张地询问："那依你看，这需要大范围地修缮吗？工程一大，我们就必须上报，但马上就梅雨季了，我怕来不及。"

景琛指着图纸上的基础梁柱接口说："我建议在尽量保存原有构件的基础上，先进行这几处换新和修复，应该能保证不受梅雨季的影响。"

文保所工作人员立马松口气："这种小范围的我就能做主，以前一般维修的话，也是单位里的专家提出修改方案，你爷爷带着几个木工师傅一块完成。哝，这儿还有照片呢！"文保所工作人员说着便从那叠老照片里抽出一张照片，那是景爷爷二十年前修缮延福寺时的照片。

景琛接过照片，看着景爷爷露出孺慕之情，不禁问："徐叔，这张照片可以给我吗？"

"拿去吧，在我这儿放着也是落灰。"

景琛垂下眼帘："谢谢。"

文保所工作人员拍拍他的肩："那这延福寺的修缮工作，就按以前你爷爷说的，由你来接手了。"

景琛不免惊讶："我爷爷他是怎么跟您说的？"

"我有次去医院看他，说到延福寺，他就提到了你，说他年纪大了，怕是做不了爬上爬下的活儿了。不过好在你回来了，跟着他学了多年的木工，底子一直在，又积累了璟园的经验，延福寺一些不算大工程的修缮工作，你应该是没问题的，也是让你有点事儿做。"

景琛的右手握住自己左手手腕，郑重其事地应下："好，我试试。"

之后的日子，景琛每天都起得很早，天不亮就在祠堂埋头研究。司清经常迷迷糊糊地睁眼，发现床边没人，拿起手机一看：4:39。她缓了一会儿，起身下床。

天光未现，展馆里的布置基本已经完成，只差把手工艺品一一摆放进去。只见景琛坐在桌子前，对着那张景爷爷的老照片，为那幅修好的卷轴补续跋：贰〇〇〇年捌月，暴雨引山洪，延福寺局部受水，景康山夜奔桃溪，参与大殿保护性维修工程，于次年年底完工……

此时景琛正专注地拿着毛笔在卷轴末端落款：贰〇贰壹年陆月，次孙景琛敬跋于璟园中堂。在次孙景琛旁，他留了一个位置。

司清循着展馆的灯光跨过门槛，走了进来，就见景琛的身影在昏暗的角落，身上散发着令人难以靠近的颓色。

司清轻唤："景琛？"

昏暗灯光下的身影怔了一秒才回头，唇角习惯性地露出温和的弧度："怎么起这么早？"

"你自己呢，"司清指着一旁的碎木和工具，"连着好几天了，不是熬夜就是早起。这延福寺的修缮你不要勉强，做不了还有别人。这璟园，还有这展馆，你做得已经够多了。"

景琛握住司清的手，望着桌子上的画卷，题跋上正是景家木匠一辈辈参与延福寺始建、扩建、修缮的记录。景琛轻述："这卷轴，最早是从后晋时期的一辈先祖开始题写的，记录了他参与延福寺始建的经历，后来每一代都会续跋，或是扩建，或是修缮，从没中断过，直到爷爷不小心弄丢了后半卷。我没想过他会把延福寺的修缮工作交由我来接手。司清，我怕我做不到。"

司清沉默了片刻："去找你大哥吧，他也是景家人。这一定也是爷爷想看到的。"

景琛眼神渐黯，避开了司清的目光。

这几天上班都是在楼盘里，司清低头收拾着资料，然后一份份地放进档案袋里。司清吐槽："空调开这么低，电费不要钱的吗？"她穿着夏天的银行套裙，冷得直起鸡皮疙瘩。

司清核对着客户按揭的一本本资料，敲打着输入电脑。突然，手机振动起来，是景琛的微信，司清低头一看是景琛的微信：今晚也要加班？

司清立刻回复：嗯，估计要很晚，你早点睡，不用等我。

艾丽挂着重重的黑眼圈，吸了吸鼻子，撑着腰靠在椅子上："这几天我已经冻得没知觉了，腰也快断了。你呢，什么时候走？"

司清抬抬下巴，示意不远处带着客户的销售："那边说让我再等等，晚上还有一个交了订金的客户要过来。"

艾丽趴在桌子上，一副生无可恋的神情："我上辈子一定是从诛仙台上倒插着跳下来的，不然绝不会脑子短路进银行工作。不像你，为爱发电，任劳任怨。"

司清冷漠："没有爱，谢谢。"

不远处，肖飞看着司清，眼中闪过一丝算计。

到了晚上，天竟然下起了阵雨。祠堂里一地的木屑，景琛拿着凿子，手里是一个失败的榫口，他把这块木料放到一边，重新拿起一块开了粗槽的木头，又拿着凿子调整接口的咬合。他的手机扔在一旁，屏幕上显示他导师的来电，景琛也没有注意到，依旧低头凿着榫口。握着凿子的手，一开始还流畅稳定，但越到后边细致处，他握着凿子的手腕就越是吃力，渐渐地开始微微颤抖。他猛地用力，凿子已经越过弹出的墨线，又一块木料损坏。景琛紧紧地握着凿子，望着一地的废料，下意识地抬起凿子想毁了木料，最后却又无力地垂下手。

雨铃响起。景琛回神，才发现雨已经越下越大。

雨里的司清穿着工作裙套装，顶着小雨快步朝车子走去，快到了才发现自己车子前后都被其他车子堵住，根本没法开出。她朝前面一辆车走去，发现前挡风玻璃处没有留挪车电话。她无奈只能朝后边一辆车走去，按着号码拨通后，却无人接听。司清眉头紧皱，又回到前面车子处，开始拨打移车热线：“您好，帮我查下南A28U7J车主的电话。”她坐在车上，不停地拨打电话，却始终无人接听，气得直接启动车子，试着往外挪，却还是差了半个车尾。司清烦躁地熄灭车子下车，一边往外走，一边打开叫车App，然而当司清走到门口时，却发现停车场里用于行人通行的大门已经关上，保安室里也一个人都没有。一旁ETC智能识别的车辆通行栏杆，下方是门帘状闭合的，除非司清从一米多高的栏杆上跨过，才能出去，而上方正对着一个监控。

司清皱了皱眉：“这是在故意整我吧？”

手机屏幕上又多了水滴，司清才注意到不知何时小雨已经变大。看着紧闭的门，以及自己今天的套裙，司清忍不住狠狠地踹了一脚门。

现在只能期待着有车能往停车场里开。

恰好此时远处还真有一辆车子开来，不过对方在马路对面停下了，车子直接半横着停在车位上，司清刚挥手要打招呼，只见那辆横着的车里下来一个年轻女人，正对着电话另一端撒火：“老公你下班没？这车位太小了，停不进去也开不出来……车子我扔这儿不管了，你过来停好！”言语间全是有所依仗的不管不顾，年轻女人说着就不要管横在路上的车，径自离开。

司清有些羡慕地看着这个任性的年轻女人，握着手机，终于也拨出了景琛的号码，但刚拨出去，她就回过神，毫不犹豫地挂断了电话，特别善解人意地喃喃道：“他现在正烦着呢，我不能再添乱了。”

雨越来越大，司清在原地愣了片刻，才往车里跑。

此时，景琛则撑着伞往一辆璟园专用的接送商务车走去，正好这时导师再次来电。

景琛接起："喂，老师。"

"工作的事考虑得怎么样了？"

景琛迟疑："我……"

导师打断了景琛："我大概能猜到你的答案，但还是要再跟你啰嗦几句。老邵的团队看了你的简历，对你很感兴趣，开出来的条件也很不错。他们有资本，也有营销途径，可供你学习的东西真的不少。最重要的是，你如今不是一个人了，做决定的时候也要问问你太太。"

景琛眼里露出笑意，看着外边的暴雨，坚定道："如果我问她，她肯定不会同意。"

导师挑眉："怎么会，这是难得的机会！哪家太太不希望自家丈夫多赚钱养家。"

"我家太太啊……"景琛温柔下来，"她是个自己淋了雨，还只顾着给别人撑伞的人。"

司清看着雨刮器不停地工作，再次拿起手机打开叫车软件，加了调度费。

这时，停车场外似乎有车灯亮起，司清忙拿着手机下车。司清站在门闸处，朝开过来的出租车伸手示意，但出租车丝毫没有停留的意思，直接从她面前经过。

在越下越大的雨中，司清不停地在叫车软件里加着调度费，然而前方还有二十四人等待。此时，手机振动，司清低头看到是景琛的电话，犹豫许久才抹了把脸，红着眼眶按了接听："喂。"

"刚才给我打电话了？"

司清听到景琛的声音，眼泪瞬间不受控制地掉了下来，又迅速擦去，语气故作轻松："也没什么事，就是下雨了，问问你在哪儿？"

景琛系好安全带，看着车外头的大雨："今天一直在家。你呢，下班了吗？"

"没呢，估计要到半夜，"司清看到车窗上狼狈的倒影，顿了顿，强忍着道，"晚上我就不回家了，去出租屋凑合一下。"

一辆印着璟园 Logo 的商务车疾驰在路上，景琛听着蓝牙电话里的声音，眼里渐渐漫上温柔笑意："在银行还是又在楼盘？"

司清叹气："在楼盘摆摊,我先忙了,你早点休息,别一天到晚对着那堆木头,我们还不至于艰苦到这份儿上。"

景琛看着导航上显示的二十分钟的路程:"嗯,马上。"

司清在雨中冷得直颤抖:"等你比赛结束我们去度假吧,去一个不下雨的地方,我讨厌死下雨天了。"

景琛似是想到了什么,应道:"好。"

"那我先挂了,拜拜。"司清挂断电话,立刻给简约打电话。

看着屏幕上简约的来电,匆匆按了接听就听对面说:"刚在洗澡,怎么啦?"

"你赶紧来接我。"司清吸着鼻子,委屈地哽咽,她拿着电话,蹲在地上痛哭出声,"我被肖飞那王八蛋困在楼盘的停车场里……快冻死了。"

景琛开车经过停车场对面的马路,正好看到那辆横停着的车子在重新停车。

他不得不停在一侧等待,打开车窗,他无意看向马路,只见对面的停车场门口,有个身影狼狈地缩在保安亭外。

暴雨中,景琛看不清对方的脸,却还是拿出手机拨打了司清的电话。

司清看到来电一愣,犹豫片刻还是接起电话:"怎么还没睡?"

"你在哪儿?"景琛看到对面的身影接起电话,猛地将车子停在路上。他飞快地下车,大步朝马路对面跑去。

"还在加班,"司清还没有察觉,强忍着委屈接着电话,突然有刺眼的灯光,看到简约的车司清立刻起身,"好了不说了,我得忙了。"

停车场门口,简约的车被识别后,门闸自动打开,司清慌忙挂断电话,起身往外跑,匆匆上车。

景琛看着匆匆挂断的电话,刚跨过围栏,就见简约的车已经消失在大雨中,他站在雨中,望着车尾,又看向停车场,身侧的手握紧又松开。许久,景琛从口袋摸出手机,给池中煜打了个电话:"阿煜,你给司清的同事打个电话,问清楚她们今天是几点下班的?……没事,也别说是我问的。"

与他擦肩而过的司清吹着暖风,打了个寒战,连忙擦着头发,吸了吸鼻子。

简约咬牙切齿道:"那王八蛋是第二次使这么下作的手段了吧?"

司清慢半拍地点头。

简约继续咬牙切齿："你老公呢？这么大的事他就算骑着自行车也要赶来吧！我看你结婚栏里直接写丧偶得了。"

"少咒我们，是我没告诉他。"

简约恨铁不成钢地瞪了眼司清。

司清解释道："他最近在忙着修缮延福寺，没必要打扰他，而且我混得这么狼狈，会显得我特别没面子。"

简约没好气地狠狠戳了下司清的额头："你这辈子迟早死在面子上！"

次日，一辆商务车突兀地停在停车场，车上印着璟园的 Logo。

车外传来肖飞和助理的对话——

肖飞助理道："平时看司经理那副厉害样子，还以为她不会哭呢。结果我一早去看监控，在大雨里哭到凌晨两点。"

景琛的目光渐渐变得愤怒。

"我不是都让保安撤了吗，她怎么出去的？"肖飞还指了指门栏，"真穿着裙子，从这上头爬过去的，监控拍到了？"

肖飞助理摇头："没有爬，好像是小姐妹来接的。"

景琛面无表情地启动车子，握着方向盘，脸上是满满的戾气。

眼看肖飞和肖飞助理朝车子走去，景琛突然踩下了油门，将车一把从停车位倒出。肖飞刚准备上车，就见一辆车丝毫不减速地朝他们驶来。

肖飞几乎整个人刚跌进车后座，景琛的车就已经擦着他的车，将还没关上的车门从他眼前撞飞了出去……

第十七章　有的人天生孤注一掷不计后果

这俩人自然得到警局报到，俩人一起从交警局出来，肖飞冷笑地挡在景琛面前，却被他阴鸷的目光惊得后背一凉，不由更加恼羞成怒地说："我怀疑这根本不是意外事故，而是故意谋杀。"

"你误会了，这次还真不是。"景琛居高临下地俯视着肖飞淡淡道，顿了顿，语气冰凉地补了一句，"但如果还有下次……"说完转身离开。

肖飞汗毛直立，看着景琛离开的身影，大声羞辱："想帮你老婆报仇啊？就凭你吗？估计你连赔我车的钱，都要你老婆帮着付吧！""我是真的挺心疼她的，一个女人拼死拼活地赚钱，在外头受了再多的委屈，都只能自己忍着。也是，说了又有什么用？是能让她不工作，还是能让她不用看人脸色。"

景琛停止脚步脸色微变，握紧了拳头。

肖飞挑衅地满怀恶意道："好好的金屋不要，偏偏要跟一个什么也没有，甚至还要靠她养的没用的男人，住到乡下草窝去！可惜了，昨晚没拍到她裙子底下……"

景琛握着车钥匙的拳头直接就招呼上去，在拳头即将落在肖飞脸上时，一只脚及时踹到他的膝盖上，让他直接跪倒在地，也避过了景琛的拳头。来人正是穿得跟民工似的景木圣，他大步流星，手里还拿着个安全帽，身后跟着六个西装革履的律师。

"你是蠢吗？不知道换个没摄像头的地方再下手？"景木圣斥道。

肖飞看到景木圣刚松了口气，听到这话不由瞪大了双眼："你……你们……给我等着，我要告他故意谋杀。"

景木圣笑眯眯地说："怎么会呢肖总，我弟弟这是在自卫。"

景木圣冷笑着看向肖飞，拿出手机点开一段录音。

"肖总这是什么意思啊？"

"刚才球场上人多，不好动手教训他，但换个地方就好办了。不过这还要景工帮个忙，把你弟弟引到我们楼盘的工地上，到时候是废一双手还是……"

景木圣适时掐断录音，但肖飞已经脸色大变："那晚分明是你先约我打球，说要看看他的手废没废？"

"是呀，可我那是关心我弟弟。倒是肖总你，心思恶毒地教唆我险些酿成大错，不然你觉得他怎么会那么巧地出现在你的地盘。我思来想去良心不安，最终还是决定来自首。这些都是我的辩护律师，"景木圣回头看着律师，"你们先跟肖总聊聊故意伤人罪的量刑。"

他叮嘱完这些，才冷眼斜睨景琛："你，跟我过来。"

景琛皱了皱眉，却还是听话地跟着走。到了角落，景木圣上下打量着景琛，看到额头处的淤青不由愤愤地戳着，一脸的恨铁不成钢："有种你倒是别踩刹车！再努力一把，争取把牢底坐穿。"

景琛油盐不进地说："没踩，是车子自动刹车。"

景木圣被气得心口疼："那你还给我打电话干什么？"

"赔偿的钱不够，我的卡交给司清了。"

景木圣气得险些一口血喷出来，感觉心口更疼了！

这时匆匆赶到的池中煜忙也跑了过来。"琛哥你没钱找我啊，我……我爸有钱。"说完，自己也觉得有些丢人，讪讪道，"那你叫我来是为了什么？"

"驾照的十二分被扣光了，"景琛把钥匙递给池中煜，"车子你替我开去修理厂吧。"

"那你现在去哪儿？"

景琛垂眸，手里握着手机，像是终于做出了决定："导师推荐了一份工作，我准备去面试。"

池中煜不由震惊地看向他，景木圣目光沉沉地盯着景琛，咬牙再次朝他大步逼近，一把抓起景琛的衣领："你要去找工作？"

景琛垂下眼帘："嗯，展馆已经差不多筹备完成，璟园以后就交给你，还有延福寺……"

景木圣笑了一声，旋即忽地抬起拳头就朝景琛脸上揍去："我用得着你施舍吗？"

"哎，你干吗？我警告你，你要是敢动我琛哥一下，小心我……"池中煜赶紧拦住景木圣的拳头，护短地挡在景琛面前，看向派出所，"我喊警察！"

景琛却脸色平静地推开池中煜，示意他先离开。

池中煜担忧："可他……"

景琛安抚道："没事。"

池中煜打量着脸色铁青的景木圣一脸的担忧，但在景琛坚定的目光中，还是一步三回头地离开。

景木圣冷笑地看着池中煜的背影，一步步地逼近景琛，开始嘲讽模式："这么急着赶你小弟走，是怕他知道你过去做的那些龌龊事儿吧？也对，毕竟谁也不会喜欢跟一个怪物做朋友。"

景琛垂着头，手紧握成拳，景木圣却继续火上浇油地刺激道："还有你最在意的司清，你猜她发现你的真面目后，会不会觉得恶心和害怕，然后跟你离婚？"

景琛的呼吸变得急促，望着景木圣的眼神变得冰冷。

"看来你真的很在乎她。"景木圣点头，确认道，又勾起恶意的笑，看向不远处匆匆赶来的司清，继续戳心，"听说你们是六年前，是因为璟语堂的景观模型才认识的。她应该不知道她宝贝、珍惜的定情信物，是怎么来的吧？你当初怎么不再狠一点，干脆把这只手真废了！"

司清的身影越来越近，景琛的目光陡然一颤，脸色变得惨白，浑身紧绷。

就在景木圣嘴边扬起不怀好意的笑像是准备朝司清说些什么时，景琛狠狠地抓住了他的手腕："别告诉她。"

景木圣看不到此时景琛脸上的神情，只是感受到被捏得发疼的手腕，但还在不停挑衅："我如果偏要说呢，你打算怎么做？打我，还是……"

景琛捏着景木圣的手越来越紧，手背青筋骤起，却又突然松开。

"哥。"景木圣被景琛的称呼叫得一震，只见他抬头，眼里尽是哀求，"求你。"

景木圣深深地凝视着景琛，紧紧咬着后槽牙，似是恨铁不成钢地说："她对你就那么重要？比榫卯还重要？"

景琛垂眸，无声地回答回应了一切。

景木圣冷笑，声音像是带霜："呵，这就更有意思了。你越是在乎你的兄弟、爱人，我就越想看到你被他们抛弃的样子。你拥有的，我会从你手里一点一点全部拿走。"

闻言，景琛的眼神变得阴鸷。景木圣意味深长地朝走近的司清勾了勾唇，转身离开。

司清一心记挂景琛，没注意到景木圣兄弟的争执，紧张地检查着景琛："有没有受伤？要不要去医院？"

景琛掩去眼里的黯色，紧紧握住司清的手，看着她担心的模样安抚道："我没事。"

她这才缓缓出了口气，但对上景琛深沉的目光时，不由语塞："昨晚我……"

"回家再说。"景琛打断话头。

司清欲言又止地点点头。

回到家后，景琛就直接钻进厨房，司清不时观察着身侧的景琛，只见他安静地站在水池边洗着碗。水开得很大，厨房里只听得到哗哗的水声。景琛洗完一只盘子，司清就立刻接过拿干净的布抹干，态度积极。

水池里的碗和盘子已经全部洗完，司清松了口气，立刻将水拧上。不料景琛又打开柜门，拿出里边不常用的堆积的碗放进水池里，再度开始洗。

司清心累。她一点点挪到景琛身边，用胳膊轻轻碰了碰景琛的手："你是不是在生气？"

听到司清小心翼翼地试探，景琛洗盘子的动作停下，关掉了水，低叹着将她拉进怀里，疼惜又愧疚地说："对不起。"

司清懊恼地摇头，小心翼翼地解释："昨晚我没告诉你，是怕你担心，简约又正好在附近，她过来更快些。"

"嗯。"

一声嗯让司清心更虚，就差指天发誓，保证道："我保证，下次再遇上这样的事，一定第一时间给你打电话。"

"好。"

司清对着景琛那平静得看不出波澜的眼睛，慢慢抱住他的腰，脑袋蹭了蹭他的胸口："那你还生我的气吗？"

景琛轻叹了口气，低头看着司清的眼睛认真地说："我真的没生气，更不会对你生气。"

"砰——"篮球狠狠地砸在篮板上，球筐震动，篮球弹落在地上。

池中煜满头大汗，气喘吁吁地撑着膝盖，小腿发抖，举起手投降："琛哥求放过，我申请换项目。"

景琛走到台阶处，从包里拿出一瓶水抛给池中煜，自己也仰头灌了半瓶水。

池中煜喝了口水气喘吁吁地说："我们还是回去钉钉子吧，虽然大半夜的有些瘆人，但比较省体力。或者你要还不解气的话，给肖飞那混蛋点颜色看看也行。"

景琛在台阶上坐下，沉默地望着路灯照在地上的光影。

池中煜走到他身旁坐下，略带迟疑地开口："你是在气我师父受了委屈不告诉你？"

"我是气我自己。我很清楚她瞒着我是为什么，只是我从来没正视过。"景琛仰头看了看暗下去的天色，道，"阿煜，我明明有能力可以让她不那么辛苦的。"

"你有，但你并不喜欢，而且我觉得她也不需要你这么做。"

景琛像是钻进了死胡同，始终沉默不语。

池中煜又道："琛哥，你之所以想改变，其实是为了让自己心安，免得我师父以后怨你吧。我都不知道该说你是自私，还是胆小了。"

不等景琛回答，就跳下台阶，拿起篮球重新开始。

次日，景琛走进延福寺，看着熟悉的环境，过去一幕幕无比清晰地闪现。本一无所有，但如此幸运。被爱、被期待、被信任，然后被自己一手打碎。菩提树下的景琛恍然又自责。

直到手机振动声惊醒了他，是导师的电话，景琛接起："喂，老师。"

"我刚下课看到你的消息，真决定去面试了？那就明天晚上，我安排一起吃个饭。"

景琛安静了一瞬。

电话那头传来一声叹息："你要是不愿意就算了，千万不要因为怕我为难而勉强自己。"

景琛强笑着解释道："不是的，我刚才只是在想，我过去似乎从来没做过对的选择，年近三十却一事无成，最后还要惹得你们为我担心受委屈。"

"你这孩子，好好地说这些干什么。"

"老师，就明晚吧，我想试试。"景琛刚挂断电话，一声吊儿郎当的口哨声从身后传来，转头一看，是景木圣，"你怎么来了？"

景木圣漫不经心地走近，慢慢走到景琛身边，仰头看着院子里的菩提树，兴味盎然地开口："前两天我去拜访了爷爷以前的老朋友，就是那个文保所的徐叔，跟他聊了几句，他就主动带我过来了。你也是，根本做不到的事，又何必逞强呢？不如我帮你？"

景琛看向景木圣："条件。"

景木圣头一歪："改名或者换姓，然后搬出璟园。"

闻言，景琛的脸色冰冷得似是能淬出冰刀，景琛讽刺地笑了笑："十年前都没成功的事，你凭什么以为现在我会听你的？"

"当然是凭你刚才的电话喽。你都要改行了，还占着我们家的姓干吗？一个没血缘，也没守住爷爷手艺的人，不配。"景木圣故作长叹道，"想要这一切的是你，为了女人放弃的也是你，老头子要是在地下知道了，不知道会不会后悔在这里收养了一条'白眼狼'。"

景琛离开的脚步倏地停下，脸色极为难看。

装修豪华的五星饭店包间里，西装笔挺的景琛推门走进包厢，坐在首位的邵总笑着起身迎道："本来应该约你在公司见的，结果临时有客户约见。我想你正好在这附近，不如一起见见，反正以后都是自己人了。来，坐下聊。"邵总熟络地拉着景琛入座。景琛不太习惯这突然的热情，疏离地道谢："谢谢邵总。"

"甭见外了，我和你老师是几十年的老交情。"

这时，包厢门推开，两个客户走了进来，其中一位竟是景木圣。邵总当即笑盈盈地起身相迎。景琛顿了稍许，也跟着起身。

"李董，总算是见到您这个大忙人，"邵总看向李董身边的景木圣，"这位是？"

"我兄弟景木圣，你们叫他景工就行。他跟着我凑个热闹，邵总不介意吧？"

"巧了，我也带了个新朋友，也姓景。"邵总指着身侧的景琛，"我们公司新挖来的创意总监，景琛，央美雕塑系毕业，国外好几个团队抢着要的人才。我费了老大的劲才终于让他松口答应来帮忙，你们公司的项目我就准备让他负责。"

景琛伸手与李董握手，随即又淡定地伸向景木圣，景木圣挑眉握住。

"来来，坐下再聊。"

在邵总安排座位时，景木圣不动声色地在景琛耳边低语："你初入职场，我这当哥的特意过来给你上一课。"

景木圣将手里拎着的袋子交给服务员，只见里边是四瓶白酒："麻烦全部开了。"

服务员将几瓶白酒取出，倒在分装的酒壶里。邵总见状："哟，景工你这是有备而来啊。"

"酒品看人品，人品观品位，我这是替我们老李考验你们艺术家的品位来了。"服务员将酒壶分别放在四人面前，景木圣先倒了一杯朝景琛示意，"难得在酒桌上碰上我老景家的人……"

景琛皱眉盯着景木圣，没有动。

邵总愣了一下，看了眼景琛，忙笑着拿起自己的酒杯，准备起身："怎么能让景工先敬酒，我……"

景琛按住邵总，拿着酒起身："我来。"

景琛将杯子里的酒一饮而尽，景木圣挑了挑眉，拿着酒杯却只是沾了沾唇。

"不好意思，我这两天熬夜心脏不太舒服，就随意了。"景木圣毫无歉意道，在景琛即将坐下时又不紧不慢地开口，"不过景总你这诚意欠缺啊！李董是甲方，你不敬他一杯？"

景琛沉默地又倒了一杯，客气地转向李董："李董，我敬您，您随意。"

李董正要喝酒，却被景木圣制止："啧，景总你这就不懂事了。我刚只是给你递个台阶，你这会儿应该主动一点，自罚三杯。你这样推一下才动一下，我会以为你是艺术家当久了，瞧不上我们生意人。"

邵总看着僵持的景琛和景木圣，正要圆场，却见景琛喝完杯里的酒后，又重新满上，没有停顿地喝完三杯，才重新坐下。

有这样的大哥搅局，接下来的时间，景琛又要应酬又要招架来自大哥的"照顾"，白酒一杯杯地喝完再满上，比以前应酬累了十倍不止。

云篇恰巧也在这个酒店的餐厅约了品牌经理谈事，结束后拎着包往酒店外走，迎面碰上推着车的服务员，往边上让了让，对方推开一间包厢的门，云篇无意掠过的视线瞬时停住，震惊又难以置信地望着半敞着门的包厢里，景琛向李董敬酒。

景琛清冷的脸上带着让云篇感到陌生的笑意，景琛弯下的腰深深刺痛了云篇的心。

景木圣望着景琛已经惨白的脸，眉头紧皱说："邵总，你们这位景总真是了不得，这酒量当个设计师可惜了，该让他公关客户去！"

景琛却仿若未闻，只是捏着酒杯一圈圈地慢慢转着。

这对景琛来说其实不算什么，他是进过名利场的，纸醉金迷，声色犬马，名车、名酒、名牌……池中煜说他是登过高峰的人，并不是在恭维，只是陈述了个事实。

景琛不答，邵总忙尴尬地转移话题："项目的事不如先这样，我们公司先给出个方案，李董也了解下景琛的风格，等……"

包厢的门突然被推开。在众人未反应过来时，云篇径自进来走到景琛面前问："你来这里做什么？"

景琛一愣，淡淡地回答："工作。"

"司清知道吗？"

景木圣看看云篇，又看看景琛，觉得很有意思，走到她面前："这位女士，你……"

云篇转向景木圣，高跟鞋似是漫不经心地踩上景木圣的鞋子上，冷厉地说："闭嘴，行吗？"景木圣疼得说不出话，表情狰狞地咬牙瞪着云篇。

云篇看向景琛，留下一句："我在外边等你。"

景琛歉意地朝众人示意了下："不好意思，我出去一下。"

景木圣若有所思地望着两人的背影，把玩着手里的手机，似是在谋划着什么。

邵总继续尴尬地解释："年轻人嘛……哈哈哈"

走到无人的湖边，云篇转身质问身后依旧淡漠的景琛："你有必要这么糟践自己吗？"

景琛听到云篇的话，情绪却没有任何波动，依旧淡淡地回答："这只是份工作。"

"喝酒应酬的工作？你就这么缺钱？"

景琛靠在湖边的栏杆上，有些疲惫地按着眉心："有问题吗？这个城市里，绝大多数的人都……"

云篇强势打断："他们可以，唯独你不行，别忘了你和我分手是因为什么，还有那天在非遗博物馆你拒绝我的话。景琛，你，不能变成那种为了份工资朝九晚五，向领导、向甲方低头哈腰的人。"

"你们都说我不能，"景琛轻轻摇了摇头，"那究竟是因为我不能这么做，还是我不该为了司清这么做？"

云篇似是被狠狠一击，深深吸了口气，还是问出了口："归根结底，你还是为了她？"

景琛眺望湖面，轻笑了一声，语气平静："云篇，我快三十了，我有我想承担，也应该由我来承担的责任，别再戴着校园时期的滤镜看我了，我从来都没你想象得那么高尚。不管是之前选择回来守着爷爷的手艺，还是现在决定放弃，都只是出于我的私心。"

云篇死死咬着牙，眸光倔强，彻底心凉失望："你如果是为了让我死心，把滤镜粉碎给我看，那你成功了。你现在懦弱的样子，真让我看不起，更让我为曾经的付出感到难堪和不值。"

"抱歉。"他语气里却没什么歉意。

"不需要。这次，是我不要你，你不配。"云篇骄傲地转过身，眼中才闪现狼狈的泪光。

景琛沉默地望着云篇的背影，许久才往饭店走去。

南城的夜晚，依旧车水马龙。司清坐在驾驶座内，望着酒店门口出来的景琛一行人。她手机亮起的微信页面上，是一条景木圣发来的酒店地址。她的视线透过降下的车窗玻璃，平静地注视着脸色发白、神情不卑不亢的景琛。

邵总和李董先后上车，路边只剩下景琛和景木圣。

景木圣道："下个月正式上班，看来这份工作，你是铁了心要接了。"

"不是这份，也会有下一份，以后别再玩这么幼稚的游戏了。"

景木圣吊儿郎当地朝着司清的方向吹了个口哨。景琛顺着景木圣的视线望去，陡地停下脚步，看向景木圣的眼神冷了下来："你到底想干什么？"

景木圣却没理会景琛，直接朝车子走去，敲了敲车窗："弟妹，聊两句？"

司清下车还没开口，景琛已经神色紧张地挡在她面前，紧握着她的手。景木圣在一旁看着热闹。司清不说话，只是看着他。片刻后，景琛低声开口，似有似无地告了旁边看热闹的那个观众一状："我胃有点不舒服，大哥灌了我不少白酒。"

景木圣气得还没来得及反驳，司清已经护短地怒视他，随即打开后座的门，没好气地将景琛推上车，又拿着买好的水和解酒药塞进他怀里，语气硬邦邦："把药吃了，在车里等我。"

司清摔上车门，朝"观众"景木圣抬了抬下巴，示意去一旁聊。走前景木圣还意味深长地回头看了眼车里的景琛。

景琛坐在车内，手里紧捏着矿泉水，五官紧绷地望着车外的司清和景木圣。两人不知在说着什么，还不时看向车里的景琛，司清时而蹙眉，时而像是在反驳景木圣。终于，他克制不住地推开车门，刚下车就听到司清的一句冷话："我为什么要听你的！景琛是什么人，我比你更清楚。"

景琛浑身僵硬地立在车边，司清冷着脸转身往车子走来。他一动不动地站着，直到司清来到他面前，还没回过神。

司清看着眼前失神的人生硬地问："不是不舒服吗，怎么还没吃药？"

景琛突然一把将司清拉进怀里紧紧地抱住她，问："他跟你说了什么？"

司清挣扎着要推开他，但双手也被他握住无法动弹。

只听景琛艰难地开口，声音带着无措："不管他说什么，你能不能先听我……"

"松手。"司清打断。

景琛顿住，缓缓松开司清。周围静得只闻两人的呼吸声。

在景琛苦笑着低下头时，解酒药被递到景琛嘴边，司清脸色虽冷，动作却轻柔："张嘴。"

他陡然抬头，看着唇边的药眼睛一亮，乖乖地接过水将药吃了。景琛目不转睛地探究着司清此刻的想法，却毫无头绪，只能试探道："你没生我的气？"

"呵！"

景琛立时闭嘴。

就听司清道："我猜你根本不懂什么叫生气，慢慢教你。"

司清回到驾驶座，扣好安全带迅速启动车子。

景琛洗完澡刚走进卧室的门，迎面而来的就是扔过来的枕头和被子。

"我今晚不想看到你。"

景琛抱住枕头和被子，听话地退到门口："好。"

司清的脸色更加难看，深吸一口气，狠狠关上门。

云篇喝着啤酒，吃着火锅，一副被辣得吸鼻子的狼狈模样。这时，一包抽纸被推到云篇面前。

"无疑了，中国好前任。"

云篇抬头怒怼对面擅自坐下的景木圣。云篇冷笑："我看起来像是在哭的样子吗？"

景木圣见云篇两眼通红，还一脸倔强，挑眉道："那你这前女友的情绪似乎还不够到位。"

云篇捋了捋头发，似笑非笑地凑近景木圣说："你这当大哥的倒是挺称职的，真难为你一把年纪，还有体力赶这么多个场子。"

"没办法，谁让我摊上那么个糟心的弟弟呢！唉，有没有'青春喂了狗'的感觉？"

这时，包厢的门被推开，是神色匆匆的池中煜。"学姐你还好吧？"看到景木圣见怪不怪地打招呼，"嗨！圣哥，正要给你打电话，看我们什么候候约？"

次日，司清走进厨房，就见景琛已经做好早餐。景琛疑惑道："你手机出问题了？昨天给你发信息一直没反应。"

司清淡定地打开冰箱拿出牛奶，同时手里不停地发着微信，随口回他："哦，是我把你微信拉黑了，有事电话联系。"

景琛一蒙，半晌才小心地试探道："你生气，是因为我瞒着你找工作，还是大哥跟你说了什么？"

司清皮笑肉不笑："你说呢？"

景琛握住她的手，低声道："司清你别这样。"

"我这样，你有没有很烦？"

"没有。"

"那你会想跟我离婚吗？"

景琛皱眉："当然不会。"

"既然没什么损失，那心里有气干吗不撒出来，憋着等乳腺增生吗？"司清煮好咖啡，端着往外走。

晚上景琛照例做好晚餐，桌上摆着几道时蔬，一口砂锅，以及一个椰子甜品。他一边打电话，一边将盛好的饭放到桌子上："要加班？……好，那你记得先吃饭，开车注意安全。"

景琛刚挂断电话，门外就响起一串脚步声。"琛哥，我来蹭饭了！"池中煜兴高采烈地进门，熟门熟路地在桌子前坐下，顺手拿起景琛刚放好的筷子就准备开动，"我师父还没到家呢？我看她先我一步下班走的。"

景琛握住池中煜拿着的筷子。

池中煜秒懂："明白，等你老婆回来我再动筷。"

"她早就下班了？"

不知前情的池中煜回答道："嗯，我亲眼看着她上车……"这才后知后觉地反应过来，屏息放下筷子，心虚地解释，"但也可能是我看错了，我们行里也不是就一辆蓝白色的车，还有可能她是去见客户。你知道的，客户经理不分上下班和周六日的。"

景琛转头又问："那昨晚呢？"

池中煜眼睛一转，毫不犹豫地回答："这个我记得一清二楚，昨晚她们信贷部在加班，我走的时候办公室的灯还亮着。"

"是吗？可她昨晚跟我说的是，去总行开会。"

池中煜不由傻眼，立刻闭嘴，低头拿起筷子扒了两口饭。

景琛语气低落："她在生我的气。"

"吵架了？"

"没有。"

"嘶，她要是连吵架都不愿意吵的话，那更糟糕。而且她还可能调职去北城……"池中煜在看到景琛突变的神色时，立刻止住话，一拍脑门儿，"咳，那个差点儿忘了我家老头子交代的正事了！你等我一下，我马上回来！"

过了一会儿，池中煜拿着凳子回来，是个多功能拐杖，既能当椅子，也能当作拐杖，他道："景爷爷送给我家老头子的，他当宝贝似的用了十几年，结果前几天钓鱼的时候不小心给磕坏了。我跟他拍了胸脯保证了，你一定能修好。"

景琛看了下，发现只是作为连接各主体的楔形榫头杆出现了明显破损。

他犹豫片刻道："我不一定能修好。"

池中煜在一旁的门槛上吃饭，望着景琛拆卸木头的样子，下意识地反驳："别开玩笑了，璟园这么多老房子你都搞得定，这小玩意儿绝对没问题。我相信你肯定不会让我失望的。"

景琛看着池中煜眼中的崇拜之色接着问："如果我做不到呢？"

池中煜咬着筷子深思，挠了挠头，迟疑地玩笑："那我可能会觉得偶像光环破灭，脱粉。"

景琛握着破损的榫头，再次感受到身边的人可能会一个个离开的惶然。

次日他就开始修这个凳子，在一根楔形木头上用凿子打着榫槽，虽然拆卸的榫头都能安进去，接口却明显不够完美。犹豫片刻，他只能拿起凿子重新调整尺寸，但越到后边越心有余而力不足，手腕渐渐开始颤抖。景琛握着凿子无法再动手，颓然地放下。

这时，池中煜的视频电话打过来，只见他戴着渔夫帽拿着鱼竿在钓鱼："琛哥，那个凳子你还在修吗？"

景琛望着散乱的支架说："嗯，还需要……"

河边，池中煜大大咧咧地打断："那你别修了。"

景琛一怔，却见池中煜的视频一转，镜头里出现了景木圣。

池中煜还直接在伤口撒盐道："桎哥，他给我做了个新的，你看看是不是超级厉害？"

视频里，景木圣轻松拆装着多功能钓鱼凳，眉目舒展地朝景琛露出个意味不明的笑。

池中煜挤到景木圣身边，哥俩好似的搂着景木圣的肩膀，对景琛笑着挥手："那就这样，我跟桎哥先钓鱼了。哦对了，我师父她今晚真的加班，你别多想啊，拜拜。"

景琛望着视频挂断，状似平静地放下手机，收拾着凿子和支架。

也不知道池中煜是不是说真的，反正此刻银行办公室内坐满了等待做按揭的客户。蒋甜甜和艾丽焦头烂额地帮助客户办理贷款手续。

司清拿着资料核对着客户的银行卡："您这张卡号登记错误，还要麻烦您重新填写一份，然后再签下字。"

客户一脸犯难："你改一下不就好了，我不识字，好不容易才填完。"

"我们有规定，不能替客户填写资料。不然这样，我给您找个范本。"司清起身去拿，她落在办公桌上的手机振动，备忘录提醒：7月20日，景琛生日。

客户被吵得不耐烦，直接将手机提醒关了。当司清回来时，手机早已没有动静，她也没注意到提醒，低头教客户填写。

天色越来越暗，晚霞也渐渐落幕。昏暗的展馆内，只有些许天光透进天井，越发衬得景琛形单影只，他的面前，是一只与冬至一模一样的景观模型，只是有着明显的损坏后修复的痕迹。

突然，《生日快乐歌》的音乐从门口传来。景琛的眼里缓缓溢出笑意。

这时，展馆的灯全部被打开，光线刺得景琛下意识地眯了眯眼睛，等他睁开眼时，看到的就是景木圣拿着正在播放音乐的手机，大摇大摆走进来的样子。景琛脸上的笑意慢慢消失。

"我好心好意来给你庆祝生日，你就这态度？"

景琛不理会景木圣的奚落，起身收起模型，却被景木圣贱兮兮地挡住去路："我猜今晚应该没人记得你生日。你前女友就不说了，你那个小弟一口一个柽哥的，叫得我头疼。还有你老婆，她最近对你也是爱答不理的吧，那晚我也就跟她说了几句……"

景琛一把揪住景木圣的衣服，就将他抵到了柱子上，凶狠地盯着景木圣问："你跟她说了什么？"

景木圣感到有些喘不过气，但还是挑衅地说："说你从小就是个心机深沉，为达目的不择手段的怪胎，鸠占鹊巢的……"

景琛抓着景木圣衣领的手越来越紧。

景木圣补全了后面的话："偏、执、狂。"

纸永远包不住火，而现在，引线终于烧到头了。当年的事被景木圣连根翻了出来，那时还是少年的他心底所有的算计、贪心、独占……

小景琛低头拿着墨斗在木头上画线，另一边小景柽根本没画线，拿着铅笔描了几笔，直接上手打眼开榫。

当小景琛在凿除榫槽里的废木料时，小景柽已经翘着双脚，打着哈欠开始试榫卯。看到哥哥这么快，他开始有些着急，锤子敲击凿子时，一时偏了角度，凿刃过了榫凿线，白费了一根木料。

小景柽见状掀了掀眼皮子，懒洋洋地嗤笑："你是蠢吗？那是闷榫，没老头子的那份功力就聪明点，在凿子上标下榫槽的深度线。"

小景琛沉默了一会儿，闷声道谢。

"你完了，明天就是冬至了。爷爷回来要是看到你还没做完，"小景柽故意拿着已经拼凑好的模型走到小景琛面前，不怀好意地笑着道，"今年这春节你就得回你的破庙里过了。"

景康山临出门前下了狠话，谁没完成谁就滚出老宅。大哥是亲孙子当然有恃无恐，而那个时候的小景琛虽然才九岁，但是也知道这应该只是爷爷的激励而已，他……应该不会把自己赶出去。

吃百家饭的他早就没有了同龄孩子的单纯天真。还没被收养的时候，他每天早晚两顿都要去不同的家里吃饭，有时早饭去得晚了，也只能拿个包子或者麦饼离开，而去得太早，则更是尴尬无措地等在一旁，晚饭更是……人家其乐融融地看电视吃晚餐，灯火可亲，他一到就先收获一大波眼神同情。

晚上住在寺庙，小小的他还不懂所谓此心安处是吾乡带来的安全感，只知道这里伸手不见五指漆黑一片，小孩子都害怕。所以被领养后，爷爷住在他隔壁房间，震天响的呼噜声成了他的安眠背景音，也是在早上不知时隔多久后，再次看到有盛满了饭的属于自己的位置。懂得察言观色的小少年纵然揣测正确，但是小心脏不免惴惴。他害怕，他患得患失，也惶惶难安。在无数个夜里，他都会看向旁边床上的"大哥"，心里幽暗密生：他有妈妈，为什么还要回来呢？

小景琛紧紧地握着凿子，垂着头不说话。

"要我帮你也不是不行，"小景桎伸出手掌，"说一句'哥，求你'，然后乖乖把你去年的红包交出来。"

小景琛倔强地站在那儿："我今晚可以做完。"

小景桎不爽地撇撇嘴，冷哼地戳了戳景琛的头："被赶出去了，我才不会去破庙看你。"说完气哼哼地往外走。

外头夜色渐深，小景琛继续专注地做着手里的工作，他低头拼装着，到最后却发现一根榫头怎么都拼不进去，渐渐地开始心烦气躁起来。

小景桎一直没回来，他的模型嚣张地摆在最显眼的木工条凳上。内心挣扎许久，最后还是忍不住起身，走到小景桎的模型前，他蹲下身仔细地观察小景桎的模型与自己的差异。

昏暗的灯光下，小景琛看不清结构，便又往前凑了一点，然而四脚条凳因为他突然的往前，重心不稳地翻倒，条凳上的模型也"砰"的一声摔落在地，掉出了几根连接的榫卯。

小景琛慌忙捡起地上的模型，手忙脚乱地想帮他把掉落的榫头拼凑回去，却发现这个榫头与榫槽的咬合并不紧密，他下意识地拿起凿子准备调整，但当凿子放到榫槽里时，他停下了动作。"今年这春节你就得回你的破庙里过了。"这句话不停地回响在小景琛脑子里。

走的不一定是谁，他心道。渐渐地，小景琛有了一个计划。

手里的凿子狠狠地凿向木头，慢慢地，小景琛唇角勾起，惊慌消失，取而代之的是轻松的释然，以及隐隐的兴奋。察觉到身后的目光，小景琛知道大哥回来了，于是将凿子对准了自己的手腕，顿时血流如注，鲜红的血淋在了模型上。

门口，少年景桎死死地盯着他，神色冰冷，小景琛回头，与门口的景桎四目相望。

深可见骨的伤口甚是可怖。

第十八章　这也算生日惊喜？

　　景木圣指着那破损后修复的模型，问："你还记得那时候，我对你说过的话吗？"

　　景琛目光一颤，景木圣当年的诅咒似在耳边——

　　"你有种就装一辈子，一辈子都不要让人发现你的真面目。"

　　"根本没有人会真心接纳和喜欢你这样的怪物！"景木圣顿了顿，"你以为你修回去，藏起来，就可以抹去你犯的错吗？你心里很清楚，不可以，所以你的手再也没办法若无其事地拿起木凿。我们景家的传承，就是断在你手上的！修璟园，做展馆，但你逃得过你内心的谴责吗？"

　　景琛抓着模型的手开始颤抖，一点点松开他。

　　景木圣却一把抓住景琛颤抖的手腕，继续火上浇油地刺激他："是了，我差点儿忘了，这门手艺在你眼里，反正也不过是讨好爷爷、继续留在璟语堂的工具。你把自己伪装成无欲无求的恶心样儿，是害怕被发现你病态的偏执和占有欲，怕他们知道你的本质后会厌恶你、害怕你、抛弃你。说白了，你就是个懦夫，连喜欢、想要、生气都不敢表达的懦夫，怪不得司清避之不及地要调职去北城。"

　　景琛的呼吸变得急促，垂着头令人看不清他的神色，片刻后他忽地笑了起来，目光却带着些阴暗："我这副恶心的样子，不也有你的功劳吗？是你一遍遍地提醒我，我只是个连名字都不配有的替代品，我没有喜欢的资格。可怎么办呢？我就想要有个家，从前是有爷爷的家，现在是有司清的家。你为什么总是逼我？"

　　"这是你欠我的。"景木圣使劲推了他一把。景琛的背撞到桌子上，却只是若无其事地撑起身子站好，漠然地扫了眼模型。

　　"好，那我还给你。"景琛举起模型，狠狠朝景木圣脚下砸去。

　　《冬至》模型砸落到地，木头碎裂四溅弹开。

　　"过去我跨不过去这道坎，是害怕失去他们。可现在，我还有什么？"

　　景琛的视线掠过架子上的金缮杯子，他再次发泄似的将杯子摔向地面。

　　景木圣脸色骤变，直接抬手狠狠给了景琛一拳："你个疯子！"

兄弟俩继而大打出手。

景琛下手毫不留情："你不就是想把我逼疯吗？"

展馆内混乱不堪。景琛将景木圣压制在地上，眼中一片冷戾："你明知道我最在意的就是她！"

景琛咬牙，一拳击向景木圣的嘴角。景木圣却不再挣扎反击，脸上露出了古怪的笑容，不怀好意地看向门口方向。

"我什么都没和她说。"

景琛握着的拳头停在景木圣下巴处。

"说什么，都比不过亲眼所见。"景木圣看向门口，"你猜，这下她还要不要你？"

景琛一震，猝不及防地转头，看到了不知何时站在门口的司清，她脸色惨白地站在一地狼藉中，怔怔地望着这个陌生的景琛。慌张、惊恐、无措，他徒然松开景木圣，像是再次被所有人抛弃的绝望。景琛一动不动地站着，惶惶然地孤立在天井中，只是望着眼前人。

景木圣扶着墙起身，摸了摸淤青的嘴角，朝司清使了个眼色。司清红着眼眶，泪水忍不住落下，艰难开口："景琛，我们——"

不等说完，景琛仓促打断："好，都听你的。调职的事我听阿煜说了，我都没问题。"他还是不舍得，起码不敢自己先提出。话落，就往外走。

在经过司清身侧时，突然被紧紧抱住。"没问题个毛线，你知道我要说什么吗？"司清一脸心疼，"我不演了，去他的脱敏治疗！心结解不开就不解了，你的手又不是真残了，大不了以后你就不做木头。"

景木圣傻眼。景琛更是呆滞茫然地站着，任由司清抱着。

"你……"

"你傻不傻，我们骗你的，你都分辨不出来吗？池中煜那么烂的演技你都相信，他什么时候分过前后鼻音，你觉得他能分清琛和柽吗？谁九岁不需要引导，怎么就本质恶劣了！至于占有欲强，那正好我很缺爱，咱们一个锅配一个盖，一个愿打一个愿挨，谁也没祸害谁。"司清瞪着一旁无辜的景木圣，"外人少瞎操心胡折腾！"

景木圣立刻举手投降，对上景琛的目光时扯了扯淤青的唇角，又没好气地训斥："出息！"

司清不禁又护短地瞪回去，才和颜悦色地牵着景琛往外走。

璨语堂里热气蒸腾，鸳鸯锅内，红白汤沸腾着。只见院子里的树上、墙上，都布置着五彩缤纷的气球。

云篇将一盘盘洗好切完的火锅菜放在长桌上，嫌弃地摘下几个气球："你能不能稍微展现点我们美院的正常审美。"

池中煜手里端着个蛋糕，正在门口探头探脑地等着。"琛哥正处于被亲人、朋友、爱人抛弃的低谷，就需要这种喜庆的暖色系来治愈。"接着又探出头去听，喃喃道，"他们怎么还没结束，会不会穿帮了？这生日礼物，我总觉得有点缺德。"

"系统脱敏疗法，害怕什么就刺激什么。"云篇漫不经心地理了理袖子，说到这颇为遗憾，"啧，景琛被众叛亲离的重场戏，想想就带感。早知道就该先安个监控，好看他被甩的直播。"

池中煜一脸惊悚地回头，就看到云篇嘴角上扬，令人脊背发凉的温柔笑意。

司清牵着景琛的手回到璨语堂，两人身后，是沉默的景木圣。刚走到门前就看到笑得露出大白牙的池中煜，以及傲娇冷着脸的云篇。桌子上，点着蜡烛的生日蛋糕，以及烟火气十足的火锅。司清握了握景琛的手，他才像是彻底醒过神。池中煜见状上前一把抱住景琛："琛哥，我永远不会脱粉，你永远是我偶像。"

景琛僵硬的身躯渐渐放松，眼中也露出笑意，拍了拍池中煜的肩。

云篇也朋友似的朝他伸出双手，挑眉道："不打算给我这中国好前任一个拥抱？"

景琛笑着上前，礼貌地抱了抱云篇，同时道："谢谢。"

门外，景木圣望着这一幕，欣慰地笑了。

司清朝景琛示意了下景木圣，两人都有些许的不自在。景木圣掩饰着失落，转身准备离开时，景琛蓦地出声："留下吃饭吧。"

景木圣一怔，挑眉看向景琛，池中煜忙笑着上前一左一右地揽着两人的肩："走走走，进去再说！"

四双筷子同时夹了菜，一起放在景琛的碗里，令他脸上有了笑容。长桌两侧，一边坐着司清和景琛，另一边分别是云篇、景木圣和池中煜。

气氛组池中煜道："来，一起碰个杯！祝琛哥生日快乐！"池中煜率先抬起手中的啤酒，云篇紧接着朝司清示意。

"生日快乐。"

"生日快乐。"

三人说完，齐齐看向没跟上节奏的景木圣。

"做作。"景木圣一脸鄙视，不情不愿地抬起酒杯，"生日快乐。"

景琛眉眼温柔："谢谢。"

五罐啤酒在半空中撞击，发出清脆的声响。

在司清准备下筷子时，云篇拦住："等等，我拍个照！"

然而池中煜这个饿鬼已经将菜夹回碗里，不管不顾地吃火锅。

云篇刚拿起手机准备拍照，摆盘就已经被司清和池中煜破坏，她咬牙收起手机："你们俩稍微矜持点会饿死吗？"

司清嘴比脑子快："你一天不发博就会脱粉吗？"

池中煜趁着司清和云篇说话，已经"暴风式"进食，听到司清的话兴奋地插嘴："哎哎哎，说到脱粉，你们看我下午那段戏了吗？我是不是把情绪铺垫得很到位？琛哥，给我醋……"

景琛的视线淡淡地扫过池中煜，配合地把醋递给池中煜。

"那个我不是叫你，"池中煜却贱贱地一笑，揽着景木圣的肩，"我叫的是这个棒哥！我下午说这话的时候，琛哥那小眼神简直脆弱得不要不要的。如果不是我信念感强，铁定当场反水穿帮了。"

压轴角色司清道："少给自己加戏，记住你只是个过场。"

"是是是，论演技我绝对比不上在场的各位大佬。尤其是学姐，临时改台词，还能把因爱生恨表现得那么淋漓尽致。"

云篇淡淡地瞥了眼池中煜："谁说是台词了，一开始我就没答应陪你们玩这么幼稚的生日惊喜。我去酒店只是不甘心，想要求证某人是否真的准备为老婆放弃梦想。毕竟以前跟我在一起的时候，他可是满心满眼都是原则抱负。现在，呵，也不过如此。"

云篇话落，场面顿时有些尴尬。景琛沉默，景木圣挑眉看热闹。

池中煜紧张得不行，左右为难地不知如何开口，只能在桌子底下轻踢景琛，朝他使眼色。

司清拿起面前的一罐可乐，低头拉着易拉罐的拉环，坦荡道："在景琛这件事上，你输给同为女性同胞的我，总比输给他们更容易接受。"目光淡淡地掠过池中煜和景木圣。

意会到司清话的景木圣险些呛了出来，池中煜一脸蒙，这题对他来说超纲。

云篇目光火热地审视着边上正好呈三角的男人。

池中煜皱眉："琛哥，这话听着好像有哪里不对。"

"是哪儿都不对。"景木圣咬牙，向景琛砸去一粒花生米，"能不能管管你老婆？"

景琛抓住花生米，故作严肃道："别和我说话，我需要自证清白。"

司清朝云篇示意眼前这一幕："感受到了吗？"

云篇嫌弃："我竟然觉得你说得挺有道理的。"随即拿起啤酒，和司清碰了下，两人相视而笑。云篇喝了口酒，才转向景琛，落落大方地朝他举杯，说："那晚我说，我为过去感到不值和难堪，全是气话。但我说不想要你，放下了，是真心的。老同学，以后请多关照。"

景琛凝视着云篇释然的神情，笑着举起啤酒，与云篇碰了碰杯："谢谢。"

景木圣目光复杂地打量着云篇。

池中煜长舒了一口气，嘀咕："吓死我了，以为差点儿要变修罗场了。"

景琛的目光突然落在池中煜身上，声音波澜不惊："阿煜。"

"啊？"

"你们什么时候串通好的？"

风雨欲来……

池中煜、景木圣、司清和云篇对了个眼神，立刻默契的拿起筷子，热火朝天地准备开动，各有各的忙。

池中煜："来，牛肉熟了赶紧吃。"

司清："把酱汁给我。"

云篇："阿煜你把生菜下了。"

景木圣："你们喝酒吗？我……"

"我来。"景琛打断他们，"咔嚓"一声打开一罐啤酒。

场面瞬间安静得落针可闻。

景琛唇角噙着浅笑，不紧不慢地将啤酒递给景木圣，把酱汁递给司清，又把生菜下到清汤锅，最后夹了一筷子的牛肉含笑放进池中煜碗里。

池中煜摸着鼻子，放下筷子，脑子里回想起一切计划的最初。

景琛生日前，司清和池中煜刷着淘宝，靠在天台的栏杆上搜着生日礼物。

"琛哥过生日，就我们仨会不会太冷清了？"

司清纠正："是四个，加上云篇能凑桌麻将了。"

池中煜挠了挠头，忽然想到了什么："不是还有个大哥吗？多个亲人在，总归会更热闹些。"

司清皱了皱眉，正逢此时手机上，景木圣来电。

池中煜露出大白牙："得，齐活儿了。就看给琛哥准备什么生日惊喜了。"

回忆至此，池中煜一脸诚恳地保证："我发誓，真的是你去面试的前一天，我们才'勾搭'上的。"

景琛直指要害："那这生日惊喜，是谁的主意？"

池中煜战战兢兢地刚夹起牛肉，吃也不是，不吃也不是，心虚地左瞄右看，桌子底下，他立刻感受到了来自左右两侧云篇和司清的脚下威胁以及目光威压。

池中煜咽了咽口水："我回忆回忆。"

酒店里，四人坐在卡座上，一脸烦躁。

池中煜想了半天还是没想到："他无欲无求得都可以就地羽化登仙了。我认识他这么多年，从没见他缺过什么，想要过什么。"

一直沉默不语的景木圣忽地出声："应该是安全感，他最想要的是家人，最担心的，是怕你们知道他是个什么样的人后就离开他。越是在乎的人，他就越害怕被发现。"说完看向司清。

司清皱了皱眉："当年到底发生了什么？"

"我爸去世后，我妈带着我改嫁。在我离开南城的那一年，爷爷收养了景琛。我是有一天跑回来的，听说他也叫'阿琛'，就主观地认为是爷爷太想我，才找了这么个替身。其实我一点儿都不讨厌他，我从小就想有个弟弟，只是青春期的男孩好面子，总爱用欺负的方式刷存在感。直到那年冬至……"景木圣叹了口气，垂眸，继续道"我才恍然，我的自以为是把他逼到了什么地步。"

司清点头："所以你从没有怪过他，你离开，只是想把爷爷，把这个家都让给他？"

云篇复杂地看着景木圣："不止，他还把名字也让给了景琛。景桎是因为这个才变成了现在的景木圣。"

"我没那么无私，我也是为了我自己。我并不认可爷爷的守旧，他固执地认为手艺就是守艺，而我年轻气盛，只想让更多人知道榫卯。景琛设计逼我离开，我自然就借坡下驴。"景木圣摇了摇头，顿了顿道，"他当时招数决绝，我以为自己离开他自然满意，大家都满意，谁知道这竟然成为了他的心结。小崽子还以为自己反社会人格呢。"

司清、云篇和池中煜都狠狠地瞪着他，景木圣无语。

半晌沉默后，司清眼睛一亮："这个生日，我知道送什么了。"

"巧了，我也有想法。"

司清示意云篇先说。

云篇道："脱敏治疗。"

司清："他最怕什么，就刺激什么。"

云篇："先破后立，上演一场他最怕的噩梦。"

司清："揭开他最不堪的过去。"

云篇："在他以为亲人……"

司清："爱人。"

云篇："朋友，都抛弃他的时候……"

司清温柔地笑笑："我们再给他来个合家欢的惊喜。"

池中煜倒吸一口冷气："你们俩是魔鬼吗？这是生日不是忌日，真没必要玩这么狠。"

景木圣表示同意："没必要走到全员出动众叛亲离的那一步，我怕他受不了。"

云篇蔑视："妇人之仁。"

司清总结："重要的是结果。"

回忆完这场缺德的生日惊喜诞生过程，他深吸一口气，抬头看到了景琛脸上格外温和的笑意。

景琛双眼一眯："想好是谁了吗？"

池中煜立刻点头，目光偷偷地看向司清和云篇："是……"筷子迅速指向身侧一直安静吃火锅的景木圣，景木圣发蒙。

景琛掠过众人心下了然，只道："知道了。"

司清和云篇飞快地对视一眼，默契地添柴加火——

司清拍拍景琛的肩："别生气，大哥也是为你好，我劝过几次，他坚持要演到众叛亲离的那一步，让我不能妇人之仁。"

云篇一脸纯良："还必须让司清压轴提离婚。"

"提离婚？"景琛看向景木圣的目光变得幽暗，不动声色地将碟子上的骨头扔到景木圣脚下。

流浪猫狗跳过高高的门槛，闻着香味摇着尾巴来到院子。

景木圣忍不住放下筷子，盯着司清和云篇轻呵一声。

"你呵什么，闹这么一出，说白了都是你们兄弟俩的问题。一个有话不说，另一个有话不好好说。"云篇拿出两本《说话的艺术》，"呐，生日礼物，送给你们俩正合适。"

景木圣轻嘻地接过一本，下一秒却陡然僵住，猛地跳到椅子上，顺手扯住身旁云篇的胳膊，咬牙怒视景琛："你怎么还是改不了这招猫逗狗的臭毛病。赶紧给我弄走，不然别怪我……"只见景木圣的椅子下，是几只啃着骨头的流浪狗。

"像小时候那样让它们消失吗？"景琛探究地问道。

云篇推搡着景木圣的动作停下，用看变态的眼神盯着景木圣。

景木圣咬牙："你不会一直以为那些流浪猫狗是被我给啥的？我有那么丧心病狂吗？是村里有人被狗咬伤投诉了，城管带着收容所的人给带走的。"

池中煜强忍着笑意："琛哥，大哥应该做不出那么变态的事，他好像怕狗。"

景琛目光一闪，悻悻地拿起空碟："咳，土豆没了，我去刨……"

"我去！我去刨土豆，免得他们又以为我剥削虐待你。"景木圣松开云篇，才发现自己的表带勾住了她的头发，想也不想就准备扯断，却见云篇满眼杀气地扫了他一眼。

"你……敢。"

景木圣根本没在意到云篇的威胁。再度动作时，云篇低头抱起一只流浪狗，皮笑肉不笑地轻抚着狗毛："你弄断一根试试。"

景木圣欠欠地俯视着云篇的头发："啧，缺什么，护什么。"

云篇怀里的狗当即朝景木圣凑了过来，他吓得没有任何停顿地摘下手表，任巨大的钢铁机械表挂在云篇的脑袋上，就从椅子上直接一大步跨下，如避蛇蝎般地朝厨房大步走去。

云篇黑着脸摘下手表，死死盯着表带上缠着的几根头发。

池中煜和司清低着头假装什么都没看见，一声不吭。

厨房里景木圣刨完土豆皮，将土豆洗好递给他，景琛负责切成片装盘。

"怎么会想到去读雕塑？"景木圣随口提起。

"你刚离开的那段时间，我心里特别高兴，丝毫不觉得自己做错了，坚信只要我的手艺比你好，爷爷就不会想你。直到再拿起凿子，我才发现我没办法静下心来了。原来自己的本性那么不堪，还要向爷爷证明就算天赋不如你，也依然可以取代，得失心太重的结果可想而知。高三整个学期，几乎都被挫败和焦躁的负面情绪包围。"

像是听一个与自己毫无相关的故事，景木圣只是垂着头继续刨着土豆，一个大土豆被连皮带肉地刨成小小一个。

景琛停顿片刻，稳了稳声线："我越来越不敢面对爷爷，害怕看到他脸上的失望，伤口也不断提醒我是个……最后我做了逃兵，考去了美院，挑了一个跟传统手工完全不相干的雕塑专业。"

"爷爷走之前真的给我打过一通电话，也是真的叫我回来，不过，是为了你。他一直后悔，把你带回家却没照顾好你，"景木圣把最后一个土豆放在景琛面前，难得语气温和，顿了顿，"我也一样。"

菜刀切土豆的声音"噌"地顿了一下，很快又再次规律地响起。景琛一声不吭地低头切菜，只是原本切得薄厚均匀的土豆片，开始变得厚薄不均，他的眼里隐隐似有水光。

景木圣端起土豆片，又顺手从一旁拿起一个洋葱放到砧板上，贴心道："再把这个切了。"

走到门口时，身后的景琛忽然开口："哥。"

景木圣听到，狠狠一震，呆立在门口，半晌才道："干吗？"

"哥，其实我知道你小时候帮过我，但我还是……还是算计了你。"

景木圣嘴硬："你记错了，我那时候不是帮你，我说的是不准碰我弟……（的）鞋。"

与厨房煽情的氛围不同，花园里池中煜正调试着"唱吧"麦克风，很快他的声音透过话筒的声音传来。

"Ladies and gentlemen，一首《假如爱有天意》献给今晚的寿星 Mr. Jing。"

云篇和司清对视片刻，同时起身，扑身去抢池中煜手里的麦克风。

司清抢左手："这是我和他的歌！"

云篇抢右手："你问过歌手了吗？"

景木圣端着土豆出来，忽然驻足，静静地望着院子里的热闹，是温馨且浓郁的生活气。云篇、司清和池中煜正抢着一个无线麦克风，幼稚却……在这夜里显得热闹又有烟火气。

景琛走到他身边，景木圣没有回头，满嘴嫌弃地吐槽："你这前女友、兄弟和老婆，没一个正常的。不过，都挺好的。"

景琛眼角有些微红，此刻充满温情地望着院子里的人，对兄长道："还有你。"

景木圣愣了半晌，怎么也压不下上扬的唇角。

紧接着麦克风里传出司清鬼哭狼嚎的歌声。

景木圣眼皮一跳，就见司清和池中煜抢着一个唱吧麦克风，一起深情地拿着手机对唱《假如爱有天意》，池中煜的调子也被司清带偏，云篇生无可恋状坐在一旁。

景木圣眉头紧皱，低声问景琛："她平时就这水平？"

"不是。"

景木圣松了口气。

景琛无奈轻笑："今晚已经算超常发挥了。"

揉了揉被折磨的耳朵，景木圣一脸同情地拍了拍他。

景琛却道："还挺催眠的。"

景木圣一脸见了鬼的眼神，受不了景琛宠溺的模样，径自夺过土豆朝长桌走去，迎面就对上云篇抱着狗狗。

仲夏的夜里，热气熏腾的火锅，荒腔走板的歌声，狗叫声，笑闹声，令廊下伫立的景琛心头暖意萦绕。

次日，景琛和景木圣将展馆复原，景木圣拿着毛笔，在卷轴上亲笔添上了：长孙景桤。景琛站在一侧，看着卷轴完成，露出笑意。

桌子上，景琛与景木圣在修建延福寺，穿着工作服，戴着头盔的合影，与一旁景爷爷的照片交相呼应。

景木圣一边刷着滕立群的根雕，一边拿着那张品牌经理的名片反复打量："这牌子什么来头，出手这么阔。张口就要跟你这儿的师傅们签几百万的订单，是他脑子有坑还是给我们挖了坑？"

景琛在旁边一边修着那晚打架弄坏的凳子，一边回答道："云篇介绍的，她目前的合作伙伴，据说很靠谱。我也找过他们去年合作的两位老师傅，暂时没发现问题。"

景木圣环顾着展柜上的展品说："既能靠手艺赚钱，又能让手工艺品走出去，的确是个难得的机会。"

"我明天约了师傅们，会把合作的好处和风险都尽可能详细地告知他们，由他们自己决定是否合作。如果他们想试试，我就帮他们对接，用璟园的名义去签合同，尽可能在合同上保障他们的权益。"

这时，景木圣手机振动，一个叫"少女的梦"的群里池中煜不断@两人："哥哥们开黑吗？"池中煜发了个二哈表情包："老地方！"

景木圣正准备无视并设置接收免打扰时，池中煜发来一张一名女生被一群宅男包围要签字合影的照片。

"别说兄弟没义气！网吧邀请的嘉宾是我的电竞女神兔兔！"

景木圣一手拉着景琛往外走，一手飞快地回复微信：报坐标，速来。

景琛一脸蒙："去哪儿？"

"网吧。"

景琛想起小时候被混混围堵欺负，兄长帮他的那一幕，欣然道："好，我请你。"

而云篇工作室里，云篇与司清和简约三人正试着不同的汉服进行闺蜜拍照。另一边网吧，景琛和景木圣、池中煜正在开黑，飞快地敲击着键盘。

茶馆外的湖边，三个女人正进行茶歇会，在一个叫作"未来富婆高级养生会所"群里发着她们刚拍的照片，收到后立刻打开修图 App 进行修片。

司清向姐妹们问："要是换成你们，会怎么选？"

"选江山还是选美人？不好意思我确认一下，你是在认真问我们的意见，还是在凡尔赛？"云篇斟了杯茶。

"当然是认真的。这种选择题但凡早几个月扔给我，我梦里都能给出答案。但是现在……"

简约点破："舍不得你男人了吧？"

"应该说是舍不得现在的生活，爱人、朋友，还有越来越如鱼得水的工作环境。"司清道。

简约不以为然："换作是我，我不会去，迈出舒适圈的成本和风险都太高了。一旦去了北城，就意味着要再次回到从前一个人租房、一个人加班，回家只能吃外卖的日子，还要重新适应新环境。"

司清听到简约的话，若有所思。

云篇却说："那一直待在舒适圈，放弃成长，你甘心吗？"

网吧里，池中煜和景木圣就着可乐吃泡面，池中煜边吃边道："肯定不甘心，就算现在她放弃了，也保不准日后后悔。到时情绪堆积，怨你耽误她搞事业，比暂时的异地可怕多了。"池中煜和景木圣一边帮景琛分析，一边目光一直盯着前方不远处正被宅男围着的兔兔。景琛沉默地拿着罐饮料，左右把玩着。

景木圣说得更直接："异地是不可怕，两地分居的家庭出轨率也就百分之四十五，都还没过半。最坏的结果，也不过是半年不见，她怀孕了。"

景琛单手拉拉环的动作一个用力，汽水笔直地喷到景木圣脸上。

"瞎说，我也没见那些天天腻在一起的就天长地久了。再说，现在交通和视频这么方便，又不是异国还有时差。"云篇喷了喷雾，精致地拿化妆棉轻轻压着。

景木圣："就怕北城节奏快，你老婆忙起来的作息，和你这乡野老干部比起来，跟异国也没差别。"

云篇："总之我就一句话，宁愿尝试了不干，也不要后悔留下遗憾。"

他们两个，不在一个空间都不影响斗嘴。

司清听完眉头更皱："听你们说完，我更不知道怎么选了。"

几位男士室这边，景木圣神情变得严肃："花花世界的诱惑，不是只有男人抵抗不了。你敢赌吗？"

景琛茫然："我不知道……"

池中煜的位置已经空了出来，他正一脸痴迷地凑到前排女主播兔兔身边，求合照。

湖边，简约突然从屏幕里抬起头："我去！异地个毛线，这才几千米，兔子就吃窝边草了。"只见简约的手机屏幕上，是兔兔的微博，分别发了她和景琛、景木圣的两张合照，配文：网吧偶遇，据说是五年老粉（害羞）。下边附的地址正是附近的网吧。

司清看完微博，与云篇对视一眼，不由冷笑。

景琛、池中煜和景木圣正戴着耳机，排排坐在网吧内。原先坐在前排的兔兔已经坐到了池中煜和景琛中间，正在联机开黑。

兔兔不时嗲嗲地询问景琛操作——

"你好厉害呀，不像人家，每次输出都很弱。"

景琛没什么反应。

兔兔锲而不舍道："你能教教我怎么操作吗？好多朋友都嫌弃我，不肯带我玩。"

池中煜不等景琛回答，就热情地凑到兔兔身边："兔兔我教你，我教你。"他在这心驰荡漾，不时看一眼身边的兔兔，敲键盘的力道也变得更加用力。

三人还没察觉，网吧的门已经被推开，司清、云篇和简约气势汹汹地走进了网吧。

景木圣在三人群里发了个更得意的表情包：她邀请的是我，OK？

景琛心累："赶紧打，我五点要回家做饭。"

池中煜看到景琛的微信，忍不住出声："琛哥你五点就走？"

景木圣暧昧地朝景琛眨眨眼，景琛只顾着盯着电脑上的时间："嗯，还有十分钟。"

兔兔一脸遗憾地蹙眉："五点就走吗？好吧，那我也差不多该撤了。"

"没有，我们今晚……包夜。"池中煜不停地朝景琛使眼色，"对吧琛哥？"

"对，我们包夜。"景木圣附和，说完还一把撩开景琛，冲兔兔挑眉，邀请道，"晚上一起吃夜宵？"

兔兔的目光看着池中煜和景木圣，最后看向景琛。

池中煜恳求地扒着景琛，景琛不为所动。见这个弟弟油盐不进，景木圣放出大招："你还记得当年我在这网吧外替你挨过的打吧？"

"不记得了。"

景木圣冷哼："我以前有个U盘，里头放了不少视频，后来那U盘不知道被谁碰了……"

景琛打断："包夜吧，我请客。"

景木圣打了个响指："行嘞，今晚景先生买单。"

话音刚落，景琛、景木圣和池中煜的肩上分别落下一只手，三人一时还没反应过来，下意识地伸手去拨。

司清的冷笑声在背后响起。

第十九章　无妄官非

司清俯视着景琛，伸手摘下他的耳机，凉凉道："景先生买单，很阔气啊！"

景琛求生欲爆棚，面不改色道："我哥他孤家寡人的，钱留着也没地用，只能挥霍弥补空虚。"

景琛看向景木圣，却见他已经无比自然地拿起泡面喝了口汤，回头状似震惊地看着司清："弟妹你怎么来了？不好意思啊，最近工地拖着不给尾款，今天多亏景琛请客，才吃了两桶泡面填了个半饱。"

司清皮笑肉不笑地看着景琛："原来是你这位景先生，钱够不够？不够的话我转你，说好了我养你，就不能让你连泡面钱都付不起。十年的偶像，请个夜宵包个夜，正常的。"

"不是我偶像，是阿煜的。"景琛看向池中煜，而池中煜早已挪开了几个位置，戴着耳机躲在墙边认真无比地敲着键盘打游戏，划出楚河汉界。

兔兔疑惑地打量着司清三人："你们是？"

"兔兔妹妹，别看他们仁人模狗样的，姐姐给你好好介绍一下。"云篇温柔地笑着指向景琛，"中间这个呢，是没车没房没工作，靠老婆发工资的Farmer。我面前这个呢，是连包夜泡面都要AA的搬砖工。"

兔兔吃惊地看向景琛和景木圣，两人在司清和云篇的目光中，沉默点头。

"至于你左手边那位……"

简约接道："姐，你不用浪费时间了。合照都没有的人，不配有姓名。"

"喂，你什么意思？谁不配有姓名了？"

简约笑嘻嘻地点开兔兔的微博，再点开"自己的图册"，池中煜才发现合照里他的身影被截了。

兔兔嗲嗲的声音变成了汉子风："喊，我还有事先走了。"

三个男人顿时松了口气。景琛起身："走吧，回家吃饭。"

司清带着云篇和简约在池中煜挪开后空出的位置上坐下，豪气道："回什么回，包夜。"

简约摩拳擦掌："莫名地兴奋，大学毕业后就没再来过网吧了。"

云篇从包里拿出面膜和喷雾："不错，重回青春。"

熬了个通宵，在清晨路边早餐的香味中，六人从网吧走出来，看着灰蒙蒙的天，以及刚支起来的早餐路边摊，彼此相视而笑。路灯下，是六人远去的身影，以及留下的笑闹声。

司清调职的事最终定下来了，行长似是惋惜，又似是释然地望着司清叹气："我尊重你的决定，说真的，我现在是既高兴又可惜。你先生呢，他怎么想？"

"我还没告诉他。"

下班回家，还没走到展馆门口，司清就看到景琛正在送陈婆和五个老师傅出来，老人们的脸上都带着憧憬的笑。

她站在一旁没有打扰，静静地望着被老人们包围的景琛。隐隐地听到老人们兴奋的交谈。

"我这辈子都没出过南城，结果我做的灯笼倒是要出国了。真是做梦也想不到呀。"

"这老外，还挺识货的。"

"阿琛，合同啊你替我们签，我们都放心。"

送完人转身，景琛才发现湖边含笑站着的司清。司清笑着道："阿婆他们都很开心。"

景琛"嗯"了一声。

"那你呢？"

"不知道这一步是对还是错。"

司清抬手揉了揉他不自觉蹙着的眉心："那就先走了再说，我认识很厉害的律师，可以请他起草合同，把可能存在的风险扼杀在摇篮里。"

景琛握住司清的手，两人一起往璟语堂走去："过段时间我可能会很忙，在那之前，我们补个蜜月吧。"

"好啊，我刚请了年假，我们去哪儿？"夕阳下，随着两人的身影渐渐消失，说话声也渐渐远去。

景琛轻声道："故地重游。"

一处坐落在沙漠和黄杨树林间，充满摩洛哥风情的酒店。

一辆吉普车停在门口，司清兴奋地下车，第一时间就是拿着手机不停拍照。景琛从后备厢里取下行李，耐心地等在一旁。

拍照的手机上不停弹出微信：有个客户出了事故，我得帮着办手续，吃饭改明天吧。司母又补了一条：你妈我作为过来人，给你一个忠告。女强男弱不可能长久，男人说会等你，那都是屁话。你要是真想守住这段婚姻，就别去什么北城，早点生个孩子才是正经事。

司清看到信息，平静地收起手机，朝景琛解释道："我们先去我爸家，我妈今天没时间。"

景琛瞬间了然，既心疼又担心，但司清像没事人一样，没心没肺地继续拍照。

来到父亲家，进门第一时间映入眼帘的，依旧是那组刺眼的全家福。景琛下意识地去看司清的反应，她的视线却像是习惯了般平静掠过。

门内传来一阵踢踏的脚步声，以及少女夸张的惊呼声："哇哦，这就是我姐夫？"

景琛礼貌地笑着点头，目光无意间落在司滢和司父那父女同款的拖鞋上。而司清此时正弯着腰套鞋套，笑着挑眉回道："帅吧？"

司滢比了个大拇指："极品呀。"

司父招呼着司清和景琛："你们先坐下喝茶，滢滢她妈买菜去了，马上就回来。"

俩人坐在沙发上，司清平静地看着父亲与妹妹司滢间亲昵地互动，在发现景琛担忧的目光时，握住了他的手，反露出安抚的笑。

景琛去倒车出来，司父和司清站在路边等着，一时间有些生疏和别扭。

司父找了找话题："我听你妈说了你要调职北城。"

"嗯。"

"爸爸很为你在事业上取得的成就高兴。但是，两个人在一起组成了家庭，就不能只顾着个人的发展，你——"

"爸，我先走了，你……"这时，景琛的车子刚好开到面前，司清忙打断父亲的话，无意中瞥见父亲灰白的头发，她继续道，"注意身体，我给你买的保险有定期体检，你记得按时去。"

司清逃避似的上了车，低头系上安全带，避开父亲的视线。

景琛替她道："爸，那我们走了。"

司父木讷地点头，欲言又止，最终只是叹了口气，什么也没说。

车子启动，反光镜内，是渐渐消失的司父的身影。

司清曾经很努力地尝试和父母亲昵一些，可无奈，最终还是成为血缘最深的陌生人，她没有所谓的原谅，也没有什么责怪，只是……算了。

不咸不淡的亲情，不咸不淡的关系，世间之事，哪里就只有黑白呢？

随着司父的身影一点点消失，过去也渐渐变模糊，取而代之的，是一串欢乐的手机麻将音乐声。她回过神，就见景琛将开着麻将页面的手机放在她面前，她正疑惑不解之际，游戏房间里先后进来池中煜、云篇和景木圣。

池中煜进来就开嗓："三缺一，'大红袍不是绿茶'，你老婆呢，赶紧让她就位！"

"你们回家，我给开门课。争宠这事就没人比我更有发言权了。"景木圣还是学不会好好说话。

只有云篇异常兴奋："你们能不能关麦闭嘴？我正开着录音，准备录她哭成狗的声音，做成她回璟园时接风的 BGM。"

手机里传出的插科打诨声，伴随着斗麻将的音乐，彻底让司清从原先的阴霾中走了出来，她只是望着景琛，想哭又想笑，最后眉眼间只剩下笑意。司清拿起手机，笑骂："行啊，录音千万别关，我马上就让你们输得哭出节奏。"

是了，冬天从你这里抢走的，春天都会还给你，不只是春天。

越野车停在沙漠间，车里放着音乐，司清靠坐在景琛怀里，两人裹着一条毯子，静静地坐在后备厢。司清轻笑了一下，景琛疑惑地望着她。

司清道："我就是觉得，过去的我好像也没那么难过了，因为现在的我很幸运，特别幸运。"

景琛用下巴轻轻蹭了蹭司清的头顶，唇角是相似的弧度："我们都是。"

两人抬头仰望，刹那间，便被眼前横跨在空旷夜空中的银河所震慑，几乎忘了呼吸，满眼尽是星光。

景琛的视线却从遥远的星空，眷恋地落在怀里的司清身上。

司清望着亘古不变的星空，却莫名有了惶恐与不安，喃喃道："如果时间可以停在这一刻就好了。"

"嗯？"

"现在我有你，有璟园，还有璟园里的他们，可不管是亲情、爱情还是友情，都是需要花心思去维系的。人跟人的距离、相处的时间，都是一段关系好坏的因素，我怕万一哪天，我……"

景琛打断她："最该患得患失，担心这个问题的不是你，是我。我才是那个从一无所有，到现在拥有了一切的人。所以你什么都不用做，我就会千方百计地想办法来维系我们的关系，你只要不拒绝我就够了。"话落低头吻了上去。

浩瀚的银河下，无边的沙漠中，小小的后备厢里，两人的亲吻情浓缠绵，直至一束车灯远远地朝这个方向射来。司清一惊，下意识要推开景琛。

然而刚有所动作，景琛就拥紧了司清，继续吻她，而另一只手则拉起裹着的毯子，盖住了两人的头，挡住了司清的羞怯。

次日，司清在酒店醒来，后知后觉地发现景琛不在，拿起手机才看到景琛给她发了一个定位。收拾好司清就赶了过去，穿过长廊，就看到了当年熟悉的"唱吧"亭子。她笑着推开"唱吧"的门，就见"唱吧"的置物台上，一如当年一般放着《冬至》模型。模型上贴着几张便利贴，字迹各不相同。她一张张地撕下便利贴，只见上面——

池中煜：师父你大胆走，琛哥有我来守！PS：我完全不介意搬到璟园和琛哥同吃同住。

简约：等你北城穿着貂，别忘了我还在南城露着腰，姐妹你发达了别忘了找我拎包！

云篇：找好桌游店，北城等我。

景木圣：很高兴，能成为你的家人。

司清撕下最后一张有着景琛字迹的便利贴，只见上面写着：谨代表璟园一大家子静候司女士冬至凯旋。

她这才发现，模型不但已经被修好，并且院子里多了几个木刻的小人，从原先的景爷爷和景琛，多了司清、景木圣、云篇、池中煜和简约，以及慵懒的猫狗。

身后的门被拉开，司清转身就见景琛笑着朝她伸出手："司女士，我们回家吧。"

六年前的渊源至此闭环。

蜜月结束后，司清也开始做调职的准备，她将办公桌上的个人用品一一收进行李箱里。

艾丽坐在一旁敲着键盘，不时回头看向司清，却依旧死要面子地傲娇道："你别以为你是去升职加薪的，那边空气差，气候干，你多赚的几千元还不够你保养祛干纹的。还有，北城分部的同事才不会像我和甜甜这么好相处。就你这张扬不讨喜的性格，当心被排挤了都没地儿哭。到时候你……"

司清哭笑不得地拿起电脑前的仙人球盆栽放到她面前，打断了她的话："到时候我一定找你哭诉我的悔不当初。"

艾丽别扭地看着仙人球，轻哼："谁搭理你。"

蒋甜甜走到司清身边，神情复杂："其实行长也找过我，那时候她以为你会选择不去。"

司清一愣："那你？"

蒋甜甜释然地笑，摇了摇头："我拒绝了。我比你还早两年进银行，在这里待的时间越长，就越不敢踏出舒适圈，还有我男朋友，他也在南城，我这个年纪没资本再冒险了。司清，说真的我很佩服你的勇气，真心希望你能越来越好。"

司清听完她的话，笑着将一套手冲咖啡套装递给蒋甜甜，真心地说："谢谢。"

拖着行李箱走出大厅，司清忍不住回头望向大厅里一如既往的忙碌场景，些许不舍的情绪涌上心头。

走到门口就见景琛正等着她，从她手里接过了行李箱。汽车喇叭声响起，司清闻声望去，就见门口的一辆车降下了车窗玻璃，车内是戴着墨镜的云篇、景木圣和池中煜。

时间无缓急，只是如水而逝。初冬新寒，霜打黑瓦。银杏叶坠了一地，柿子依旧高挂枝头。

璟园门口处，立着国潮市集的巨大海报《梦涧游园会》。游客络绎不绝，大多数是穿着汉服的女生偕同闺蜜或男友，还有一些是家长带着孩子进入园区。售票处门口放着一块公告牌：朋友圈转发并点赞过二十，即可免费兑换一张入园门票。

云篇指挥着身着各类汉服的模特，正在上演汉服秀，简约也在帮人化妆。

湖边，一组身着唐装的模特们身材圆润，却惟妙惟肖地利用白鹅，还原了唐代的《簪花仕女图》；廊桥下，是一组动态的《宋高宗书女孝经马和之补图卷》；璟语堂外，《月曼清游图》之踏雪寻诗正在拱门旁的梅树下徐徐展现，与明堂下的集市互动。

集市上的小摊，全是手工艺制品：糖人、烧饼、草编、木雕、油纸伞和宫灯，等等，充满了烟火气。随着锣鼓声响起，明堂的戏台上，草昆演员们粉墨登场，悠扬婉转的戏腔传唱。

池中煜拿着摄影机拍着这一幕幕，止不住地热血沸腾。非遗展馆正式开业，景木圣正在门口给游客介绍和解答疑问，景琛在馆内与品牌经理正式签订订购协议，一切都像是步入正轨。

璟园难得如此热闹，到了晚上游人渐渐散去，璟语堂暖风机滋滋地开始工作。

五个人累到几乎说不出话，各自瘫在椅子上玩着手机，池中煜则忙着把摄影机里拍的视频导出到电脑上。他吸了吸鼻子，突然眼睛一亮，像是瞬间恢复了元气，殷勤地起身让开位置。

"土豆炖牛肉，琛哥我要给你跪了。"

景琛端着砂锅放到桌子中央："今晚先简单吃吧。"

旁边的电视机上，依旧放着《新闻联播》。桌子上放着一道凉拌西红柿，一盘炒时蔬，一锅土豆炖牛肉，以及一碗山药瘦肉羹，几双筷子迅速出动。

池中煜吃得津津有味，渐渐也带动了其他人的食欲，只是云篇始终克制着先将菜过水去油，才放进嘴里。

"那个品牌经理和你们展馆的师傅们都签订了？"云篇问道。

景琛点点头："师傅们没有正经工作室，统一以璟园的名义签约，展馆里的手工艺品下个月就会正式出现在他们的官网平台，同步接受预订。"

景木圣提醒他："要确保他们不会为了销售量，开始走工业流水线。"

"这点我特别在合同里强调申明了，包括版权归属，他们都没有任何意见。"

池中煜举起可乐："一切顺利，来，碰个杯！"

景琛也笑着拿起一杯可乐，正准备碰杯，就听池中煜又煞风景道："要是我师父也在，就完美了。"

简约当即拿起手机，拨出了司清的视频电话："云聚会呗，顺便给司行长汇报下我们今天的战绩。"话落，视频很快被对方挂断。景木圣斜睨景琛："你老婆怎么回事？"

景琛抬头，拿起手机示意给众人，微信页面上是景琛十分钟前被挂断的语音电话，以及司清回复的三个字：在开会。

景琛解释了下："她负责的新产品下周投产，现在还在开会。"

两人的微信记录，也几乎全是简单短短几分钟的语音记录，或是"到家了""吃过了"，以及景琛的"都挺好的""不用担心我这边"的对话。

云篇不可思议地指着聊天记录："她去北城的这两个月，你们都是这么异地的？"

景琛沉默地拿着罐苏打水，在手里把玩着不知在想什么。

景木圣开启嘲讽技能："你也太小瞧他们了，他们才不是普通的异地，那时差，可以媲美异国。哦，对了，你们看到前几天司清发的朋友圈了吗？有个一起聚餐的小男生，长得是真不错，尤其这朝夕相处的，就更衬得远方的老……"

景琛握着苏打水的手指突然拉开易拉环，汽水正好喷了景木圣一脸。

云篇受不了他们这么幼稚的行为："别把我们女人跟你们男人混为一谈，出轨这种事，哪有搞事业刺激。"池中煜一脸八卦。

云篇悠哉地继续道："对司清这种，需要靠参与感和成就感收获安全感的女人……异地最可怕的不是距离和信任，而是你此刻的喜怒哀乐，都和她无关。"

此时的司清拿着笔记本走进办公室，疲惫地在办公椅上坐下。她靠在椅背上，一手拿着按摩锤敲着僵硬的脖颈，一手拿着手机刷朋友圈，为池中煜等人发的游园活动视频，一个个地点赞。

点开景琛的微信，却一时不知道发些什么，望着落地窗外的夜色，隐隐有些落寞。

几家欢喜几家愁，璟语堂可是热闹得很。池中煜和云篇、景木圣已经忙着洗牌，简约坐在池中煜身后发着朋友圈。一旁还放着个小火炉，火炉上温着茶，铁网上还放着板栗，板栗破壳声令这初冬的夜晚显得热气腾腾。景琛端着水果在空着的位置下坐下，开始砌牌。四人惬意地打着麻将，只是景琛看着有些心不在焉，视线总是不经意地看向手机。

云篇出了张牌，察觉到景琛的失神，道："我刚才也不全是危言耸听，女人都是听觉动物，你什么都憋着不说，难免会让司清觉得自己可有可无。你与其在这儿担心，不如一会儿主动打个电话说些好听的。"

池中煜附和："琛哥你要是不会，就按我给你的那篇小作文来。"

这话让景琛陷入沉思，他刚要拿手机，就见手机显示司清来电。于是随便出了张牌，就要去接电话，景木圣眼疾手快按住他。池中煜和云篇也立刻眼神火热地盯着手机，八卦地伸长了耳朵。

"到家了？"景琛无奈当众接起电话。

司清一边打电话，一边脱下制服随手扔在沙发上，打开冰箱，里边是景琛准备的一周配菜。她随手拿起一份便当，里边是包好的饺子，放进微波炉里，然后瘫到沙发上，抽了一张卸妆巾开始卸妆。

"刚到，今天累死了，不过总算一切顺利，下周能稍微空一些了。你呢，合同签了吗？我问过法务的朋友，他们说这种合作尤其要小心版权归属问题。"

"嗯，都有注意。"景琛刚应完，就见其他几人嫌弃地翻白眼。

电话里，两人都安静了一瞬。司清找话题道："我看了你们的朋友圈，活动看起来很不错，微博上还有很多网友发的图。云篇和大哥他们呢，你们没有一起吃饭？"

"我们刚吃完，你呢？"

"我正要吃，在热饺子。你现在在干什么？"这时，司清的微波炉"叮"的一声响，司清道，"我去拿下饺子。"

周围几人飞快地在自己手机上疯狂输出小作文，三块手机屏幕同时出现在景琛面前，各有特色——

云篇的手机上写着：家里的柿子熟了。

景木圣：宝贝，我想见你。

池中煜：我晚上去输液了……输的是想你的夜。

司清端着饺子坐到茶几边，没听到手机另一边的声音，问道："喂？要睡了吗？"

景琛盯着凑到眼前的手机屏幕，其中池中煜的手机力压群雄放在最前面。

景琛咬咬牙道："我今晚输了……"池中煜正得意，景琛则动手洗了下牌，传出麻将声，补道，"打麻将输了不少钱。"

三个吃瓜群众顿时收起手机，恨铁不成钢。

司清刚夹起一个饺子，不敢置信地问："输了不少是多少？"

景琛似是内疚地支吾着。

电话另一头深吸一口气："没关系，打麻将娱乐而已，只是小钱。我就问问，都是被谁赢的？"

景琛不假思索："我哥。"

司清冷笑着夹着饺子在调料里滚了一圈，咬牙道："我就猜到是他，我问你，打麻将是不是他主动提的？位置是怎么个坐法？他有没有出老千，还是他和池中煜联手坑你？八成是他又手贱想欺负你了，不行，这事我们不能就这么算了……"

听着她噼里啪啦的一串话，景琛唇边不由露出笑意。

次日清晨，景琛正在院子里打理着司清留下的多肉。景木圣挂着黑眼圈似梦游般从客房出来，目光幽怨地盯着景琛的一举一动。半晌他恨恨道："你知道你老婆昨晚都干了什么勾当吗？"

景琛动作一顿："她说有点事。"

"可不就是有事儿嘛！大半夜的约我欢乐麻将，结果这一整晚，我一局都没赢过，连个自摸都没有。"景木圣才说完，景琛的手机连续振动，是司清连续的十个红包的提示。

景琛唇角不自禁地上扬，一个个领取红包，红包上写着：放心大胆玩，下次输了我再替你赢回来！

景木圣恍然，指着他气极反笑。景琛福至心灵，心里有了主意。

下午，池中煜突然拎着一袋药，急匆匆地跑进璟语堂，大声嚷嚷："琛哥，我师父说你手腕又疼了，我送你去看医生……"

他的话戛然而止，就见景琛正神采奕奕地做着狗窝。

"你没事！？"

景琛做好狗窝，若有所思地摸着狗狗的毛："嗯，不过是要去看下医生，它该做绝育了。"

池中煜一把抱起小奶狗，指着景琛："你个禽兽！"

远方的司清从隔间出来，拿着手机发语音："云篇你回家了赶紧去我家一趟，让景琛赶紧把那些没用的东西给退了。"说完走到洗手池边洗手，脸上是不经意露出的笑意。

同事不禁笑着问司清："你这两天怎么这么开心？"

"有吗？"

"很明显的哇。你刚来那两个月，虽然也是整天笑盈盈的，但明眼人都瞧得出来那是客套。现在就不同啦，笑起来两眼放光。"

她一边洗手，一边照着镜子打量自己："估计是习惯了这边的环境，晚上睡得好。"

同事好奇地打量着她手指上的戒指："你跟你老公一直这么异地，你就一点儿都不担心？"

"能不担心嘛，我家那位在人情世故上就是个废物，还特别败家。第一个月装得像模像样的，我还以为我不在，他也能过得很好呢，结果这才第二个月就全乱套了。"司清看着手机，幸福又烦恼地叹气，点了点手机，"哝，以前不爱上网的人忽然网购了一堆没用的东西，要不是快递留的我的号码，差点儿就被坑了。"

同事摇摇头："听起来是挺不靠谱的，不过我看你很乐在其中。"

司清一愣，忽然明白了景琛这段时间的苦心。

璟语堂里，景琛正拿着胶带，将包裹一一封好。

池中煜身上还穿戴着银行的衬衫和领带，一进院子就震惊地望着一地包裹："我师父买的？她这才去几个月，就升官发财啦？"

"别动，准备退货的。"景琛握住池中煜的手，利落地将他拿出的 VR 眼镜放了回来。

景木圣盯着那些电子产品羡慕咋舌："退什么，你不用给我。你这软饭吃的，也忒给我老景家的男人争气了。问问你老婆，她还有没有跟她一样慷慨的姐妹？"

门外传来了云篇的冷嘲："有，只要满足身高一百八十厘米，体重七十千克，五官端正，无不良嗜好，本科学历及以上的亚洲优质男性，我随时帮你安排。当然，最重要的是上得厅堂下得厨房。你这一把年纪，能行吗？"

"我怀疑你在暗示我什么。"景木圣转身，双手环胸，俯身低头凑近云篇。

云篇妩媚地摘下头上插着的发簪，抵开景木圣的下巴："没错，我就是在暗示你……不配。"

池中煜瑟瑟发抖地躲到景琛身后，盯着云篇："我也怀疑学姐是在暗示我，她说的每条标准好像都是针对我的。"

三人同时目光复杂地望向池中煜，景琛欲言又止地拍拍他的脑袋，继续将包裹打包好。

云篇在椅子上坐下，无比嫌弃地扫过院子里的三个男人："景琛，你是不是跟这俩货待久了，智商也返祖了，幼不幼稚？"

景琛不置可否："有效果就好。"

"喷，也只有司清那个护夫狂魔才会觉得她不在，你的日子就没法过了。"这时，她的手机振动，看到消息，忽然脸色变得凝重，"我在国外的同学发给我的，你们也看看。"

云篇将手机递给池中煜，指着一张某品牌官网宣传图片截图——

页面上标签是品牌的 Pre-Sale，官网配图是一张万圣节氛围下的狂欢派对照片，几名亚洲脸的女模特穿着云篇设计的汉服，戴着景琛展馆师傅打的首饰，脸上画着万圣鬼妆，但她们仰着头拎着的宫灯或是草编包上，正好绘制着中国特有的仕女图。男模特们或是举着锡制的酒壶，或是撑着油纸伞，脸上化着傅满洲似的妆容，他们手里原本精美的宫灯也被拍得阴气森森。

池中煜不解："这不是你们合作的品牌吗？最近 INS 上炒得还挺火的。"

景木圣眉头渐渐蹙起，手指放大了图片，指着那群模特的脸和宫灯，冷笑："你好好看看这是什么意思，这绝不可能是拍摄意外。他们脸上画的这个叫'傅满洲妆'，往小了说他们很不礼貌，往大了说，那就是故意抹黑。"

景琛的手机已经搜索出了该品牌中国官网的宣传照，是正常的模特宣传照片："这是他们国内官网用的海报，阿煜，你查下他们品牌在其他国家的官网。"

"你怀疑他们……"云篇问道。

景木圣语气肯定："不用怀疑，是确认。"

池中煜很快拍案而起，把手机往桌子上一拍，放在众人面前："这群坏蛋，吃相也太难看了。在国内摆出一副非遗保护者的姿态，在国外网站上又是另一副嘴脸。明明是我们的花灯，他们却转发了思密达国燃灯节灯会的宣传海报。还有这草编包，对外宣传全球限量一百只，凭中国大陆以外的护照才有资格购买。"

众人脸色都非常难看。

"以前我也听说过他们的饥饿营销，没想到会这么过分。"云篇道。

景琛放下手机："大部分师傅的合同是以璟园的名义签的，我先联系品牌方，你们再研究下合同，当务之急是撤下这些宣传海报。"

会议室里，品牌经理朝景琛等人耸耸肩，一脸的爱莫能助："景先生的要求，昨天在电话里我都已经了解了。但是很抱歉，我们没有理由为了您个人的胡乱揣测，就更改宣传方案。毕竟我们签订的合同上有明确写道：乙方无权干涉品牌的营销方案，还必须全权配合产品上线后的宣传。"

景琛察觉到对方不屑且强硬的语气，不禁也冷下了脸："那你方是否也记得，合同规定的宣传从不包括这种侮辱中国形象、抹黑中国传统手工艺的方式。"

他将打印出的海报、Ins上的消息，以及划了重点的合同复印件推到对方面前。

但品牌经理只是扫了一眼，无所谓地笑了笑说："这只是一种艺术的幽默呈现，而艺术是不分国界的，又怎么会刻意抹黑中国。东西方一直存在文化和审美的差异，你们不必小题大做，过分解读。"

景琛手里拿着支笔，垂眸在纸上画着，唇边露出讽刺的笑意。云篇则已经忍无可忍。

"究竟是我们理解不了你们的艺术小题大做，还是你们品牌存在民族歧视，不如我们让网友来判定？"

品牌经理骤然变脸："二位恐怕还不知道，自从官网预售开始后，全球预订数量的价值已高达千万。按合同约定，若是因为你们的不当言行造成品牌形象和利益的损失，那结果不是你们，还有那些可怜的老手工艺人们能承担的。"

"今年刚发生的新疆棉花事件，看来还不够你们长记性。"景琛冷冷道。

品牌经理不屑地笑了："不长记性的，从来都是你们中国的消费者。你觉得我们为什么敢这么肆无忌惮，因为就算你们曝光了、抵制了对我们也造成不了任何损失。你相不相信，我们只需要一纸道歉申明，再冷处理几个月，多的是明星争着抢着要我们的代言，消费者也会重新在我们的门店外排队等待消费。只有你们和你们背后那群老手艺人，会为此付出代价，背上巨额的赔偿。归根结底，你们国家的历史再悠久，文化底蕴再厚重，依旧没有国民认可的民族品牌，更没有被国际认可的奢侈品。"

景琛将笔帽扣上，紧握着钢笔，脸色冰冷。

品牌经理缓和了语气，再度笑着用中文开口："当然，只要合作愉快，那是你们的收益一分也不会少。中国讲究双赢，我们也非常乐意入乡随俗。"

品牌经理笑盈盈地起身，朝景琛伸出了手。就在云篇忍无可忍地准备斥责之际，景琛从容起身。品牌经理脸上露出满意的笑。

"入乡随俗，那就按我们的风俗来。"景琛将面前不知涂写了什么的白纸对折，放进对方伸出的手里，淡漠的眼里陡然充满了攻击性，"端起碗吃肉，放下筷子骂娘，谁惯的你们。"景琛没有再看对方疑惑的神情，转身往外走去，云篇也立刻起身跟上。两人身后，品牌经理狐疑地打开手里的纸，脸上随即布满愤怒，就见纸上是他们辱华海报的简笔画，只是宫灯换成了他们Phip的品牌标志，男模特们没了"傅满洲妆"，而是拿着酒杯弯腰，对着高悬在故宫门前的宫灯，低头呈敬酒模样，冒泡配文：So sorry。

等电梯时，云篇惆怅道："现在怎么办。他们的意思很明确了，不会因为我们反对就撤下图片，更别提道歉。就算哪天被网友曝光了，我猜他们一定会装无辜地把这屎盆子往我们头上扣。我们可抵不过他们的百万公关，只能被倒打一耙替他们背锅，当一回人人喊打的'卖国贼'。怎么想，都是不甘心。"

景琛却道："所以，我们只剩下一条路。"

"硬刚吗？但目前这些暗示性的宣传海报，根本不足以构成他们违约的证据，我们的赢面很低，我们还可能就此背上数百万赔偿金。他们大概就是算准了这点，才敢这么嚣张吧。"

电梯门外，景琛按住电梯门，回头看向云篇："他们算准我们不敢，那么云篇，你敢吗？"

云篇一愣，对景琛的反应似是意外，又像是在情理之中。半晌，她昂起头，骄傲地走进电梯："废话！老娘比你有钱多了，你要是敢打这场官司，我有什么不敢的！"

景琛闻言，笑着走进电梯。

北城银行，产品研发部办公室的门打开。司清吸着犯了鼻炎的鼻子，端着咖啡杯出来，困倦地揉了揉眉心。

同事甲刚煮好咖啡，回头看到司清的模样，见怪不怪："昨晚你又熬通宵？"

司清扫了眼对方的黑眼圈，有些疲惫地点头，脸上却是止不住地开心："周末要回南城一趟，准备收房。"

"有车有房，有老公有事业，这么完美小心遭雷劈。"

司清笑打她，手机收到景琛发来的一张照片。点开就看到一团团刚出生的小猫崽的照片，唇角不禁露出笑意，笑着回复：早啊，景先生。

正在喂小猫、小狗的景琛和站得大老远的景木圣说话。

景木圣嫌弃："先前一点鸡毛蒜皮的事你都要跟你老婆汇报，这会儿真出事了，你怎么反倒不吱声了。"

景琛收起手机，无语地看向景木圣："不想让她跟着生气。"

"难道不是怕她知道你即将背上那几千万违约金，然后赶回来跟你离婚交割财产？"

景琛将手里的狗粮朝景木圣脚下一扔，小狗立刻朝景木圣蹿去，吓得他立刻落荒而逃："行了行了，你赶紧把它们弄走。"

"会好好说话了吗？"

景木圣反将一军："你还想要钱吗？"

景琛这才不紧不慢地抱起小狗："和律师讨论过，就算产生违约金，也不至于那么夸张。我现在筹钱，不是怕输了官司，而是想让师傅们安心，我想当他们的诉讼委托代理。"

景木圣愤愤地拍了拍沾上的树叶："那也不是小数目，况且，你以为你替那些老头老太太扛下这笔违约金，他们就乐意打官司解约了？天真。"

"总要试试的，总不能让他们稀里糊涂地就替品牌背锅。"

景木圣叹气："算了，我明天带你去见个人，先看看他有没有其他解决办法。"

"哥，谢谢。"

景木圣没好气地冷哼："少来煽情这一套，亲兄弟明算账，你输了官司，违约金我是一分钱也不会替你出的。"

第二天，景琛按地址到了一个装修极其特别的别墅，院子的电子门徐徐敞开。

景琛进门，就看到了站在两层楼高的落地窗前，朝他示意的景木圣。他跟在大哥身后，穿过一条长长的岩洞走廊，走廊两侧放着各种坛子装的白酒。

景木圣见怪不怪地介绍着，景琛则越往里走，面色越怪异。就听景木圣道："我后爹的一点小癖好，生怕别人不知道他有钱。当初我妈刚嫁给他的时候，他还是个卖猪肉的，结果我妈刚死，他就跟挖了聚宝盆似的，靠着卖地赚了个大发。"

"那些年……他对你怎么样？"

景木圣没心没肺："我只稀罕他的钱，又不需要他的父爱，大家井水不犯河水，日子别提有多滋润了。"

这时，传来震天响的架子鼓声，和唱着刀郎的《2002年的第一场雪》的男高音。

景木圣嫌弃地按了按耳朵，拐过最后一个弯道，眼前豁然开朗，出现了一处明亮的会客厅，他看向景琛再三提醒："别被他的外表欺骗了，他可不是善茬。能看在我老娘的分上，不对你趁火打劫就算得上他普度众生了。"说着推开了会客厅的大门。

三米多长的木制大会议桌，一头是架子鼓，另一头是铺着浮夸毛皮的太师椅。

一位打扮十足暴发户模样的中年男人，正拿着鼓棒，凑在架子鼓边的麦克风前飙着高音，他看到景木圣和景琛，热情地拿着话筒欢迎："儿子们回来啦？先坐下喝口热茶。"

景琛被景木圣继父的模样有些惊到，在桌子边坐下："何总，打扰您了。"

这位何总在主座坐下，慈眉善目地招呼着景琛喝茶："你是木圣的弟弟，那就都是一家人，不用这么客气。来，喝茶。"

景木圣看不下去，开门见山："何总，在我面前您就甭装了。我弟的那份合同，你公司的法务应该都能倒背如流了，你就直说你有什么办法能赢？"

景木圣继父盘着手里的串珠，笑得憨厚。"这官司我没办法，输定了，一分赢面都没有。不过……"他慢悠悠地喝着茶，半晌才接上，"官司输了没关系，几个钱而已，赔给那几个洋鬼子不就结了。"

景木圣简直要被他气笑了："几个钱而已，你给出吗？"

"给啊。"何总责备地训斥景木圣，"都是自家人，别老谈钱，多伤感情。"

景琛打量着景木圣的继父，淡淡道："您需要我做什么？"

何总赞赏地笑了："你这孩子聪明，我是真喜欢，也难怪我会一眼相中你设计的园子了。"

景木圣当即脸色大变。景琛也是眉头紧皱。

第二十章　万家灯火前

景木圣咬牙怒瞪继父："哎，你别太过分了。"

景琛按住他，声音没什么起伏："璟园是村里的，我一个人做不了主。"

"别谦虚了，我都打听过了。房子是你们爷爷收回来的老木屋，地呢也是你问村里租的，签了二十年。你们村给你打了折，你就主动折成股份和村里分门票钱。所以这璟园的话语权，还是在你手里，我说得没错吧？"

景琛淡笑："没错，不过我没打算卖。"

"我也没想买，顶多就跟你一样租个四五十年就行。儿呀，你们要想搞艺术，我可以再给你们弄块地去折腾，那园子落你们手里，太浪费了。"

景琛："那您认为，怎么样才不浪费？"

何总瞬间来劲："当然是建酒店，开发旅游，然后买地造楼盘。刚好你们后山就有温泉，这么好的资源，再加上你现在的那些房子，稍微喷个漆装修得时尚一点，马上就有悦榕庄的感觉了。到时候这门票就不是八十，而是一千八了。"

景木圣嘲讽地起身："你什么时候开始打这主意的，竟然连收费都想好了。"

景琛也跟着起身，礼貌拒绝："很抱歉何总，我……"

"我不着急。上庭之前，你随时都可以联系我。"何总笑眯眯地抬头阻止，拿起麦克风，"唱歌吗？喜欢什么我给你点。"

景琛靠在柱子边，无奈地看着池中煜从皮夹里掏出的厚厚一叠银行卡。

池中煜委委屈屈："我爸妈不肯借我钱，这是我把游戏装备卖了后的全部存款，琛哥，是兄弟你就收下。"

景琛冷酷："不收。"

"你嫌少啊？嗯也对，十几万是不够。"池中煜挠头，"你等等，我再想想办法。"

景琛淡淡道："我说过多少遍了，钱的事我有办法的。"

"几百万欸，你没车没房，怎么也等不了那么多呀。我师父倒是有车有房，呸呸呸，不行不行……"

景琛狠狠一巴掌拍到池中煜的脑门："当然不行，想都不许想。"

恰好司清此时来电。池中煜吓得背后发凉："背后灵啊，我师父也太不经念叨了。"

景琛一个眼神示意他闭嘴，接起电话："司清。"

趁景琛不注意，池中煜一张张地将银行卡又取出来，偷偷塞到廊下的花盆里，一抬头就听到景琛惊喜的声音："你现在在哪儿……等我，我马上过去。"

景琛来到司清新房，刚推开门，就看到她坐在行李箱上，下巴无聊地抵在拉杆上。司清听到声音抬头，看到他的瞬间露出灿烂的笑，朝他伸出双手："惊不惊喜？"

景琛大步朝司清走去，他一手按下隔在两人中间的拉杆，一手抱起司清。司清则热情地勾住景琛的脖子，整个人挂到了他身上，低头用力亲了下景琛。

"什么时候到的？怎么都没提前告诉我？万一我没接到电话怎么办。"景琛温柔道。

司清："那也没关系。"

景琛："嗯？"

"我这次回来吧，主要是为了收房，其次……才是跟你小别胜新婚。"司清说着讨好地低头蹭了蹭景琛，景琛原本想绷着的脸，最终也只剩满满的宠溺。

司清松开景琛，拉着他兴奋地看着这毛坯房："今晚我们就在这儿过夜吧？"

景琛顿时哭笑不得，捏了捏司清被风吹得通红的鼻子："连窗都没安好，你也不怕冻感冒了。"

"好不容易交房了，我激动嘛。"她用胳膊肘轻轻撞了撞景琛的，撒娇道，"景琛，我们住这儿好不好，就这一晚，当作是纪念。"

"当然只有今晚，装修好之前你想都别想。"景琛环顾四周，妥协地拉着司清的行李箱往一处不通风的角落走去。

电都没安好，关掉唯一的灯泡，屋里黑乎乎的。景琛的外套被垫在墙边的地上，司清行李箱里的围巾和羽绒服铺在外套上。司清靠坐在他怀里，拿着手机给景琛看购物车里的家居，同时指着房子说着如何装修。

"算了，还是法式装修吧，餐厅里我打算做个吧台，我喜欢在那边喝咖啡，还有工作。"

景琛："好。"

司清絮絮叨叨说着自己的规划："沙发呢，就摆在这边，把阳台玻璃封上，冬天我就能躺在沙发上晒着太阳玩手机。"

景琛低头，手指扫了下司清的睫毛："不怕斜视又复发？"

司清翻了个白眼："那我看书总行了吧。哦，对了，洗手间的门我想做成拱形的，一定要干净明亮。还有主卧，也不知道柜子够不够，做衣帽间的话太费钱了……"

景琛轻声说："不费钱，设计图、木工、漆艺，还有一些不复杂的安装，我应该都可以替你搞定。"

"你不说我都差点忘了，我们景先生可是造过 4A 级景区的人。"

黑暗寒冷的冬夜，简陋的毛坯房里，只有手机微弱的光照着，相依的两人呢喃絮语，充满爱意。

次日，司清站在门口，恋恋不舍地打量着这个一百平方米的小屋，最后果断地关上门，回头看向身后的景琛，语气颇有些决绝："走吧。"

景琛牵着她，朝电梯走去："下次等你放假，我们再过来。"

司清笑着点头，又忍不住回头看了眼房子的门牌号：1202。

一转头就把购房合同和身份证往中介一放。中介看了看购房合同："这小区我记得刚交房呀，这会儿卖税点高，不划算，也不好转手。"

司清垂眸："我知道，税我可以全部承担，关键是要尽快脱手。"

"您别介意我多问两句，这房子没闹过什么事儿吧？"

司清道："放心，绝对没有。"

中介点点头："那您是急需现钱周转？"

夕阳的余晖下，是司清走出房产中介的背影。

房产中介的小黑板上，多了一行加大加粗的字体，写着：急售！！！澜花汀苑，89 平方米，售价 346 万元。

晚上一众老师傅们坐在展馆，愁眉不展，轮流传着打印的品牌官网的宣传照片，彼此小声交流着，犹豫着是否要在诉讼的《委托授权书》上签字。

一沓照片传到师傅甲手里，他眯着眼看了半天，看向刚打完电话进门的景琛。"景琛啊，你给我们看的这些照片我们实在看不出个所以然啊，倒是那个公司的律师一早给我来了电话，说如果我们乱说话，他们就会告我们，要我们赔几百万呢。这钱，不是你说你来承担就承担得起的。"

另一个师傅也叹气，敲着烟筒道："我也接到他们电话了。要我说，当初就不该接这生意，外国人都精明着呢，哪是好相与的。"

"老詹你也别马后炮！当初，当初你知道有人要订你家灯笼的时候，你可连夸他们老外识货。"

"好，过去的事不提，那我就问问以后总行吧。总不能真打官司吧。"

他们七嘴八舌的议论着——

"其实照片上那几个眯眯眼长得是不好看，但我瞧着也没骂我们中国人。"

"哎，过去我们被打得还少吗？"

场面顿时安静，只余下一片叹气声。

景琛望着堂中坐着的沧桑的老者们，铿锵有力地发声："阿公，几十年前我们是没办法，但现在不一样了。"

詹师傅放下烟筒："是不一样，以前我们靠这门手艺好歹能养活自己。现在呢，费尽心思折腾了一圈，快入土了还背个官司，我丢不起这人。"

景琛："您觉得是现在打官司更丢人，还是百年以后，子孙认不出自家祖宗的手艺更丢人？"

他狠狠一敲手里的烟筒，撑着膝盖站了起来，倔强地挺直腰背，眼中却满是凄凉。"不用等百年，就是当下，我老詹家的子孙就没瞧得上过自家的手艺。我要是这把年纪，还因为这摊上官司，他们还不得上我坟前吐口水。"他红着眼继续道，"你们说我没骨气，见钱眼开我都无所谓，总之这官司，我不打了。"说罢抽着烟筒，步履蹒跚地离开了。

见状，其他师傅也纷纷起身，欲言又止地看着景琛，忍不住开口道——

"我们也这把年纪了，算了吧。"

"阿琛啊，我知道你是好心，但不值当。"

"你还年轻，别再走我们的老路了。"

一个个老师傅接连离开，大堂里站着的景琛，望着那张空荡荡没有一个签字的委托书，无力地垂下头。

最角落处，一直没有出声的陈婆叹了口气，站了起来，她的身影有些佝偻，在大堂中显得尤为瘦小，她走到景琛身边，苍老的声音满是慈祥："阿琛，你呀，别怪他们，他们都不容易。"

景琛抬眸，看向瘦小的陈婆，强笑着点头。

陈婆继续道："阿婆呢从小家里穷，父母也走得早，没读过书，大字不识一个。后来嫁给了你陈阿公，他嘴上嫌我笨，但到底还是教会了我做草编，也教会了我怎么写自己的名字。就是可惜这几十年，我都没机会正儿八经地写过一次。"

景琛一怔，却见陈婆不太熟练地拿起笔，指着授权委托书，和蔼地看着景琛："今天多亏了你给我这签字的机会。来，告诉我签在哪儿？"

景琛低头，映入眼底的便是陈婆满头的银发，他强忍着眼中的泪水，指向了委托人签名处。

陈婆郑重地低着头，一笔一画地签下自己的名字：陈云香。这三个并不优美，如同稚子的字，却沉沉地压在景琛心头。

景琛低声道："阿婆，我很可能会输。"

陈婆从兜里翻出一只手缝的布袋，从里边翻出了几张折得老旧的存单，塞到景琛手里，她笑着握着他的手："不怕，阿婆有钱，输了也没关系。我们啊，就争这口气，关键是不能惯着那些人，免得他们总觉得我们好欺负。不论别的，我亲手编的草编包，没有自家姑娘不配背、不能背的道理。"

景琛紧紧地反握住陈婆的手，只坚定道："好。"

这大概也是传承的意义，在不知道的世间角落，总有人传承着这份风骨。

司清和云篇坐在湖边的露天茶馆，手里捧着杯热茶，戴着帽子晒太阳。

云篇问她："什么时候回北城？"

司清："明天晚上的飞机，周一有晨会不能请假。中介那边我留的你的号码，有消息的话你替我跑一趟。"

"你想好了，男人没一个是不会变的。虽然这个男人是景琛，我也得再问你一句，你真舍得？"云篇偏偏头问她。

司清吸了吸鼻子，又指指自己有些红肿的眼睛："当然不舍得，我从中介出来就没忍住哭了，还又打电话回去想反悔不卖了。"转头眺望河对面，就看到远处刚回来的景琛的身影。

"可是，如果连我都不支持他，那他这条路得多难啊。至于房子，没了就先没了吧，反正家还在。"她笑着伸了个懒腰，"比起来，我还是更喜欢这里，有他，还有你们。"

云篇一怔，有些羡慕地望向司清："你这样，会让我也想不顾一切地试一次。"

"试什么？"

"谈恋爱啊，"云篇看向湖里的一对野鸭子，道，"这种双向奔赴的恋爱。"

话落，鸭子扑腾着上岸，扑了两人一身水。

石桥上，景琛和景木圣望着被几只鸭子和鹅折腾得跳脚的司清和云篇，不禁露出笑意。

景木圣："也难怪你舍不得这里。"

景琛："你呢？"

"我？我当然也舍不得……这几只鸭子。吵是吵了点，不过几个月也喂出感情了。"景木圣估计这辈子也改不了自己说话不中听的毛病。

这种说话方式会让他有安全感，即使看上去内心强大，可以与任何事自洽，但是成长的经历就像水滴穿石，在不经意间影响着我们的行为模式。

就像他的表达方式永远退可攻，进可守。

景琛似笑非笑地扫了眼景木圣，就朝那边被鹅追得乱窜的司清大步走去，道："哦，怪不得你其他的没学会，倒是越来越'死鸭子嘴硬'了。"

景木圣被噎得说不出话，只能愤愤地跟在他身后。

司清和云篇紧紧靠着身后的墙，前方是围堵过来的鹅。司清看到景琛跟看到救星般，忙伸出手求助："快……快点！"

景琛二话不说，直接拦腰抱起司清就快步冲出鹅群。

司清身后的云篇，慢了一步走到景木圣面面相觑片刻，各自别开头，俨然是相看两相厌的不屑。

景木圣："我帮你引开。"

云篇看着一圈围过来的鹅，犹豫地点头。

忽地，一只鹅直接朝两人飞了过去。

云篇惊恐地看向他时，景木圣已经没出息地"嗷"的一声，整个人挂到了云篇身上。突然重量叠加，云篇几乎扎着马步撑着墙，才没直接跪了，只能咬牙切齿地怒视身上的景木圣。

另一边，直到被景琛放下，司清还不忘八卦地踮着脚，探头往他身后去看："哎，他俩不对劲，哇抱上了！你快看……"

她催促地推了推景琛的胳膊，却被景琛抓住了手，一点点地变成十指相扣。

司清抬眸："你……"

树下，景琛揽住司清的腰，俯身亲吻。树梢，是悬挂的风铃叮当作响。

中介正在量房拍照，云篇在一旁给司清打电话："已经开始走程序了，后天正式开庭。"

"房产证我已经让加急办了。对了，问下中介，现在有要看房的吗？"

云篇拿着手机走向中介。中介抬高声音对着电话里的司清道："已经有两个客户有看房意向了，我一会儿就给他们发个小视频，再定下看房时间。司经理放心，您这房子位置佳、朝向好，我保证一个月内就帮您卖出去。"

云篇和中介往门外走，刚走到门口，云篇就愣住了，好一会儿才开口："都听到了？"

门外，景琛站在狭小昏暗的角落里，边上是一叠木板，脚下是一只木工工具袋。

他一抬头，云篇才注意到他的眼角有些发红。景琛声音带霜说："这房子不卖。"

中介不解又为难地看向云篇："这位是……"

云篇叹了口气，无奈解释："房主的先生，他既然说不卖，就先不卖了。麻烦你了，晚点我再跟你联系。"

中介点头，一步三回头地离开。

景琛将木板搬进屋内，就从工具箱里拿出记号笔，按着画好的设计图，在墙上标记着需要拆除的墙面，以及预留的插座位置。

云篇站在门口看着景琛忙活，不禁问："不卖这房子，你是打算卖璟园吗？"

景琛："璟园我可以再建，但这里不行，这是她设想过无数次的安全区，有着连我都不能给予的安全感。云篇，你是女生，应该更明白这房子对她的意义。"

站在门外的云篇，被景琛的话深深触动，笑着低头："看来，我是白替她操心了。"云篇不再多说，笑着离开。走出小区，站在马路边，给司清拨了个电话。

"怎么啦？"

云篇露出轻松的笑意："你们夫妻俩可真够厉害的，我都被你们搞得想去找个男人结婚了。"

司清丈二和尚摸不着头脑："什么乱七八糟的？"

云篇笑道："你老公啊，不愧是我看上过的男人……"

工作室内，景琛整理着璟园修建的图纸，以及电脑里关于璟园建造的资料，无意中打开了一段视频——

视频里，景琛正戴着眼镜，埋头在电脑上画璟园设计图，池中煜在 DV 后不停地摆弄着镜头。

"琛哥，你这么大工程地修建璟园，就只为了爷爷吗？"

"嗯。"

"啊？我以为你很喜欢这个新家，还特意给你准备了一份惊喜！"

景琛没什么感情道："这里，只是房子而已。"

他关掉视频，沉默地闭了闭眼。片刻后开始做一些交付之前的工作，推开一幢幢院子的门窗，细心地检查角落是否有白蚁蛀蚀、用桐油刷着有些陈旧的木制门窗。去展馆里，取下了挂着的卷轴，望着墙上的老手艺人照片，他眷恋地打开了开关，灯光照在老手艺人的脸上。

工作室的电脑屏幕上循环播放着一段视频，正是璟园从无到有的建筑过程，在屏幕的最后一秒，再度响起了景琛的话："有家人在的房子，才能算是家。"

景琛沉静地望着璟园，拿出手机拨出了何总的电话："何总，我考虑好了……因为我现在，还有比璟园更重要的……谢谢您。"挂断电话，再次眺望璟园，视线一点点，一处处，从未有过的细致和不舍地划过。

"赶紧帮忙，扫完回家吃饭！"景琛的怅然被司清的声音驱逐，他回过神看向台阶下，嘴角不由噙了抹笑。

只见台阶下，司清穿着工作服，一手拿着扫帚和黑色大塑料袋，一手拿着手握吸尘器，笑靥如花地朝景琛歪头笑。

景琛心底的阴霾仿佛被瞬间扫去："怎么又回来了？"

"昨天云篇说在出租屋碰到你，我就有预感你要为了我卖璟园。那我这女主角当然要赶回来见证这激动人心的时刻。"司清打开吸尘器，粗暴地从最下边一路往上吸落叶，却发现落叶粘在还潮湿的地上，根本吸不起来。继续道，"本来还想来个大扫除的仪式感，但天气不给力。反正这园子马上就是别人的了，这落叶要不我们也别扫了，留给你大哥他继父当肥料？其实卖了也好，园子太大干活也累，不像我那小两居，有个扫地机器人就能全部搞定。不过你记得抬抬价，别被你大哥他继父趁火打劫了。"

吸尘器嘈杂的声音，与司清的生动，慢慢驱逐了景琛原本的沉重和愁绪。

"司清。"

司清慢了半拍才反应过来，抬起头，一时忘了手里的吸尘器，吸风口一个不小心直对上树根下那些扫成一堆的落叶。

夕阳下，红色的枫叶飞舞在两人头顶。

只听景琛道："这场官司，我很可能会输。"

司清倏然关掉吸尘器，女老板似的抬抬下巴，扶着吸尘器，淡定地说："那我继续养你啊。"

庄严肃穆的法庭外，景琛、司清等五人气势如虹地沿着台阶拾级而上。

景琛身着简单的黑色大衣，司清也是一身飒爽的战袍，云篇穿着旗袍，景木圣和池中煜则穿着胸前印着"中国"的运动服，脸上都是难得一见的严肃。

法庭上书记员正在宣读法庭纪律。景琛和律师坐在原告席，被告席上则是品牌经理和被告律师。

观众席中，司清不时回头看向紧闭的门口，又低头看着安静的手机，简约坐在司清身侧，握着她的手给她打气。云篇冰冷的手不由紧张地握住司清的手。池中煜则坐立不安，被景木圣强按着肩膀才勉强坐住。

审判长等人正在传阅着律师提供的文字证据，关于宣传海报、海外网站的截图。

原告律师："就该品牌在除中国外的官网上公布的这些宣传海报和营销方案，我方有明确立场认为，被告方已构成抹黑中国形象、欺辱中国消费者的事实。尊重中国，尊重中国人，这应该是任何品牌进入中国市场的底线，而非上线。依据我方当事人公司与该品牌签订的合同第三条第四款规定，我们有权单方面解除合同，而不必承担赔偿责任。另外，我方坚决要求被告方撤下所有侮辱和抹黑中国的宣传图文及销售途径，并为其不当行为，对中国、中国市场，及中国传统手工艺人做出真诚的道歉。我的陈述完毕。"

审判长："请被告进行质证。"

品牌经理在众人面前，朝景琛投以微笑礼貌目光，然而在没人注意时，她撑在太阳穴两侧的双手，偷偷对着景琛做了个眯眯眼的挑衅动作。

景琛神情冰冷，观众席上的池中煜已经气得坐都坐不住，被景木圣狠狠地压着。

品牌经理身侧的被告律师徐徐起身。被告律师："审判长，我方拒绝承认原告提供的这组证据与本案存在关联性。首先，关于我方被指控的宣传页上的模特妆容，这不过是摄影师配合幽灵鬼怪主题的万圣夜妆容，只存在东西方风俗和审美的差异。"

原告律师反驳陈述："审判长，被告方是在混淆是非，他们以所谓的万圣节海报和东西方差异作为狡辩的借口，却绝口不提其他欺辱消费者的行为。比如我方提供的证据中，有关于该品牌海官网是如何针对陈云香女士制作的草编包进行恶意营销，对购买的地区有限制歧视。"

被告律师："这只是饥饿营销广告，集团在发现广告商的不当用词后，已经第一时间撤下，并发了声明解释其中的误会。你们随时可以上网查看，很多华人已经在品牌旗下商店购买了这款产品。"

被告律师取出一份流水清单作为呈交。

休息区角落的自助饮料机前，云篇心不在焉地扫码付款，景木圣则弯着腰取水。

云篇："你觉得，我们能赢吗？"

景木圣拎着满手的饮料："能，只有百分之一的概率。"话落看向休息区方向，景琛安静地坐在椅子上，双手交握，垂头深思。

云篇叹口气："这么说，那就是输定了？"

"我发现你这人的想法，总是很悲观。双色球一等奖的中奖率是一千七百万分之一，概率比我们小了千万倍，不照样有人中彩。"

景木圣将苏打水递到云篇面前，云篇若有所思地细细打量着他，令他不由瘆得慌。她伸手握住苏打水，像是玩笑又像是认真地道："好，那我就乐观一次。如果景琛抓住了这百分之一的机会，我们试试吧。"

景木圣呆愣住，直到云篇已经走到景琛他们身边，才回过神，强忍住不自在分发饮料，目光却不受控地落在云篇身上。

池中煜接过水，一口气喝了半瓶，依旧忧心忡忡地在走廊里走来走去，低声暗骂："那群王八蛋太卑鄙了，竟然把责任推给了广告商。"

"我看网上发图的，大部分都是网红和代购，基本都是被他们的折扣给吸引的。"云篇道。

"其实就算他们没有改变营销策略，我们也没办法揪着他们在国外的小动作起诉他们。"原告律师强笑着看向景琛，"解约问题不大，但可能会要求我们退回货款……"

景琛抬起头，笑着说："谢谢你陈律师，我可以退回货款，但绝对不认输。"

这时，法庭的门打开。律师起身朝法庭走去，景琛看了眼手表，回头看向门外。

云篇："司清呢？"

景琛摇头："她说出去接人，马上就回来。"

看向空荡荡的门口，以及已经走进法庭的法官等人，景琛不得不进门。

"在这里，我要向被告方重申一点，作为国际品牌，尊重中国和中国文化是进入中国市场的前提，是底线而绝非上限。被告公司一次次自打嘴脸，以文化差异之名大肆在公众平台发布有辱中国形象的广告，无论是因为无知还是源于傲慢，是无意中伤还是主观恶意，都足以说明被告公司为了获取利益在人前一套背后一套的丑陋嘴脸，他们言行不一的卑劣行径就是在黑化我们中华传统手工艺，在中伤我们那些几千年来为了手艺从不放弃，传承了一代又一代的手工艺人们。"

被告律师气势汹汹地进行最后的辩论：一直以来，我方都对中国文化和中国人民持有崇高的敬意。

这时，法庭的后门被悄然推开，司清带着陈婆来到观众席坐下。

被告律师："如今却被诋毁是一个反华的种族主义品牌，导致品牌形象受损，遭到巨额损失。我方恳请审判长驳回原告的解约诉求，并严令他们履行双方合同约定的违约赔偿。"

审判长："请双方当事人做最后陈辩。"

景琛的视线看向观众席，沉声道："今天之前，很多人都告诉我，这场官司必输无疑，甚至会输得悄无声息。毕竟在这样的信息时代，狗咬人从来不是新闻，人咬狗才是。我坚持打这场官司，就是为了向他们表明我们的立场，中国制造、中国传统手工艺不会再继续沉默下去。"

品牌经理看着景琛直皱眉，不时与律师低语着什么。

"我的委托人陈云香女士曾经说过，她亲手编的包，没有自家姑娘不能背、不配背的道理。我们也该让世界看到，我们中华民族的匠人匠心。他们中有的已经年过八十，十五学艺，至今每天陪伴他们的还是这门手艺。西郊村的陆先生，一把伞近一百道工序，他能保证收撑 3000 多次不损坏，浸水一小时不化，5 级大风不变形。售价 22 元，远够不到奢侈。"

听到景琛的话，不禁想象到老人坐在狭窄的门前，埋头做着油纸伞，布满褶皱细纹的手指，正进行最后的穿线工序，伞架下的网线五颜六色，呈几何状错落有致地分布着，映衬着他脸上岁月的痕迹。满屋的油纸伞前是落寞佝偻的身影。

坐在旁听席上的手工艺人们回想起这艰苦的大半生，不禁红了眼眶，已经浑浊的眼睛满是眼泪。

从来不被理解，也未有人站出来替他们说过话。

景琛清冷的声音回响在法庭上："有的正值壮年，在两平方米的作坊里苦苦煎熬，任凭生活把他磋磨到绝境，也没有向机械化低头。在你们不知道的老街小巷，郊外乡村，我们的手艺人已经守了一代又一代。他们只是习惯了沉默，但从未消失。在现在这个时代，我们要想不再被歧视，就必须打造属于我们自己的民族品牌。或许长路漫漫，或许黎明在即，但我坚信在未来，品过世界，才更懂华夏之美。"

庭审结束后，双方律师正忙着与法官等人核对提交的资料并签字。

品牌经理则得意地冷眼斜睨景琛，起身来到景琛面前："你是解约成功了，可又怎么样呢？该赔的钱，一分都少不了，还有那些空有手艺的手艺人们，他们全是因为你，才失去了我们这个能赚钱的大好平台。"

景琛沉默，没有理会品牌经理。品牌经理觉得无趣，悻悻地转身收拾东西准备离开。

观众席上，池中煜红着眼，刚要上前，被景木圣拦下："有点眼力见儿，让他一个人待会儿吧。"云篇点头，简约直接一把拉着池中煜往外走。

景木圣原地伫立稍许，准备离开，却在转身之际发现云篇他们都惊讶地看向门口。

接二连三的脚步声在法庭中响起，越来越近，景琛抬眸怔住。只见一个又一个老手艺人走到景琛面前，簇拥着他。

景琛和司清携手回到璟语堂，刚到门口就看到院子里亮着光，衬得门前的两棵腊梅越发地红。院子里，人气满满，鸡飞狗跳，热闹而生动。

景木圣正撸着袖子，准备从水缸里抓鲫鱼，却被灵活窜动的鱼溅了一脸的水。

桌子旁，云篇、池中煜和简约正围着桌子包饺子，池中煜一人占了大半张桌子，扎着马步拿着擀面杖擀面皮，面粉糊得桌子上一片狼藉，

简约和云篇在边上等了大半天，也没等着一张好的面皮包饺子，两人对视，眼里全是嫌弃。

简约咬牙，看看池中煜，又看看景木圣，实在是觉得碍眼："啧，这日子没法过了。"说罢挤开他拿过他手里的擀面杖，动作熟练又飞快。

云篇则盯着景木圣狼狈的身影："也能过，换个男人就行，或者干脆不要男人。"

云篇拍拍手里的面粉，走到半天都没抓到一条鱼的景木圣身侧，一把抓起一条鱼，扔进竹篓，再塞进景木圣怀里，皮笑肉不笑："还需要我拿着鱼，凑到你的刀口上吗？"

景木圣被狠狠地羞辱到，抬头看到站在门口笑的景琛和司清，气不打一处来："别在那干站着，过来把这些鱼给处理了。随便你清蒸还是红烧，就是一条都不能留给那奸商！"

俩人不由失笑，景琛上前拎起鱼篓，司清走到云篇和简约身边，池中煜看看对面的三个女生，灰溜溜地走到景琛兄弟处，看着景琛利索地抓着鱼，委屈地抱怨："琛哥，你这样，会显得我们很没用欸。"

"谁跟你'我们'，注意你的用词。"景木圣瞪着景琛，"还有你，百分之一的概率都没抓住，忒没用了！"

景琛抓着一条鱼递到大哥面前："那你来？"

桌子旁，司清、简约和云篇动作麻利地包着饺子，简约拿着擀面杖若有所思。

简约："这里，好像比之前更像个家了。"

"已经是个家了。"司清笑着将包好的饺子摆在一起，六个饺子形状各异，却显得更加热闹。

吃完饭，四人就围着桌子搓着麻将，池中煜和司清则争着麦克风男女对唱高歌。

一旁的小火炉上温着茶，烤着年糕、红薯和橘子。

云篇斜眼扫向司清和池中煜："什么仇什么怨，这师徒俩要这么折磨我们的耳朵。"

景木圣："大概是打算把这变成凶宅，好让我那后爹知难而退吧。"

景琛："阿煜是吵了点，司清的话，就是调子不准，音色还是挺好的。"

简约听不下去："姐夫，你这眼镜哪儿配的？滤镜度数有点高啊！"

司清和池中煜越唱越嗨，还拿着麦克风凑到麻将桌边，请众人合唱："嘿，朋友们一起来！"

简约生不如死地对着池中煜的麦克风唱："我不应该坐在这里，我应该埋在地里……"

简约歌声一出，场面顿时寂静，关键时刻，音乐声戛然而止。所有人长出一口气。

云篇意味深长地拍拍简约，看向司清："你们俩，不愧是闺蜜。"

司清跑去检查着音响，扫兴地放下麦克风："忘了充电了。"

随即，低沉的音乐声响起，经典又令人怀旧的歌声在院子里响起。

司清回头，就见景琛将手机放进杯子里，让手机播放的音乐变得立体。

昏暗的院子里，悠扬的旋律中，众人靠在椅子上，静静地听着歌。

这时，手机音乐声停止，何总来电。

景木圣脸色骤变，景琛拿起手机，手机另一头传来景木圣继父大刺刺的声音："哎，官司打输了是吧？没事没事，钱我明天就转给你。正好明天早上我带工程部的人去璟园，看看怎么规划建酒店。"

所有人都听到了手机里传出的声音，情绪渐渐变得低沉。

"好，谢谢何总。"景琛挂断电话，继续播放音乐，众人没有出声。他走到司清身后，轻揽着她的肩。

云篇握着茶杯，靠在椅子上，仰望着星空。景木圣把玩着麻将，连脚下围绕着小奶狗也毫不知情。

池中煜低着头，蹲在火炉边翻着红薯，简约剥好一个橘子，掰开递到池中煜面前，他一抬头，简约才看到他眼眶已经溢满泪水。

一首歌渐渐到尾声，司清笑着开口："哎，哪天我们去山里走一趟，选块风景好的地方，让他们兄弟俩再造个园子吧。以后继续当邻居，还能一起养老凑桌麻将。"

简约立刻附和："可以可以，养老团算我一个。另外再默默问一嘴，山里能通网不？"

景琛笑着点头："网可以，外卖应该是没办法满足的。"

"有你在，哪儿还需要外卖！琛哥，我也要一起，我就住你隔壁，方便随时蹭饭。"池中煜吸了吸鼻子。

景木圣看向一直没有说话的云篇："你呢？"

云篇掰着手指一一列举："有花有草，不招蚊子，方便拍摄，二十四小时的热水和司机，可以的话再加个健身游泳的……"

"你当我是给你造酒店啊！别矫情，游泳有水库，健身去爬山，司机没有，摩托车我可以给你搞一辆。"

众人大笑，昏黄的院子里，上演着温暖的悲欢离合。

夜色如墨，景木圣他们吃饱喝足，准备回家："走了，明天早上我们再过来搬家。"

腊梅树下，两人目送着他们离开。

司清握着景琛的手，强笑着故作轻松："今晚得通宵了，还有好多东西要收拾……"

景琛心疼地搂住司清，深情且歉疚，温柔地抚慰："舍不得吧？"

司清在景琛怀里，从最初的安静，到肩膀轻轻抖动，最终忍不住啜泣出声——

"我一开始，真的很不喜欢这里，又远又偏，没有外卖，穿高跟鞋很容易崴脚，门槛那么高，害我绊了很多次，鞋子坏了好几双……还有台阶上的青苔，一下雨就长，稍微不小心就要滑倒。最讨厌的就是每天天刚亮，鸡、猫、狗就开始叫……"

四人沉默地往园子外走去。踩上长了青苔的石阶，简约险些一脚滑倒，幸而池中煜扶了一把。

猫狗的叫声比赛似的凑着热闹，引得湖边的鸭子也开始扑腾。

景琛紧紧地抱着司清，眼圈也慢慢变红。

司清哽咽，话也说得断断续续："我好不容易才习惯穿高跟鞋走石子路，刚养熟后山的小崽子，我还等着明年跟你们一起摘梅子……景琛，我舍不得这里……"

回去的四人队伍，并排的只剩下云篇和景木圣，两人不觉停下脚步。

云篇回头，就发现池中煜坐在徽派建筑的门槛上，哽咽地抹着眼泪。刚想向上前安慰，被景木圣拉住，冲她摇了摇头。

两人原地伫立片刻，望着池中煜隐忍的哭泣，云篇陡然红了眼，别过头快步往前走。景木圣见状，默默地跟在身后。简约犹豫片刻，叹着气走到门槛一侧坐下，耐心地撑着下巴，等着池中煜平复情绪。

走过石桥，便到了云篇工作室的门前。她靠在石阶边的墙上，望着潺潺的溪水，低低道："不搬走的概率，是不是连百分之一都没有了？"

景木圣走到云篇身边，也学着她一样靠着墙："嗯，跟中头彩差不多。"

两人侧头看向彼此，在暧昧的夜色中一点点靠近，又被头顶栏杆处钻出的猫惊醒，狼狈地别开头。

"我先进去了。"

景木圣看着她推门进屋，在云篇准备关门时，一直在台阶下站着的景木圣却突然几步跨上台阶，挡住了她关门的动作，说："中头彩的概率，敢再试试吗？"

云篇抬头，看着神色严肃的景木圣："我不想试了。"

在景木圣失落地松开手之际，云篇却勾唇直接将景木圣拉进了家："直接来吧。"

话落吻住了呆愣的景木圣。

次日一早，鸡鸭都没醒，一辆奔驰和一辆商务车，停在璟园门口，景木圣继父排场十足地下车，一边朝门口等着的景琛和景木圣走去，一边吩咐身后的工程部人员——

"你们先去测量拍照，最迟明天要给我具体的方案。"随即何总看向景木圣兄弟，"这么早，行李都收拾完了？"

景木圣冷眼不语，景琛点头："收拾完了。"

"我就欣赏你这种输得起的年轻人。走吧，我也跟你们说说我对这酒店的规划。"三人朝璟园走去，何总看着璟园满意地点头。

几只大行李箱和蛇皮袋都放在了大堂，池中煜将行李一一往门口搬，嘴上说着："家具的话我跟家里说好了，都先放到我们仓库里，地方昨晚就已经空出来了，什么时候搬过去都没问题。"

司清和简约一起拎着蛇皮袋往外走："好。这边我们俩来就行，你去云篇那儿看看。"

池中煜放下箱子，抹了把汗："行，正好我出去接下搬家的师傅。"刚往外走，就见景琛和景木圣走了进来，两人神色古怪，似是还有些难以置信。

"怎么啦？"

景木圣："我那后爸说，我们不用搬走了。"

池中煜猛地一震，司清和简约也不可置信地向景琛求证。

司清："酒店不开了？"

景琛弯起嘴角："开。但是何总打算把选址定在后山。"

云篇进门，听到这话下意识地看向景木圣："后山有矿？还是你妈昨晚给他托梦了？"景木圣无语地瞥了眼云篇。景琛轻笑，道："你们俩的反应，还真是一模一样。何总想让我和大哥一起，替他造一个类似璟园的酒店。至于璟园，就作为酒店住客免费附带的景点。"

景木圣讪讪道："他看了庭审视频，见到那些老手艺人，就想起了当年在乡下卖猪肉的时候，经常有位师傅免费替他磨杀猪刀，一下子被打了鸡血想要报恩。不但不用我们搬走，还要把璟园打造成国际性的'非遗'名片。"

司清心累："所以，昨晚他是故意吓唬我们？"

景琛点头，简约和池中煜等人不由白眼以对。

"你们这德行，"云篇看向景木圣，"还真是一脉相承啊！"

经此一事，璟语堂渐渐地成了大家聚会的据点，无奈司清还在和景琛异地，而她这一调职就是整整四年。

又是一年冬至，璟园如旧，屋顶炊烟袅袅。门外，猫狗安逸地各安一角，不时嬉戏玩闹。

璟语堂大堂的照片墙上，多了两组照片：一组是司清和景琛的中式结婚照，另一组是司清、景琛与池中煜、简约、云篇和景木圣的全家福。

景琛正在做着冬至的酒酿鸡蛋甜汤。他端着砂锅站在院子里，道："开饭了。"

景木圣放下拎着的工地头盔，在天井洗手，目光不时落在和简约说笑摆碗筷的云篇身上，暗暗地摸着口袋里的戒指盒。

池中煜凑到刚端着砂锅出来的景琛身边，格外殷勤："琛哥今天有肉吗？"

简约抬起头，大老远地朝池中煜翻了个白眼："你能有点其他追求吗？姐夫，我家司行长今天真的不回来了吗？"

云篇哈哈一笑："你就别戳他痛处了。司行长现在搞事业搞得风生水起，估计连自己生日都忘了。"

景琛却只是望着门口的方向，忽然小奶狗叫着朝门外冲了出去，景琛的脸上立刻露出温柔的笑。

门外响起司清的声音："我回来啦！"

雨后青苔，再次蔓上石阶。

景琛站在昏黄的灯光下，一瞬不瞬地看着风尘仆仆的归客。

司清听着越来越近的狗叫声，以及广播里播放的《九九冬至歌》，望着不远处亮着昏黄灯光的院子外，正朝她走来的景琛。她情不自禁勾起唇，朝着独属于她的灯火加快了步伐。

景琛快步上前："你回来了？我本来订了今晚的票打算去找你的。"

"那赶紧退票，我那个出租房有啥可待的……"

昏黄温暖的灯光下，六人围坐吃火锅，景琛给众人盛着冬至的酒酿鸡蛋甜汤，欢笑声不断。

司清双手捂着碗，忽然兴奋地抬头道："下雪了！"

众人纷纷抬头，是热气升腾的雾气，是飞舞而下的白色雪花。云篇的无名指，被景木圣套进一枚戒指。池中煜和简约依旧冤家打闹。

司清靠在景琛肩头，相视而笑，片刻后，景琛轻柔地吻住了眼前人。

烟火在人间。

番外一 景琛之假如爱有天意

南城，璟语堂里，这个安静得只闻蝉叫声的初夏深夜，因为 CD 机里传出的歌声多了份热闹。

"短暂的相遇却念念不忘……"

她到底是怎么做到把一个 6（la）的调，唱出四种不同层次的起伏，竟还能将一首凄美的情歌，硬生生地传递出几分钢铁厂领唱《团结就是力量》的顽强与不屈。

怎么跑调跑成这样？这已不知是景琛第几次哭笑不得的感慨了。

怎么跑调跑成这样，他还听得不亦乐乎，甚至忍不住唇角上扬？陡然意识到问题的答案，景琛脸上的笑意僵住，心头同时涌现的是令他战栗的喜悦与惶恐。

喜悦，是源于后知后觉因她怦然的心动，是情不知所起，一往而深。至于惶恐，是因为没人比他更了解他自己的阴暗本性。他深知为了这份喜欢，他可以做到什么地步。

他望着手机里的照片，少女拿着唱吧话筒的侧颜生动而明媚，仿佛是闯入至暗夜里的一抹艳色，让他贪婪又迫切地想要留下她。

可她因为他站了四十二个小时的绿皮火车，已经够倒霉了，实在不该再被他摊上一辈子。

好在景琛这短短二十几载里，做得最出色的就是控制情绪。而他为数不多的良心除了爷爷，也全都留给了这位甚至没看清具体容貌的司女士。他也曾有过懊恼，那天怎么就偏偏没戴眼镜呢。如今想来却有了些许庆幸，不知道她长什么样子，他要忘记她或许就没那么难了吧。

这晚，直至天边露白，她破音的嗓子唱到"用尽一生的时间，竟学不会遗忘"时，他终于有了动作，取出了 CD 机里已经许久没换过的 CD，也收起了这部因为有她照片迟迟没有换新的旧手机，将这段记忆封存。

之后几年，每到冬至，他才会放任思绪，不可避免地想起她。不知她今年冬至的生日，是否有人陪她一起过？是否有人为她端上一碗热腾腾的酒酿鸡蛋甜汤？她是否会在偶尔看到那个《冬至》模型时，想起那个曾代表全世界祝她生日快乐的陌生人？

如今我们已天各一方／但愿你被温柔对待……

这两句不在一起的歌词，放在一起却是他对她最真实的写照。

周末，但凡不用值班，池中煜总是惯例来璟园蹭饭。他一边在厨房招猫逗狗，一边朝做饭的景琛抱怨——

"琛哥你知道我今天都经历了什么吗？我那白骨精师父，她竟然丧心病狂地让我数了一个下午的纸钞！"

景琛背对着池中煜，熟练地切着葱花，正在备菜。对池中煜口中抱怨的"师父"，他听的次数多了，脑海里约莫也有个大致猜测，恐怕那是位精明利落的中年女性，独立能干，行事风风火火，但也有些嘴硬心软，经常替池中煜兜底。池中煜也不过是嘴上吐槽得厉害，但他对他这师父是真心实意地佩服和维护。

"你说她这都马上升职去楼上信贷部了，怎么还老揽这些吃力不讨好的活儿。那菜场卖鱼的大妈拎着一大只黑色塑料袋过来，里头全是鱼腥味的零钱。其他柜台的都避之不及，就她笑得跟朵花似的。结果我这当徒弟的跟着一起倒霉，我现在闻着鱼腥味我就想吐！"池中煜闻了闻手指，仿佛还能闻到那刺鼻的鱼腥味。

景琛动作一顿，轻飘飘地扫了眼身后正抱着狗子凑过来的池中煜："哦，那正好。"

池中煜一脸莫名："什么正好？"

景琛打开正在焖煮的锅盖，随着热气上涌的，还有扑鼻的鲜香，直接馋得池中煜怀里的猫咪护食地叫着。

"钓的鱼少，你不吃正好留给它们。"

锅里炖着的，是雪汁梅子鱼，也是常说的小黄花鱼，开春三月，南方家常必食菜系。鱼肥子满，肉质鲜嫩，用特制的雪菜汁焖炖，最后撒上葱花，勾得前一秒还笃定发誓三月不闻鱼腥味的池中煜分分钟打脸。

"我要不辞职算了，琛哥你这儿的生活才是人过的日子，不，是神仙日子，真应该让我们那位司经理来感受一下。"

"阿煜。"景琛忽然抬头，看向对面恨不得埋头把鱼骨头也舔了的池中煜，神色有了几分郑重与紧张，"你说你师父姓什么？"

池中煜正喝着鱼汤，头也不抬地回答，"姓师啊！她这姓是不是还挺少见的。"

景琛脸上闪过一丝失望。

不是她。

也好。

明明早已不再有所期待，可为什么他心底还是无端起了迁怒。迁怒眼前的池中煜不该平翘舌不分地把"shi"错读成"si"，害他又凭空生起一丝不该有的希冀。

砰——

直到璟语堂的大门关上，被逐出门的池中煜还一脸蒙，不明白自己到底做错了什么。随即，手机屏幕响起，来电显示"白骨精"，他吓得飞快接起。

"喂，师父，我今天休息呢，不在行里……又出整改了？"池中煜苦着脸，接着电话往外走，"好，我这就去清算中心找你。"

这次风波后，每当池中煜再提及师父、白骨精这些词时，景琛都会下意识地皱眉打断，转移话题。池中煜不明所以，还以为他是不耐烦银行里这些鸡零狗碎的事，根本不知道，他只是不想一次又一次地因为这位"师经理"，想起那位早已天各一方的"司女士"。

又一年的冬至即将来临，往常这些时日景琛总会刻意让自己忙碌起来，或是给璟园的老木屋一遍遍地刷桐油，或是去医院陪爷爷。但这一次他莫名有些烦躁，因为他梦见了司女士。

梦里，遵南火车站，又恰逢冬至，他终于见到了她。在他准备上前拦住她时，她却挽着一名陌生男人的手从他面前擦肩而过，从此陌路。

惊醒后，他莫名烦躁，去祠堂敲了半宿的钉子，才勉强平息下心中的情绪。只是第二天继续金缮工艺时，依旧有些心神不宁，索性准备去医院陪爷爷。

但这一日，就像是注定不让他平静度过，因为璟园里真的来了一位"司女士"。

景琛在茶馆听闻她姓司时，猛地一顿，尤其在看到她微信名片写着"司清"时，忍不住抬眸细细打量了她一眼。六年前他就没看过司女士的正脸，加上这些年刻意的忘却，更是连眉眼也变得模糊，只是气质与眼前人截然不同。

彼时少女的单纯灵动，现下这位司经理脸上的精明，无不又是与昨晚的梦境一般，在嘲笑他又在妄想。

本以为不过是一面之缘，可那位司经理却再三花八十元门票开始进璟园打卡，他知道她的目的是什么，只是陈姐多年照顾他爷爷，他不便插手她的家事，他的性子也的确不爱管闲事。直至廊下风起，金粉拂动，他与司经理之间又多了一笔四千三百元的债务。

后来，已成了景太太的司清，曾不止一次软硬兼施地逼问过景先生，为什么那时候他明明还没认出她，却屡次回护她，收留她，甚至给予了她一份本不该有的温柔？

这个问题，景琛总是笑而不答。无论自家太太是美人计还是苦肉计，他总有办法令她暂时忘却这个突然兴起的问题，比如景太太最新迷上的剧本杀，又比如觉觉的男朋友，还比如他新配的金丝眼镜……

夜已过半，怀里人早已熟睡，景琛想起临睡前她锲而不舍追究的问题，有些头疼又无奈。

为什么对她那么好？当然都是因为她啊。

一开始，是因为六年前的"司女士"，即使不知道司清的身份，单是姓"司"这个点，就足以让他替她维护住体面。毕竟，他也希望他念念不忘的"司女士"在他看不见的地方，被人温柔对待。后来渐渐地，那个冬至雪夜，她一袭红裙赤脚闯入璟语堂的求婚，被拒绝后炙热却又带着冰冷泪水的吻，以及倔强离开的背影，强势地在他心里砸下一颗看似死寂，却随时可能喷发的休眠火种。景琛从不认为自己是个花心的男人，但在司清身上，他在不知身份的情况下心动过两次，前一次察觉到时早已不知所起，后一次则是察觉到却不敢承认，只归咎于是风动，是落雪的声音。好在那个跨年夜，他在她的办公室看到模型，他亲手刻下的"冬至"，对应着金属铭牌上她的名字——司清。

自始至终，都是她。

景琛从不觉得他是被上天眷顾的人，可这一刻，他几乎强忍着才没有湿了眼眶，因为感谢，感谢天意让他再次遇见她，在她正是单身，正想结婚之时，让他抓住了这个虽然卑鄙却足以走进她生命的机会。也许这不是最好的时候，却一定是刚刚好的时候。

假如爱有天意，爱情自有天意。

番外二 冬·至

"冬至，你爸呢？他又把你扔家里跑去接老婆了？"景木圣看着院子里，正气哼哼写着作业的小女孩，忍不住调侃。

小女孩正是景琛和司清的女儿，年六岁，小名冬至。她充分遗传了父母的五官优势，尤其是一双灵动的眼睛，看着人时总能轻易让人心软，恨不得对她掏心挖肺。一群长辈无一不是宠着爱着，也只有景木圣时不时地犯欠儿爱逗她，总期待着能借大侄女向她父母讨债去。

刚满六岁的冬至抬起头，严肃地绷着脸，将课本封面外包着的书皮示意给景木圣看。"大伯你以后不许叫我冬至，从今天开始我要改名叫立夏。"

"哟，可以啊，有你大伯我当年的风范。"景木圣看着书皮上写得巨大无比的"立夏"两个字，憋着笑点头拱火，"其实你刚出生的时候，我就替你跟你爸抗议过了。你明明是立夏出生，小名就应该叫立夏，怎么能叫冬至呢！可没办法，你爸眼里只有你妈，就一恋爱脑。"

冬至小脸一沉。

景木圣越发慈祥地坐到冬至身侧，笑得跟狼外婆似的道："这样，以后我就叫你的新名字，立夏。"

冬至眼睛一亮，立刻响亮地应了一声。

"这名字多好听，多可爱啊！不过名字啊，必须是所有人叫了才有用，尤其是你爸妈。"

"哼，他们才不会。"

景木圣想起下午他那好弟弟出门去接老婆时，收拾得人模狗样，还不忘挖苦他独守空房的春风荡漾，就忍不住牙痒痒。结婚纪念日了不起啊，不就是十年结婚纪念日嘛，当谁没有一样，再过两年他和云篇也能过。

他朝冬至勾了勾手指："大伯给你出个主意，保证你爸今天同意你改名字。"

冬至此时还不知景琛与景木圣之间的恩怨情仇，单纯地以为眼前的大伯和自家父亲是相亲相爱的好兄弟，毫无防备地采纳了大伯的好主意。

入夜，璟语堂外，小道两侧的竹灯随着一道脚步声蜿蜒亮起，微暖的黄光衬得门前的两株腊梅绽放得愈加热烈。

景琛稳稳地背着自家太太，迎着夜色往家门口走去。月色映衬着的两道身影，几乎融为一体，在这冬日深夜也无须再畏寒怕冷。

司清趴在景琛背上，抬头看了眼天边那轮泛着冷光的弯月，再垂眸看着近在咫尺从不吝啬于给予她温暖的人，唇角轻轻翘起。

她伸手拍了拍景琛："放我下来。"

景琛没有松手，只是顿住脚步含笑回头看了眼背上的人，带着些宠溺地道："刚才还抱怨我只背女儿，没背过你。怎么这才到家门口就后悔了，怕被女儿看到，嘲笑你吗？"

"才不是。"司清扫了眼梅花，蠢蠢欲动着什么。

"放心吧，冬至今天不在家。"景琛推开院子的大门，迈步走上台阶，跨过高高的门槛，走过天井。

"去哪儿了？她昨天还闹着要我给她改名字。"司清闻言忍不住有几分惊讶。

对自家女儿的德行，司清那是再清楚不过，要说她是体贴父母结婚纪念日，主动提供二人世界，那是打死她都不信的。冬至在她爸的纵容教导下，不说混世魔王，璟园村口一霸那是妥妥的。

到了廊下，景琛才放下司清，示意着冬至那漆黑一片的房间："下午我让大哥接走了，明天她和景云一起去学校。"

司清闻言，意味深长地笑着点了点景琛的胸口："景先生，你这样不怕你的宝贝女儿明天找你哭啊？"

"女儿哭了我能哄，要是太太哭了，我可真不知道该怎么哄，才能不心疼。"

"那换我来哄你怎么样？"

"嗯？"景琛望着司清眼中的温柔与深情，就像能漫出眼眶的星光。他似乎知悉了什么，有些笑意再难抑制住。

结婚十载，异地四年，至今女儿已六岁，院中的枇杷树早已亭亭如盖，更别提后山的梅子早已熟了一遍又一遍。

可尽管如此，他们也始终只会因对方而怦然。

"景先生，十周年快乐。"司清拉住景琛的手，莫名有些紧张，忍不住清了清嗓子，"还有就是……"

司清有些卡壳，实在是后边未尽的话不是她一贯的风格，也怪她最近被云篇带偏了，说什么就算老夫老妻也应该每天一次告白，免得没见过世面的被外头的甜言蜜语诱惑得记不清家中老妻的脸。原本司清也没将这话当回事，可想到自家景先生那张"5A级景区"的脸，待在越发如火如荼的4A级景区里的光景，她还是谦虚地打开了App开始提升自我。她还特意针对自家先生那闷骚文艺的性格，进修了不少小作文。

只是，今晚这月亮似乎不怎么给力啊，这都快被周边的星星给拱得差不多了。正当司清有些犹豫要不要换句更符合意境的告白时，景琛伸手扣住司清的腰，笑着将她揽入怀中。他望着清冷的月色，在她耳畔低语："我也觉得，今晚的月色很美。应该说，不止今晚。"

天边月，再美不过怀中人。恰到好处的月色，最美不过的告白。

目光将将一触，火光暗撩涌动。

当两人进屋时，景琛的衬衫被扯得凌乱，呼吸隐忍而急促。当他的吻落在司清颈侧时，手也已握住了她连衣裙的拉链。

就在拉链拉到一半时，景琛猛地僵住，随即他反应迅速地转身将老婆护在身后，将原本拉下一段的拉链"唰"地拉回到顶部。

啪——明亮的灯光被打开。

司清还有些没回过神，茫然地抓着景琛的衬衣一角，被他安抚地握住手。

可景琛看向主卧中央的场景时，脸色却并不怎么好看，额头几乎青筋跳起，带着些咬牙切齿的意味："冬至，你怎么在这儿？"

只见屋内的大床上，坐着一道胖乎乎的身影，正是本该被接到景木圣家的冬至。冬至揉了揉睡意惺忪的眼睛，双手叉腰，昂着下巴大声宣告道："我不叫冬至，我已经改名叫立夏了！爸爸妈妈，你们以后都要叫我的新名字——立夏。"

司清总算回了神，有些羞恼地捂着脸，避到景琛身后，掐了把他的腰。愤愤地说："你自己宠出来的，你自己搞定。"

景琛瞪了眼准备撂挑子的司清，却也只能无奈地妥协。

自从冬至出生后，用云篇的话来形容司清，那就是越活越幼稚，一直处于争宠的边缘，和女儿在景琛面前争宠，以及和景琛在女儿面前争宠。

为了在女儿心目中，能够碾压景先生父爱如山的伟岸形象，她不要脸地将取名的锅甩给了景琛，绝口不提女儿刚出生之际，她看到景琛对女儿的宠溺而失落。那独自落泪的小可怜样儿，心疼得景琛忙将女儿塞进景木圣怀里，开始千哄万哄地询问缘由。在得知原因后，他简直哭笑不得。他对冬至的好，自然是出于为人父的爱意，但若必须深究，其中还有几分，是他想要弥补给童年缺爱的司清的。

那个在生日当天，被全世界忘了生日的小女孩，是如何一个人坐在楼梯间里，听着父母争执推脱，用错别字写下"仅代表全世界祝 Miss Si Happy Birthday"。

女儿的小名从"立夏"变成了"冬至"。司清只以为是他又闷骚耍浪漫，纪念两个人的初遇，却不知里边还藏着他不为人知的私心。

此时为了在十周年纪念日之夜尽早将女儿送回房间，景先生忽悠人的功力又更胜从前，从女儿刚学会的"慈母手中线"，说到她妈妈怀胎十月的不易，最后再升华到孩子的生日即母难日，以妈妈的生日、他太太的生日当个小名那是再合情合理不过的。

才六岁的冬至被唬得一愣一愣的，对爸爸的崇拜，对妈妈的爱意汹涌而出，听得一旁正敷面膜的司清都忍不住心疼女儿。然而，景先生没想到的是忽悠过头了，早就一个人睡的女儿因为太过感动，拉着慈母与慈父不肯松手，霸占了大床的 C 位，决定今晚重温一家三口全家乐。

景琛难得自作聪明吃瘪，司清忍不住哈哈大笑。

最终，景先生也只好认命，隔着中间的女儿，揽住了景太太。

十年前，他未曾敢想过的幸福，此刻就在他身侧。

十年婚姻，称为锡婚，谐音为"惜婚"。

第二天，景木圣不怀好意地上门，询问自己弟弟关于昨晚周年纪念日的感想。景琛不动声色地斜睨一眼，继续做着手里的窗棂修缮工作。他听着不远处传来的冬至和景云的打闹声，唇角微勾。

"一会儿你就懂了。"

景木圣皱眉，顿时有了不好的预感。

"爸爸！"身后传来儿子的喊声，景木圣一时也顾不得景琛的话，忙挤出一脸的褶子笑着迎了上去，抱起景云来了个三百六十度回旋，亲亲抱抱举高高。

"儿子，今天在学校怎么样啊？想你爸了没？"

"想爸爸了！"景云搂着景木圣的脖子，兴高采烈地喊道，"想爸爸带我去改名字！妈妈也同意了，以后我就叫云黄景！"

景木圣："云什么景？"

"大伯，是云黄景！我爸说了大侠的名字全是按江湖排名来叫的。小景说你们家地位最高的是大伯母，然后是小黄，最后才是你！所以是云、黄、景。"

景木圣被气得险些吐口血，怒视景琛道："我就是撺掇你女儿改个小名，你倒好直接抄我家了，信不信老头子今晚就去梦里找你算账。"

冬至拍了拍胸膛："大伯没事的，我跟太爷爷说了，咱们老景家还有我撑着！"

"对，姐姐撑着！"景云乖巧地点头，生怕气不死他的老父亲。

景琛闻言冲着景木圣挑了挑眉，再看向不远处司女士风风火火下班的身影，擦了擦手上的木屑，转身牵起冬至的手说："冬至，你妈妈下班了。走，我们回家！"

炊烟袅袅的黄昏，两大一小相携回家的身影，便是璟语堂最美的风景。